樱桃园

Вишнёвый сад

〔俄〕契诃夫 / 著

汝 龙 / 译

名著名译
丛 书

人民文学出版社

Антон Чехов

ВИШНЕВЫЙ САД

图书在版编目(CIP)数据

樱桃园/(俄罗斯)契诃夫著;汝龙译.—北京:人民文学出版社,2017(2024.10重印)
(名著名译丛书)
ISBN 978-7-02-012478-7

Ⅰ.①樱… Ⅱ.①契…②汝… Ⅲ.①话剧剧本—俄罗斯—近代 Ⅳ.①I512.34

中国版本图书馆 CIP 数据核字(2017)第 038776 号

责任编辑　李丹丹
装帧设计　刘　静　陶　雷
责任印制　苏文强

出版发行　人民文学出版社
社　　址　北京市朝内大街 166 号
邮政编码　100705

印　　刷　三河市中晟雅豪印务有限公司
经　　销　全国新华书店等

字　　数　289 千字
开　　本　890 毫米×1290 毫米　1/32
印　　张　10.875　插页 3
印　　数　28001— 31000
版　　次　2018 年 8 月北京第 1 版
印　　次　2024 年 10 月第 8 次印刷

书　　号　978-7-02-012478-7
定　　价　29.00 元

如有印装质量问题,请与本社图书销售中心调换。电话:010-65233595

契诃夫

契诃夫（1860—1904）

俄国小说家、剧作家，其短篇小说对世界许多作家产生过影响，代表作有戏剧《万尼亚舅舅》《海鸥》《三姊妹》《樱桃园》，短篇小说《一个文官的死》《套中人》《带阁楼的房子》等。

本书收入契诃夫戏剧代表作《伊万诺夫》《海鸥》《万尼亚舅舅》《三姊妹》和《樱桃园》。

译 者

汝 龙（1916—1991），曾用名及人，江苏苏州人。1938 年至 1949 年先后在四川、江苏等地担任中学英文教员。中华人民共和国成立后曾在无锡中国文学院、苏南文化教育学院、苏州东吴大学中文系任教。曾在上海平明出版社编辑部工作。1936 年开始从事文学翻译工作。译著有托尔斯泰的《复活》、《契诃夫文集》、高尔基的《阿尔达莫诺夫家的事业》、库普林的《亚玛》等。

出 版 说 明

　　人民文学出版社从上世纪五十年代建社之初即致力于外国文学名著出版，延请国内一流学者研究论证选题，翻译更是优选专长译者担纲，先后出版了"外国文学名著丛书""世界文学名著文库""二十世纪外国文学丛书""名著名译插图本"等大型丛书和外国著名作家的文集、选集等，这些作品得到了几代读者的喜爱。

　　为满足读者的阅读与收藏需求，我们优中选精，推出精装本"名著名译丛书"，收入脍炙人口的外国文学杰作。丰子恺、朱生豪、冰心、杨绛等翻译家优美传神的译文，更为这些不朽之作增添了色彩。多数作品配有精美原版插图。希望这套书能成为中国家庭的必备藏书。

　　为方便广大读者，出版社还为本丛书精心录制了朗读版。本丛书将分辑陆续出版。

人民文学出版社
2015 年 1 月

前　言*

契诃夫是小说家也是剧作家。

这是俄罗斯文学的一个特点。普希金、莱蒙托夫、果戈理、克雷洛夫、托尔斯泰、屠格涅夫等都曾写过剧本。高尔基也写了不少剧本。苏联作家也大多继承这个传统，在小说创作方面有成就的也从事戏剧创作。这就决定了俄国的戏剧也和小说一样，都有杰出的成就。

契诃夫在戏剧创作方面的成就，丝毫不下于他在小说方面的成就。

契诃夫的戏剧创作有新的题材、新的风格，为俄国戏剧开辟了一条新的道路。由于莫斯科艺术剧院演出契诃夫的剧本有独特的成就，在演剧艺术上形成了一个流派，至今莫斯科艺术剧院还是用海鸥（因为演出契诃夫的剧本《海鸥》取得非凡的成功）作为自己的标记，绣在舞台的幕布上，印在海报和说明书上。

契诃夫的剧作对于俄国戏剧的进一步发展具有深刻的影响，这影响首先表现在高尔基的戏剧创作上。

契诃夫的剧作对于国外戏剧家也有影响，高尔斯华绥和萧伯纳都说曾受契诃夫的影响。

我国作家鲁迅、瞿秋白等都很推崇契诃夫的创作。

契诃夫从小就喜欢戏剧，十五六岁时就在学校里参加戏剧演出，十七八岁就编写了他最初的戏剧作品。

一八八五年，当他二十五岁时，写了第一个比较完整的剧本《在大路上》，一八八七年写了独幕剧《天鹅之歌》，同年写了他的第一个多幕剧《伊凡诺夫》，并在柯尔希剧院演出。之后，一八八八年写了独幕剧

---

* 此篇前言是作者为人民文学出版社 1960 年出版的《契诃夫戏剧集》撰写的序，这次选用，个别地方做了修改。

《蠢货》《求婚》，一八八九年写了《一个不由自主的悲剧角色》《婚礼》，一八九〇年写了《万尼亚舅舅》（根据一八八九年所写的《林妖》改写），一八九一年写了《纪念日》，一八九五年至一八九六年写了多幕剧《海鸥》，一九〇〇年写了《三姐妹》，一九〇二年写了独幕剧《论烟草的危害》，一九〇三年写了《樱桃园》。

《樱桃园》是契诃夫最后的剧本，他在一九〇四年便因肺病去世了。契诃夫逝世时才四十四岁，正是他创作的盛年。

契诃夫的创作生活主要集中在十九世纪八十和九十年代，这正是俄国先进的人们为解救人民的苦难、为谋求祖国的复兴而前仆后继地寻求革命真理的时期。关于这一点，列宁曾有过极为生动的描述："在上一世纪四十至九十年代这大约半个世纪期间，俄国进步的思想界，处在空前野蛮和反动的沙皇制度的压迫之下，曾如饥如渴地寻求正确的革命理论，孜孜不倦地、密切地注视着欧美在这方面的每一种'新发明'。俄国在半个世纪期间真正经历了闻所未闻的痛苦和牺牲，以空前未有的革命的英勇气魄、难以置信的努力和舍身忘我的精神，从事寻求、学习和实验，它经过失望，经过检验，参照欧洲经验，终于找到了马克思主义这个唯一正确的革命理论。"

虽然契诃夫的全部生命不到半个世纪，但他正巧生活在这个俄国先进的人们经历痛苦和牺牲、以舍身忘我的精神寻求革命真理的黑暗与光明交叉的时期，时代的精神不会不在他的创作上留下烙印。当我们仔细阅读他的小说和剧本的时候，我们确实也可以看出他寻求正确的革命理论的痕迹。契诃夫正是列宁所说的十九世纪后半期"俄国进步的思想界"的一位真理探求者。

契诃夫是以写作幽默小说走上俄国文坛的，由于他所生活的环境、他所接触的人物、他对于周围事件的敏感、他对于社会生活的仔细观察，他的创作并不停留在猎取一般的趣味和无聊的幽默上，而是写出了普通的知识分子、小官吏、小职员、小伙计这一类小人物的苦闷和苦难的生活。契诃夫创造了新型的短篇小说，趣味性的幽默在他的笔下变成了悲剧性的幽默。

沙皇统治下的俄国人民的悲愁生活，迫使契诃夫写出了不少主题悲愁、阴暗、晦涩的作品（有些是批判现实主义的作品）。作品内容里的烦恼反映了作者本人心境中的烦闷。在八十、九十年代之交，当他已经相当有名的时候，他开始怀疑自己的写作劳动对于人民是否有什么好处。他的创作愈是成熟，他愈加觉得内心矛盾。他的内心矛盾是由于感到自己的世界观不明确，因而也就对自己的创作感到不满。在这种情形之下，作为一个正直的作家，契诃夫便一心一意地开始追求人生的目的，明确作家的任务，解决作家为什么而写的问题。契诃夫认为："比较优秀的作家都是现实主义的，他们写的是现有的生活，但是因为字里行间充满着浓郁的目的性，所以除了现有的生活之外，你还可以感到应有的生活，使你入迷的也就是这一点。至于我们呢？……我们写的是现有的生活，可是再进一步呢？……我们既没有近的目的，也没有远的目的，我们的灵魂里空空洞洞的什么也没有……"

契诃夫认为，作家有责任号召他的读者做什么，怎么做，走什么道路。八十年代的契诃夫认为自己也必须像六十年代的车尔尼雪夫斯基一样，为读者回答"怎么办"的问题。然而契诃夫当时并没有能够迅速而明确地回答这个问题，所以他很苦闷，他说："没有明确的世界观而想过自觉的生活，那简直不是生活，而是负担，是可怕的事情。"

契诃夫把这种找不到世界观的苦闷表现在他的作品里，中篇小说《没意思的故事》就是最有代表性的一篇。

有些先进的知识分子，"如饥如渴地寻求"，"经历了闻所未闻的痛苦和牺牲"，寻到了正确的革命理论；有一部分知识分子却找不到"中心思想"，不知道革命的出路在哪里。一时寻不到革命出路的契诃夫，就在自己的作品里描写这种痛苦摸索的知识分子。

为了探索人生的意义，确立正确的世界观，契诃夫决定不顾自己病弱的身体，不辞辛劳跋涉，到遥远的西伯利亚的库页岛去，因为那里流放着祖国最优秀的人——政治犯，"空前野蛮和反动的沙皇制度"把许多追求新生活的人禁锢在那里做苦役。渴望积极参与政治生活的契诃夫，假托要到库页岛去收集资料，写学位论文，摆脱了一些"好心人"的劝阻和反动当局的留难。

一八九〇年的库页岛之行，解决了契诃夫的思想危机。这次旅行之后,他开始认真关心政治生活,积极要求参加社会斗争。契诃夫和他多年的"好友"苏沃陵绝交,他过去因为一向不问政治而和这位反动报纸的发行人过从甚密,现在他从政治上来看问题,就不愿意再和这个反动的人来往了。

他回来后写了著名的小说《第六病室》。二十二岁的列宁读了这篇小说后感到沙皇统治的俄国就是一个大监牢,急切要求冲出牢笼去进行革命工作。这篇小说并没有指出什么是革命的出路,但是人们读完了它,必然会产生一种"不能这样生活下去,必须另寻出路"的迫切要求,这正是契诃夫创作的迷人之处和艺术力量。这也可以说是契诃夫创作的一个特点:他似乎只写悲苦、愁闷、阴郁的一面,并不正面提出任何回答,但是他所写的东西,从整个布局和叙述的逻辑性来看,在语言的背后往往潜藏着读者必然会得出的结论。例如他的小说《苦恼》的主人公——老马车夫约纳死了儿子,心里很难过,他要向人诉说一下,但是谁都不愿意听他的诉苦,最后他只能对自己的马诉说。谁都不愿意听的诉说,经过契诃夫描述后,谁都愿意带着同情来倾听。这便是契诃夫作品的艺术魅惑力。

契诃夫的思想意识随着他的创作才能的提高而提高,随着时代的进步而进步。渐渐地,在他的作品里出现了美好的希望和乐观的气氛,他通过自己的作品宣传自己的信仰:即使现在的生活很困苦,很悲哀,但是前途并不悲观,他预言三四百年之后生活会愉快和幸福起来。渐渐地,他预言幸福的新生活,不是在三四百年之后,而是在二三百年之后,进而又说是在一二百年之后,几十年之后。后来他愈来愈乐观,预言未来的新生活不久即可到来:"请你相信吧,再过几年,我们就没有专制制度了,你看着吧。"(见吉列索夫的回忆)"俄罗斯像蜂窝似的在嗡响着……你看吧,再过两三年是什么样子……你要不认识俄罗斯了……"(见卡尔波夫的回忆)后来有一次他兴奋地对高尔基说:"就在明天发生变化多好啊!"

契诃夫的眼界日益放宽,他到农村里住,更多地接触农民的生活,写了好几篇有关农民的小说;他也注意工厂的工人,描写在资本家压迫下的工人的悲苦生活。

不论契诃夫怎样力求进步,而且事实上他也日益进步,日益接触当时社会的政治斗争,但是他没有能看到一九〇五年的俄国第一次民主革命,因为他在一九〇四年去世了。

虽然一生很短促,但这位温和文雅、幽默沉静、具有浓重知识分子气质的作家,在他的作品里表现出他是那样热情地一刻不停地追求进步、探索革命真理,努力为人们未来的幸福生活作出尽可能多的贡献。契诃夫这种政治思想的进展,在他的戏剧创作里表现得特别明显和突出,单从他的五个多幕剧来考察,就可以看出这样的情况。

一八八七年,契诃夫写了第一个多幕剧《伊凡诺夫》。

一八八七年,十七岁的列宁开始在喀山大学参加革命活动,研究马克思主义。那时拥护马克思主义学说的人寥寥无几,在俄国这样一个大国的大城市里,不过有十几个人数不多的马克思主义小组,列宁是在一八八八年末参加喀山的一个马克思主义小组的。十九世纪八十年代末是俄国社会民主主义运动缓慢发展的困难时期。列宁说,社会民主党在当时正处于胚胎发育的过程。

也就是在一八八七年,民意党的恐怖派谋刺沙皇而没有成功,沙皇反动势力更加残酷地镇压进步思想和工人运动。也就是在这个时期,许多知识分子的思想出现了彷徨和动摇。

这时契诃夫虽然并没有接触马克思主义,但是他的《伊凡诺夫》反映了当时一部分知识分子的思想情况。如果一个艺术家善于深刻地表现他那个时代的主题,他就能创造出其影响远远超出他那个时代范围的作品。契诃夫正是表现了十九世纪八十年代自由派和民粹派的代表人物,批判了旧式的活动家,描写他们极容易从热烈激奋转变到幻灭绝望的特点。这种知识分子易于激动、易于做出激烈的行动,一遭到挫折又易于消极怠惰、悲观绝望的特点,正是小资产阶级狂热性的一种表现,它的根源就是没有正确的世界观,没有坚定的意志。

一八八八年,契诃夫在一封信里曾谈到这一点:"有人刚一离开学校的大门,就鲁莽地挑上了力不胜任的担子……他们演说,给部长写信,向恶做斗争,向善鼓掌……可是一活到三十岁或三十五岁,就立刻感到厌倦和无聊,甚至认为当时俄国最反动的政论家卡特科夫的意见也'往往是对的'了。"

剧中的主人公伊凡诺夫说,从前"我是火暴性子,不怕风险……我们在二十岁的时候都是英雄,什么都干,什么都敢干,可是到三十岁就疲劳不堪,什么也干不成了。这种疲倦你怎样解释呢?"他找不到答复,他认为"是被环境害苦了"已经不能作为解释,那不过是一句陈旧无聊的话罢了。

回答应该是这样:没有正确的世界观,没有中心思想。作者没有表现出伊凡诺夫找到了这样的回答,但是读者和观众看了这个戏是不难得出这样的结论的。

伊凡诺夫爱过一个美丽的女子萨拉,他答应给她幸福,她相信了他,脱离家庭,改变宗教信仰,她被"她的牺牲重负压得渐渐憔悴",他却厌恶了她。他说:"这是怎么发生的?为什么?什么缘故呢?我不明白。如今她在受苦,她的日子不多了,可是我却像一个最卑劣的胆小鬼那样躲开她的苍白的脸、她的干瘪的胸脯、她的恳求的目光……"他认为自己是一个可耻的、卑鄙的、没有价值的坏人。他苦恼着,他怨恨自己。

另一个年轻的姑娘萨霞,才二十岁,热情地爱上了三十多岁的伊凡诺夫。萨霞充满热情,充满希望,她认为伊凡诺夫是一个有知识、有才能、有理想的人,她决心跟着他走。她看到他的苦恼,她决心要治好他的苦恼,给他幸福。她要主动地去爱,使一个不幸的人得到幸福。"我愿意跟您到随便什么地方去,不但到天涯海角,哪怕到坟墓里去也成,只是请您看在上帝的分上快一点才好,要不然我就会憋闷死的……"

伊凡诺夫想要得到这个新的生命,新的幸福,但他却没有勇气带着萨霞到天边地极去,他发生怀疑,他反问自己:"我到底是怎么回事啊?我把我自己推进了一个什么样的深渊?我这种软弱是从哪里来的?我的神经出了什么毛病?……我不明白,不明白,不明白!我简直想往脑门子里开一枪!……"

后来,妻子死了,他决定和萨霞结婚,就在即将举行婚礼的时候,也就是他内心矛盾达到极顶的时候,他真的开枪把自己打死了。

一个没有正确理想的人,即使曾经有过幻想,但是只凭自己一个人的力量去活动,在一阵狂热之后,很快就会消沉下来,必然会落得这个下场。伊凡诺夫在自杀前高喊:"要知道我们人数很少,而工作很多很多!"民粹派单枪匹马地进行恐怖活动,而不联合广大群众,结果幻想破灭了,自觉软弱无能,不得不结束了自己。

在大时代的革命斗争中,没有正确的世界观,必然要走上毁灭的道路;即使有追求真理的精神,但如果把一切希望仅仅寄托在一个人的身上,自己的希望就难免会幻灭。萨霞所追求的正是这样一个逐渐幻灭的希望。

观众看完了这出戏,可以得出一个结论:不能走他们的路! 正像年轻的列宁得悉他的哥哥因参加谋刺沙皇未遂而被杀害的消息时所说:"不,我们要走的不是这条路。不应当走这条路。"(见《亲属忆列宁》)

由于沙皇政权的野蛮统治(契诃夫所有的剧本都受到检查,出版和演出时都有不同程度的删改)和契诃夫本人在政治认识上的局限性,《伊凡诺夫》和其他剧本都没有明白地写出革命斗争,比较尖锐的思想意识在这里只得到了隐喻的象征式的表现。我们今天用历史唯物主义的眼光来看,从社会思想意识发展的角度来分析,可以看出契诃夫在戏剧创作中所努力勾画的这条政治性的红线。

差不多过了十年,在第二部多幕剧《海鸥》里,作者又把这条红线勾画得稍微明确了一些。作者在继续探寻正确的世界观,他通过剧中女主角尼娜的嘴,说出了无论做什么事业,必须有一种中心思想,有一种信仰,否则,即使有很高的才能,工作也是做不好的。尼娜是一个演员,她疯狂地热爱一个她认为完美无缺的作家特利果陵,但是"他不相信剧院,嘲笑我的梦想,我呢,也渐渐不再相信,心灰意懒了……我变得琐碎,无聊,表演得差劲了……我不知道该把手往哪儿放,在舞台上不知道怎么站好,嗓音也控制不住。"

这位作家遗弃了她,她跟他所生的孩子也死了。她经历了许多痛苦、无数摸索和煎熬,终于找到了一条出路。"现在我不再那样了。我已经成了一个真正的演员,我演得津津有味,入迷,在舞台上陶醉,觉得自己出色。现在,当我住在此地的时候,老是走来走去,老是一边走一边想，我想啊想的，感到我内心的力量一天天在增长……科斯佳，我现在才知道，才明白在我们的事业中，在舞台上表演也好，写作也好，这都一样，总之要紧的不是名望，不是光荣，不是我过去想望的那些东西，而是忍耐的能力。要善于背负自己的十字架，要有信心。我现在就有信心，我并不那么难过，每逢我想到我的使命，我就不害怕生活了。"

原来追求尼娜的另一位作家——特烈普列夫，继续在追求着她。他有一定的才能，但是他没有正确的世界观，他没有崇高的理想。他在重新见到尼娜并且听她说了上面这样一段话之后，感到悲哀，他说："您找到了您的路，您知道您在往哪儿走，可是我仍旧在幻想和形象的混沌世界里漂泊，不知道这是为了什么目的，这有谁需要。我没有信念，也不知道我的使命是什么。"

不知道自己应该做什么，不知道自己的使命是什么，这种醉生梦死的人是没有前途的。契诃夫也给他安排了自杀的结局。

《海鸥》与《伊凡诺夫》不同，除了描写找不到正确生活道路的特烈普列夫终于也和伊凡诺夫一样自己结束自己的生命外，还写出一个找到自己生活道路的人——尼娜，她知道为什么演戏、为谁演戏，她坐三等车，和农民在一起，到小城镇去演戏。

契诃夫以纯洁美丽却被人偶然打死的海鸥为象征，比喻有才能的尼娜遭人伤害并被遗弃。但是被比作被伤害的海鸥的尼娜，由于自己的努力，找到了正确的道路，变成了一只飞向太阳的自由的小鸟。另一个有才能的青年，自己不努力，始终彷徨于愁苦阴沉的生活中，结果变成了一只被射伤的海鸥而堕落和毁灭。

《海鸥》是契诃夫戏剧创作生活中的转折点，从这个戏起，他被公认为是一个天才的剧作家。但是他本人是不满于自己的成就的，他在一八九五年的一封信里说："我是不满意甚于满意的，当我读着新写成的剧本的时候，我再一次相信，我绝对不是一个剧作家。"

契诃夫不满意自己的剧作，他严格要求自己，他甚至于把自己比作剧中的特烈普列夫。他因为不能为祖国和人民献出自己的才能而悲哀。他曾借着特利果陵的嘴说："我还是一个公民，我爱祖国，爱人民，我觉得如果我是一个作家，我就得谈人民，谈他们的苦难，谈他们的未来，谈科学，谈人权，等等。"

为了祖国，为了人民，契诃夫继续在寻求真理的道路上前进。

一八八九年契诃夫写了《林妖》，一八九○年把它改写成《万尼亚舅舅》。作者本人对于改写过的《万尼亚舅舅》是仍旧不满意的，搁了好久，直到一八九七年才发表，发表后各地争相上演，获得成功，出乎他的意料。

从一八九五年开始，俄国进入了革命运动的第三个时期——无产阶级时期，工人阶级已成为重大的政治力量和强有力的革命因素，但是开始于一八八九年、完成于一八九○年的剧本《万尼亚舅舅》，过了七八年才公开演出，它的内容显然是赶不上客观形势的。

当时俄国乃至欧洲的知识分子正处在世纪末的颓废哀伤的情绪中，而契诃夫的《万尼亚舅舅》多少还透露着积极和进步的气息，对于当时的革命思潮不无肯定的影响。列宁看过这戏，曾极口赞美。高尔基看完了这戏，写信给契诃夫说："我看着，竟像一个女人一样哭了……这是一部可怕的作品……是你用来敲击观众的空洞的脑袋的槌子……我不禁赞美你的天才，为人们也为我们惨淡贫乏的生活而害怕和颤抖了……"

《万尼亚舅舅》的主题是《伊凡诺夫》和《海鸥》的主题的发展，契诃夫通过日常生活中的一个场景努力向观众说明：自己没有理想，没有远大的目的，却把理想寄托在别人的身上，为了别人的幸福进行忘我的劳动，可这位"别人"其实是一个庸俗、渺小、毫无远大理想的人，这就非常可怕了。

高尔基指出这是为偶像献祭，真是一针见血的说法。从这一说法引申开来，我们就会从《万尼亚舅舅》里得出这样一个结论：辛辛苦苦地为剥削人的人劳动是不值得的，这种"自我牺牲的劳动"，只是帮助了剥削者继续剥削别人。例如剧中的谢烈勃利亚科夫，他依靠别人的劳动而享受幸福，甚至要把终生为他劳动的人置于冻馁之地。因此，劳动的人必须为自己劳动，要为远大的目的劳动，自己要有正确的理想，绝不能盲目地崇拜偶像，白白地牺牲自己。

当万尼亚舅舅明白了他是为别人当牛马、浪费了自己青春的时候，他还是不知道应该怎样生活下去，没有一个中心思想在指导他，他高声地问："我怎么过这十三年呢？我干些什么事，用什么东西来填满这十三年呢？啊，你明白……你明白，要是能用一种什么新的方式来度过我的余年就好了。……应该开始过新的生活才是……你告诉我，应该怎么开始……从哪儿做起……"

他从医生阿斯特罗夫那里得到的回答却是："哎，去你的吧！哪儿还有什么新生活！我们的处境，你的和我的，都没有希望了。"

那么，怎么办呢？阿斯特罗夫把希望寄托到一两百年之后，说也许那时人们会找到幸福的方法。

悲哀绝望的万尼亚舅舅因为找不到正确的世界观，想结束自己的生命：他偷了医生的吗啡，准备服毒自尽。

但是契诃夫给万尼亚安排了另外的命运：静下心来工作。这就远比伊凡诺夫和特烈普列夫进步了，而他的外甥女索尼雅的积极和热情也以更明朗的声调响彻在舞台上："我们，万尼亚舅舅，要活下去。我们要度过许许多多漫长的白昼，许许多多漫长的夜晚；我们要耐心地忍受命运带给我们的考验。"

但是总的说来，契诃夫由于当时在思想意识上的局限性，并没有能够指出究竟应该为谁劳动，他只做到了一点：使剧中人虽然经受了那样深刻的震动，但并没有悲观绝望，而是用最大的力量迫使自己安下心来劳动，以为劳动就是最高的美德。可悲的是：他仍旧是为偶像劳动，把自己的幸福寄托于死后的天堂，因为他不相信自己这辈子还能享受到真正的幸福。

可贵的是，契诃夫并不像当时许多知识分子那样，被生活的阴暗攫去，而是继续对未来抱着乐观的态度。这在一九〇〇年所写的《三姐妹》里又有了进一步的表现。

《三姐妹》写作和演出的时期，已是俄国第一次资产阶级民主革命（一九〇五年）的前夜，这时爆发了世界经济危机，俄国工厂倒闭了三千多家，失业者的数量增长，工人罢工运动展开，列宁在国外创办的《火星报》开始出版，为建立俄国的马克思主义政党而奋斗。一九〇二年出版了列宁的《怎么办？》一书，指出党是使工人运动革命化的力量，是工人运动的领导力量和组织力量。

契诃夫预感到革命的风暴即将来到,他在《三姐妹》里喊出了这样的呼声:"时候到了,一个庞然大物正在向我们大家压过来,一场强大有力的暴风雨已经准备好,它正在过来,已经逼近,不久就会把我们社会上的懒惰、冷漠、对劳动的偏见、颓废的烦闷一扫而空。"

这是契诃夫在一九○○年写的话。一九○一年,高尔基在他所写的《海燕之歌》里,喊出了"让暴风雨来得更猛烈些吧!"的呼声。契诃夫和高尔基的这种热情洋溢的号召很好地反映了当时的革命情绪。

在《三姐妹》里,契诃夫对于劳动有了更积极的看法。他的剧中人物土旬巴赫决定脱离军籍(并且真的脱离了军籍),到砖窑里去当工人;三姐妹中的小妹妹伊莉娜也以参加劳动为最大的满足,并且最后决定到工厂里去教书,把一生献给需要她的劳动的人;另一个剧中人物——韦尔希宁展示了这样卓越的思想:"要是有了劳动热情再加上教育,或者有了教育再加上劳动热情,那就好了。"土旬巴赫还预言说:"我要工作,再过二十五年到三十年光景,人人都要工作。人人!"事实上,过了十七年,俄国就爆发了"十月革命",每一个人都参加劳动了。

关于未来的展望,《三姐妹》比之前的三个多幕剧进了一步。韦尔希宁不仅说出未来的生活"会不可思议地美好,令人惊叹",而且号召人们为那种生活作准备,"要是这种生活现在还没有,人就必须预先体会它,期待它,渴望它,为它做准备,因而必须比他的祖父和父亲见闻多,知识广"。土旬巴赫表示赞同他的话,主张立刻就为新生活的到来而工作:"即使还很遥远,现在也必须为它做好准备,必须工作。"后来韦尔希宁又指出:"我们之中许多人觉得生活十分空虚,没有希望,可是,必须承认,它还是在变得越来越明朗和轻松,看来,它变得十分光明的时代已经不远了。"

契诃夫还把这问题更进一步发展下去:三姐妹在遭受到个人生活中无比痛苦的打击时,并没有屈服于昏暗和绝望,而是喊出了"必须生活下去……必须工作"的呼声。她们相信:"我们的痛苦会变成在我们以后生活的那些人的欢乐,幸福和和平会降临这个世界……"

三姐妹没有仅仅停留在对于未来的向往和信仰上,更有力的是,大姐奥尔迦在闭幕之前喊出了要"知道我们活着是为了什么"的呼声,她高声地说:"要是知道就好了!"

这也是列宁在这一时期所提出的"怎么办"的问题,列宁回答了这个问题。契诃夫在剧本里只提出了这个问题,但没有能回答这个问题。契诃夫的政治思想得到了发展,但仍不能解答应该走什么路和依靠谁的问题。然而,他提出了这样的问题,尤其是在戏里表现了实在无法忍受下去的生活,必然会促使读者和观众积极地向往革命的道路。正因为这个缘故,当时在国外的列宁从报上看到《三姐妹》演出的盛况,极为注意,并写信到莫斯科问他的母亲:"契诃夫的新剧作《三姐妹》怎样?"

契诃夫在一九〇三年写的《樱桃园》是独创一格的抒情喜剧,他表现了"今天的俄罗斯",又写出了"明天的俄罗斯"正要和"昨天的俄罗斯"告别。他在写这剧本的时候,疾病已很严重,但并没有给剧中人物染上悲观的色彩,全剧始终是以乐观的调子来处理"可怕的悲剧"和"愉快的喜剧"的。

即将来到的革命的风暴,将结束黑暗的、痛苦的过去,并将展开光明的、幸福的未来,一种大变革的预感充满着契诃夫的心灵,他在《樱桃园》里提出了要清算过去的生活。他说,美丽的樱桃园是园主过去剥削许多农奴、用农奴的血栽培起来的,现在每一片樱桃树的叶子都有农奴的灵魂,在张望着农奴主的后裔。"事情是非常明白的:倘要在现代生活,我们就非补偿过去、清算过去不可,倘要补偿,只能忍受熬煎,不放松地、不间断地去工作。"

契诃夫认为,旧的一切没有什么值得留恋的。破坏旧的,才能建设新的。美丽的樱桃园代表旧的俄国,应该完全抛弃它,建立新的大花园:"整个俄罗斯就是我们的花园。土地辽阔而美丽,其中有许多美好的地方。"

于是,我们在戏将闭幕的时候,听到后台传来斧子砍倒樱桃树的声音,预示着旧生活的终结、旧俄国的毁灭。

也就在快要闭幕的时候,剧中人物还意味深长地说道:"别了,旧的生活!""欢迎你,新生活!"

写了赞美新生活的《樱桃园》，契诃夫却没有来得及看到新生活，也没有看到他所欢呼的俄国第一次革命，便不幸去世了。

契诃夫在写这些热情洋溢的剧本时，已经感觉到他所表达的思想、他所描写的人物是落后于当时的形势。他在一九〇〇和一九〇一年就曾对高尔基说，他不满意自己作品中的主人公："我觉得，现在需要写的不是这样，不是这些，而是另外一些别的东西，另外一些严肃而正直的人。"

一九〇一年高尔基写的第一个剧本《小市民》里出现了工人尼尔的形象，契诃夫看到后非常兴奋，他写信给高尔基说："尼尔这个角色是一个重要的角色，必须把他的时间加长两倍至三倍，用这个角色来结束全剧，使他成为主要人物。"

写严肃的革命者，写有力的工人，写革命事件——这是契诃夫在他生命的最后几年的热烈愿望。他的最后一篇小说《新娘》，就是写的一个少女撇开家庭，废除婚约，从一个小城市投奔当时革命中心的彼得堡的故事。原来在小说里是写少女投奔革命，由于作家魏列萨耶夫劝告说这样的少女不会这样投入革命，契诃夫才把她写成到彼得堡去求学。不过，契诃夫在当时曾回答魏列萨耶夫说，奔向革命的道路是各不相同的。

是的，契诃夫循着自己的道路走向革命，用他独特的艺术作品的形式为革命服务，在使俄国人民群众革命化的事业中，贡献出自己的力量。

但是，不成熟的时代出现不成熟的思想。契诃夫生在俄国马克思主义革命思想缓慢形成的时代，他虽然努力追求革命真理，但没有来得及形成完整的革命世界观，没能找到透彻的革命观点。

尽管如此，我们从契诃夫独创的、造诣很高的几部戏剧作品中，还是可以感受到强烈的政治性。如果我们只注意到他所描写的旧社会、旧人物的阴暗的一面，而忽略了占主导地位的光明的、乐观的、革命的一面，那就找不到正确的尺度来评价他的作品了。

林　陵

目　录

伊 凡 诺 夫

四幕正剧

剧 中 人 物

尼古拉·阿历克塞耶维奇·伊凡诺夫——农务局的常务委员。

安娜·彼得罗芙娜——他的妻子,原名萨拉·阿勃拉木松。

玛特威·谢敏诺维奇·沙别尔斯基——伯爵,伊凡诺夫的舅舅。

巴威尔·基利雷奇·列别杰夫——地方自治局执行处主席。

齐娜伊达·萨维希娜——他的妻子。

萨霞——列别杰夫夫妇的女儿,二十岁。

叶甫根尼·康斯坦丁诺维奇·李沃夫——地方自治局的青年医师。

玛尔法·叶果罗芙娜·巴巴金娜——年轻的寡妇,女地主,富商的
   女儿。

德米特利·尼基契奇·柯绥赫——消费税税吏。

米哈依尔·米海洛维奇·包尔金——伊凡诺夫的远亲,他的田庄的
   总管。

阿芙多恰·纳扎罗芙娜——没有固定职业的老妇人。

叶果鲁希卡——列别杰夫家的食客。

客人一。客人二。客人三。客人四。

彼得——伊凡诺夫的听差。

加甫利拉——列别杰夫家的听差。

男女宾客,仆人们。

〔事情发生在俄罗斯中部的某一个县里。

第一幕

〔伊凡诺夫田庄的花园。左边是带凉台的住房正面,有一扇窗子开着。凉台前边是一个宽阔的半圆形场地,有两条林荫路从这儿通到花园里,一条是照直通过去,一条是在右边。右面有一些花园里用的桌椅。一张小桌上点着灯。天色近黄昏。幕启的时候,从正房里传出练习钢琴和大提琴二重奏的声音。

一

〔伊凡诺夫和包尔金。

〔伊凡诺夫坐在桌旁,正在看书。包尔金穿着大靴子,拿着一支枪,在花园深处出现,微微有点醉意,看见伊凡诺夫,就踮着脚向他走过去,到了他跟前,突然举起枪来瞄准他的脸。

伊凡诺夫　（看见包尔金,打了个哆嗦,跳起来）米沙①,上帝才知道这是怎么回事……您把我吓坏了……我本来就心神不定,而您还要开这种愚蠢的玩笑……（坐下）吓了我一跳,他就高兴了……

包尔金　（大笑）得了,得了……对不起,对不起。（挨着他坐下）我以后再也不干了,不干了……（脱掉帽子）天热呀。您相信不,我的老兄,也就三个钟头,我跑了十七里……累极了……您摸摸看,我的心跳得多么厉害……

伊凡诺夫　（看书）好,待一忽儿再说……

包尔金　不,您现在就摸。（拿起他的手,放在自己的胸口上）您听见

————————

①　米哈依尔的爱称。

了吗？突—突—突—突—突—突。这是说我有心脏病。说不定什么时候我会突然死掉。您听我说，要是我死了，您会难过吗？

伊凡诺夫　我在看书……等一忽儿再说……

包尔金　不，说正经的，要是我突然死了，您会难过吗？尼古拉·阿历克塞耶维奇，要是我死了，您会难过吗？

伊凡诺夫　别纠缠我！

包尔金　亲爱的，告诉我：您会难过吗？

伊凡诺夫　您满嘴喷酒气，我才真难过呢。米沙，这惹人讨厌。

包尔金　（笑）难道会有酒气？怪事……不过呢，这也没有什么可奇怪的。在普列斯尼吉村我遇上法院的侦察官，不瞒您说，我就跟他一块儿干了七八杯。说实在的，喝酒很有害。您听我说，不是有害吗？啊？不是有害吗？

伊凡诺夫　这简直叫人受不了……您要明白，米沙，这是在耍弄人……

包尔金　得了，得了……对不起，对不起！上帝保佑您，您一个人坐着吧……（站起来，走开）怪人，连跟他谈谈天都不行。（走回来）哦，对了！我差点忘了……劳驾给我八十二个卢布！……

伊凡诺夫　什么八十二个卢布？

包尔金　明天该付工人的工钱。

伊凡诺夫　我没有。

包尔金　多谢多谢！（学他的腔调）我没有……可是工人的工钱需要付吗？需要吗？

伊凡诺夫　我不知道。我今天一个钱也没有。您等到下月一号我领薪水的时候吧。

包尔金　跟这种人说话可真有意思！……工人们不是下月一号来领钱，而是明天早晨呀！……

伊凡诺夫　那么要我现在怎么办呢？好，您宰了我，把我锯成碎块吧……而且您养成了多么可恶的习惯，总是在我读书、写字，或者……的时候来纠缠我。

包尔金　我问您：该不该付工人工钱？哎，跟您说这些有什么用！……（挥一下手）还算是个地主，土地所有者呢，见鬼……什么合理化经营……有一千亩土地，可是口袋里却一文钱也没有……酒窖倒有，可是开酒瓶的拔塞器反而没有……明天我不管三七二十一，把那辆三套马的马车卖掉算了！是啊！……燕麦还没收就卖掉了，那明天索性把黑麦也卖掉。(在舞台上走来走去)您当是我会讲客气吗？是吗？哼，不对，那您可是看错人了……

二

　　〔人物同前，加上沙别尔斯基(在幕后)和安娜·彼得罗芙娜。

　　〔从窗口传来沙别尔斯基的声音："简直没法跟您一块儿合奏……您的听觉比一条填了馅儿的狗鱼还要差，而您弹钢琴的指法简直让人生气。"

安娜·彼得罗芙娜　(在打开的窗口出现)刚才是谁在这儿说话？是您吗，米沙？您干吗这样走来走去？

包尔金　跟您的这位 Nicolas-voila① 说话哪能不走来走去。

安娜·彼得罗芙娜　您听我说，米沙，请您吩咐人把干草送到球场上去。

包尔金　(挥挥手)劳驾，您躲开我……

安娜·彼得罗芙娜　瞧瞧，这是什么口气啊……这种口气在您可是完全不恰当的。如果您希望女人喜欢您，那您就永远也不要当着她们的面发脾气，不要神气活现……(对丈夫)尼古拉，咱们到干草上去翻跟头玩吧！……

伊凡诺夫　你，安纽达②，站在敞开的窗口可不好。你走开吧，千万……(喊叫)舅舅，关上窗子！

　　〔窗子关上。

包尔金　此外，您不要忘记，过两天就得付列别杰夫利息了。

伊凡诺夫　我记得。今天我要到列别杰夫家里去，请求他延期……

———————————

①　法语：亲爱的尼古拉。

②　安纽达和下文的安尼雅均为安娜的爱称。

（看怀表）

包尔金　您什么时候到那儿去？

伊凡诺夫　马上就去。

包尔金　（活跃）等一等，等一等！……要知道，今天好像是舒罗契卡①的
　　　　生日……啧—啧—啧……我倒给忘了……这叫什么记性！（蹦跳）我
　　　　要走啦，我要走啦……（唱）我要走啦……我去洗个澡，口里嚼嚼纸烟，
　　　　来上三滴阿摩尼亚水，那一切就重新开始啦……好人，尼古拉·阿历
　　　　克塞耶维奇，我的亲亲，我心中的天使，您老是烦躁，诉苦，经常忧郁，
　　　　可是如果咱们合伙干，鬼知道能干出多少了不起的事来啊！我为您什
　　　　么都肯干……您愿意我为您而跟玛尔福沙②·巴巴金娜结婚吗？她
　　　　的陪嫁，一半归您……不，不是一半，您全拿走，全拿走！……

伊凡诺夫　您别再胡扯了……

包尔金　不，我说的是正经话！您愿意我娶玛尔福沙吗？她的陪嫁咱
　　　　们对半分……不过，为什么我对您说这些呢？难道您会懂吗？
　　　　（学伊凡诺夫的腔调）"别再胡扯了。"您是好人，聪明人，可是您缺
　　　　少那么一种冲劲，您明白，那么一种魄力。应当放开手大干一场，
　　　　叫魔鬼都感到恶心……您是个精神病人，是个哭天抹泪的人，如果
　　　　您是个正常的人，那您过上一年就会有一百万了。比方说，要是眼
　　　　下我有两千三百卢布，过上两个星期我就会有两万。您不信吗？
　　　　照您看来，这是胡扯吗？不对，这不是胡扯……现在您给我两千三
　　　　百卢布，过一个星期我就给您送上两万。奥甫夏诺夫正在出卖河
　　　　对岸的一块地，恰好就在我们田地的对面，要价两千三百卢布。要
　　　　是我们买下这块地，河两岸就都归我们所有了。真要是两岸都归
　　　　我们所有，那么您要明白，我们就有权利修一道拦河坝截住河水。
　　　　不是这样吗？那我们就要造一个磨坊，等我们一宣布我们要修拦
　　　　河坝，那些住在河下游的人就会闹起来，那我们马上就说：Kommen
　　　　sie hier③，要是你们不乐意我们造坝，就出钱吧。您明白吗？扎烈

---

① 萨霞、舒罗契卡和下文的萨涅琪卡、萨宪卡、舒拉、舒尔卡均为亚历山德拉的爱称。

② 玛尔福沙和下文的玛尔特卡均为玛尔法的爱称。

③ 德语：到这儿来。

甫斯基的工厂就会出五千,柯罗尔科夫会出三千,修道院会出五千……

伊凡诺夫　所有这些,米沙,都是耍手段……要是您不愿意跟我吵架,您就把这些主意留给您自己用吧。

包尔金　(靠着桌子坐下)当然啦!……我早就知道嘛!……您自己什么也不干,又捆住我的手脚不让动……

三

〔人物同前,加上沙别尔斯基和李沃夫。

沙别尔斯基　(跟李沃夫一块儿从正房里走出来)医生跟律师差不多,他们只有一个区别,那就是律师光敲竹杠,而医生是又敲竹杠又害人……我说的可不是在座诸君……(在一张沙发椅上坐下)他们是骗子,剥削者……也许在某个世外桃源可以遇上这种普遍法则的例外,然而……我这一辈子为看病花掉两万卢布,可就是没有碰到过一个医生,不让我觉得他是地道的骗子。

包尔金　(对伊凡诺夫)是啊,您自己什么也不干,又捆住我的手脚不让动。所以我们才没有钱……

沙别尔斯基　我再说一遍,我说的可不是在座诸君……也许有例外,不过呢……(打呵欠)

伊凡诺夫　(合上书)大夫,您要说什么?

李沃夫　(回过头去看窗子)还是我早晨说过的那句话:她务必到克里米亚①去。(在舞台上走来走去)

沙别尔斯基　(扑哧一笑)到克里米亚去!……米沙,咱们为什么就不去给人看病呢?这工作简单得很嘛!……一个什么安果太太或者奥菲丽亚小姐由于烦闷无聊而嗓子发痒或者咳嗽起来,那你就立刻拿来一张纸,照科学的原则开个方子:先是请个年轻的大夫,其

---

①　俄国南部的疗养地。

次是到克里米亚去一趟,到了克里米亚再找个鞑靼人①……

伊凡诺夫　(对伯爵)哎,你别唠叨了,唠叨鬼!(对李沃夫)要到克里
　　米亚去,就得有钱。就算我弄到钱,她也还是会坚决不去的……

李沃夫　对了,她不肯去。

　　　　〔停顿。

包尔金　您听我说,大夫,难道安娜·彼得罗芙娜病得真那么重,非去
　　克里米亚不可吗?……

李沃夫　(回头看窗子)是的,她得的是肺病……

包尔金　嘘——嘘!……这可不好……我早就从她的脸色看出来她活
　　不长。

李沃夫　不过……说话小声点……屋子里听得见……

　　　　〔停顿。

包尔金　(叹气)我们的生活呀……人的一生好比一朵在野外盛开的
　　花:一只公山羊走过来,一口吃掉,这朵花就没有了……

沙别尔斯基　这都是胡说,胡说,胡说……(打呵欠)胡说,骗人。

　　　　〔停顿。

包尔金　我呢,诸位先生,一直在教尼古拉·阿历克塞耶维奇怎样聚
　　财。我给他出了一个绝妙的主意,可是我的火药照例落在潮湿的
　　土壤上了。他这个人是讲不通的……你们瞧他像个什么样子:忧
　　郁,沮丧,痛苦,愁闷,悲伤……

沙别尔斯基　(站起来,伸懒腰)你这个天才的脑袋为所有的人想办
　　法,教导大家怎样生活,我呢,你至少也得教导一次才好……你给
　　我上一课,聪明人,指一条出路吧……

包尔金　(站起来)我去洗个澡……再见,诸位先生……(对伯爵)您有
　　二十条出路呢……要是我处在您的地位,不出一个星期就会弄到
　　两万。(走)

沙别尔斯基　(跟着他走去)用什么办法呢? 好,教教我吧。

包尔金　这没有什么可教的。很简单……(走回来)尼古拉·阿历克

————————

①　指鞑靼向导。

塞耶维奇,给我一个卢布吧!

〔伊凡诺夫默默地把钱给他。

Merci! （对伯爵）您手上还有许多张王牌呢。

沙别尔斯基　（跟着他走去）哦,都是什么样的王牌呢?

包尔金　要是我处在您的地位,不出一个星期,少说也会弄到三万。 （同伯爵一块儿下）

伊凡诺夫　（沉吟片刻）这些多余的人,这些多余的话,而对于那些愚蠢的问题又不得不回答,所有这些,大夫,使我厌烦得要生病了。我变得爱发火,急躁,尖刻,小气,弄得我自己都认不得自己了。我一连好几天头痛,失眠,耳鸣……简直要躲也没处躲……要躲也没处躲……

李沃夫　尼古拉·阿历克塞耶维奇,我要认真地跟您谈一谈。

伊凡诺夫　您谈吧。

李沃夫　我要谈安娜·彼得罗芙娜的事。（坐下）她不同意到克里米亚去,不过跟您一块儿,她就会去了。

伊凡诺夫　（想一想）要两个人一块儿去,就得有钱。再说,我不能请长假。今年我已经请过一次假了……

李沃夫　就算这是实情吧。现在再往下谈。肺病的最主要的医疗方法是绝对的安宁,而您的妻子连一分钟的安宁也没有。您对她的态度经常使她焦急不安。对不起,我心情激动,我要直截了当地说了。您的行为正在断送她的性命。

〔停顿。

尼古拉·阿历克塞耶维奇,请您让我能把您想得好一点吧!……

伊凡诺夫　所有这些都是实话,实话……我大概罪孽深重,不过呢,我的思路混乱,我的灵魂被一种什么惰性捆得紧紧的,我不能了解我自己。我既不了解别人,也不了解自己……（瞧一眼窗子）人家可能听见我们的话,我们去散散步吧。

〔他们站起来。

我,亲爱的朋友,很想跟您从头讲起,可是这件事说来话长,又那么复杂,就是讲到明天早晨也讲不完。

〔他们走去。

安纽达是个了不起的、不平常的女人……她为我改变了宗教信仰，丢下父母，抛弃了家财，而且，要是我再要求一百种牺牲，她也会承担下来，连眼睛也不眨一下。而我呢，却一点也没有什么了不起的地方，而且什么也没有牺牲过。不过，这事说来就话长了……问题的全部实质，亲爱的大夫（犹豫不决），在于……简单地说吧，当初我结婚是出于热烈的爱情，而且发誓永远爱她，可是……五年过去了，她仍旧爱我，而我……（把两只手一摊）刚才您告诉我她快死了，我既没感到爱恋，也没感到怜悯，却感到一种空虚和疲倦。如果从旁边看我，这多半是可怕的，我自己也不明白我的灵魂起了什么样的变化……

〔他们沿林荫道下。

四

〔沙别尔斯基，后来加上安娜·彼得罗芙娜。

沙别尔斯基 （上场，大笑）说真的，他不能说是骗子，而是思想家，是技艺精巧的能手！应当给他立一个纪念碑才是。在他一个人身上，集合了当代各种各样的脓疮：律师的、医生的、小商人的、出纳员的。（在凉台的底下一层台阶上坐下）可是他好像从来也没有在什么学校里毕过业，这才叫惊人呢……那么，要是他再掌握文化和人文科学，他就会成为一个多么有天才的坏蛋啊！他说："您不出一个星期就能弄到两万。"他又说："您手上还有一张王牌爱司呢，那就是您的伯爵头衔。（大笑）随便哪个姑娘都会带着陪嫁嫁给您的……"

〔安娜·彼得罗芙娜推开窗子，朝下面瞧。

他说："您愿意我给您说媒，跟玛尔富沙结婚吗？"Qui est ce que c′est① 玛尔福沙？啊，这就是那个姓什么巴拉巴尔金娜……或者巴巴

---

① 法语：是谁？

卡尔金娜……也就是那个很像洗衣妇的女人。

安娜·彼得罗芙娜　是您吗,伯爵?

沙别尔斯基　什么事啊?

　　　〔安娜·彼得罗芙娜笑。

(用犹太口音讲话)您笑啥?

安娜·彼得罗芙娜　我想起您的一句话。您记得您吃午饭的时候说的话吗?被宽恕的贼啦,马啦……怎么说来着?

沙别尔斯基　改信基督教的犹太人,被宽恕的贼,刚医好病的马,都是一个价。

安娜·彼得罗芙娜　(笑)您连不带恶意地说一句普通的俏皮话也办不到。您是个恶毒的人。(严肃地)不开玩笑,伯爵,您很恶毒。跟您一块儿生活是乏味而可怕的。您老是唠叨,说怪话,在您的心目中,人人都是坏蛋和流氓。您坦率地告诉我,伯爵,您曾经说过谁的好话吗?

沙别尔斯基　这可真是考问!

安娜·彼得罗芙娜　我跟您在一所房子里生活已经有五年了,我一次也没有听见过您心平气和地议论人,不发脾气,不带嘲笑。人家有什么对不起您的地方?莫非您认为您比大家都高明吗?

沙别尔斯基　我根本没有这样想;我跟大家一样也是坏蛋和戴着小圆帽的猪猡。我是 mauvais ton①,是个老混蛋。我老是骂我自己。我算是个什么人?我是干什么的?我以前阔绰,自由,也幸福过一阵子,可是现在呢……我成了食客,寄人篱下,成了任人笑骂的丑角。我气愤,我藐视,可是人家用讪笑回答我;而我一笑,人家又对我悲哀地摇头,说:这个老头子发疯了……不过最常见的情形是人家不理睬我的话,不把我放在眼里……

安娜·彼得罗芙娜　(轻声地)又叫了……

沙别尔斯基　谁在叫?

安娜·彼得罗芙娜　猫头鹰呗。它每天傍晚都叫。

————————

① 法语:低级趣味的人。

沙别尔斯基　随它去叫吧。反正也不会有比现在更糟的局面了。(伸懒腰)哎,亲爱的萨拉,要是我打牌能赢个十万二十万的,我就会给您一点颜色看看!……只是到那时候您就见不到我了。我就会离开这个泥坑,不吃这种别人布施的面包,一直到世界末日也决不会到这儿来了……

安娜·彼得罗芙娜　要是您赢了钱,您要干些什么事呢?

沙别尔斯基　(想一想)我首先要到莫斯科去,听茨冈人唱歌。然后……然后我就跑到巴黎去。我就在那儿租一所房子住下,到俄国教堂去做礼拜……

安娜·彼得罗芙娜　此外还干点什么呢?

沙别尔斯基　我会整天坐在我妻子的坟墓旁边沉思默想。我就照这样守着那座坟,直到我咽气为止。我的妻子是葬在巴黎的……

　　　　〔停顿。

安娜·彼得罗芙娜　我烦闷极了。我们再去合奏一下吧,好不好?

沙别尔斯基　好,您去准备乐谱吧。

五

　　　〔沙别尔斯基、伊凡诺夫和李沃夫。

伊凡诺夫　(同李沃夫一块儿在林荫道上出现)您,亲爱的朋友,去年刚刚毕业,还年轻,朝气蓬勃,我呢,三十五岁了。我有权利给您出主意了。您不要娶什么犹太女人,不要娶有精神病的女人,也不要娶什么女学究,而要挑选一个平常的、不起眼的女人,没有什么鲜明的色彩,也没有什么多余的声音。总之,要按老规矩铺排您的全部生活。背景越是灰色,越是单调,就越好。亲爱的,不要单枪匹马而同千千万万的人作战,不要同风车厮杀,不要用脑门子去撞墙……求上帝保佑您,不要去搞各式各样的合理化经营,不要去办不同寻常的学校,不要发表慷慨激昂的演说……您得把自己封闭在自己的甲壳里,干那种由上帝要您干的小事……这样生活比较舒服,比较正直,比较健康。而我经历过的那种生活却使人多么厌倦呀!啊,多么厌倦呀!我犯过多少错误,干过多少不公平的事,多少荒唐事。(看见伯爵,气愤地说)你,舅舅,老是在人家眼前转来转去,弄得人家没法单独说说话!

沙别尔斯基　(用要哭的声音说)叫鬼逮了我去才好,我连个歇一歇的地方也没有!(急速地向正房走去)

伊凡诺夫　(在他的背后喊叫)哎呀,对不起,对不起!(对李沃夫)我为什么要得罪他呢?是啊,我简直要垮下来了。我得给我自己想点办法才成。是得想办法了……

李沃夫　(激动)尼古拉·阿历克塞耶维奇,我听完了您的话,就要……就要,对不起,直截了当,不兜圈子地说一说。在你的语气中,姑且不谈您说的话,流露出您多么自私自利,没有心肝,多么冷酷无情啊……一个跟您最亲近的人由于跟您亲近而快要死了,她的日子屈指可数了,可是您……您居然没有一点爱人之心,还若无其事地到处给别人出主意,装腔作势。我对您也说不清我的想法,我缺少说话的才能,不过……不过我深深地厌恶您!……

伊凡诺夫　也许是,也许是……您是旁观者清……很可能您了解我……大概我有很大很大的罪过……(倾听)好像是马车准备好了。我得去换衣服……(向正房走去,站住)您,大夫,不喜欢我,也不隐瞒这一点。您的真诚使人起敬……(走进正房)

李沃夫　(独白)该死的性格啊……我又放过一个机会,没有跟他好好谈一谈……我没法冷静地跟他谈话!我一开口,刚说出一句话,我这个地方(指一指自己的胸口)就开始发闷,不住地翻腾,我的舌头就粘在喉咙上了。我痛恨这个达尔杜弗①,这个第一流的骗子……现在他要坐上马车走了……他那不幸的妻子的全部幸福,就在于他待在她的身边,她少不了他,要求他跟她一块儿哪怕只消磨一个傍晚也好,可是他……他办不到……您瞧,他在家里觉得气闷,觉得天地太小。要是他在家里哪怕只消磨一个傍晚,他也会难

---

① 法国剧作家莫里哀的喜剧《伪君子》中的主人公,一个伪君子。

过得要开枪自杀。可怜的人啊……他需要广大的天地,那是为了
打算干一种新的卑鄙勾当……哼,我知道你为什么每天傍晚坐车
到那个列别杰夫家去!我知道!

六

〔李沃夫、伊凡诺夫(戴着帽子,穿着大衣)、沙别尔斯基和安
娜·彼得罗芙娜。

沙别尔斯基 (同伊凡诺夫和安娜·彼得罗芙娜一块儿走出正房)尼
古拉,这简直是不近人情啊!……你每天傍晚坐车出去,却撇下我
们待在家里。我们气闷得八点钟就上床睡觉了。这是胡搞,不是
生活!为什么你可以出去,我们就不行?为什么?

安娜·彼得罗芙娜 伯爵,别管他!让他去吧,随他吧……

伊凡诺夫 (对妻子)哎,你这个病人能到哪儿去呢?你有病,日落以
后不能出门……你问问大夫嘛。你不是孩子,安纽达,你得明白事
理……(对伯爵)你到那儿干什么去呢?

沙别尔斯基 哪怕叫我到地狱里去找魔鬼,哪怕叫我钻进鳄鱼的嘴里,
我都去,只要不待在这儿就成。我闷得慌!我闷得麻木了!我惹
大家讨厌。你把我留在家里是免得她一个人寂寞,可是我折磨她,
使她更苦恼!

安娜·彼得罗芙娜 别管他了,伯爵,别管他了!要是他觉得在那儿快
活,就让他去吧。

伊凡诺夫 安尼雅,何必说这种话呢?你知道我到那儿去不是图快活!
我得去谈一谈期票的事。

安娜·彼得罗芙娜 我不明白,你何必辩白呢?你去好了!有谁阻拦
你呢?

伊凡诺夫 诸位,我们不要互相争吵吧!难道有这种必要吗?!

沙别尔斯基 (用要哭的声音说)尼古拉,亲人,喏,我求求你,带我一
块儿去吧!我要到那儿去看看那些骗子和蠢货,说不定会让我开

开心。要知道,我从复活节起就哪儿也没有去过!

伊凡诺夫　(生气)好,我们一块儿去吧!你们这些人也真惹得我讨厌!

沙别尔斯基　是吗?好,merci,merci……(快活地挽住他的胳膊,把他拉到一边去)我可以戴你的草帽吗?

伊凡诺夫　可以,只是要快一点,劳驾!

　　　　〔伯爵跑进正房。

你们这些人多么惹我讨厌!不过,主啊,我在说什么?安尼雅,我在用一种使人难以容忍的腔调跟你说话。我早先从来也没有这样过。好,再见,安尼雅,我一点钟左右回来。

安娜·彼得罗芙娜　柯里亚①,我亲爱的,你留在家里吧!

伊凡诺夫　(激动)我的好人,我的亲人,不幸的人,我求求你,不要拦阻我傍晚出门。从我这方面来说,这种要求是狠心的、不公平的,不过你就容忍我去做这种不公平的事吧!在家里我沉闷得难受!太阳刚落下去,我的灵魂就开始受到苦恼的煎熬。多么苦恼呀!这究竟是什么缘故,你就别问了。我自己也不知道。我起誓,我真不知道!在这儿我苦恼,可是到了列别杰夫家就更糟;回到家里呢,还是苦恼,整个晚上就是这个样子……简直要命!……

安娜·彼得罗芙娜　柯里亚……那你就留在家里吧!我们照以前那样谈谈天……我们一块儿吃晚饭,看书……我和那个爱发牢骚的家伙为你练熟了许多合奏曲呢……(拥抱他)你留下吧!

　　　　〔停顿。

我不了解你。这种情况已经有一整年了。你为什么变啦?

伊凡诺夫　我不知道,我不知道……

安娜·彼得罗芙娜　那么你为什么每到傍晚不愿意带着我一块儿出门呢?

伊凡诺夫　既然你要我说,那么,也行,我就说。说这种话是有点残忍的,不过也还是说出来的好……每逢苦恼来煎熬我,我……我就开

---

① 柯里亚和下文的尼古拉沙均为尼古拉的爱称。

始不爱你了。在那种时候我就要躲开你。一句话,我非出门不可。

安娜·彼得罗芙娜　苦恼?我明白,我明白……你猜怎么着,柯里亚?你就试一试照以前那样唱唱歌,笑一笑,生会儿气……你别走了,我们来一块儿笑,喝点甜酒,我们就会把你的苦恼一下子赶走的。你要我唱个歌吗?要不然我们就照以前那样到你的书房里去摸着黑坐下来,你就对我诉说你的苦恼……你那双眼睛里流露出多么深切的痛苦呀!那我就瞧着你的眼睛哭泣,我们两个人心里就会轻松多了……(又笑又哭)这究竟是怎么回事呢,柯里亚?花每年春天都开,而欢乐就不行?是吗?那么,你去吧,你去吧……

伊凡诺夫　你为我祷告上帝吧,安尼雅!(走去,停住,思索)不,我办不到!(下)

安娜·彼得罗芙娜　你去吧……(在桌子旁边坐下)

李沃夫　(在舞台上走来走去)安娜·彼得罗芙娜,您得定下一个规则:一打六点钟,您就得进屋里去,到第二天早晨再出来。傍晚的潮湿对您有害。

安娜·彼得罗芙娜　是,先生。

李沃夫　什么"是,先生"!我是在严肃地说话。

安娜·彼得罗芙娜　我却不想严肃。(咳嗽)

李沃夫　您瞧,您已经在咳嗽了……

七

〔李沃夫、安娜·彼得罗芙娜和沙别尔斯基。

沙别尔斯基　(戴着帽子,穿着大衣,走出正房)尼古拉在哪儿?马车来了吗?(很快地走过去,吻安娜·彼得罗芙娜的手)晚安,美人儿!(做鬼脸)对不起!请您包涵啦!(很快地下)

李沃夫　小丑!

〔停顿,从远处传来手风琴声。

安娜·彼得罗芙娜　多么烦闷无聊啊!……那些车夫和厨娘倒在举行

　　舞会了,而我……我呢,却像一个被抛弃的人……叶甫根尼·康斯坦丁诺维奇,您在那儿走来走去干什么? 您到这儿来,坐下吧!……

李沃夫　我坐不住。

　　　　〔停顿。

安娜·彼得罗芙娜　厨房里在演奏《黄雀》这个曲子。(唱)"黄雀啊,黄雀啊,你在哪儿? 我在山下喝白酒。"

　　　　〔停顿。

　　大夫,您的父母都在吗?

李沃夫　我的父亲死了,母亲还在。

安娜·彼得罗芙娜　您想念您的母亲吗?

李沃夫　我没有工夫想她。

安娜·彼得罗芙娜　(笑)花每年春天都开,欢乐却不行。这句话是谁对我说的? 求上帝赐给我好记性……好像就是尼古拉亲口说的。(倾听)猫头鹰又叫了。

李沃夫　随它去叫吧。

安娜·彼得罗芙娜　大夫,我开始这样想:命运亏待了我。有许多人未必比我好,却很幸福,而且为自己的幸福并没有付出什么代价。我可是为一切都付出代价的,为一切,毫无例外! ……而且代价是多么昂贵啊! 为什么要从我这儿索取这么吓人的利息呢? ……我亲爱的,您对我老是小心谨慎,生怕说出实情,可是您以为我不知道我的病情吗? 我知道得很清楚。不过讲这种事是乏味的……(用犹太人的口音讲话)请您包涵吧! 您会讲滑稽故事吗?

李沃夫　我不会。

安娜·彼得罗芙娜　尼古拉就会。而我也开始对人们的不公平感到惊奇:为什么不用爱情回报爱情,而用虚假来报答真情呢? 您说说吧:我的父母会恨我到什么时候呢? 他们住的地方离此地有五十里路,可是我白天黑夜,哪怕是做梦,都能感觉到他们的怨恨。还有,请问尼古拉的苦恼该怎么理解呢? 他说只是到了傍晚苦恼来折磨他的时候,他才不爱我。这我倒是明白而且也能够容忍的,可是,您想想看,假定他完全不爱我了,那可怎么办!当然,这是不可能的,不过,万一会这样呢?不,不,关于这一点连想都不该想。(唱)"黄雀啊,黄雀啊,你在哪儿?……"(打了个哆嗦)我的想法多么可怕呀!……您,大夫,还没成家,有很多事情您不会了解……

李沃夫　您惊奇……(挨着她坐下)不,我……我才惊奇呢,我对您感到惊奇!是啊,您说说吧,您向我解释一下吧,您这么一个聪明、正直、几乎可以说圣洁的女人,怎么能容许人家那么无耻地欺骗您,把您拖到这个猫头鹰的窝里来?您何必待在这儿呢?您跟这个冷酷无情的人……有什么共同点呢,不过我们不谈您的丈夫吧!您跟这个空虚庸俗的环境有什么共同点呢?唉,我的上帝!……那个老是发牢骚的、生了锈的、疯疯癫癫的伯爵,那个老奸巨猾、骗子中的骗子,生成一副丑相的米沙……您对我解释一下,您待在这儿干什么?您怎么会跑到这种地方来的呢?……

安娜·彼得罗芙娜　(笑)您讲的话正好跟他以前讲过的一样……一点不差……不过他的眼睛大些,当他开始热烈地讲起什么事来,他那对眼睛就像是两个火红的煤块……您说吧,说下去!……

李沃夫　(站起来,挥一下手)我能说什么呢?您回到房间里去吧……

安娜·彼得罗芙娜　您说尼古拉这样那样,如此这般的。您怎么会了解他呢?难道半年之内就能认清一个人吗?他,大夫,是个了不起的人,可惜您没有在两三年以前认识他。他现在感到苦闷,沉默了,什么也不干了,可是以前……多么可爱呀!……我头一眼看到他,就爱上他了。(笑)我看了他一眼,捕鼠器就啪的一响,把我抓住了!他说:我们一块儿走吧……我就丢开一切,您知道,好比人们用剪子剪掉枯叶一样,我真就走了……

　　〔停顿。

可是现在不是这样了……现在他常到列别杰夫家,找别的女人解闷儿去了,我呢……就坐在这个花园里,听猫头鹰叫……

　　〔传来守夜人的打更声。

大夫,您有弟兄吗?

李沃夫　没有。

　　　〔安娜·彼得罗芙娜痛哭。

　哎,这是干什么?您怎么啦?

安娜·彼得罗芙娜　(站起来)我受不了啦,大夫,我要到那儿去……

李沃夫　到哪儿去?

安娜·彼得罗芙娜　到他那儿去……我要去……请您吩咐他们准备马车吧。(跑进正房)

李沃夫　不行,我要断然拒绝在这种情况下治病!他们不但一个小钱也不给,而且搅得我心烦意乱!……不行,我不干了!够啦!(走进正房)

第一幕完

第二幕

〔列别杰夫家的客厅;正面有一道门通向花园,左右也有门。贵重的老式家具。枝形吊灯架、枝形烛台、画,这些东西都蒙着罩子。

一

〔齐娜伊达·萨维希娜、柯绥赫、阿芙多恰·纳扎罗芙娜、叶果鲁希卡、加甫利拉、女仆、老年的女客们、小姐们、巴巴金娜。

〔齐娜伊达·萨维希娜坐在一张长沙发上。她两旁的圈椅上坐着老年的女客们;年轻人坐在椅子上。在舞台深处,在通往花园的门口附近,人们在打纸牌,打牌的人当中有柯绥赫、阿芙多恰·纳扎罗芙娜和叶果鲁希卡。加甫利拉站在右门的旁边;女仆用盘子端来糖果分送给大家。在整个第二幕里,客人们从花园到右门不住地来回走动。巴巴金娜从右门里出来,往齐娜伊达·萨维希娜那边走去。

齐娜伊达·萨维希娜 (快活地)亲爱的,玛尔法·叶果罗芙娜……

巴巴金娜 您好,齐娜伊达·萨维希娜! 我荣幸地祝贺您小姐的生日……

〔她们互吻。

求上帝保佑……

齐娜伊达·萨维希娜 谢谢您,亲爱的,我那么高兴……哦,您的身体怎么样?……

巴巴金娜 多谢您。(挨着她在长沙发上坐下)你们好,年轻人!

〔客人们站起来,鞠躬。

客人一　（笑）年轻人……那么莫非您老啦?

巴巴金娜　（叹气）我哪儿算得上是年轻人啊……

客人一　（恭敬地笑）求上帝怜恤,您这是什么话呀……您只不过名义上是寡妇罢了,其实您比随便哪个姑娘都要俊得多呢。

　　　　〔加甫利拉给巴巴金娜送茶。

齐娜伊达·萨维希娜　（对加甫利拉)你怎么这样送茶的? 应当拿点果酱来,醋栗酱什么的……

巴巴金娜　您别费心,多谢您了。

　　　　〔停顿。

客人一　您,玛尔法·叶果罗芙娜,是坐车穿过穆希金诺村来的吧?……

巴巴金娜　不,我是打扎依米谢村那边来的。那儿的路好走一点。

客人一　是啊。

柯绥赫　两张黑桃。

叶果鲁希卡　帕斯。

阿芙多恰·纳扎罗芙娜　帕斯。

客人二　帕斯。

巴巴金娜　彩票,亲爱的齐娜伊达·萨维希娜,又猛涨啦。这种事真少见:头一期的涨到两百七,第二期的也将近二百五了……这种事可从来也没有过啊……

齐娜伊达·萨维希娜　（叹气）谁手里彩票多,谁就美了……

巴巴金娜　您可别这么说,亲爱的,虽说价钱大,可要是真把钱花在这上头还是不划算。单是保险费就要人的命。

齐娜伊达·萨维希娜　话是不错的,不过,我亲爱的,这到底有个指望啊……（叹气）上帝是仁慈的……

客人三　在我看来,mesdames,我是这样考虑的:这年月有大笔资金不划算。息票的股息非常少,而把钱放出去又非常危险。我是这样理解的,mesdames,这年月有钱的人得担很大的风险,反不如……

巴巴金娜　（叹息）这话是实在的!

〔客人一打了个呵欠。

难道可以当着太太们打呵欠吗？

客人一　Pardon,mesdames,我是无意的。

〔齐娜伊达·萨维希娜站起来,从右门下,长久的沉默。

叶果鲁希卡　两张红方块。

阿芙多恰·纳扎罗芙娜　帕斯。

客人二　帕斯。

柯绥赫　帕斯。

巴巴金娜　（对旁边）主啊,多么气闷,气闷得要死!

二

〔人物同前,加上列别杰夫。

齐娜伊达·萨维希娜　（同列别杰夫一起从右门上,小声说）你在那儿
　　呆坐着干什么? 好像一个歌剧女主角似的! 去陪客人坐坐!（在
　　原先的位子上坐下）

列别杰夫　（打呵欠）哎,我们罪孽深重啊!（看见巴巴金娜）老天爷,
　　果糕在这儿坐着呢! 美味糕! ……（打招呼）您的最珍贵的玉体
　　如何呀? ……

巴巴金娜　多谢您。

列别杰夫　啊,谢天谢地! ……谢天谢地!（在一把圈椅上坐下）是
　　啊,是啊……加甫利拉!

〔加甫利拉端给他一杯白酒和一杯水,他喝完白酒,又喝水。

客人一　祝身体健康! ……

列别杰夫　哪儿算得上什么健康哟! ……总算没断气,这就得千恩万
　　谢了。（对妻子）玖玖希卡①,我们过生日的女儿在哪儿呀?

柯绥赫　（带着哭音）您说说看:是啊,为什么我们总是两手空空啊?

———————

　　① 齐娜伊达的爱称。

（跳起来）是啊，为什么我们总是输，真是见了鬼啦？

阿芙多恰·纳扎罗芙娜　（跳起来，气冲冲地）就因为你啊，老爷。如果你不会打牌，就不该坐下来。你有什么权利垫牌？你瞧，你手里的爱司出不去啦！……

〔他们两人都从桌子旁边向台口跑。

柯绥赫　（用要哭的声音说）容我说一句，诸位先生……我手里有红方块的牌：一张爱司、一张老王、一张皇后，另外还有八张方块儿，一张黑桃爱司，还有一张，您知道，一张小点的红桃，可是她，鬼才知道怎么搞的，偏不喊小满贯！……我就说：无将……

阿芙多恰·纳扎罗芙娜　（插嘴）无将是我说的！你说的是无将两副……

柯绥赫　这真气人！容我说一句……您有……我有……您有……（对列别杰夫）您来评评理吧，巴威尔·基利雷奇……我的牌是红方块：一张爱司、一张老王、一张皇后，另外还有八张方块……

列别杰夫　（捂上耳朵）别说了，劳驾……别说了……

阿芙多恰·纳扎罗芙娜　（喊叫）无将是我叫的！

柯绥赫　（狂怒地）要是往后我再跟这条鲟鱼坐下来打牌，我就是混蛋，天打雷劈！（很快地走进花园，下）

〔客人二跟着他走去，牌桌边只剩下叶果鲁希卡。

阿芙多恰·纳扎罗芙娜　呸！……他闹得我浑身发烧了……鲟鱼！你才是鲟鱼呢！……

巴巴金娜　连您也生气了，老太太……

阿芙多恰·纳扎罗芙娜　（看见巴巴金娜，就举起两只手轻轻一拍）我的心肝，美人儿！……原来她在这儿，我这个睁眼瞎却没有看见……亲人儿呀……（吻她的肩膀，挨着她坐下）多么叫人高兴！让我瞧瞧你吧，白天鹅！呸，呸，呸，……但愿你不要遭到毒眼的祸害就好！……

列别杰夫　得了，她又说个没完……还是给她找个新郎的好……

阿芙多恰·纳扎罗芙娜　我会给她找到的！要是我不把她和萨涅琪卡嫁出去，我这个罪人怎么也不肯进棺材！……怎么也不肯进棺材……(叹息)只是如今这号新郎到哪儿去找呢?瞧,他们就是我们的新郎,可是他们坐在那儿无精打采,活像些落汤鸡!……

客人三　这是个非常不恰当的比喻。在我看来,mesdames,如果现在的青年人情愿过独身生活,那么这是应当归咎于所谓社会条件……

列别杰夫　得了,得了!……别谈哲学了!……我不喜欢!……

<h2 style="text-align:center">三</h2>

〔人物同前,加上萨霞。

萨　霞　(上场,向父亲跟前走去)这么美妙的天气,可是各位先生,你们却坐在这个闷不通风的地方。

齐娜伊达·萨维希娜　萨宪卡,难道你没看见玛尔法·叶果罗芙娜在我们这儿吗?

萨　霞　对不起。(走向巴巴金娜,打招呼)

巴巴金娜　你的架子越来越大了,萨涅琪卡,你的架子越来越大了,哪怕到我家里来一次也好啊。(互吻)我祝贺你的生日,亲爱的……

萨　霞　谢谢。(挨着她的父亲坐下)

列别杰夫　是啊,阿芙多恰·纳扎罗芙娜,找新郎的事如今是难办。别说新郎了,就是一个像样的男傧相也没处找啊。这年月,在座诸君可不要见怪,青年们变得萎靡不振、软弱无力,上帝保佑,……你没法儿跟他们好好地跳跳舞,谈谈天,喝喝酒……

阿芙多恰·纳扎罗芙娜　哼,他们喝酒倒都在行,只要你让他喝……

列别杰夫　会喝酒算不了什么了不起的事,连马也会喝。不,你喝酒得喝出个样子来!……在我们那个时候,往往整天价绞尽脑汁忙功课,可是一到傍晚,就一溜烟跑到一个热闹的地方去,像陀螺似的转到第二天黎明……又是跳舞,又是引小姐们发笑,又是这个玩意儿(弹自己的脖子①)。我们又是胡扯,又是谈哲学,直到舌头不能

---

① 暗示喝酒。

动了才罢休……可是如今的年轻人啊……（挥一下手）我不懂……他们既不给上帝供圣烛，也不给魔鬼拨火。我们全县只有一个像样的青年人，而这个人已经结婚了，（叹息）并且看样子，也快发疯啦……

巴巴金娜　这人是谁？

列别杰夫　尼古拉沙·伊凡诺夫。

巴巴金娜　是啊，他是个好男人（做鬼脸），只是不走运！……

齐娜伊达·萨维希娜　亲爱的，他哪能走运呢！（叹息）他呀，可怜的人，做错了事！……当初他娶那个犹太女人的时候，他呀，可怜的人，原本指望她的父母会给她金山银山做陪嫁，结果呢，满不是那回事……自从她改变宗教信仰的时候起，她的父母就不愿意认她，咒骂她……所以他连一个子儿也没拿到。现在他后悔啦，可是已经迟了……

萨　霞　妈妈，这是胡说。

巴巴金娜　（激烈地）舒罗契卡，这怎么会是胡说呢？要知道，这是大家都知道的。要不是贪图钱财的话，他为什么要娶一个犹太女人呢？难道俄国女人还少吗？他做错了事，亲爱的，他做错了事……（活跃）主啊，现在她也受够了他的气！这简直是笑话。他从外面一回到家里，就立刻对她说："你的父母骗了我！你从我的家里滚出去！"可是她有什么地方可去呢？她的父母不会收留她，她只好去当女仆，可是她又干不惯那种活……他就净找她的碴子，后来总算有伯爵给她挡一下。要不是伯爵的话，她早就送命了……

阿芙多恰·纳扎罗芙娜　有时候他把她关在地窖里，说："你这没出息的娘儿们，吃蒜头吧……"她吃啊吃的，吃得都呕吐了。

〔笑声。

萨　霞　爸爸，要知道，这是谣传！

列别杰夫　哦，那有什么关系？随他们去由着性儿胡扯吧……（喊叫）加甫利拉！……

〔加甫利拉给他送来白酒和水。

齐娜伊达·萨维希娜　就因为这个缘故，这个可怜的人才破产的。亲爱的,他的境况糟透了……要是没有包尔金照看他的产业,那他和那个犹太女人就没有东西吃了。(叹气)而且,亲爱的,我们为他也遭了殃!……我们简直是大遭其殃,只有上帝才看得见!信不信由您,亲爱的,这三年他欠下我们九千卢布了!

巴巴金娜　(大吃一惊)九千啊!……

齐娜伊达·萨维希娜　是啊……这都是我那宝贝巴宪卡①自作主张借给他的。他也不分一分哪些人可以借,哪些人不可以借。借出去的钱我就不说了,求上帝保佑吧,可是利息总该按期付嘛!……

萨　霞　(激烈地)妈妈,这话您已经说过一千遍了!

齐娜伊达·萨维希娜　这关你什么事?你干什么护着他?

萨　霞　(站起来)可是人家并没做过什么对不起您的事,您怎么好意思说这些话呢?你倒说说,他做过什么对不起您的事呢?

客人三　亚历山德拉·巴甫洛芙娜,请您让我说几句!我尊敬尼古拉·阿历克塞耶维奇,而且引以为荣,不过,entre nous②,依我看来,他是个冒险家。

萨　霞　要是您认为这样,那我就给您祝贺了。

客人三　我要举出下面的事实作为证据,这件事是他的 attaché③,或者所谓的 cicerone④ 包尔金告诉我的。两年以前,在牲口闹瘟疫的时候,他买下不少牲口,给这些牲口保了险……

齐娜伊达·萨维希娜　是啊,是啊,是啊!我记得这件事。我也听人说过。

客人三　他给牲口保了险,请您注意,然后叫牲口染上瘟疫,他就领到了保险费。

萨　霞　哎,这全是瞎扯!瞎扯!谁也没买过牲口,谁也没叫牲口染上过瘟疫!这是包尔金自己想出来的花样,还到处去吹嘘。后来伊凡诺夫知道了这件事,包尔金就向他讨饶了两个星期。伊凡诺夫

---

①　巴宪卡和下文的巴沙均为巴威尔的爱称。
②　法语:我们私下说说。
③　法语:随员。
④　法语:向导。

的过错,只是他性格软弱,不忍心把这个包尔金从家里赶走,他错在他太相信人!他的一切家当都给人偷走私吞了,无论谁,只要有心发财,都可以利用他的慷慨发财的。

列别杰夫　舒拉,冒失鬼!你别说了!

萨　霞　那他们为什么胡扯呢?唉,这些话真乏味,真乏味呀!伊凡诺夫,伊凡诺夫,伊凡诺夫,除此以外就没有别的话可讲了。(往门口走去,又回来)我感到吃惊!(对年轻人)我简直对你们的耐性感到吃惊,诸位先生!难道你们这么坐着不觉得乏味吗?要知道空气都因为苦闷而停滞了!你们说些什么吧,逗小姐们开开心,活动一下吧!要是你们除了伊凡诺夫就无话可谈,那你们就笑一下,唱个歌,跳个舞什么的……

列别杰夫　(笑)骂吧,把他们痛骂一顿!

萨　霞　好,你们听着,请你们赏个脸吧!要是你们不想跳舞,不想笑,不想唱歌,要是这些都乏味,那么我请求你们,央告你们,哪怕一辈子就这么一次,为了好玩,为了惊人或者为了逗笑,你们打起精神,一下子想出一句俏皮的、精彩的什么话,哪怕说一句放肆的或者庸俗的话,只要逗笑,新鲜就成!要不然,你们就一起搞出点小花样,哪怕不怎么出色,然而至少有点儿像英勇的行为,使得小姐们哪怕一辈子只有一次,也可以瞧着你们,说声"嘿"!你们听着,你们是希望惹人喜欢的,可是为什么你们不极力惹人喜欢呢?唉,诸位先生啊!你们都不对头,不对头,不对头呀!……瞧着你们,连苍蝇都会闷死,油灯都会冒烟子。这不对头,不对头!……这话我以前就对你们说过一千次,以后也永远要说:你们都不对头,不对头,不对头呀!……

四

〔人物同前,加上伊凡诺夫和沙别尔斯基。

沙别尔斯基　(同伊凡诺夫一块儿从右门上)是谁在这儿朗诵啊?是

您吗,舒罗契卡?(大笑,跟她握手)我祝贺你,我的天使,求上帝保佑您晚点死,如果死掉,就不要再投胎了……

齐娜伊达·萨维希娜　(高兴)尼古拉·阿历克塞耶维奇,伯爵!

列别杰夫　哟!我瞧见的是谁呀……原来是伯爵!(迎上前去)

沙别尔斯基　(看见齐娜伊达·萨维希娜和巴巴金娜,向她们伸出手去)两个银行在一张长沙发上啦!……瞧着真让人喜欢!(打招呼。对齐娜伊达·萨维希娜)您好,玖玖希卡!(对巴巴金娜)您好,宝贝儿!……

齐娜伊达·萨维希娜　我真高兴。您,伯爵,是我们这儿的稀客!(喊叫)加甫利拉,端茶来!请坐下!(站起来,从右门下,可是立刻又走回来,显得忧心忡忡的样子。萨霞在原来的位子上坐下。伊凡诺夫默默地同大家打招呼)

列别杰夫　(对沙别尔斯基)你打哪儿来?是什么风把你吹来的?真是意想不到啊!(吻他)伯爵,你简直是个捣蛋鬼!正派人可不是这么行事的!(拉着他的胳膊走到脚灯前)为什么你不上我们这儿来了?生气了还是怎么的?

沙别尔斯基　叫我乘什么车到你这儿来呢?叫我骑着手杖来吗?我自己没有马车,尼古拉又不肯带我一块儿来,吩咐我陪萨拉坐着,免得她寂寞。你派你的马车来接我,那我就会来了……

列别杰夫　(挥手)嗯,是啊!……玖玖希卡宁可送掉命也不肯给马车。我的好人,亲爱的,要知道对我来说你比谁都宝贵,比谁都亲啊!在老一辈人当中只剩下你和我了!我看见你,就想起我往日的痛苦和我那断送掉的青春……说真的,我此刻几乎要哭出来了。(吻伯爵)

沙别尔斯基　你放开我,放开我!你身上冒出一股酒窖里的气味……

列别杰夫　老兄,你再也想象不到我失掉了我那些朋友多么寂寞!我无聊得都想上吊了……(低声)玖玖希卡因为在外头放债而把所有的正派人都赶跑了,剩下来的,您看得明白,只是些祖鲁人①……都是

---

①　南非的民族。

杜德金、布德金之流了……好,喝茶吧……

〔加甫利拉给伯爵端茶来。

齐娜伊达·萨维希娜　（焦急地对加甫利拉）哎,你是怎么送茶的呀?
　　应该送点果酱来……醋栗酱什么的……

沙别尔斯基　（大笑,对伊凡诺夫)怎么样,我不是跟你说过了吗?（对
　　列别杰夫)在路上我跟他打了个赌,我说我们一到,玖玖希卡就会
　　立刻请我们吃醋栗酱……

齐娜伊达·萨维希娜　您,伯爵,还是那么喜欢讥诮人……（坐下)

列别杰夫　她做了二十大桶果酱,叫她怎么打发这些东西呢?

沙别尔斯基　（在桌子旁边坐下)您在攒钱吧,玖玖希卡? 那么怎么
　　样,已经有一百万了吧?

齐娜伊达·萨维希娜　（叹气)是啊,在外人看来,再也没有比我们阔
　　绰的人了,可是钱从哪儿来呀? 那都是人家胡说……

沙别尔斯基　嗯,对啦,对啦! ……咱们心里有数! ……咱们知道您下
　　棋的手法很不高明……（对列别杰夫)巴沙,你凭良心说:你们攒
　　下一百万了吧?

列别杰夫　我不知道。你还是问玖玖希卡吧……

沙别尔斯基　（对巴巴金娜)还有这位胖乎乎的宝贝儿也快成为大财
　　主了吧! 她不是一天比一天,而是一个钟头比一个钟头漂亮,丰
　　满! 这就是钱多的好处……

巴巴金娜　多谢您,伯爵大人,只是我不喜欢讥诮。

沙别尔斯基　我亲爱的银行,难道这是讥诮吗? 这纯粹是心灵的呼号,
　　由于感情过于丰富,嘴巴才说出来……对您和玖玖希卡我是无限
　　热爱的……（快活)兴奋啊! ……陶醉啊! ……我一瞧见你们俩,
　　就不能不动心啊……

齐娜伊达·萨维希娜　你还是老样子。（对叶果鲁希卡)叶果鲁希卡,
　　你去把蜡烛熄掉! 既然你们不打牌了,那何必白点着蜡烛呢?
　　（叶果鲁希卡打了个哆嗦,他去熄掉蜡烛,回来坐下。她对伊凡诺
　　夫说)尼古拉·阿历克塞耶维奇,您太太的身体怎么样?

伊凡诺夫　不好。今天医生明确地说,她得了肺病……

齐娜伊达·萨维希娜　真的吗？多么可惜呀！……（叹气）我们大家都那么喜欢她……

沙别尔斯基　胡扯，胡扯，胡扯！……哪儿有什么肺病，这是医生骗人，耍花招。那位大夫喜欢来闲逛，所以才胡诌出肺病来。幸好丈夫不爱吃醋。

〔伊凡诺夫做出不耐烦的动作。

讲到萨拉本人，她的话我一个字也不相信，她的一举一动我都不相信。我这一辈子素来也不相信医生、律师、女人。胡扯，胡扯，这都是骗人的花招！

列别杰夫　（对沙别尔斯基）你是个奇怪的人物，玛特威！……你故意装出一副愤世嫉俗的样子，而且到处喋喋不休地发表你那一套。你是个跟大家一样的人，可是一说出话来，就像舌头上长了个疔疮，或者整条舌头发了炎似的……

沙别尔斯基　怎么，要我去亲骗子和坏蛋的嘴还是怎的？

列别杰夫　可是你在哪儿看见骗子和坏蛋了？

沙别尔斯基　我，当然，不是指的在座诸君，不过……

列别杰夫　你只好说"不过"了……这都是装样。

沙别尔斯基　装样……像你这样没一点儿人生观的人，倒不错。

列别杰夫　我能有什么人生观呢？我坐在这儿，随时等着死呢。这就是我的人生观。我和你，老兄，已经不是考虑人生观的时候了。是啊……（喊叫）加甫利拉！

沙别尔斯基　你已经叫加甫利拉把你灌得够呛啦……你看你那鼻子红得发紫了！

列别杰夫　（喝酒）没关系，我的好人，反正我又不去举行婚礼。

齐娜伊达·萨维希娜　李沃夫大夫很久没有到我们这儿来了。他把我们完全忘掉啦。

萨　霞　他惹我反感。他好像是正直的化身。他即使喝一口水，抽一支烟，也不能不表现一下他那种非同寻常的正直。不管他走路也好，说话也好，他的脑门子上总是写着：我是一个正人君子！跟他相处是乏味的。

沙别尔斯基　他是个狭隘的、头脑简单的医生！（模仿李沃夫的腔调）"给正直的工作让路！"他每走一步路都要像鹦鹉那样嚷叫，自以为算得上杜勃罗留波夫①第二。谁不嚷叫，谁就是坏蛋。他的见解深刻得惊人。要是一个庄稼汉生活优裕，过得像个人样，那他必是坏蛋和富农。我要是穿一件丝绒上衣，而且由听差给我穿衣服，那我就是坏蛋和农奴主。他正直极了，正直极了，简直要给正直胀破了。他处处都看不顺眼。我简直怕他……真是这样！……弄得不好，他出于责任感随时都会给你一个耳光，或者骂你一声坏蛋。

伊凡诺夫　他把我折磨得要命，不过我还是喜欢他，他非常真诚。

沙别尔斯基　好一个真诚！他昨天傍晚走到我跟前，无缘无故地说："伯爵，我深深地厌恶您！"我感激不尽！而且这话不是随随便便说的，而是有意图的：他的声音发抖，眼睛放光，两腿直打哆嗦……叫这种麻木不仁的真诚见鬼去吧！嗯，他讨厌我，看我不顺眼，这是自然的……我自己也意识到了，可是何必当面说出来呢？我是个无聊的人，可是不管怎么样，我的头发总是白了呀！……这是平庸而无情的正直！

列别杰夫　得了，得了，得了！……你自己也年轻过，你能了解这些。

沙别尔斯基　是的，我年轻过，愚蠢过，当初也扮演过恰茨基②这个角色，揭穿过坏蛋和骗子，可是我生平从来也没有当着贼的面骂他是贼，也没有在绞刑犯的家里谈过绞索。我有教养。你们的这个麻木不仁的大夫呢，要是命运给他一个机会，为了原则和社会的理想当众给我一个耳光，或者当胸给我一拳，那他就会感到自己完成了自己最崇高的任务，到达七重天了。

列别杰夫　青年人都有点怪脾气。我有个叔叔，原是黑格尔派……他常常请来满满一屋子客人，大家喝酒，于是他便往椅子上一站，开口说："你们是无知无识的人！你们是黑暗的势力！新生活的曙光啊！"等等，等等……他数落个没完没了

---

① 杜勃罗留波夫（1836—1861），俄国批评家，革命民主主义者。
② 俄国剧作家格里鲍耶陀夫的喜剧《智慧的痛苦》中的主人公。

萨　霞　可是那些客人怎么样呢?

列别杰夫　哦,没什么……他们一边听一边自管喝酒。不过,有一次,
　　　　我向他挑战,要跟他决斗……跟我的亲叔叔决斗。是由培根①引
　　　　起的。我记得,求上帝保佑我的记性吧,我记得我就这么坐着,像
　　　　玛特威一样,我叔叔跟去世的盖拉西木·尼雷奇大概站在尼古拉
　　　　沙此刻站着的那个地方。……好,老兄,盖拉西木·尼雷奇就提出
　　　　一个问题……

　　　　　〔包尔金上。

五

　　　　　〔人物同前,加上包尔金。(装束漂亮,两只手托着一包东西,
　　　　从右门上,蹦蹦跳跳,嘴里哼着曲子。他引起一片赞许声)

小姐们　米哈依尔·米海洛维奇!……

列别杰夫　米谢尔·米谢里奇②! 我一听就知道是你来了……

沙别尔斯基　交际场中的红人!

包尔金　我来啦!(走到萨霞跟前)高贵的小姐,我斗胆祝贺全世界,
　　　　因为它诞生了像您这样一朵美妙的花。为了表示我的热诚,我斗
　　　　胆向您献上(交出那包东西)我亲手制造的焰火和五彩焰火。愿
　　　　这些焰火照亮夜晚,犹如您驱散了黑暗王国的阴霾。(演戏般地
　　　　一鞠躬)

萨　霞　谢谢您……

列别杰夫　(大笑,对伊凡诺夫)你为什么没把这个犹大赶走?

包尔金　(对列别杰夫)向巴威尔·基利雷奇致敬! (对伊凡诺夫)对
　　　　我的保护人致敬……(唱)Nicolas-voilà,ho-hi-ho!③ (对所有的
　　　　人打招呼)最受尊崇的齐娜伊达·萨维希娜……虔诚的玛尔法·

---

①　培根,英国哲学家。

②　即米哈依尔·米海洛维奇,下同。

③　法语:亲爱的尼古拉,哎哟哟。

叶果罗芙娜……最年高的阿芙多恰·纳扎罗芙娜……最显贵的伯爵……

沙别尔斯基　（大笑）交际场中的红人啊……他一来,空气就立刻活跃起来。你们看出来了吗?

包尔金　嘿,我累坏了……好像我跟所有的人都打过招呼了。哦,有什么新闻吗,诸位先生? 有没有什么特别吸引人的消息? （活跃,对齐娜伊达·萨维希娜）啊,您听我说,大婶……刚才我到您这儿来……（对加甫利拉）给我拿点茶来,加甫留沙,只是不要醋栗酱! （对齐娜伊达·萨维希娜）刚才我到您这儿来,看见庄稼汉在你们的河边上剥柳树的皮。为什么您不把那些柳树包出去?

列别杰夫　（对伊凡诺夫）为什么你没把这个犹大赶走?

齐娜伊达·萨维希娜　（吃一惊）这倒是实话,可是我压根儿就没往这上面想过! ……

包尔金　（伸出胳膊做体操）我不能待着不动……大婶,能不能想出点什么特别的玩意儿? 玛尔法·叶果罗芙娜,我浑身是劲……我心里发热! （唱）"我又来到了你的面前……"

齐娜伊达·萨维希娜　搞点什么玩意儿吧,大家都挺气闷的。

包尔金　诸位先生,你们真的为什么这么垂头丧气? 你们坐在那儿活像一群陪审员! ……咱们来想点什么花样吧。你们喜欢什么呢? 玩方特①? 玩绳圈? 逮人? 跳舞? 放焰火?

小姐们　（把手一拍）放焰火,放焰火! （跑进花园）

萨　霞　（对伊凡诺夫）您今天怎么这样烦闷? ……

伊凡诺夫　我头痛,舒罗契卡,而且烦闷得很……

萨　霞　我们到客厅去吧。

　　　　〔他们走进右门;大家都到花园里去了,只剩下齐娜伊达·萨维希娜和列别杰夫。

齐娜伊达·萨维希娜　这样的年轻人我才喜欢:没待上一分钟就逗得大家都有兴致了。（把大灯捻小一点）大家都到花园里去了,那就

---

①　一种游戏,参加者抓阄并按其中所提出的题目做一件逗乐的事儿。

用不着白费蜡烛了。(吹熄蜡烛)

列别杰夫　(跟在她的身后)玖玖希卡,该给客人们吃点东西了……

齐娜伊达·萨维希娜　蜡烛点了这么多……怪不得人家认为我们有钱呢。(吹熄蜡烛)

列别杰夫　(跟在她的身后)玖玖希卡,给客人们吃点东西才好……都是些年轻人,恐怕已经肚子饿了,可怜的人……玖玖希卡……

齐娜伊达·萨维希娜　伯爵没有喝完他这杯茶。这糖算是白糟蹋了。(走进左门)

列别杰夫　呸!……(下,到花园里去)

六

〔伊凡诺夫和萨霞。

萨　霞　(跟伊凡诺夫一块儿从右门上)大家都到花园里去了。

伊凡诺夫　事情是这样的,舒罗契卡。从前我干很多的活,想很多的事,然而从来也不觉得累;可现在呢,什么也不干,什么也不想,反而身心劳乏。我的良心白天黑夜地受煎熬,我感到自己深深地有罪,可是我的罪过究竟是什么,我又不明白。此外再加上妻子的病、缺钱、吵不完的架、流言蜚语、废话、愚蠢的包尔金……我的家惹得我讨厌,住在家里对我来说比受刑还糟。我老实对你说吧,舒罗契卡,就连我的妻子给我做伴,我都觉得不能忍受了,而她是爱我的。您是我的老朋友,您不会因为我说了实话而怪罪我的。现在我到您的家里来散散心,可是我就连在您的家里也觉得烦闷,我又惦记我那个家了。对不起,我马上就要悄悄地走了。

萨　霞　尼古拉·阿历克塞耶维奇,我了解您。您的不幸在于您孤单。您的身边需要有一个为你所爱而又了解您的人。只有爱情才能使您振作起来。

伊凡诺夫　得啦,哪还有这样的事,舒罗契卡!像我这样一个衰老的可怜虫哪儿还能再谈什么恋爱!求上帝叫我避开这种灾难吧!不,我的聪明姑娘,问题不在于恋爱。我像面对着上帝那样告诉您!我什么都能忍受,痛苦啦、精神病啦、破产啦、妻子的死亡啦、我自己的未老先衰啦、孤单啦,可是我经受不住我对我自己的嘲笑,我受不了。我一想到我这么一个健康、强壮的人变成了不知是哈姆雷特①,还是曼弗雷德②,抑或是多余的人……鬼才知道我变成了什么……总之,我一想到我这种变化就羞得要命。有些可怜的人遇上人家叫他们哈姆雷特或者多余的人,就会扬扬得意,可是对我来说,这却是耻辱! 这伤害了我的自尊心,我十分羞愧,我痛苦……

萨　霞　　(含着泪开玩笑)尼古拉·阿历克塞耶维奇,咱们逃到美洲去吧!

伊凡诺夫　我连这道门槛都懒得迈过去,您却说什么到美洲去。

　　　　〔他们向那通往花园的出口走去。

真的,舒罗契卡,您在这儿生活很痛苦吧! 我瞧瞧您周围的那些人,就心里害怕:您在这儿能嫁给谁呢? 只有一个希望,那就是一个过路的中尉或者大学生会把您偷偷地带走……

七

　　〔齐娜伊达·萨维希娜。(从左门上,手里拿着一罐果酱)

伊凡诺夫　对不起,舒罗契卡,我随后就来……

　　　　〔萨霞走进花园。

齐娜伊达·萨维希娜,我想求您一件事……

齐娜伊达·萨维希娜　您有什么事,尼古拉·阿历克塞耶维奇?

伊凡诺夫　(踌躇)您要知道,事情是这样的:我借的款子后天该付利息了。要是您容许我延期付利息,或者把利息加在本金上,您就使

---

①　莎士比亚所著同名剧本中的主角,一个充满内心矛盾、犹疑不决的人。

②　拜伦的诗剧《曼弗雷德》中的主人公。

得我感激不尽了。现在我一个钱也没有……

齐娜伊达·萨维希娜　（惊骇地）尼古拉·阿历克塞耶维奇，可是这怎么行啊？这算是什么章法呀？不，看在上帝分上，您可别胡思乱想，别折磨我这个不幸的女人啊……

伊凡诺夫　对不起，对不起……（走到花园里去）

齐娜伊达·萨维希娜　哎呀，老天爷啊，他闹得我心惊肉跳！……我浑身发抖……浑身发抖啦……（走进右门）

八

柯绥赫　（从左门走出来，穿过舞台）我手里的牌是红方块：一张爱司、一张老王、一张皇后，另外还有八张方块儿，一张黑桃爱司，还有一张……一张小点子的红桃，可是她，见鬼，偏不喊小满贯！（从右门下）

九

〔阿芙多恰·纳扎罗芙娜和客人一。

阿芙多恰·纳扎罗芙娜　（跟客人一从花园里走来）我恨不能把她撕得粉碎才好，这个守财奴……恨不能撕得粉碎才好！这难道是闹着玩的吗：我从五点钟起就在这儿坐着，她连一块陈的咸鲱鱼也不给人吃！……哼，这也算是大户人家！……哼，这也算是料理家务！……

客人一　这儿太乏味了，弄得人简直要跑过去一头撞在墙上！哼，这些人呀，求主怜恤吧！……乏味和饥饿弄得人要像狼似的嗥叫，咬起人来了。

阿芙多恰·纳扎罗芙娜　我这个罪人啊，恨不得把她撕得粉碎才好。

客人一　我要喝点酒，老太太，喝完就回家！你那些打算出嫁的姑娘，我不需要。从午饭起到现在连一杯酒也没喝过，真见鬼，还有什么心思谈情说爱呢?

阿芙多恰·纳扎罗芙娜　咱们自己动手来找吧,怎么样?……

客人一　嘘!……悄悄的!饭厅里好像有烧酒,放在餐具橱里呢。咱
　　们去抓叶果鲁希卡……嘘!……

　　　〔他们走进左门。

十

　　　〔安娜·彼得罗芙娜和李沃夫从右门上。

安娜·彼得罗芙娜　没关系,人家会欢迎我们的。这儿一个人也没有。
　　多半都到花园里去了。

李沃夫　哎,请问,您何苦把我带到这儿来,带到这老鹰窝里来?这不
　　是我和您该来的地方! 正直的人不应该接触这种空气!

安娜·彼得罗芙娜　您听我说,正人君子! 陪着一个女人坐车,而一路
　　上净说自己的正直,这是不礼貌的! 也许这也是正直,不过至少总
　　是乏味的。永远也不要对女人讲自己的美德。要让她们自己去领
　　会。我的尼古拉当初跟您一样年轻的时候,遇到跟女人做伴,就是
　　只唱歌,讲故事,然而人人都知道他是个什么样的人。

李沃夫　啊,您别跟我讲您的尼古拉了,我十分了解他!

安娜·彼得罗芙娜　您是个好人,可是什么也不懂。我们到花园里去
　　吧。他从来也没有说过这样的话:"我正直! 这种空气使我气闷!
　　老鹰! 猫头鹰窝! 鳄鱼!"他对动物园是素来避而不提的,每逢他
　　生气了,我也只听见他说:"唉,今天我多么不公道啊!"或者说:
　　"安纽达,我可怜这个人!"他就是这样,而您呢……

　　　〔他们同下。

十一

　　　〔阿芙多恰·纳扎罗芙娜和客人一。

客人一　（从左门上）饭厅里没有，那么就是在贮藏室里。必须找着叶果鲁希卡才是。我们穿过客厅去吧。

阿芙多恰·纳扎罗芙娜　我恨不得把她撕得粉碎才好！……

〔他们走进右门。

十二

〔巴巴金娜、包尔金和沙别尔斯基。（巴巴金娜和包尔金笑着从花园里跑来，沙别尔斯基迈着碎步跟在他们后面，一边笑，一边搓手）

巴巴金娜　多么沉闷无聊啊！（大笑）多么沉闷无聊呀！大家走来走去，或者直挺挺地坐着，活像吞下了一把尺子！我气闷得根根骨头都发僵了。（跳动）我得活动活动筋骨啦！……

〔包尔金搂住她的腰，吻她的脸。

沙别尔斯基　（大笑，弹手指头）见鬼！（清嗓子）在某种程度上……

巴巴金娜　放开，放开手，不要脸的家伙，要不然，伯爵不知会怎么想呢！躲开！……

包尔金　我的天使，我的宝贝儿啊！……（吻她）您借给我两千三百个卢布吧！……

巴巴金娜　不，不，不行！……不管您怎么说，关于钱的事，多谢啦……不，不，不行！……哎，您倒是放手啊！……

沙别尔斯基　（踩着碎步在他们旁边走来走去）宝贝儿……她倒也有她招人喜欢的地方呢……

包尔金　（认真地）得啦，闹够了。咱们来谈正事吧。咱们直截了当地谈一谈，像做生意那样。您得干脆地回答我，不撒娇，不耍花招：成就说成，不成就说不成。您听我说！（指指伯爵）喏，他需要钱，一年至少要三千。您需要一个丈夫。您愿意做伯爵夫人吗？

沙别尔斯基　（大笑）脸皮厚得出奇！

包尔金　您愿意做伯爵夫人吗？成还是不成？

巴巴金娜　（激动）说真的，米沙，您这是想到哪儿去了？……这种事可不能这么办，不能这么冒冒失失的……要是伯爵有心，他自己也能说嘛，我……我不知道怎么会突然间，一下子说起这种事……

包尔金　得了，得了，别摆迷魂阵了！这是桩买卖……到底成不成？……

沙别尔斯基　（笑，搓手）真要这样干吗，啊？见鬼，莫非真要为自己办这么一件缺德事吗？啊？宝贝儿啊……（吻巴巴金娜的脸）美人儿！……小黄瓜！……

巴巴金娜　等一等，等一等，您把我的心闹得乱糟糟的……您走吧，走吧！……不，您别走！……

包尔金　快说！成还是不成？我们可没有工夫……

巴巴金娜　您看这样行吗，伯爵？您到我家里去做两三天客吧……我那儿挺快活，不像这儿……明天您就来吧……（对包尔金）不过，您这是在开玩笑吧？

包尔金　（生气地）谁会拿这种正经的事开玩笑？

巴巴金娜　等一等，等一等……哎呀，我头晕了！我头晕了！伯爵夫人……我头晕了！……我要倒下去了……

〔包尔金和伯爵笑着在两边扶住她，吻她的脸，搀着她从右门下。

十三

〔伊凡诺夫和萨霞，后来加上安娜·彼得罗芙娜。（伊凡诺夫和萨霞从花园里跑来）

伊凡诺夫　（绝望地抱住自己的头）不行！别这样，别这样，舒罗契卡！……哎，别这样啊！……

萨霞　（痴迷）我发疯似的爱您……缺了您，我的生活就没有意义，没有幸福和欢乐！对我来说您是一切……

伊凡诺夫　这是何苦,何苦呀! 我的上帝啊,我一点也不懂……舒罗契
卡,别这样!

萨　霞　在我小的时候,您就是我唯一的欢乐,我爱您和您的灵魂就像
爱我自己一样,现在呢……我爱您,尼古拉·阿历克塞耶维奇……
我愿意跟您到随便什么地方去,不但到天涯海角,哪怕到坟墓里去
也成,只是请您看在上帝的分上快一点才好,要不然我就会憋闷死
的……

伊凡诺夫　(发出一连串幸福的笑声)这是怎么回事啊? 这莫非是新
生活的开始? 舒罗契卡,是吗? 我的幸福呀! (把她搂在自己怀
里)我的青春,我的朝气啊……

　　〔安娜·彼得罗芙娜从花园里走来看见她的丈夫和萨霞,就
突然站住,呆若木鸡。

这是说,应该生活下去吗? 要再干一番事业吗?

　　〔接吻。接吻以后伊凡诺夫和萨霞往四下里看,瞧见了安
娜·彼得罗芙娜。

(惊骇)萨拉!

　　　　　　　　　　　　　　　　　　　　　　　第二幕完

第三幕

〔伊凡诺夫的书房。写字台上凌乱地放着纸张、书本、公文封套、小摆设、手枪,纸张旁边放着一盏灯、一瓶白酒、一碟咸鲱鱼、几块面包和黄瓜。墙上挂着地图、画片、长枪、短枪、镰刀、皮鞭等。

〔中午。

一

〔沙别尔斯基、列别杰夫、包尔金、彼得。

〔沙别尔斯基和列别杰夫坐在写字台的两旁。包尔金在舞台中央跨坐在一把椅子上。彼得站在房门口。

列别杰夫　法国的政策是明白而确定的……法国人知道他们需要什么。他们只是要剥德国佬的皮,如此而已,而德国人呢,老兄,就大不相同了。在德国人的眼睛里,除了法国以外,还有许多对头呢……

沙别尔斯基　胡说!……照我看来,德国人是胆小鬼,法国人也是胆小鬼……他们光是在背地里互相恫吓。你要相信我的话,他们只限于在背后逞威风。他们打不起来。

包尔金　其实,依我看来,何必打仗呢? 所有那些军火啦、国会啦、开支啦,有什么用? 要是换了我,会怎么干呢? 我就会把全国的狗都抓来,给它们注射大量的狂犬病病毒,然后把它们放到敌国去,不出一个月,所有的敌人就都发疯了。

列别杰夫　(笑)你瞧瞧,他的脑袋瓜子挺小,可是里面的大主意倒多得不得了,就跟大洋里的鱼一样。

沙别尔斯基　是把能手!

列别杰夫　求主保佑你,你真会逗人发笑,米谢尔·米谢里奇!(止住笑)喏,诸位先生,我们说这儿说那儿,可就是一个字也没有提到白酒。Repetatur①!(斟满三杯酒)为我们的健康干杯……

　　〔他们喝酒,吃菜。

哎呀,咸鲱鱼是最好的下酒菜了。

沙别尔斯基　哦,不,黄瓜更好……自从开天辟地以来,学者们不住地思考,可是比腌黄瓜再妙的东西却一样也没有想出来。(对彼得)彼得,你去再拿点黄瓜来,而且吩咐厨房里煎四个葱馅饼。趁热送来。

　　〔彼得下。

列别杰夫　拿鱼子下酒也不错。不过应该怎么吃法呢? 那就得动脑筋了……拿四分之一磅压实的黑色咸鲟鱼子、两个小嫩葱头、用橄榄油一拌,而且,你知道……浮面上再加点柠檬汁……嘿,香得要命! 单是那点香味就能熏得你迷迷糊糊。

包尔金　喝完白酒,来点煎鲍鱼,也很好吃。只是必须会煎。先得把鱼收拾干净,然后放在面包屑里滚一下,在油里煎透,拿牙一咬就咯吱响……咯吱咯吱地响……

沙别尔斯基　昨天巴巴金娜家里倒有一样挺好的下酒菜:白蘑菇。

列别杰夫　那还用说……

沙别尔斯基　不过那得经过特别的烹调。你知道,那要加上点葱啦、桂叶啦、各种香料啦。锅一揭开,就冒出热气、香味……简直迷人呀!

列别杰夫　好,诸位先生,Repetatur!

　　〔他们喝酒。

为我们的健康干一杯……(看表)大概我等不到尼古拉沙来了。我该走了。你说巴巴金娜家里有蘑菇,而我们家里还没见过蘑菇呢。请问,你干什么常往玛尔福特卡家里跑?

沙别尔斯基　(向包尔金那边点一下头)喏,他打算叫我和她结婚……

———————————

① 拉丁语:咱们再喝一杯!

列别杰夫　结婚？你多大岁数了？

沙别尔斯基　六十二岁。

列别杰夫　正是该结婚的时候。玛尔福特卡也正好跟你配对嘛。

包尔金　问题不在于玛尔福特卡,而在于玛尔福特卡的钱。

列别杰夫　原来你要的是这个:玛尔福特卡的钱……那你想不想要天上的月亮呢？

包尔金　等到人家结了婚,empocher① 装得满满的,那您就明白是不是要天上的月亮了。您就会眼红啦……

沙别尔斯基　要知道他是认真说的。这位天才相信我会听他的话结婚的……

包尔金　不是这样还会怎么样呢？难道您还没拿定主意？

沙别尔斯基　你简直发疯了……我什么时候拿定过主意？呸……

包尔金　谢谢您……多谢多谢！这么说来,您是要耍弄我？一忽儿要结婚,一忽儿不结婚……连鬼都闹不清是怎么回事,可是我已经郑重其事地答应人家了！那么您不结婚啦？

沙别尔斯基　（耸肩膀）他认真起来了……怪人！

包尔金　（愤慨）既是这样,那您何必去搅惑一个诚实的女人？她为伯爵夫人的爵位着了魔,吃不好,睡不着……难道能拿这种事开玩笑吗？难道这样算正派吗？

沙别尔斯基　（弹指作响）那我何不真干一下这种缺德事呢？怎么样？偏来干一回！不管三七二十一,干就是。我说话算数……那才真好玩呢！

　　〔李沃夫上。

二

列别杰夫　向大夫致以最深的敬意……（向李沃夫伸出手去,唱）"大夫老大爷,救救我吧,我怕死怕得要命……"

---

① 法语:此指"衣袋"。

李沃夫　尼古拉·阿历克塞耶维奇还没有来吗?

列别杰夫　没有,我自己也等了他一个多钟头了。

　　　　〔李沃夫焦急地在舞台上走来走去。

　　亲爱的,是啊,安娜·彼得罗芙娜的身体怎么样?

李沃夫　不好。

列别杰夫　(叹气)我可以去表一表敬意吗?

李沃夫　不,劳驾别去了。她好像睡着了!……

　　　　〔停顿。

列别杰夫　她是个可爱的好女人……(叹气)在舒罗契卡生日那天,她在我们家里晕倒的时候,我看一眼她的脸,就明白她,这个可怜的人,活不长了。我不明白她那时候为什么会头晕起来。我跑过去一看:她脸色苍白,躺在地板上,尼古拉跪在她身旁,也脸色苍白,舒罗契卡哭得像泪人儿似的。自从出了那件事以后,我和舒罗契卡足足有一个星期迷迷糊糊,精神失常。

沙别尔斯基　(对李沃夫)请您告诉我,最可敬的科学大师,这究竟是哪一位学者发现的:一个年轻的医生常来给胸部有病的太太们看病,是有益的? 这可是个伟大的发现! 伟大得很! 这应当归在哪一类:是对抗疗法呢,还是顺势疗法?

　　　　〔李沃夫想答话,可是做了一个轻蔑的动作就走了。

　　多么仇恨的眼神啊……

列别杰夫　魔鬼在支使你的舌头说话呢! 你何必得罪他?

沙别尔斯基　(愤激地)那他为什么胡说? 什么肺病啦,没有希望啦,就要死啦……他胡说! 我受不了这一套!

列别杰夫　为什么你认为他是胡说呢?

沙别尔斯基　(站起来,走来走去)我不能相信这种说法:一个活人会无缘无故地突然死掉……咱们别谈这个了!

三

柯绥赫　(跑上场,上气不接下气)尼古拉·阿历克塞耶维奇在家吗?

你们好!（很快地同所有的人握手）他在家吗?

包尔金　他不在家。

柯绥赫　（坐下,又跳起来）既是这样,那就再见!（他喝下一杯白酒,很快地吃了点菜）我还得走……我有事……我累得很……都快站不住了。……

列别杰夫　你从哪儿来?

柯绥赫　从巴拉巴诺夫家里来……我们打了一夜的牌,刚收场……我输了个精光……那个巴拉巴诺夫的牌打得真蹩脚!（含泪）您听我说:我老是出红桃……（扭过脸去对着包尔金,包尔金从他身边赶紧躲开）他打红方块,我又打红桃,他打红方块……喏,我就此没得牌。（对列别杰夫）我们玩的是"四梅花"。我手上有一张梅花爱司、一张王后,另外六张梅花,还有黑桃爱司和十,另外有三张黑桃……

列别杰夫　（捂上耳朵）算了,算了,看在基督分上,算了吧!

柯绥赫　（对伯爵）您要明白:一张梅花爱司、一张王后,另外有六张梅花,还有黑桃爱司和十,另外有三张黑桃……

沙别尔斯基　（挥手叫他走开）您走吧,我不要听。

柯绥赫　突然间我倒了霉:头一次出牌,那张黑桃爱司就完蛋了……

沙别尔斯基　（从桌子上拿过手枪来）走开,我要开枪啦!……

柯绥赫　（挥手）鬼才知道是怎么回事……难道连找个人谈一谈都不成吗?这就如同在澳大利亚生活一样:既没有共同的兴趣,也没有团结的精神……每个人都单独生活……不过我得走了……是时候了。（拿起帽子）光阴是宝贵的……（同列别杰夫握手）帕斯!……

〔笑声。

〔柯绥赫下,在门口同阿芙多恰·纳扎罗芙娜相撞。

四

阿芙多恰·纳扎罗芙娜　（大叫）该死的,差点把我撞倒!

大家　哎呀呀！……这个到处乱钻的女人！……

阿芙多恰·纳扎罗芙娜　原来他们都在这儿，叫我满屋子好找。你们
好，矫健的雄鹰，面包和盐①……（打招呼）

列别杰夫　你来干什么？

阿芙多恰·纳扎罗芙娜　有事，老爷子！（对伯爵）这事跟您有关系，
爵爷。（鞠躬）人家托付我向您致意，问您身体可好……她，我那
漂亮的小妞儿，吩咐我告诉您，要是您今天傍晚不到她那儿去，那
她就会把眼睛哭肿。她还对我说："亲爱的，你把他拉到一边去，
凑着他的耳朵小声告诉他。"可是何必偷偷地说呢？这儿都是自
家人嘛。这又不是什么偷鸡摸狗的勾当，而是合法的事，双方相
爱，情投意合嘛。我这个罪人是从不喝酒的，不过遇上了这样的机
会我倒要喝一杯！

列别杰夫　我也要喝一杯。（斟酒）你这个老婆子呀，可真不见老。三
十年以前我认识你的时候，你已经是个老太婆啦……

阿芙多恰·纳扎罗芙娜　我的岁数都算不清了……我已经埋葬了两个
丈夫，原想再嫁一个丈夫，可是谁也不肯要我这个没有陪嫁的女人
了。我有八个子女……（拿起酒杯来）好，求上帝保佑，我们着手
办的是一件好事，求上帝保佑这件事办妥！他们会平平安安地过
日子，我们呢，瞧着他们，心里也高兴。祝他们相亲相爱……（喝
酒）好凶的白酒！

沙别尔斯基　（大笑。对列别杰夫）不过，你可知道，最好笑的是他们
真以为我会……怪事！（站起来）话说回来，巴沙，要不要真的把
这件缺德事办成？有心来那么一下子……就这样，说一声：老狗，
你吃吧！巴沙，怎么样？

列别杰夫　你说废话了，伯爵。老兄，我和你都该想到死了，什么玛尔
福特卡啦、钱啦，早就没我们的份儿了……我们的日子到头了。

沙别尔斯基　不，我要干！我凭人格担保，我就是要干！

　　　〔伊凡诺夫和李沃夫上。

————————

　①　意谓"祝你们努力加餐"。

五

李沃夫　我只求您为我抽出五分钟时间。

列别杰夫　尼古拉沙！（迎着伊凡诺夫走过去，吻他）你好，朋友……我等你足足有一个钟头了。

阿芙多恰·纳扎罗芙娜　（鞠躬）您好，老爷！

伊凡诺夫　（苦恼）诸位先生，你们又把我的书房变成酒馆了！……我对你们所有的人都要求过一千次，不要干这种事……（走到桌子跟前）喏，你瞧，白酒洒在纸上了……还有碎渣子……黄瓜……真惹人讨厌！

列别杰夫　对不起，尼古拉沙，对不起……请你原谅……我，朋友，有一件非常重要的事要跟你谈一谈。

包尔金　我也一样有事要找您谈。

李沃夫　尼古拉·阿历克塞耶维奇，可以跟您谈一谈吗？

伊凡诺夫　（指指列别杰夫）瞧，他也要跟我谈……等一下，过一忽儿再跟您谈吧……（对列别杰夫）你有什么事？

列别杰夫　诸位先生，我想单独跟他谈一谈。我请求……

　　　　〔伯爵同阿芙多恰·纳扎罗芙娜一块儿走出去，包尔金跟在他们后面，随后李沃夫也走了。

伊凡诺夫　巴沙，你自己尽可以爱喝多少酒就喝多少，这是你的毛病，不过我请求你不要灌我的舅舅。他以前从来也不喝酒。喝酒对他有害处。

列别杰夫　（惊恐）好朋友，我不知道……我甚至没有理会……

伊凡诺夫　要是这个老孩子死了，求上帝保佑他别死才好，那倒霉的不是你们，而是我……你有什么事？……

　　　　〔停顿。

列别杰夫　你要知道，亲爱的朋友……我不知道该怎样开口才能不太唐突。尼古拉沙，我不好意思，我脸红，我说不出口，不过，好朋友，

你设身处地替我想一想，了解我是一个身不由己的人，一个黑人①，一个窝囊废……你要原谅我才好

伊凡诺夫　到底是怎么回事？

列别杰夫　我妻子打发我来的……请你费心，作为朋友，你把利息付给她吧！信不信由你，她一个劲儿地数落我，催逼我，折磨我！看在造物主分上，你就摆脱她的纠缠吧！

伊凡诺夫　巴沙，你知道，眼前我手里没有钱。

列别杰夫　我知道，我知道，不过我有什么办法呢？她不肯再等了！要是她凭你的借据去打官司，那我和舒罗契卡在你的眼里成了什么人呢？

伊凡诺夫　我自己也感到难为情，巴沙，我真情愿钻到地底下去，可是……可是上哪儿去弄钱呢？你教教我：上哪儿去弄呢？只能等到秋后我卖掉粮食的时候了。

列别杰夫　（喊叫）她不肯等呀！

　　　〔停顿。

伊凡诺夫　你的处境是不愉快的、尴尬的，可是我的处境更糟。（走来走去，思索）我一点办法也想不出来……没有什么东西可卖的了……

列别杰夫　你不妨到米尔巴赫家里去一趟，求求他，他欠着你一万六呢。

　　　〔伊凡诺夫绝望地挥一挥手。

你听我说，尼古拉沙……我知道你会骂我，不过……给我这个老酒鬼一点面子！照朋友对待朋友那样……把我看作你的一个朋友吧……我和你都做过大学生，都是自由主义者……我们有共同的思想和兴趣……我们俩都在莫斯科大学念过书……Alma mater②……（拿出钱夹）瞧，我有一笔私蓄，家里一个人也不知道这笔钱。借给你吧……（拿出钱来，放在桌上）你丢开自尊心，像朋友那样看

① 借喻"奴隶"。
② 拉丁语：母校。

待这件事吧……我凭人格担保,我也会拿你的钱的……

〔停顿。

喏,我把钱放在桌子上了,一共是一千一。你今天就坐车到她那儿去,把这笔钱亲手交给她。你就说:拿去吧,齐娜伊达·萨维希娜,让这钱把你活活卡死!不过要当心,别让她看出你借过我的钱,千万千万!要不然,这个醋栗果酱太太可就要给我苦头吃了!(凝视伊凡诺夫的脸)得了,得了,别这样!(赶紧从桌上拿过钱来,收在衣袋里)别这样!我是说着玩的……看在基督分上,原谅我!

〔停顿。

你心里不好受吗?

〔伊凡诺夫挥挥手。

是啊,你的情况不妙……(叹气)对你来说,伤心和悲哀的时候到了。老弟,一个人好比一个茶炊。茶炊并不总是冷冷清清地放在架子上的,而是常常得有人往里面放进炭去,它便扑哧扑哧地响起来!这个比喻虽然一点也不恰当,不过呢,再合适的比喻我也想不出来了……(叹气)灾难锻炼人的灵魂。我倒不为你难过,尼古拉沙,你总会从灾难中摆脱出来的,事情总会过去,不过,老弟,那些人却惹我生气,惹我心烦……你说说看,那些流言蜚语都是从哪儿来的!老弟,这个县里传遍了种种关于你的坏话,弄得不好,副检察官都会来找你呢……说你是杀人犯,又是吸血鬼,又是抢劫犯……

伊凡诺夫　这都是无聊的事。你瞧,我头痛。

列别杰夫　这都是因为你想得太多了。

伊凡诺夫　我什么也没想。

列别杰夫　你呀,尼古拉沙,别管这些,到我们家里去玩吧。舒罗契卡喜欢你,了解你,看重你。尼古拉沙,她是个正直的好人。她不像妈,也不像爹,大概像个过路的小伙子……老弟,有的时候我瞧着她,都不相信我这个大鼻子酒鬼会有这么一个宝贝。来吧,跟她谈谈高深的问题,散散心。她是个忠厚诚恳的人……

〔停顿。

伊凡诺夫 巴沙，好朋友，你让我一个人待一忽儿吧……

列别杰夫 我明白，我明白……（急忙看一下表）我明白。（吻伊凡诺
夫）再见。我还要去主持一所学校的祝圣仪式。（向门口走去，又
站住）她挺聪明……昨天我跟舒罗契卡一块儿谈起那些闲话。
（笑）她随口说出一句格言："爸爸，"她说，"萤火虫夜里发光只是
为了让夜鸟容易看见它们，吃掉它们；好人存在是为了给流言蜚语
添材料。"怎么样？她是天才呀！是乔治·桑①！……

伊凡诺夫 巴沙！（打断他的话）你说，我是怎么回事？

列别杰夫 我自己也想问你这句话，可是，老实说，我不好意思问。我
不知道，老弟！一方面，我觉得你让各种灾难折磨苦了；另一方面
我又知道你不是那样的人……困苦是压不倒你的。另外还有点什
么缘故，尼古拉沙，至于究竟是怎么回事，我也不明白！

伊凡诺夫 我自己也不明白。我觉得或许……可是，不对！

　　〔停顿。

你要知道，我想说的是这么一种情况。我有个工人叫谢敏，你总
还记得。有一次在打谷的时候，他有心在姑娘们面前显示一下
他的力气，就把两口袋黑麦背在背上，结果受了内伤。他不久就
死了。我觉得我也受了内伤。我先是上中学，上大学，后来经营
农务，办学校，订种种计划……我的信仰跟大家不一样，我的婚
姻跟大家不一样，我是火暴性子，不怕风险，我的钱呢，你知道，
都胡乱花掉了，无论我的幸福和痛苦，在全县当中谁也没有经受
过。所有这些，巴沙，就是我背在背上的袋子。我把重担压在我
的背上，我的背就给压折了。我们在二十岁的时候都是英雄，什
么都干，什么都敢干，可是到三十岁就疲劳不堪，什么也干不成
了。这种疲倦你怎样解释呢？不过，也许不是这么回事……不
是这么回事，不是这么回事！……你走吧，巴沙，上帝保佑你，我
惹得你讨厌了。

---

① 乔治·桑(1804—1876)，法国女作家。

列别杰夫　　（活跃）你猜怎么着？你，老弟，是被环境害苦了！

伊凡诺夫　　这话是愚蠢的，巴沙，而且也不新鲜。去吧！

列别杰夫　　确实，这话愚蠢。现在连我也看出这话愚蠢了。我走啦，走
　　　　　　啦！……（下）

六

伊凡诺夫　　（独白）我是个不好的、可怜的、渺小的人。只有像巴沙那
　　　　　　样也是个可怜的、衰颓的、消沉的人，才能够仍然喜欢我，尊敬我。
　　　　　　我多么看不起我自己啊，我的上帝！我多么深刻地憎恨我的声音、
　　　　　　我的脚步、我的双手、这身衣服、我的思想。是啊，这不是可笑又可
　　　　　　气吗？不到一年以前，我还是健康、强壮的，精力充沛，不知疲倦，
　　　　　　满怀热情，我就是用这双手工作，讲起话来就连没知识的人听了也
　　　　　　会感动得掉泪，看见痛苦就会哭，遇到坏事就愤慨。当我从早到晚
　　　　　　坐在桌子边工作，或者用幻想安慰我的心灵的时候，我就知道灵感
　　　　　　是什么，也懂得宁静的夜晚的美妙和诗意。我满怀信心，我看着未
　　　　　　来如同看着亲娘的眼睛似的……可是现在呢，啊，我的上帝！我厌
　　　　　　倦了，丧失信心了，白天黑夜什么事也不做。我的头脑也好，手也
　　　　　　好，脚也好，都不听使唤了。我的田产化为尘土，树林在斧子底下
　　　　　　噼啪地响。（哭）我的土地像孤儿似的瞧着我。我什么也不指望，
　　　　　　什么也不惋惜，我的灵魂一想到未来就害怕得发抖……还有跟萨
　　　　　　拉的事呢？我起过誓，说永远爱她，我对她应许过幸福，我在她眼
　　　　　　前展示过她连做梦也没见到过的未来。她相信我。五年来，我
　　　　　　只看到她怎样被她的牺牲的重负压得渐渐憔悴，怎样在同她的良
　　　　　　心的斗争中已经筋疲力尽，可是，上帝看得见，她从来也没有用不
　　　　　　满的眼光看过我，从来也没有对我说过一句责备的话！……结果
　　　　　　怎么样呢？我不再爱她了……这是怎么发生的？为什么？什么缘
　　　　　　故呢？我不明白。如今她在受苦，她的日子不多了，可是我却像一
　　　　　　个最卑劣的胆小鬼那样躲开她的苍白的脸、她的干瘪的胸脯、她的
　　　　　　恳求的目光……可耻啊，可耻！

〔停顿。

我的不幸打动了萨霞姑娘的心。她向我这个几乎是老头子的人诉说她的爱情,我呢,陶醉了,忘掉世界上的一切,像听音乐听入了迷,竟然叫道:"新生活呀! 幸福呀!"可是到第二天,我对这种生活,对这种幸福就不大相信了,如同我不相信鬼神一样……我到底是怎么回事啊? 我把我自己推进了一个什么样的深渊? 我这种软弱是从哪里来的? 我的神经出了什么毛病? 只要我那生病的妻子说话伤了我的自尊心,或者仆人做事不顺我的心,或者枪不发火,我就会变得粗暴,凶恶,不像我自己了……

〔停顿。

我不明白,不明白,不明白! 我简直想往脑门子里开一枪!……

李沃夫　（上）我要跟您把话谈清楚,尼古拉·阿历克塞耶维奇!

伊凡诺夫　大夫,要是我们天天都得把话谈清楚,那可无论如何也没有那么多的精力。

李沃夫　您愿意听我说完吗?

伊凡诺夫　我天天都在听您说话,可是到现在为止我怎么也弄不明白您究竟要我怎么样。

李沃夫　我讲得清楚而明白,只有没有心肝的人才会听不懂我的意思……

伊凡诺夫　讲到我的妻子临近死亡,这我知道,讲到我无可挽救地对不起她,这我也知道,讲到您是个正直而直爽的人,这我也知道! 那么此外您还需要明白什么呢?

李沃夫　人的残忍使我愤慨……一个女人快要死了。她有父亲和母亲,她爱他们,想在临死以前见一见他们,他们也明知道她不久就要死了,而且她还爱着他们,可是,该死的残忍啊,他们似乎要用他们那种宗教方面的坚定性来引起人们的惊叹:他们仍旧诅咒她!您这个人呢,她为您牺牲了一切,离开了老家,放弃了良心的平静,您却用毫不掩饰的方式,抱着毫不掩饰的目的,每天坐车到列别杰夫家里去!

伊凡诺夫　哎,我已经有两个星期没到那儿去了……

李沃夫 （不听他的话）跟您这样的人说话,必须开门见山,不绕弯子,要是您不愿意听我说,那就不听好了! 我习惯于直言不讳。……您需要她死掉,好去干您的新勾当;即使这样,难道您不能等一等吗? 如果您让她自然而然地死掉,不用您那种公然的无耻态度去折磨她,难道列别杰夫家的姑娘和她的陪嫁就会跑掉吗? 您这个巧妙的达尔杜弗不必在现在,不妨等上一两年,照样会弄得那个姑娘昏头昏脑,把她的陪嫁弄到手……您何必着急呢? 为什么您要您的妻子现在就死掉,而不等上一个月或者一年呢?

伊凡诺夫 这简直是受难……大夫,要是您认为人能够无限地克制自己,那您就是个太糟糕的医生了。我作了极大的努力才能不回报您的侮辱。

李沃夫 得了,你打算蒙哄谁啊? 丢掉您的假面具吧。

伊凡诺夫 聪明人,您好好想一想吧。照您看来,再也没有比了解我更容易的事了! 是吗? 我同安娜结婚是为了得到大笔的钱……他们没有给我钱,我失算了,于是现在我要弄得她活不成,好再娶一个,弄到陪嫁……是吗? 这多么简单明了啊……人就是这样一种简单而不复杂的机器……不,大夫,人身上的齿轮、螺丝、阀门多得很,所以我们相互之间不能凭初步的印象或者两三个外部的征象就作出判断。我不了解您,您不了解我,我们自己也不了解自己。一个人很可能是个极好的医生,同时又完全不了解人。您不要太自信,您要同意我的这个看法。

李沃夫 难道您认为您这么神秘莫测,难道我的头脑就那么差,连卑鄙和正直也分不清吗?

伊凡诺夫 显然,我跟您永远也说不到一块儿去……我最后一次问您,请您直截了当地回答:您究竟要我怎么样? 您要达到什么目的? （生气）我有幸与之交谈的究竟是什么人:是我的检察官呢,还是我妻子的医生?

李沃夫 我是医生,我以医生的资格要求您改变您的行为……这种行为正在断送安娜·彼得罗芙娜的性命!

伊凡诺夫 那么我该怎么办? 怎么办? 要是您对我比我对我自己还了

解得清楚,那就请您明确地说出来:我该怎么办?

李沃夫　至少不要干得那么露骨。

伊凡诺夫　哎,我的上帝!难道您了解您自己吗?(喝水)请您躲开我。我有一千条错处,我自会对上帝负责,不过谁也没有给您权利,让您天天来折磨我……

李沃夫　那么谁给您权利,让您来侮辱我心中的正义感?你折磨和毒害我的灵魂。在我没到这个县里来以前,我只承认天下有愚蠢的、发疯的、着魔的人,可是我素来不相信有人自觉地犯罪,有意识地为非作歹……我向来尊重人,热爱人,可是后来我见到了您……

伊凡诺夫　这种话我已经听过了!

李沃夫　您听过了?(看见萨霞走进来,她穿着骑马服)现在,我看,我们彼此总算彻底了解!(耸耸肩膀,下)

七

伊凡诺夫　(惊恐)舒拉,是你来啦?

萨　霞　对,是我。你好。你没料到吧?为什么你这么久没上我们那儿去?

伊凡诺夫　舒拉,说真的,这太不慎重了!你到这儿来,可能对我的妻子产生很坏的影响。

萨　霞　她不会看见我。我是从后门进来的。我马上就走。我担心:你的身体好不好?为什么这么久没来?

伊凡诺夫　我的妻子本来就感到受了侮辱,几乎要死了,偏偏你又跑到这儿来。舒拉呀,舒拉呀,这太冒失,太不近人情了!

萨　霞　那我该怎么办呢?你有两个星期没到我们那儿去了,也没回我的信。我难受得很。我觉得你一定在这儿痛苦得不得了,病倒,要死了。我没有一夜睡得安稳……我马上就走……你至少告诉我:你身体好吗?

伊凡诺夫　不好,我在折磨我自己,人家也没完没了地折磨我……我简直没有力量了！偏偏你又来了！这多么糟糕,多么不正常！舒拉,我多么有罪,多么有罪啊！……

萨　霞　你多么喜欢说些可怕又可怜的字眼！你有罪？是吗？有罪吗？好,那你就说一说你有什么罪？

伊凡诺夫　我不知道,我不知道……

萨　霞　这不是回答。每个罪人都应当知道自己犯了什么罪。你伪造钞票了吗？

伊凡诺夫　这话可不俏皮。

萨　霞　是因为不再爱妻子而有罪吗？也许吧,不过人作不了自己感情的主,你本心并不想不再爱她。是因为她瞧见我对你表白爱情,你就有罪吗？不,你并不存心希望她看见啊……

伊凡诺夫　(打断她的话)如此等等……什么爱啦,不再爱啦,做不了自己感情的主啦,这些都是老生常谈,都是陈词滥调了,无济于事……

萨　霞　跟你说话真是苦事。(看画)这条狗画得多么好！这是写生吗？

伊凡诺夫　是写生。就连我们的恋爱都是陈腐的俗套:他灰心丧气,意志消沉,于是她出现了,朝气蓬勃,坚强有力,对他伸出了援助的手。这是美妙的,但是只有在长篇小说里才是真实的,而在生活里……

萨　霞　在生活里也是一样。

伊凡诺夫　我看,你对生活倒了解得太微妙！我的悲叹在你的心里引起极诚挚的畏惧,你想象,你在我的身上找到了第二个哈姆雷特,可是照我看来,我这种精神变态以及它的种种表现只能成为笑谈的好资料罢了！对我这种装腔作势本来应当笑破肚皮,可是你呢,却大喊"救命"！你要救我,要干一番英雄事业。唉,今天我多么恨我自己。我觉得我今天的紧张状态一定会闹出什么事来……我要么打碎什么东西,要么……

萨　霞　是啊,是啊,正该这么办。你就打碎东西吧,砸烂它,或者大声嚷叫吧。你对我发脾气吧,我决定到这儿来就是做了一件蠢事嘛。

行,那你就生气,对我嚷嚷,使劲跺脚吧。怎么样? 那你就开始发脾气吧……

　　〔停顿。

怎么样?

伊凡诺夫　这个可笑的姑娘!

萨　霞　好极了。我们似乎都有笑容了! 那就劳驾,赏一个脸,再笑一回吧!

伊凡诺夫　(笑出声来)我发现:每逢你着手挽救我,指点我,你的脸就变得十分天真,眼睛睁得大大的,好像你在瞧一颗彗星似的。等一等,你肩膀上有灰尘。(拂掉她肩膀上的灰尘)男人天真,就成了傻子。你们女人却有本领,天真起来就能显得又妩媚,又健康,又热情,并不显得愚蠢。不过,你们都有一种什么样的习性呀? 当一个男人健康、强壮、高兴的时候,你们一点也不注意他,可是等到他走了下坡路,悲悲切切地诉苦,你们就扑上去搂住他的脖子了。难道做一个强壮勇敢的人的妻子,不如做一个老是流泪的失意者的护士吗?

萨　霞　不如!

伊凡诺夫　那是为什么呢? (哈哈大笑)达尔文不知道这个情况,要不然,他就饶不了你们! 你们破坏人种嘛。依了你们,世界上不久就会光繁殖抱怨诉苦和精神变态的人了。

萨　霞　有很多事情男人是不了解的。姑娘们喜爱失意的人胜过喜爱得意的人,那是因为有所作为的爱情吸引着每个姑娘……你懂吗? 有所作为的爱情。男人总是忙于工作,因此在男人那儿,爱情只占极其次要的地位。跟妻子谈谈天啊,陪她到花园里散散步啊,愉快地消磨一下时间啊,到她的坟上哭一场啊,就是这些。可是对我们来说,爱情就是生命。我爱你,这意思就是说,我一心想消除你的苦恼,一心想随着你到天涯海角去……你上山,我就也上山,你掉进深渊,我就也掉进深渊。比方说,通宵给你抄写文章,或者通宵守着你,免得别人来吵醒你,或者跟你一块儿步行一百里,对我来说,就是极大的幸福。我记得三年以前有一次,正是打谷的时令,你到我们家里来,满身的尘土,晒得挺黑,疲惫不堪,要水喝。我就给你端来一杯水,可是你已经在一张长沙发上躺下,睡得像死人一样了。你在我们那儿一连睡了十二个小时,我呢,始终守在门口,免得有人进来。那时候我的心情真好啊!任务越重,爱得就越深,也就是,越是强烈地感觉到爱情。

伊凡诺夫　有所作为的爱情……嗯……这是中了邪,这是姑娘家的哲学,也许,正应该这样吧……(耸肩膀)鬼才知道!(高兴)舒拉,我用人格担保,我是个正派人!……你想一想吧:我素来喜欢高谈阔论,可是我生平从来没有说过:"我们的女人变坏了,"或者说:"女人走上了错误的道路。"我只有感激她们,再没有别的!再没有别的!我的姑娘,好姑娘,你多么会给人解闷啊!我呢,却是一个多么可笑的傻瓜!我惹得人家心神不安,成天价长吁短叹。(笑)哈哈!(很快地走开)不过,你走吧,萨霞!我们有点忘乎所以了……

萨　霞　对了,我该走啦。再见!我担心你那正直的医生出于责任感而到安娜·彼得罗芙娜那儿去告密,说我在这儿。你要听我的话:你马上到你的妻子那儿去,坐在那儿,守着她……需要守一年就守一年,需要守十年就守十年。你要尽你的责任。你得悲伤,你得求她原谅,你得哭,该做的都得做。不过主要的是你不要忘了你的工作。

伊凡诺夫　我又有这样一种感觉,仿佛我吃了不少蛤蟆菌①似的!又有这种感觉了!

萨　霞　好,求造物主保佑你!关于我,你可以完全不想!每过两个星期你就给我写一封短信,这样我也就满足了。至于我,我自然会给你写信的……

〔包尔金在门口探头张望。

---

①　一种有毒的蘑菇。

八

包尔金　尼古拉·阿历克塞耶维奇,我可以进来吗?（看见萨霞）对不起,我没看见……（走进来）Bonjour①!（点头）

萨　霞　（发窘）您好……

包尔金　您发胖了,漂亮了。

萨　霞　（对伊凡诺夫）那我走了,尼古拉·阿历克塞耶维奇。我走了。（下）

包尔金　秀色可餐啊!我是来找散文的,不料碰上了诗歌……（唱）"你来了,好比一只小鸟飞向亮处……"

〔伊凡诺夫激动地在舞台上走来走去。

（坐下）她呀,尼古拉,有那么一股子劲头儿,跟别的女人不一样,不是吗?……那是一种特别的……琢磨不透的味道……（叹气）说实在的,她是全县最有钱的大姑娘,不过她妈妈可是个辣萝卜,弄得谁也不愿意跟她打交道。她死后,全部家当就都归舒罗契卡啦,可是在她没死以前,她只会给女儿一万左右,再加上一把烫头发用的火剪和一个熨斗什么的,就是这样,她还要叫你跪下来叩头呢。（摸衣袋）我要抽一根 De－los－mahoros②。您想抽一根吗?（把烟盒送过去）挺好的雪茄……可以抽抽。

伊凡诺夫　（气得喘吁吁地走到包尔金跟前）从现在起不准您再待在我的家里!从现在起!

〔包尔金站起来,手上的雪茄掉在地上。

从现在起滚出去!

包尔金　尼古拉,这是什么意思?您为什么生气啊?

伊凡诺夫　为什么?就说这些雪茄吧,您是从哪儿弄来的?您以为我不知道您天天把那个老人带到哪儿去,又为什么带去吗?

---

① 法语:您好!
② 一种雪茄烟的名字。

包尔金 （耸肩膀）可是这跟您什么相干？

伊凡诺夫 您简直是个恶棍！您在全县宣扬您那些卑鄙的计划，弄得我在人家的眼睛里成了一个不正派的人！我们丝毫没有共同点，我要求您从现在起就离开我的家！（很快地走来走去）

包尔金 我知道这些话您是一时气愤说出口的，因此我也就不生您的气。您想怎么侮辱我就怎么侮辱我吧……（拾起雪茄烟）讲到您那种忧郁的心情，现在也该丢掉才是。您不是什么中学生了……

伊凡诺夫 我刚才跟您说什么来着？（发抖）您是在要弄我吗？

〔安娜·彼得罗芙娜上。

九

包尔金 喏，安娜·彼得罗芙娜来了……那我走啦。（下）

〔伊凡诺夫在桌子旁边站停下来，耷拉着脑袋。

安娜·彼得罗芙娜 （沉吟片刻）她刚才到这儿来干什么？

〔停顿。

我问你：她到这儿来干什么？

伊凡诺夫 你别问了，安纽达……

〔停顿。

我罪孽深重。随你想出什么样的惩罚，我都承受，不过……你别问了……我没法说话了。

安娜·彼得罗芙娜 （生气）为什么她到这儿来？

〔停顿。

啊，原来你是这么一个人！现在我才明白。我到底看出来你是个什么样的人了。卑鄙，可耻……你总记得以前你到我那儿去，对我撒谎，说你爱我……我相信了，就丢下我的父母，放弃我的宗教信仰，跟你走了……你对我讲到真理，讲到善良，讲到你的正直的计划，撒了许多谎，我却把每一句话都信以为真了……

伊凡诺夫 安纽达，我从来也没有对你撒过谎。

安娜·彼得罗芙娜　我跟你一块儿生活了五年,我一直受苦,得了病,可是我爱你,一分钟也没有离开过你……你一直是我的偶像……可是结果怎么样呢? 在这段时期里你一直用最无耻的方式欺骗我……

伊凡诺夫　安纽达,不要说瞎话。我有错,是的,然而我生平一次也没有说过谎……你不可以在这方面责备我……

安娜·彼得罗芙娜　现在水落石出了……当时你跟我结婚,是想着我的父母会原谅我,给我钱……你想的是这个……

伊凡诺夫　哎,我的上帝啊! 安纽达,你竟然这样考验我的耐性……(哭)

安娜·彼得罗芙娜　你闭嘴! 你一看见没有钱,就玩新的花招……现在我什么都想起来,什么都明白了。(哭)你从来没有爱过我,对我也从来没有忠实过……从来也没有! ……

伊凡诺夫　萨拉,这是胡说! ……你想说什么都由你,可是你别胡说来侮辱我……

安娜·彼得罗芙娜　卑鄙,无耻……你欠下列别杰夫的钱,现在你为了赖掉这笔债就想把他的女儿弄得昏头昏脑,像欺骗我那样欺骗她。难道不是这样吗?

伊凡诺夫　(喘气)看在上帝的分上,你别说了! 我管不住我自己了……愤怒憋得我透不过气来,我……我可能要说出伤你的话来了……

安娜·彼得罗芙娜　你素来无耻地欺骗人,而且不止欺骗我一个人……你把所有卑鄙的行径都推在包尔金身上,可是现在我知道这都是谁干的……

伊凡诺夫　萨拉,你别说了,你走吧,要不然有些话我就会忍不住说出口了! 我恨不得对你说些可怕的、伤人的话……(喊叫)闭嘴吧,犹太娘儿们! ……

安娜·彼得罗芙娜　我偏要说……你骗得我太久,我不能不说……

伊凡诺夫　那么你不打算闭嘴吗?(内心斗争)看在上帝的分上……

安娜·彼得罗芙娜　现在你去欺骗列别杰夫家的姑娘吧……

伊凡诺夫　那就叫你知道一下吧，你……不久就要死了……大夫告诉我说，你不久就要死了……

安娜·彼得罗芙娜　（坐下，压低语声）他是什么时候说的？

〔停顿。

伊凡诺夫　（抱住自己的头）我真是罪孽深重！上帝啊，我真是罪孽深重啊！（痛哭）

第三幕完

第四幕

〔第三幕和第四幕之间大约相隔一年。

〔列别杰夫家里的一个客厅。前边是一个拱门,把这个客厅同大厅分开,左边和右边是门。古铜器,家族画像。喜庆的装饰。一架钢琴,上面放着一把小提琴,旁边立着一把大提琴。在整个这一幕当中,穿着舞装的客人们在大厅里来往穿梭。

一

李沃夫　（上,看怀表）四点多钟了。大概祝福马上就要开始了……祝福完后,就要送她去举行婚礼了。瞧,美德和真理的胜利哟! 他要搜刮萨拉的钱而没有得手,就折磨她而把她送进了棺材,现在他又找到另一个替身了。对这个替身,他又会假仁假义,直到搜刮完她的钱,把她送到可怜的萨拉长眠的地方为止。这是敲骨吸髓的老手法了……

〔停顿。

他幸福得好比在七重天上,会舒舒服服地生活到衰老之年,而且死的时候良心平平静静。不行,我要揭露你的底细! 等我揭掉你那该死的假面具,等到大家认清你是什么路数,你就要从七重天上掉下来,一头栽进深渊,连恶魔也没法把你从那儿拉出来! 我是个正直的人,我的任务就是打抱不平,打开瞎子的眼睛。我要尽我的责任,然后,到明天,我就离开这个该死的县! （沉思）可是该怎么办呢? 跟列别杰夫家的人说明这件事,那是白费劲。向他挑战,同他决斗吗? 闹它一个满城风雨吗? 我的上帝啊,我激动得跟小孩一样,完全丧失了思考的能力。该怎么办呢? 决斗吗?

二

柯绥赫　（上，快活地对李沃夫说）昨天我叫了梅花小满贯，想打成一
　　　副全满贯！可就是那个巴拉巴诺夫又坏了我的事！我们打牌。我
　　　说"无将"。他说"帕斯"。我说两副梅花。他说"帕斯"。我说两
　　　副方块……三副梅花……可是您想想吧，您再也意想不到：我喊小
　　　满贯，可是他没说有爱司。要是他这个混蛋说有爱司，我就会喊
　　　"无将"的大满贯了……

李沃夫　对不起，我不懂牌，所以没法体会您的兴奋。快要祝福了吧？

柯绥赫　多半快了。大家正在稳住玖玖希卡。她大哭大叫，她是舍不
　　　得陪嫁。

李沃夫　不是舍不得女儿？

柯绥赫　她舍不得的是陪嫁。事情确实也有点让人气恼。他结了婚，
　　　可就不会还债了。人总不能逼着女婿还债呀。

三

巴巴金娜　（装束华丽，神气活现地穿过舞台，经过李沃夫和柯绥赫身
　　　边。柯绥赫忍不住扑哧一声笑了出来，巴巴金娜回顾）愚蠢！
　　　〔柯绥赫伸手触了触她的腰，大笑。
　　　乡巴佬！（下）

柯绥赫　（大笑）这个娘儿们完全迷了心窍！当初她没死乞白赖地想
　　　当伯爵夫人的时候，她是个普通的娘儿们，跟别的娘儿们一样，可
　　　是现在，她架子就大了（学她的腔调），乡巴佬！

李沃夫　（激动）您听我说，请您诚恳地告诉我：您对伊凡诺夫的看法
　　　怎么样？

柯绥赫　一个钱也不值。他的牌打得真差劲。去年复活节有过这样的
　　　一件事。我们坐下来打牌：有我，有伯爵，有包尔金，有他。我发
　　　牌……

李沃夫　（插嘴）他是好人吗？

柯绥赫　他？他是个骗子！诡计多端，老于世故。他和伯爵是一路货。他们鼻子尖，闻得出哪儿有空子可钻。他碰上一个犹太娘儿们，没捞着什么油水，现在呢，又打玖玖希卡的箱子的主意了。我敢打赌，要是过上一年，他不害得玖玖希卡沿街讨饭，就叫我受三次诅咒。他会害苦玖玖希卡，伯爵会害苦巴巴金娜。他们会把钱捞到手，舒舒服服过日子，发家致富。大夫，为什么今天您脸色这么苍白？您脸色不对呀。

李沃夫　哦，没什么。昨天我多喝了点酒。

四

列别杰夫　（同萨霞一块儿上）我们就在这儿谈一谈吧。（对李沃夫和柯绥赫）你们这些祖鲁人，到大厅里去找女士们吧。我们有私事要谈一谈。

柯绥赫　（走过萨霞身边，兴奋地弹指作响）美得像画一样！真是王牌的王后啊！

列别杰夫　走吧，穴居人，走吧！

　　〔李沃夫和柯绥赫下。

　　坐下，舒罗契卡，这就对了……（坐下，往四下里看）你得恭恭敬敬地仔细听我说。事情是这样：你母亲吩咐我转告你一些话……你懂吗？不是我自己有话要说，而是你母亲吩咐我说的。

萨　霞　爸爸，你说得简短一点吧！

列别杰夫　你结婚，陪嫁是一万五千银卢布……就是这样……注意，以后可别嫌多嫌少！等一等，你先别说！这还只是花，另外还有果子呢。你的陪嫁是一万五，可是，考虑到尼古拉·阿历克塞耶维奇欠下你母亲九千，这笔钱里就得扣掉债款……好，其次，除了……

萨　霞　你对我说这些干什么？

列别杰夫　你母亲叫我说的！

萨　霞　让我安静吧！要是你稍稍尊重我和你自己，你就不会容许自己说这种话。我不需要你们的陪嫁！我没有要求过陪嫁,现在也不要求！

列别杰夫　你干什么冲着我发脾气?在果戈理的小说里,两只耗子还要先闻一闻,再走开,可是你这个解放派妇女,连闻都没闻就发脾气了。

萨　霞　你快让我安静吧,你别拿你们那些小算盘来侮辱我的耳朵了。

列别杰夫　(冒火)呸!你们这些人简直要闹得我拿起刀子往自己身上捅,再不就去杀别人!那一个成天价大哭大叫,絮絮叨叨,怨天尤人,尽在小钱上算计,这一个呢,聪明,合乎人情,思想解放,可就是不了解她的亲爹,真见鬼!我侮辱你的耳朵,可是要知道,我到这儿来侮辱你的耳朵以前,早在那边(指一指房门)给人切成小块,砍下了脑袋和四肢。她不能了解我!她的脑袋发昏,糊里糊涂了……滚你们的!(向门口走去,站住)我不喜欢,你们的事我都不喜欢!

萨　霞　你不喜欢什么?

列别杰夫　样样事我都不喜欢!样样事!

萨　霞　什么样样事?

列别杰夫　莫非要我在你面前坐下来,一五一十地说清楚吗?我什么都不喜欢,就说你的婚礼,我连瞧都不想瞧!(走到萨霞跟前,亲切地说)你要原谅我,舒罗契卡,也许你的婚事决定得聪明,正直,高尚,合乎原则,可是其中总有点不对头的地方,有点不对头!这跟别人的婚事不一样嘛。你年轻,生气蓬勃,像一块玻璃那么纯洁,长得又俊俏,他呢,是个鳏夫,精力衰退,疲疲沓沓。我不了解他,求主保佑他吧。(吻女儿)舒罗契卡,原谅我说实话,反正这件事总有点不明不白。人家都在纷纷议论呢。不知怎的,他那个萨拉就这么死了,后来不知怎的他又突然要跟你结婚,不知打的什么主意……(急忙地)不过呢,这是我犯娘儿们气,犯娘儿们气了。我变得婆婆妈妈,像一条旧裙子了。你别听我的。你别听人家的,你就按你自己的主张办事吧。

萨　霞　爸爸,我自己也觉得这事不对头……不对头,不对头,不对头。

要是你知道我心头多么沉重就好了！受不了啊！我不好意思承认这一点，也怕承认。爸爸，亲爱的，看在上帝分上，你给我打打气……指点我该怎么办吧。

列别杰夫　怎么回事呢？怎么回事？

萨　霞　我怕得很，这是从来也没有过的！（回顾）我觉得我不了解他，而且永远也不会了解他。我做他的未婚妻的这些日子里，他一次也没有笑过，一次也没有好好地正眼看过我。他老是抱怨诉苦，老是为一些什么事忏悔，老是暗示他犯了什么罪，老是发抖……我厌倦了。有的时候我甚至觉得我……我不是像应该的那样强烈地爱他了。每逢他坐车到我们这儿来，或者他跟我谈话的时候，我总觉得乏味。这都是怎么回事啊，爸爸？真可怕！

列别杰夫　我的亲亲，我的独生女，你听你老父亲的话，跟他断掉吧！

萨　霞　（惊恐）你这是什么话，你这是什么话呀！

列别杰夫　不错，舒罗契卡，这会闹出笑话来，搞得满城风雨，可是与其断送自己的一生，不如闹笑话的好。

萨　霞　你别说了，别说了，爸爸！我听都不要听。应当同这些阴暗的想法做斗争。他是个遭遇不幸而又不被人理解的好人，我会爱他，了解他，扶他站起来。我会完成我的任务。事情已经定局了！

列别杰夫　这不是任务，而是心理病态。

萨　霞　得了。我对你说的这些话连我对我自己也没有承认过。这些话我对谁也没有说过。我们把它忘掉吧。

列别杰夫　我什么也不明白。要么就是我老糊涂了，要么就是你们这些人变得太聪明，只有我不行，就是把我宰了，我也什么都不明白。

五

沙别尔斯基　（上）叫鬼把大家抓了去才好，连我也在内！真可气！

列别杰夫　你怎么啦？

沙别尔斯基　不，说真的，不管怎样我得干一件缺德事、下流事，为的是不但弄得我自己讨厌，而且惹得大家也讨厌。我一定干。我说话算数！我已经对包尔金说过，叫他宣布我今天做了未婚夫。（笑）大家都下流，我也要下流。

列别杰夫　你惹得我厌烦了！你听我说，玛特威，你说啊说的，弄得人家要把你送到疯人院去了——请你原谅我打这么一个比方。

沙别尔斯基　可是疯人院有哪点比不上别的房子呢？你行行好，马上就把我送到那儿去才好。你行行好吧。大家都下流、卑贱、渺小、平庸，我自己都讨厌我自己了，我对我自己的话一句也不相信……

列别杰夫　你猜怎么着，老兄？你索性往嘴里塞一团麻絮，点上火，向大家喷烟子吧。再不然就拿起帽子来回家去，那样更好。这儿正在举行婚礼，大家都高高兴兴，可是你哇哇地直叫，像乌鸦一样。是啊，真的……

〔沙别尔斯基对着钢琴弯下腰去，痛哭。

玛求希卡①！……玛特威！……伯爵！……你怎么啦？玛求沙②，我的亲人……我的天使……我的话伤了你……喏，原谅我这条老狗吧……原谅我这个酒鬼吧……你喝点水……

沙别尔斯基　不要了。（抬起头来）

列别杰夫　你哭什么？

沙别尔斯基　哦，没什么……

列别杰夫　不，玛求沙，你别撒谎……究竟为什么？是什么缘故？

沙别尔斯基　刚才我看见这把大提琴，就……就想起了那个犹太女人……

列别杰夫　哎，你这是在什么时候想起她呀！祝她升天国，永久安息吧，你这个回想太不是时候了……

沙别尔斯基　我同她常常一块儿合奏……美妙出色的女人呀！

〔萨霞哭。

列别杰夫　你又怎么啦？你别哭了！主啊，他们俩都哭了，而我……我……你们至少躲一躲吧，客人们会瞧见你们的！

---

①　玛特威的爱称。
②　玛特威的爱称。

沙别尔斯基　巴沙,太阳一出来,连墓园里都喜气洋洋。人有希望,就是到老年也是痛快的。可是我一点希望也没有,一点希望也没有!

列别杰夫　对了,你的景况也确实不大好……你又没孩子,又没钱,又没工作……哎,可是那有什么办法呢?(对萨霞)你哭什么呀?

沙别尔斯基　巴沙,给我一点钱。到那个世界我会跟你算清账的。我要到巴黎去一趟,看一看我妻子的坟。我这辈子给人家很多钱,我的家当有一半都散出去了,所以我有权利要钱。再者我是向朋友要钱……

列别杰夫　(张皇失措)好朋友,我连一个小钱也没有!不过,好吧,好吧!那就是说,我答应不下来,可是,你明白……很好,很好!(旁白)他们磨死我了!

六

巴巴金娜　(上)我的伴儿在哪儿呀?伯爵,您怎么能丢下我一个人走了?哼,可恶!(用扇子打伯爵的胳膊)

沙别尔斯基　(嫌恶地)别打扰我!我恨您!

巴巴金娜　(惊慌)什么?……啊?……

沙别尔斯基　走开!

巴巴金娜　(倒在一把圈椅上)哎哟!(哭)

齐娜伊达·萨维希娜　(哭着上)有人来了。……好像是新郎的傧相。到该祝福的时候了……(啜泣)

萨　霞　(恳求)妈妈!

列别杰夫　得,大家都哭起来了!简直成了四部合唱!你们别哭鼻子啦!玛特威!……玛尔法·叶果罗芙娜!要知道照这个样子,我就要……我就也要哭了……(哭)主啊!

齐娜伊达·萨维希娜　要是你不要你的母亲,要是你不听话,那……那我也随你的便,我给你祝福就是……

〔伊凡诺夫上,穿着礼服,戴着手套。

七

列别杰夫　岂有此理！这是怎么回事？

萨　霞　你来干什么？

伊凡诺夫　对不起，诸位先生，请容许我跟萨霞单独谈一谈。

列别杰夫　在婚礼之前来找新娘，这可不合章法！你该到教堂去才对！

伊凡诺夫　巴沙，我求求你……

〔列别杰夫耸耸肩，他、齐娜伊达·萨维希娜、伯爵、巴巴金娜
一同下。

八

萨　霞　（严厉）你有什么事？

伊凡诺夫　愤恨憋得我透不过气来，不过我还能冷静地说话。你听我
说。刚才我换衣服准备参加婚礼，照了照镜子，不料我的两鬓……
有白发了。舒拉，不应该这么办！趁时候还不算迟，必须停止这出
毫无意义的喜剧了……你年轻，纯洁，你前面有生活，而我呢……

萨　霞　这些话并不新鲜，我已经听过一千次，都听得腻烦了！你到教
堂去吧，别叫大家久等了。

伊凡诺夫　我马上就回家去，你就对你家里的人宣布，不举行婚礼了。
你设法向他们解释一下。现在也该清醒过来了。我演了一阵子哈
姆雷特，你演了一阵子高尚的少女，我们也演得够了。

萨　霞　（冒火）你这是什么意思？我不要听。

伊凡诺夫　可是我在说话，而且我还要说下去。

萨　霞　你来干什么？你的怨诉变成嘲弄了。

伊凡诺夫　不，我不是在怨诉！嘲弄吗？是的，我是在嘲弄。要是我能
够加强一千倍来嘲弄自己，惹得全世界大笑，那我一定会照这样
干！刚才我照了一下镜子，我的良心里就仿佛爆炸了一颗大炮弹！
我嘲笑我自己，再加上羞愧，我几乎要发疯了。（笑）什么忧郁病

啊！高尚的苦恼啊！不自觉的悲哀啊！只差写诗了。老是抱怨诉苦，长吁短叹，给别人痛苦，感到自己生活的精力已经永远丧失，生了锈，活过了头，畏畏缩缩，沉湎于可恶的忧郁，而这都是发生在阳光灿烂，连蚂蚁都在忙于运食、对自己颇为满意的时候，不，这样不行！另外，你又眼见有些人把你看成骗子，有些人怜惜你，有些人伸出援助的手，有些人更糟，带着敬意恭听你的叹息，把你看作第二个穆罕默德，等着你马上对他们宣布一种新宗教……不，谢天谢地，我总算还有自尊心和良心！我坐车到这儿来的时候，一路上嘲笑自己，而且我觉得鸟雀也在嘲笑我，树木也在嘲笑我……

萨　　霞　这不是气愤，这是疯狂。

伊凡诺夫　你认为是这样吗？不，我没有发疯。现在我所看到的正是事情的本来面目，我的思想跟你的良心一样纯净。我们相亲相爱，可是我们不能结婚！我自己爱怎么胡闹和灰心丧气都行，可是我没有权利毁掉别人！我的牢骚毒害了我妻子最后一年的生活。自从你做我的未婚妻以来，你也不再发笑，而且老了五岁。你的父亲对生活中的事情原是看得一清二楚的，如今由于我而变得不再了解人了。我无论去开会也好，做客也好，打猎也好，总之不管我上哪儿，我总是带去沉闷、沮丧、不满。等一等，别打岔！我尖刻，激烈，可是，对不起，气愤憋得我透不过气来，我没法换一个方式说话。我过去从来也没有说过谎话，也没有毁谤过生活，可是自从我爱发牢骚以后，我就违背本性，不知不觉地毁谤生活，抱怨命运，大诉其苦了，于是每一个听我讲话的人就都沾染上对生活的憎恶，也诽谤起来了。而且又是什么样的腔调啊！好像我活着是赏给大自然面子似的。叫鬼抓了我去才好！

萨　　霞　等一等！……从你刚才所说的话，可以得出结论：你厌恶发牢骚，现在到了开始新生活的时候了！……这才好！……

伊凡诺夫　我看不出有什么好的地方。哪儿有什么新生活呢？我无可挽救地完蛋了！我们俩应该明白这一点才好。什么新生活哟！

萨　　霞　尼古拉，你清醒过来吧！你从哪儿看出来你完蛋了呢？这真是自暴自弃！不，我既不愿意说话，也不愿意听你说……你到教堂去吧!

伊凡诺夫　我完了!

萨　霞　别这么喊,客人们会听见的!

伊凡诺夫　如果一个不愚蠢的、受过教育的、身体健康的人缺乏任何明
　　　　显的理由而开始长吁短叹,顺着下坡路滚下去,那他就会一路滚下
　　　　去,拦也拦不住,没法挽救了!是啊,我的救星在哪儿?我怎样才
　　　　可以得救?喝酒吧,我不会,一喝酒就头痛,写些歪诗吧,我也不
　　　　会,崇拜精神上的懒散,把它看作一种玄秘高深的境界,我又办不
　　　　到。懒散就是懒散,软弱就是软弱,我没法给它们另起名字。我完
　　　　了,完了,这是确切无疑的!(环顾周围)别人可能来打搅我们。
　　　　你听我说。要是你爱我,那就要帮助我。就是现在,干脆跟我一刀
　　　　两断!赶快……

萨　霞　唉,尼古拉,要是你知道你闹得我多么疲乏就好了!你在怎样
　　　　折磨我的灵魂啊!聪明的好人,你想想看:是啊,难道能够给我提
　　　　出这样的难题吗?你每天都在给我出难题,一个比一个困难……
　　　　我巴望一种积极的爱情,可是这成了受苦受难的爱情啦!

伊凡诺夫　可是等你做了我的妻子,问题就要复杂得多了。你快跟我
　　　　断掉吧!你要明白:你所表现的并不是爱情,而是由你那正直的性
　　　　格所产生的顽强的决心!你抱定宗旨无论如何要让我获得新生,
　　　　要挽救我,你因为自己在做一件英雄事业而感到自慰……现在你
　　　　想往后退,然而有一种虚假的感情阻止你这样做。你要明白才好!

萨　霞　你的逻辑多么古怪,多么荒唐啊!难道我能跟你断掉吗?我
　　　　怎么能推开你不管?你没有母亲,没有姐妹,也没有朋友……你破
　　　　产了,你的田产让人家偷光了,四周围的人又在对你造谣中伤……

伊凡诺夫　我跑到这儿来是做了一件蠢事。我应该按我想的去办才
　　　　成……

　　　　〔列别杰夫上。

九

萨　霞　（迎着她的父亲跑过去）爸爸，看在上帝分上，帮帮我的忙吧，他像疯子似的跑到这儿来折磨我！他要求我跟他断掉，他不愿意毁掉我。你去对他说：我不需要他的慷慨！我知道我在干什么。

列别杰夫　我什么也不明白……什么样的慷慨呀？

伊凡诺夫　婚礼不举行了！

萨　霞　要举行！爸爸，你对他说，婚礼要举行！

列别杰夫　等一等，等一等！……为什么你又不愿意举行婚礼了？

伊凡诺夫　我跟她解释过为什么，可是她不想理解。

列别杰夫　不，你不要对她解释，你对我解释吧，而且要解释得能叫我听懂！哎，尼古拉·阿历克塞耶维奇呀！求上帝给你当裁判吧！你把我的生活搅得糊里糊涂，我仿佛生活在奇物陈列馆里似的，我看来看去，什么也不明白……简直是受罪呀……是啊，你叫我这个老头子拿你怎么办呢？跟你决斗还是怎么的？

伊凡诺夫　根本用不着什么决斗。只要肩膀上有脑袋，听得懂俄国话就成。

萨　霞　（激动地在舞台上走来走去）这真可怕，可怕！简直像是小娃娃！

列别杰夫　这只能叫人摊开两只手表示惊讶，如此而已。你听我说，尼古拉！依你看来，你这一套都聪明，微妙，合乎心理学的一切原则，不过依我看来，这可是胡闹，是不幸。你最后一次听我这个老头子的话吧！我要跟你说的就是这样一句话：让你的头脑安静下来！像大家那样把事情看得简单点！人间万物都是简单的。天花板是白的，靴子是黑的，糖是甜的。你爱萨霞，她爱你。如果你爱她，你就待在这儿；如果你不爱她，你就走，我们不会强求。总之，这简单得很！你们俩都健康，聪明，有道德，而且谢天谢地，吃得饱，穿得暖……此外你还需要什么呢？没有钱吗？那有什么关系！幸福不在于有钱……当然，我明白……你的田产押出去了，你没有钱付利

息,不过我是做父亲的,我明白……妈妈爱怎么办都随她,求上帝
保佑她吧,她不给钱,那就算了。舒尔卡说她不要陪嫁。什么原则
啦、叔本华①啦……这都是胡扯……我在银行里有一笔私蓄,一万
卢布。(环顾四周)关于这笔钱,我家里连狗都不知道……这是你
祖母的钱……这笔钱就给你们俩……你们拿去吧,不过有一个条
件:给玛特威两千吧……

〔客人们在大厅里聚集。

伊凡诺夫　巴沙,多谈也无益了。我要按我的良心吩咐我的去做。

萨　霞　我也是按我的良心吩咐我的去做。你爱怎么说就怎么说,反
正我不放你。我去叫妈妈了。(下)

十

列别杰夫　我怎么也弄不懂……

伊凡诺夫　你听我说,可怜的人……我不想向你解释我究竟是个什么
样的人,是正直呢,还是卑鄙,是身心健康呢,还是精神变态。我不
会把你说通的。当初我年轻,热情,诚恳,不愚蠢;没有人像我那样
爱过,恨过,信仰过,我一个人像十个人那样工作和希望,我同风车
搏斗,用脑门子撞墙;我没有衡量自己的力量,没有经过思考,不了
解生活,却把一副重担放在自己的身上,而这副重担一下子把我的
背脊压折,使我的筋骨扭坏了;我急急忙忙在青年时期就把我的精
力耗尽,我陶醉,兴奋,工作,丝毫不加节制。你说,难道能不这样
吗?要知道我们人数很少,而工作很多很多!上帝啊,多极啦!现
在呢,我与生活作过斗争,生活就残酷地来报复我了!我元气大
伤!我才三十岁就已经像喝醉了酒似的头重脚轻,我老了,已经穿
上家常的长袍了。我头脑昏沉,灵魂懒散,筋疲力尽,元气大伤,意
志消沉,没有信仰,没有爱情,没有目标,像个影子一样,在人们当
中彷徨,不知道自己是个什么人,为什么活着,指望什么。我已经

---

①　德国哲学家。

觉得爱情无谓,温存腻味,工作毫无意义,歌唱和激烈的演说都庸俗而陈腐。无论到哪里,我都带去苦恼,冷冰冰的苦恼,带去不满,带去对生活的憎恶……我无可挽救地完蛋了! 在你面前站着的这个人,三十五岁就已经疲惫不堪,幻想破灭,被自己的毫无价值的努力压垮,他羞愧得心如火烧,他嘲笑自己的软弱……啊,我胸中的自尊心受到多么大的伤害,狂怒憋得我透不过气来! (踉跄)哎,我把自己折磨成什么样子了! 我连站都站不稳……我衰弱了。玛特威在哪儿? 让他把我送回家去吧。

〔大厅里的人声:"男傧相来啦!"

十一

沙别尔斯基 (上)我穿着别人的旧礼服……手套也没有……这招来多少嘲讽的目光、愚蠢的俏皮话、庸俗的讥笑啊……这些讨厌的家伙!

包尔金 (手里拿着一束花,穿着礼服,戴着傧相的花,匆匆上)嘿! 他在哪儿啊? (对伊凡诺夫)大家早就在教堂里等您了,您却在这儿高谈阔论。这可真是个滑稽演员! 真的,滑稽演员! 要知道,您不应当跟新娘一块儿去教堂,而是单独去,跟我一块儿,至于新娘,我自会从教堂来接她的。莫非您连这都不懂吗? 简直是个滑稽演员!

李沃夫 (上,对伊凡诺夫)哦,您在这儿? (大声)尼古拉·阿历克塞耶维奇·伊凡诺夫,我当着大家的面宣布:您是坏蛋!

伊凡诺夫 (冷冷地)感激之至。

〔全体骚动。

包尔金 (对李沃夫)先生,这是下流! 我向您挑战:跟您决斗!

李沃夫 包尔金先生,我认为,对我来说,不但跟您斯拼,就是跟您说话也是有损尊严的! 不过,如果伊凡诺夫愿意,我倒乐于奉陪。

沙别尔斯基 先生,我要跟您决斗!……

萨霞 (对李沃夫)这是为什么? 您为什么侮辱他? 诸位先生,对不起,让他对我说明:这是为什么?

李沃夫　亚历山德拉·巴甫洛芙娜,我侮辱他不是无缘无故的。我是以一个正直的人的身份到这儿来,为了让您睁开眼睛。我请求您仔细听完我的话。

萨　霞　您能讲些什么呢?讲您是个正直的人吗?这可是全世界都知道的!您最好凭着清白的良心告诉我:您了解不了解自己?您此刻以正直的人的身份到此地来,给了他可怕的侮辱,差点把我吓死。早先您像影子似的跟踪他,妨碍他生活,您也是相信您在尽您的责任,您是个正直的人。您干涉他的私生活,毁谤他,责难他,只要有可能,您就给我和所有的熟人写匿名信,而且您始终认为您是个正直的人。大夫,您甚至不放过他的害病的妻子,用您那些猜疑闹得她一刻也不得安宁,而且您认为这样做是正直的。不管您干出什么强暴的事,不管您干出什么残忍的下流事,您总觉得您是个异常正直而且进步的人!

伊凡诺夫　(笑)这不是婚礼,而是议会!好哇,好哇!……

萨　霞　(对李沃夫)现在您也该好好想一想了:您了解不了解自己?这些麻木不仁、没有心肝的人!(挽住伊凡诺夫的胳膊)我们躲开这儿,尼古拉!爸爸,我们走了!

伊凡诺夫　我们到哪儿去呀?等一等,现在我要把这一切来个了结!青春在我的胸中觉醒,往日的伊凡诺夫又要说话了!(取出一支手枪)

萨　霞　(尖叫)我知道他要干什么!尼古拉,看在上帝的分上!

伊凡诺夫　我在下坡路上滚了很久,现在该停住了!人总得识趣!你们走开!谢谢你,萨霞!

萨　霞　(喊叫)尼古拉,看在上帝的分上!你们拦住他呀!

伊凡诺夫　你们别管我!(跑到一旁,开枪自杀)

——幕落,剧终

海　鸥

四幕喜剧

剧 中 人 物

伊莉娜·尼古拉耶芙娜·阿尔卡津娜——按照夫姓应是特烈普列娃，
　　女演员。

康斯坦丁·加甫利洛维奇·特烈普列夫——她的儿子，青年男子。

彼得·尼古拉耶维奇·索陵——她的哥哥。

尼娜·米海洛芙娜·扎烈奇纳雅——年轻的姑娘，富有的地主的女儿。

伊里亚·阿法纳西耶维奇·沙木拉耶夫——退伍的中尉，索陵的管家。

波里娜·安德烈耶芙娜——他的妻子。

玛霞——他的女儿。

包利斯·阿历克塞耶维奇·特利果陵——小说家。

叶甫根尼·谢尔盖耶维奇·陀尔恩——医师。

谢敏·谢敏诺维奇·美德威坚科——教师。

亚科甫——工人。

厨师一名。

女仆一名。

　　〔事情发生在索陵的庄园里。
　　〔第三幕和第四幕之间相隔两年。

第一幕

〔索陵庄园内的花园的一部分。一条宽阔的林荫路从观众面前通到花园深处，尽头是一个湖。路口草草搭起一个舞台供家庭演出用，因此湖景完全看不见。舞台的左边和右边是灌木。

〔椅子几把。小桌一张。

〔太阳刚落下去。亚科甫和别的工人在小舞台的幕布后边，他们发出咳嗽声和敲击声。玛霞和美德威坚科从左边走上，他们刚散步回来。

美德威坚科　您为什么总是穿黑衣服？

玛　霞　这是给我的生活戴孝。我倒霉嘛。

美德威坚科　这是为什么？（深思）我不懂……您身体健康，您的父亲虽然不阔绰，可是还算富裕。我的生活可就比您困难得多了。我一个月总共领到二十三个卢布，其中还要扣掉退休储金，而我倒没有戴孝。

〔他们坐下。

玛　霞　问题不在于钱。穷人也能幸福。

美德威坚科　这只是在理论上说说而已，而实际上却是这样：我有母亲，加上两个妹妹和一个小弟弟，而薪水总共只有二十三个卢布。人总得吃喝吧？总得有茶有糖吧？总得买点烟草吧？真叫人急得转磨。

玛　霞　（打量舞台）戏快要开演了。

美德威坚科　对了。这个戏由扎烈奇纳雅主演，而剧本是康斯坦丁·加甫利洛维奇写的。他们互相热爱，今天他们的灵魂要融合在一起，极力创造同一个艺术形象。可是我的灵魂和您的灵魂就没有一个共同的交点。我爱您,在家里闷得坐不住,每天都步行六里①来到这儿,再步行六里回去,可您总是对我那么冷淡。这也是可以理解的。我没有财产,家里人口又多……谁高兴嫁给一个连自己都养不活的人呢?

玛　霞　胡扯。(闻鼻烟)您的爱情使我感动,可是我不能同样地报答您,不过是这么一回事而已。(把鼻烟壶递给他)您闻闻吧。

美德威坚科　我不想闻。

　　　　〔停顿。

玛　霞　天气闷热,大概夜里要起暴风雨。您老是讲哲理,再不然就是谈钱。在您看来,再也没有比穷苦更倒霉的事了,可是照我的看法,穿着破衣服沿街讨饭也比……胜过一千倍。不过,这一点您是不会理解的……

　　　　〔索陵和特烈普列夫从右边上。

索　陵　(拄着拐杖)孩子,不知怎么,在乡下住着我觉得不对头,很自然,我总也不能习惯。昨天我十点钟睡下,今天早晨九点钟醒来,有那么一种感觉,好像由于睡得太多,我的脑子贴到天灵盖上去了,就是如此。(笑)今天吃过午饭以后,我无意中又睡着了,现在呢,我浑身散了架,简直觉得像是在做噩梦……

特烈普列夫　对,你得住到城里去。(看见玛霞和美德威坚科)诸位,等到开演的时候,自会去叫你们,现在待在这儿是不行的。你们走开吧,劳驾。

索　陵　(对玛霞)玛丽亚·伊里尼奇娜,请您费心要求您的爸爸,叫人把那条狗的链子解掉吧,要不然它总是汪汪地叫。我的妹妹又是一夜没有睡好。

玛　霞　您自己跟我父亲去说吧,我不管。别找我了,劳驾。(对美德威坚科)咱们走吧。

美德威坚科　(对特烈普列夫)那么您在开演以前打发人来叫我们。

　　　　〔两人下。

---

①　此处及本书下文中的"里"均指俄里,1俄里等于1.06公里。

索　陵　这么一来,那条狗又要汪汪地叫上一夜了。这可真是麻烦事,我在乡下住着从来也没有顺心过。往常,我有二十八天的休假,总是到这儿来为了休养之类的,可是一到这儿,总各式各样的琐碎事惹得你不痛快,闹得你头一天就想走。(笑)我每次离开此地的时候总是感到舒畅……可是如今呢,我退休了,简直没地方可去。你乐意也罢,不乐意也罢,反正得住下去了……

亚科甫　(对特烈普列夫)康斯坦丁·加甫利雷奇,我们去洗个澡。

特烈普列夫　好吧,可是过十分钟得回到原地方来。(看表)快要开演了。

亚科甫　是。(下)

特烈普列夫　(打量舞台)这就是剧院。前边是幕布,里边是第一侧景,后头是第二侧景,再过去就是开阔的空间。什么布景也没有。一眼望去,照直看到湖水和地平线。一到八点半钟,月亮正好升上来,我们就开幕。

索　陵　好极了。

特烈普列夫　要是扎烈奇纳雅来晚了,那么当然,全部效果就都完了。现在她也该来了。她的父亲和后娘看住她,她要溜出家门就像越狱那么困难。(整理他舅舅的领结)你的头发和胡子乱蓬蓬的。应该修剪一下才好……

索　陵　(理顺自己的胡子)这是我一生的悲剧。我在年轻的时候就是这么一副相貌,仿佛我喝醉了酒之类的。从来也没有女人爱上过我。(坐下)为什么我妹妹心绪不好呢?

特烈普列夫　为什么?她心烦。(挨着他坐下)她嫉妒。她反对我,反对这次演出,反对我的剧本,因为主演的不是她,而是扎烈奇纳雅。她没看过我的剧本,可是已经憎恨它了。

索　陵　(笑)你瞎想,说真的……

特烈普列夫　她一肚子闷气,因为在这个小小的舞台上要获得成功的是扎烈奇纳雅,而不是她。(看表)我的母亲是个心理学方面的怪物。她无可争论地有才华,聪明,会对着书痛哭,会给你背诵涅克拉索夫的所有诗篇,照料病人的时候赛似天使,可是你试一试当着她的面来称赞一下杜塞①吧。哎呀！你得专门称赞她一个人，得为她写文章，大嚷大叫，为她在《La dame aux camelias》②或者《生活的烟雾》里的非凡演技心醉神迷；可是因为在这儿，在乡下，没有这种麻醉剂，她就心烦，生气，我们大家也就成了她的仇人，都有罪了。其次，她迷信，怕三支蜡烛，怕十三这个数目。她爱财如命。她在敖德萨的一家银行里有七万存款，这是我确切知道的。可要是你向她开口借钱，她就会哭起来。

索　　陵　你以为你的母亲不喜欢你的剧本，就激动起来之类的。你放心吧，你母亲是很疼你的。

特烈普列夫　（摘掉一朵花上的花瓣）爱——不爱，爱——不爱，爱——不爱。（笑）你要明白，我母亲并不爱我。可不是！她要生活，要恋爱，要穿浅颜色的短上衣，可是我已经二十五岁，于是我经常弄得她想起她再也不年轻了。我不在，她才三十二岁，我一在场，她就四十三岁了，因此她恨我。她还知道我不赏识戏剧。她却喜爱戏剧，她觉得她在为人类服务，为神圣的艺术服务，可是照我看来，现代的戏剧是陈规旧套，是偏见。每逢剧幕揭开，在晚上的灯光下，在一个三面墙的房间里，那些献身于神圣艺术的大才子表演人们怎样吃，怎样喝，怎样恋爱，怎样穿上衣的时候，每逢他们极力从庸俗的画面和词句当中引出一种教训，一种渺小的、容易理解的、在家庭生活中有用的教训的时候，每逢人家给我看的无非是用千变万化的形式表现出来的老一套，老一套，老一套的时候，我总是逃之夭夭，就像莫泊桑的头脑被艾菲尔塔③的庸俗压得不好受，他就逃跑了似的。

索　　陵　没有戏剧是不行的。

特烈普列夫　这需要新的形式。新形式是必不可少的，如果没有的话，那就索性什么也不要。（看表）我爱我的母亲，我非常爱她，可是她过着杂乱无章的生活，老是跟这个小说家打得火热，她的名字经

---

① 当时意大利的著名女演员。
② 《茶花女》，法国剧作家小仲马著的悲剧。
③ 巴黎的名胜，一座高铁塔。

常在报纸上跳动,这都使得我厌倦。有的时候一种普通人都有的利己心使我对我的母亲是一个著名的女演员感到遗憾,我觉得她如果是一个普通的女人,我倒会幸福些。舅舅,还能有比我的处境更绝望、更尴尬的吗:到她这儿来做客的往往都是名流、演员和作家,其中只有我一个人默默无闻,人家容忍我也只是因为我是她的儿子罢了。我是个什么人?我有什么来头呢?我在大学里读到三年级就退学了,这个,照人们常说的那样,是"由于本编辑部不能负责的原因"①造成的,我既没有什么才能,又连一个小钱也没有,在身份证上我不过是个基辅的小市民而已。要知道,我父亲就是基辅的小市民,虽然他也是有名的演员。所以,每逢在她的客厅里多承那些演员和作家注意到我,我总是觉得他们在用他们的眼光衡量我的渺小,我猜透他们的想法,由于感到丢脸而难过……

索　陵　顺便问一句,劳驾,你说说,这个小说家到底是个什么人?这个人摸不透。他老是不开口。

特烈普列夫　他是个聪明而爽直的人,你知道,有点儿忧郁。人很体面。他还不会很快就满四十岁,可是他已经出名,志得意满了……讲到他的作品,那么……我该怎么对你说呢?写得可爱,有才气……可是……读过托尔斯泰或者左拉的作品以后就不想读特利果陵的作品了。

索　陵　我呢,孩子,倒喜欢文学家。从前我一心巴望两件事:想结婚和想做文学家,可是哪一件也没成功。是啊。就是做个小小的文学工作者也是愉快的。

特烈普列夫　(倾听)我听见脚步声了……(拥抱舅舅)我缺了她就活不下去……就连她的脚步声也好听……我幸福得发狂……(急忙走过去迎接尼娜·扎烈奇纳雅)仙女啊,我的梦……

尼　娜　(激动)我没有来迟……当然,我没有来迟……

特烈普列夫　(吻她的手)没有,没有,没有……

尼　娜　要知道我整整一天提心吊胆,害怕得很!我生怕我父亲不让

---

① 当时报刊上编者按语中的一句套话。

我来……不过他刚才跟后娘一块儿坐车出门了。天空发红,月亮正在升上来,我就赶马,不住地赶。(笑)可是我很高兴。(同索陵紧紧地握手)

索　陵　(笑)这对小眼睛似乎哭过吧……嘻嘻!这不好啊!

尼　娜　这没什么……您看,我都喘不过气来了。过半个钟头我就走,我们得赶快才成。不行,不行,看在上帝的分上,您别留我。我父亲不知道我在这儿。

特烈普列夫　真的,现在也该开演了。那得去把大家叫来。

索　陵　我去一趟就是。马上就去。(向右边走去,唱歌)"两个掷弹兵到法国去……"(回过头来)有一回我也是这么唱歌,一个副检察官就对我说:"大人,您的嗓音有力……"后来,他想一想,又加了一句:"可是……难听。"(笑,下)

尼　娜　我的父亲和后娘不放我到这儿来。他们说这儿的生活放浪不羁……生怕我做女演员……我呢,向往着这儿的湖,就像海鸥一样。我心里老想着您。(环顾周围)

特烈普列夫　只有我们两个人。

尼　娜　好像那边有人似的……

特烈普列夫　没有人。(接吻)

尼　娜　这是什么树?

特烈普列夫　榆树。

尼　娜　为什么它这么黑?

特烈普列夫　天晚了,什么东西都变黑了。您别早走,我求求您。

尼　娜　那不行。

特烈普列夫　那么要是我到您那儿去呢,尼娜?我会在花园里站一夜,瞧着您的窗户。

尼　娜　那不行,守夜的人会发现您。特烈左尔①跟您还不熟,会叫起来。

特烈普列夫　我爱您。

———————————

①　狗的名字。

尼　娜　嘘——

特烈普列夫　（听见脚步声）是谁？亚科甫，是您吗？

亚科甫　（在小舞台后面）是。

特烈普列夫　按位子站好。是时候了。月亮升上来了吗？

亚科甫　是。

特烈普列夫　有酒精吗？有硫黄吗？红眼睛出场的时候，得有硫黄的味儿。（对尼娜）您去吧，那儿都准备好了。您激动吗？……

尼　娜　是啊，很激动。您的妈妈倒没什么，我不怕她，可是你们这儿还有特利果陵……在他面前表演我就害怕，而且害臊……他是个有名的作家……他年轻吗？

特烈普列夫　年轻。

尼　娜　他的短篇小说多么美啊！

特烈普列夫　（冷淡）我不知道，我没读过。

尼　娜　您的剧本难演。其中没有活的人物。

特烈普列夫　活的人物！不应当按生活的原来面目来描写生活，也不应当按生活应有的面目来描写它，而应当按生活在我们的梦想中所表现的那样描写它。

尼　娜　您的剧本里动作很少，光是台词。而且，依我看来，剧本里一定得有爱情……

〔两个人走到小舞台后面去。

〔波里娜·安德烈耶芙娜和陀尔恩上。

波里娜·安德烈耶芙娜　天气潮湿起来。您回去穿上套鞋吧。

陀尔恩　我嫌热。

波里娜·安德烈耶芙娜　您不爱惜身体。这是固执。您是大夫，明明知道潮湿的空气对您有害，可是您偏要惹得我痛苦；昨天整个傍晚您故意坐在凉台上不走……

陀尔恩　（低声唱）"不要说青春已经毁灭。"

波里娜·安德烈耶芙娜　您跟伊莉娜·尼古拉耶芙娜谈得那么带劲……您都没注意到天冷。您得承认您喜欢她……

陀尔恩　我五十五岁了。

波里娜·安德烈耶芙娜　废话，对男人来讲，这岁数不算老。您保养得
　　好，还能得女人的欢心。

陀尔恩　那么您要我怎么样呢？

波里娜·安德烈耶芙娜　你们见着女演员都恨不得叩头才好。你们都
　　是这样！

陀尔恩　（低哼）"我又来到你的面前……"如果社会上的人都喜爱演
　　员，比方说，对待他们跟对待商人有所不同，那么这是理所当然的。
　　这就是理想主义嘛。

波里娜·安德烈耶芙娜　女人总是爱上您，扑过来搂住您的脖子。这
　　也是理想主义吗？

陀尔恩　（耸肩膀）那又怎么样呢？女人对我的态度有许多好的地方。
　　女人喜爱我，主要因为我是一个高明的医生。在十年或者十五年
　　以前，您记得，我在全省是独一无二的、很不错的产科医生。再说，
　　我素来是一个正直的人。

波里娜·安德烈耶芙娜　（抓住他的手）我亲爱的！

陀尔恩　小点声。有人来了。

　　　　〔阿尔卡津娜挽着索陵的胳膊上，另外还有特利果陵、沙木拉
　　耶夫、美德威坚科、玛霞。

沙木拉耶夫　一千八百七十三年，在波尔塔瓦的博览会上她表演得出
　　神入化，简直叫人入迷！她演得精彩极了！还有，您可知道喜剧演
　　员恰津，巴威尔·谢敏内奇，如今在哪儿吗？他演拉斯普留耶夫没
　　人能比得上，我敢对您赌咒，极受尊崇的夫人，他比萨多甫斯基演
　　得好。他如今在哪儿？

阿尔卡津娜　您老是问那些太古时代的人。我怎么能知道呢！（坐
　　下）

沙木拉耶夫　（叹气）巴希卡①·恰津啊！这样的演员现在是没有了。
　　舞台衰落了，伊莉娜·尼古拉耶芙娜！从前有强大的橡树，如今我
　　们只看得见树桩子了。

————————

　　①　巴威尔的爱称。

陀尔恩　　光辉灿烂的才子如今少了,这是实情,不过一般演员的水平比从前高多了。

沙木拉耶夫　　我不能同意您的看法。不过,这是个口味问题。**De gustibus aut bene,aut nihil.** ①

〔特烈普列夫从小舞台后面走出来。

阿尔卡津娜　　(对她的儿子)我亲爱的儿子,到底什么时候才开演啊?

特烈普列夫　　过一忽儿就开演。我请您忍耐一下。

阿尔卡津娜　　(朗诵《哈姆雷特》的台词)"我的儿子! 你让我的眼睛看清我的灵魂,我在那里看见了血迹模糊,这种致命的创伤断然无可救药。"

特烈普列夫　　(《哈姆雷特》的台词)"你为什么顺从荒淫,在罪恶的深渊里寻找爱情?"

〔小舞台后面吹起号角。

诸位先生,开始了! 请注意!

〔停顿。

我来开始。(敲一根小棒,大声朗诵)啊,你们,夜间在这湖上飘荡的可敬的古老阴影,请送我们进入睡乡,让我们梦见二十万年以后的风光!

索　陵　　二十万年以后就什么也没有了。

特烈普列夫　　那就给我们表演这个一无所有吧。

阿尔卡津娜　　演吧。我们睡着了。

〔幕升起;湖景展现;月亮悬在地平线上,映在湖水里;尼娜·扎烈奇纳雅坐在一块大石头上,穿一身白衣服。

尼　娜　　人们、狮子、苍鹰,以及山鹑、带犄角的鹿、鹅、蜘蛛、栖身水中而默不作声的鱼类、海星,乃至凡是肉眼看不见的活物,一句话,所有的生命,所有的生命,所有的生命,完成了可悲的循环,烟消云散……地球上已经有千秋万代不见一个活着的生灵,这个可怜的

---

① 拉丁语:关于口味,或者说好,或者什么也不说。这是把下述两句拉丁成语混淆在一起:"关于口味是无法争论的"和"评价死人,或者说好,或者什么也不说"。

月亮白白地点起它的明灯……草场上再也没有一只仙鹤醒过来发出长鸣,椴树林中也听不见五月金龟子的声音。阴冷啊,阴冷,阴冷。空虚啊,空虚,空虚。可怕呀,可怕,可怕。

〔停顿。

活着的生物的躯体化为灰尘,永恒的物质把他们变成石块,变成清水,变成浮云,他们所有的灵魂汇合成为一个……我……我就是世界的总灵魂。亚历山大大帝、恺撒、莎士比亚、拿破仑,乃至最后一个水蛭,他们的灵魂统统在我的身上。在我的身上既有人类的意识,又有动物的本能,世间万物我统统记住,统统记住,在我的身上我重新经历每个生物的一生。

〔磷火出现。

阿尔卡津娜　(轻声)这有点颓废派的味道。

特烈普列夫　(恳求而带有责备意味)妈妈!

尼　娜　我孤零零。每一百年我才张口说一次话,我的声音在这种空虚中显得冷清,没有谁来听……你们,这些苍白的火光,也不闻不问……深夜,腐烂的沼泽生出你们,你们就飘荡到天明,然而没有思想,没有意志,没有生命的颤动。魔鬼,永恒的物质之父,生怕你们迸发出生命,就在每一瞬间让你们身上的原子,如同石块和清水的原子,产生更动,于是你们就变个不停。在宇宙中只有精神不变而常存。

〔停顿。

我好比一个俘虏,被抛弃在一口空荡荡的深井当中,我不知道我在什么地方,也不知道什么变化在等着我。只有一件事没有瞒过我!在我同魔鬼,这个物质力量的原则进行的顽强、残酷的斗争中,我注定要得胜,这以后物质和精神就在美妙的和谐中合而为一,宇宙意志的王国就会降临。然而只有循序渐进,经过长而又长的千年万载,一直到月亮、明亮的天狼星、地球统统化为灰烬,那个王国才会产生……而在那以前充满恐怖,恐怖……

〔停顿;两个红点在湖的背景上出现。

看啊,我那强大的敌人,魔鬼,一步步走近。我看见他那可怕的鲜红的眼睛……

阿尔卡津娜　有一股硫黄的味道。这是应该有的吗？

特烈普列夫　是的。

阿尔卡津娜　（笑）哦，这是舞台效果呀。

特烈普列夫　妈妈！

尼　娜　他寂寞无聊，因为没有人……

波里娜·安德烈耶芙娜　（对陀尔恩）您脱掉了帽子。您戴上吧，要不然会着凉的。

阿尔卡津娜　这是大夫对魔鬼，永恒的物质之父，脱帽致敬呢。

特烈普列夫　（冒火，大声）这个戏别演了！够了！落幕！

阿尔卡津娜　你干什么生气？

特烈普列夫　够了！落幕！把幕放下来！（顿脚）落幕呀！

　　　〔幕放下来。

　　　我不对！我忘了，只有少数的特等人物才能写剧本，才能在台上演戏。我侵犯了禁区！我……我……（想再说几句，可是挥了挥手，从左边下）

阿尔卡津娜　他怎么啦？

索　陵　伊莉娜，亲爱的，照这样对待年轻人的自尊心是不行的。

阿尔卡津娜　可是我对他说什么了？

索　陵　你的话伤了他。

阿尔卡津娜　他自己事先说过这是闹着玩的，我就把他的剧本当作闹着玩了。

索　陵　不过话说回来……

阿尔卡津娜　现在才弄清楚，原来他写了一个伟大的作品！你们瞧！这样看来，他布置这次演出，拿硫黄熏人，不是闹着玩，而是为了示威……他打算教导我们应该怎样写作，必须怎样表演。这也未免太无聊了。他对我经常这么突然袭击，说挖苦话，不管怎么样，这是任何人都会厌烦的！这孩子又任性又逞强。

索　陵　他原是想让你高兴高兴。

阿尔卡津娜　是吗？可是，你瞧，他并不是选一个普通的剧本，而是硬叫我们听这种颓废派的昏话。要是闹着玩,那么昏话我倒也乐意听,可是这是以新形式自居,以艺术的新纪元自居。不过依我看来,这不是什么新形式,纯粹是脾气坏。

特利果陵　每个人都按他的心意,按他的能力来写作。

阿尔卡津娜　他自管按他的心意,按他的能力去写作,只是叫他不要来招惹我。

陀尔恩　尤皮特①,你生气了……

阿尔卡津娜　我不是尤皮特,是女人。(点上一支烟)我不是生气,我只是心烦罢了,因为一个年轻人这么无聊地消磨时间。我并不是有意伤他的心。

美德威坚科　谁也没有根据把精神和物质拆开,因为说不定精神本身就是物质的原子的总和。(活跃,对特利果陵)喏,您要知道,应当描写一下我们这班教员在怎样生活,然后拿到舞台上演一演。这生活是艰苦而又艰苦啊!

阿尔卡津娜　这是实在的,不过我们别再谈戏剧,别再谈原子了。这个傍晚可真美!诸位先生,你们听见有人在唱歌吗?(倾听)多么好听啊!

波里娜·安德烈耶芙娜　这是在湖的对岸。

阿尔卡津娜　(对特利果陵)您坐到我身边来。十年或十五年以前,这儿湖边上,几乎每天晚上都可以不断地听到音乐和歌声。这儿湖边上有六个地主庄园。我至今记得那些欢笑、喧闹、枪声、种种的风流事,风流事……当时这六个庄园的 Jeune Premier② 和偶像,我来介绍一下,喏(向陀尔恩那边点一下头),就是叶甫根尼·谢尔盖伊奇大夫。就连现在他也迷人,不过那时候他简直是所向披靡呢。不过,我的良心开始折磨我了。我何苦伤我那可怜的孩子的心呢?我心里不踏实。(大声)科斯佳③!儿子!科斯佳!

玛霞　我去找他。

---

①　古罗马最高的神,即希腊神话中的宙斯。
②　法语:第一情人(戏剧的角色)。
③　科斯佳是康斯坦丁的爱称。

阿尔卡津娜　劳驾,亲爱的。

玛　霞　(往左边走)喂!康斯坦丁·加甫利洛维奇!喂!(下)

尼　娜　(从小舞台后面出来)显然,这个戏不会接着演了,我可以出来了。你们好!(同阿尔卡津娜和波里娜·安德烈耶芙娜互吻)

索　陵　好哇!好哇!

阿尔卡津娜　好哇!好哇!我们大饱眼福。有这样的相貌,有这样的好嗓子,守在乡下是不行的,有罪的。您一定有才能。您听见了吗?您务必要到舞台上去!

尼　娜　啊,这正是我的梦想!(叹息)可是这梦想永远也不会实现。

阿尔卡津娜　谁知道呢?容我给您介绍一下:他是特利果陵,包利斯·阿历克塞耶维奇。

尼　娜　啊,我高兴得很……(发窘)我常看您的作品……

阿尔卡津娜　(让她在自己身旁坐下)您别发窘,亲爱的。他是个名人,不过他的心灵是朴实的。您看,他自己也发窘了。

陀尔恩　我看,现在可以把幕布拉起来了,照这样子未免可怕。

沙木拉耶夫　(大声)亚科甫,把幕布拉上来,伙计!

　　　　〔幕布上升。

尼　娜　(对特利果陵)这是一个古怪的戏,不是吗?

特利果陵　我一点也没看懂。不过,我倒喜欢看。您演得逼真。景色也美。

　　　　〔停顿。

　　　　这个湖里多半有很多鱼。

尼　娜　对了。

特利果陵　我喜欢钓鱼。对我来说,再也没有比傍晚坐在湖岸上、眼睛瞧着浮子更大的快活事了。

尼　娜　不过,我认为,对于体验过创作的欢乐的人来说,别的欢乐就不存在了。

阿尔卡津娜　(笑)您别这么说。人家一对他说好话,他就恨不得找个地缝钻进去才好。

沙木拉耶夫　我记得,有一次在莫斯科的歌剧院里,著名的西尔瓦唱低音 C 调。这时候,我们教堂唱诗班的男低音歌手恰巧坐在楼座①上,突然间,您可以想象我们是多么惊讶,我们听见楼座上发出喊叫声:"好哇,西尔瓦……"那音调整整低八度……喏,像这样(用很低的男低音):"好哇,西尔瓦……"整个剧院一下子都愣住了。

　　　　〔停顿。

陀尔恩　沉默的天使飞过来了。

尼　娜　我也该走了。再见。

阿尔卡津娜　上哪儿去?这么早上哪儿去?我们可不放您走。

尼　娜　爸爸在等我。

阿尔卡津娜　他这个人啊,真是的……

　　　　〔互吻。

哎,有什么办法呢。我舍不得放您走,真舍不得。

尼　娜　要是您知道我多么不愿意走就好了!

阿尔卡津娜　应该有个人送送您才是,我的小宝贝。

尼　娜　(惊恐)啊,别,别!

索　陵　(对她,恳求)您别走!

尼　娜　我办不到,彼得·尼古拉耶维奇。

索　陵　您待上一个钟头之类的。是啊,这有什么关系呢,说真的……

尼　娜　(想一想,含泪)不行!(握手,急急下)

阿尔卡津娜　实际上,她是个不幸的姑娘。据说,她去世的母亲立下遗嘱,把她的一大笔财产全部留给她的丈夫了,现在这个姑娘一点财产也没有,因为她的父亲已经立下遗嘱,将来把全部家产都传给第二个妻子。这真可气。

陀尔恩　是的,她的爸爸是个十足的畜生,应当十分公平地说他这么一句。

索　陵　(搓他的发冷的手)我们也走吧,诸位先生,天气潮湿起来了。我的两条腿酸痛。

阿尔卡津娜　你那两条腿像木头似的,都快走不动路了。好,我们走

----

①　剧院里最高最便宜的座位。

吧,倒霉的老头子。(挽着他的胳膊)

沙木拉耶夫　(让他的妻子挽他的胳膊)怎么样,太太?

索　陵　我听见狗又在汪汪地叫。(对沙木拉耶夫)请您费心,伊里亚·阿法纳西耶维奇,叫人把那条狗的链子解开吧。

沙木拉耶夫　那可不行,彼得·尼古拉耶维奇,我怕有贼钻进谷仓里去。我把黍子存在那儿。(对他身旁走着的美德威坚科)是啊,整整低八度:"好哇,西尔瓦!"要知道他不是歌唱家,只是个普通的教堂歌手罢了。

美德威坚科　教堂歌手挣多少薪水?

　　　　　〔众人下,只有陀尔恩没走。

陀尔恩　(独白)我不知道,或许我什么也不懂,再不然就是昏了头也未可知,总之,这个戏我倒是喜欢的。这个戏里有点什么东西。当那个姑娘讲到孤独,和后来魔鬼的两只红眼睛出现的时候,我都激动得两只手发抖。这个戏清新而纯朴……喏,好像他来了。我一心想对他多说几句愉快的话。

特烈普列夫　(上)一个人都没有了。

陀尔恩　我在这儿。

特烈普列夫　玛宪卡①满花园找我。真是个讨厌的姑娘。

陀尔恩　康斯坦丁·加甫利洛维奇,我非常喜欢您的剧本。它有点古怪,而且剧本的结尾我没听见,可是我的印象仍然是强烈的。您是个有才能的人,您应当继续干下去才对。

　　　　　〔特烈普列夫紧紧地握他的手,使劲拥抱他。

哎,您这个人多么神经质。眼眶里都有泪花了……我想说什么来着?您从抽象的思想领域里取得题材。这是应该的,因为艺术作品必须表达一种伟大的思想。只有严肃的东西才是美的。您的脸色多么苍白啊!

特烈普列夫　那么您是说我应该继续干下去?

陀尔恩　对了……不过您得只描写重大的和永恒的东西。您知道,我

————————

　　① 玛宪卡、玛霞都是玛丽亚的爱称。

活了一辈子,有过多种多样的经历,过得津津有味,心里满意,不过,要是我有机会经历到艺术家在创作期间经历到的那种精神的昂扬,那我就会藐视我的物质的外壳以及这个外壳所固有的一切东西,飞到高空去,远远地离开这个地球。

特烈普列夫　对不起,扎烈奇纳雅在哪儿?

陀尔恩　还有一点。作品里必须有清楚明白的思想。您得知道您是为了什么而写作,否则,要是您没有明确的目的而沿着这条美丽如画的道路走下去,您就会迷失方向,您的才能就会把您毁灭。

特烈普列夫　(焦急)扎烈奇纳雅在哪儿?

陀尔恩　她回家去了。

特烈普列夫　(绝望)那我可怎么办?我想见到她……我非见她不可……我要去……

　　　　〔玛霞上。

陀尔恩　(对特烈普列夫)您定下心来吧,我的朋友。

特烈普列夫　可是我仍旧得去。我一定要去。

玛　霞　您到正房去吧,康斯坦丁·加甫利洛维奇,您的妈妈在等您。她心里不安。

特烈普列夫　您告诉她说我走了。我要求你们大家:别管我!别管我!不要跟在我的背后!

陀尔恩　得了,得了,得了,亲爱的……这样不行……不好啊!

特烈普列夫　(含泪)再见,大夫。谢谢您……(下)

陀尔恩　(叹息)青春啊,青春!

玛　霞　人没有别的话可说,才说:青春啊,青春……(闻鼻烟)

陀尔恩　(拿过她的鼻烟壶来,丢到灌木丛里去)这太不像样子!

　　　　〔停顿。

正房里似乎在弹钢琴。应当到那儿去。

玛　霞　您等一等。

陀尔恩　干什么?

玛　霞　我想再跟您谈一次。我想说话……(激动)我不爱我的父亲……可是我的心向着您。不知什么缘故我的整个灵魂感觉到您跟我亲……那么您帮帮我。您帮帮我吧,要不然,我就会做出蠢事,我就会拿我的生命开玩笑,毁掉它……我再也支持不住了……

陀尔恩　什么事呢?帮什么忙?

玛　霞　我痛苦。谁也不知道我的痛苦,谁也不知道!(把头靠在他的胸口上;低声)我爱康斯坦丁!

陀尔恩　人人都这么神经质!人人都这么神经质!而且恋爱也真多……啊,这个迷人的湖!(温柔地)可是我能出什么力呢,我的孩子?出什么力呢?出什么力呢?

第一幕完

第二幕

〔槌球场。远处右边是一所有大露台的正房,左边是一个湖,阳光在湖面上闪耀。花圃。中午。炎热。在槌球场的一边,一棵老椴树的树荫里,阿尔卡津娜、陀尔恩、玛霞坐在一条长凳上。陀尔恩膝头上放着一本翻开的书。

阿尔卡津娜　(对玛霞)我们俩站起来。

　　　　　　〔两个人站起来。

我们站在一块儿。您二十二岁,我的年纪差不多大一倍。叶甫根尼·谢尔盖伊奇,我们两个人谁显得年轻?

陀尔恩　当然是您。

阿尔卡津娜　瞧……这是什么缘故呢?因为我工作,我感受,我经常忙碌,可是您老是守在一个地方不动,您没有生活……而且我有一个原则:不去预想将来。我从来不想老年,也不想死亡。要发生的事总是躲不过的。

玛　霞　我有这样一种感觉,好像我老早就生到人世间来了;我是在拖着生活走,好比拖着一个长得没有尽头的衣服后襟一样……我常常感到连一点点生活下去的兴致也没有。(坐下)当然,这都是废话。应当振作起来,丢开这些念头。

陀尔恩　(低唱)"您告诉她吧,我的花朵呀……"

阿尔卡津娜　再说,我一丝不苟,像个英国人。我,亲爱的,像人们所说的那样,把自己管束住,而且总是 Comme il faut① 穿戴整齐,梳好头。我有没有让自己穿着短上衣或者不梳头而走出房外,哪怕是

----

① 法语:照规矩。

到花园里去？从来也没有过。我所以能青春常在，是因为我从来也没有像有些女人那样邋遢过，放纵过自己……（挺胸叉腰，在槌球场上走来走去）您瞧，我活像一只小鸡子。我甚至能扮演十五岁的少女呢。

陀尔恩　喏，我还是要接着念下去。（拿起书来）我们刚才念到粮食店老板和耗子……

阿尔卡津娜　正是耗子。您念吧。（坐下）不过，您拿给我。我来念。该轮到我了。（拿过书来，用眼睛找）耗子……哦，在这儿……（朗诵）"不消说，宠爱那些长篇小说作家，把他们带到自己家里来，这对上流社会的人来说，其危险无异于粮食店老板在自己的谷仓里养耗子。可是人们又喜欢那些作家。于是，每逢一个女人选中一个她打算俘虏过来的作家，她就借助于赞美、殷勤、讨好来围攻他……"嗯，也许在法国人那儿是这样，在我们这儿根本就没有这种情况，没有什么章法。在我们这儿，女人俘虏一个作家之前，照例她自己先就满心爱上他了，您放心吧。远的不说，就拿我和特利果陵做例子……

〔索陵拄着手杖走来，尼娜在他的身旁，美德威坚科推着一辆空的轮椅跟在他们身后。

索　陵　（用爱抚儿童的腔调）是吗？我们碰到喜事了吗？今天我们总算能快活了吧？（对他的妹妹）我们有喜事了！我们的爸爸和后娘到特维尔去了，现在我们可以有整整三天的自由了。

尼　娜　（挨着阿尔卡津娜坐下，拥抱她）我幸福啊！现在我属于您了。

索　陵　（在他的轮椅上坐下）她今天真漂亮啊。

阿尔卡津娜　她打扮得好看，招人喜欢……真是个乖巧的孩子。（吻尼娜）不过也别太夸奖她，要不然，反而会不吉利的。包利斯·阿历克塞耶维奇在哪儿？

尼　娜　他在浴棚那边钓鱼。

阿尔卡津娜　他怎么不腻烦的！（打算继续朗诵）

尼　娜　您这是什么书？

阿尔卡津娜 莫泊桑的小说,《在水上》,亲爱的。(默读几行)哦,底下的没什么趣味,也不真实。(合上书)我心里不踏实。你们说,我的儿子怎么啦?为什么他那么烦闷,那么严厉?他成天价在湖那边转悠,我几乎完全见不着他了。

玛 霞 他心绪不好。(对尼娜,胆怯地)我求求您,朗诵他的剧本吧!

尼 娜 (耸肩膀)您想听吗?这可没趣味极了!

玛 霞 (抑制自己的兴奋)他自己朗诵一个作品的时候,他的眼睛总是发亮,脸色变得苍白。他的声调美,而又凄凉,他的风度就像一个诗人。

〔索陵发出鼾声。

陀尔恩 晚安!

阿尔卡津娜 彼得鲁沙①!

索 陵 啊?

阿尔卡津娜 你睡着啦?

索 陵 一点也没有。

〔停顿。

阿尔卡津娜 你没有找大夫看病,这可不好,哥哥。

索 陵 我倒愿意看病,可是,喏,大夫不肯看呀。

陀尔恩 六十岁还看病!

索 陵 六十岁也还是想活着嘛。

陀尔恩 (厌烦)哎!也行,您就吃点缬草酊②吧!

阿尔卡津娜 我觉得,他最好是到温泉疗养地去。

陀尔恩 是啊,可以去。不去也可以。

阿尔卡津娜 这话叫人怎么懂呢。

陀尔恩 根本就没什么不好懂的。事情很清楚嘛。

〔停顿。

美德威坚科 彼得·尼古拉耶维奇应当戒烟才对。

----

① 彼得的爱称。

② 一种镇静剂。

索　陵　废话。

陀尔恩　不,不是废话。酒和烟使得人丧失个性。您吸过一支雪茄烟或者喝过一杯白酒以后,就不再是彼得·尼古拉耶维奇,而是彼得·尼古拉耶维奇加上另外一个什么人了;您的"我"就在您的身上渐渐模糊,您对待自己就像对待一个第三者,变成"他"了。

索　陵　(笑)您当然可以说这种话。您快快活活过了一辈子,可是我呢?我在司法部干了二十八年,然而我还没有生活过,干脆什么也没经历过,那么,自然而然,我很想生活。您有吃有喝,不在乎了,所以才有谈哲学的兴致,我呢,还想生活,所以吃饭的时候才喝白葡萄酒,吸雪茄烟,就是如此。无非是这么一回事罢了。

陀尔恩　应当严肃地对待生活,到了六十岁的年纪还要看病,懊悔年轻的时候没有尽情享乐,这,说句不怕您见怪的话,简直是轻浮。

玛　霞　(站起来)大概该吃早饭了。(用懒散无力的步子走去)我的腿都坐麻了……(下)

陀尔恩　她趁还没有开饭,先去喝上两小杯酒。

索　陵　这个可怜的人没有个人幸福嘛。

陀尔恩　胡说,阁下。

索　陵　您讲起道理来就像是一个心满意足的人。

阿尔卡津娜　哎,还有什么能够比乡下这种可爱的沉闷更沉闷的!炎热,寂静,谁也不干什么事,人人讲哲学……朋友们,跟你们在一块儿倒是挺好,听你们谈话也愉快,不过……坐在旅馆房间里背诵台词,比这不知好多少!

尼　娜　(热烈)说得好!我了解您。

索　陵　当然,城里好得多。你坐在自己的书房里,听差不准任何人不经通报就闯进来,还有电话……街上有出租马车之类的……

陀尔恩　(轻声唱)"您告诉她吧,我的花朵呀……"

　　　　　〔沙木拉耶夫上,波里娜·安德烈耶芙娜跟在他身后。

沙木拉耶夫　我们的人都在这儿。你们好!(吻阿尔卡津娜的手,然后又吻尼娜的手)看见你们贵体安泰,非常高兴。(对阿尔卡津娜)我的妻子说,您准备今天跟她一块儿乘车到城里去。这是真的吗?

阿尔卡津娜　对了,我们准备进城去。

沙木拉耶夫　哦……这好极了,可是你们坐什么车去呢,极受尊敬的夫人?今天我们这儿正在运黑麦,所有的工人都忙着。请问,拿什么马去拉车呢?

阿尔卡津娜　拿什么马?我怎么知道拿什么马!

索　陵　我们有拉车的马。

沙木拉耶夫　(激动)拉车的马?可是我上哪儿去找马轭呢?我上哪儿去找马轭呢?这真怪了!不可思议!极受尊敬的夫人!对不起,我崇拜您的才能,为您牺牲十年的寿命也在所不惜,可是马我不能给您!

阿尔卡津娜　可要是我非去不可呢?这真是怪事!

沙木拉耶夫　极受尊敬的夫人!您不懂农活是怎么回事!

阿尔卡津娜　(冒火)这是老一套!既是这样,我今天就动身到莫斯科去。请您吩咐人到村子里去雇几匹马来,要不然我索性走到火车站去!

沙木拉耶夫　(冒火)既是这样,我辞职就是!你们另找管家吧!(下)

阿尔卡津娜　每年夏天都是这样,每年夏天我都是在这儿受气!从今以后我再也不来了!(从左边下,浴场可能就在那边;过一忽儿可以看见她走进正房;身后跟着特利果陵,手里拿着钓竿和桶子)

索　陵　(冒火)这是耍无赖!鬼才知道这是怎么回事!反正这种事我讨厌透了。马上把所有的马都牵到这儿来!

尼　娜　(对波里娜·安德烈耶芙娜)居然拒绝伊莉娜·尼古拉耶芙娜这样一个著名的女演员!她的一切愿望,哪怕是任性吧,岂不比你们的农活重要?简直叫人没法相信!

波里娜·安德烈耶芙娜　(绝望)我能有什么办法呢?您设身处地替我想一想:我能有什么办法呢?

索　陵　(对尼娜)我们到我妹妹那儿去吧……我们去求求她,要她别走。不是吗?(瞧着沙木拉耶夫刚才下场的那个方向)这个叫人不能忍受的家伙!暴君!

尼　娜　（不让他站起来）您坐着,您坐着……我们把您送去……（她和美德威坚科推轮椅）哎,这多么可怕呀！……

索　陵　是啊,是啊,这真可怕……可是他不会走的,我马上找他谈一谈就行了。

〔他们下;只剩下陀尔恩和波里娜·安德烈耶芙娜。

陀尔恩　大家都烦闷无聊。实际上,应当把您的丈夫从这儿撵出去才是,可是到临了,还是这个老婆子似的彼得·尼古拉耶维奇和他的妹妹反向他赔罪。您就等着瞧吧！

波里娜·安德烈耶芙娜　他把拉车的马也送到田地里去了。天天都有这样的争吵。要是您知道这使我多么激动就好了！我都要生病了;您瞧,我在发抖……我受不了他的粗暴。（恳求）叶甫根尼,宝贵的,亲爱的,把我接到你那儿去吧……我们的岁月在过去,我们已经不年轻了,至少让我们在晚年不躲躲藏藏,不做假吧……

〔停顿。

陀尔恩　我五十五岁了,要改变我的生活已经太迟了。

波里娜·安德烈耶芙娜　我知道,您拒绝我是因为除了我以外还有一些您亲近的女人。把这些女人都弄到您那儿去是办不到的。我明白。请您原谅我直说,我惹得您讨厌了。

〔尼娜在正房旁边出现;她在摘花。

陀尔恩　不,一点也没有。

波里娜·安德烈耶芙娜　我因嫉妒而痛苦。当然,您是大夫,您不能避免跟女人接触。我明白……

陀尔恩　（对走过来的尼娜）那边怎么样?

尼　娜　伊莉娜·尼古拉耶芙娜在哭,彼得·尼古拉耶维奇的哮喘病发作了。

陀尔恩　（站起来）这得去给他们两个人吃点缬草酊才好……

尼　娜　（给他花）送给您!

陀尔恩　Merci bien.①（向正房走去）

────────────

①　法语:多谢多谢。

波里娜·安德烈耶芙娜 （同他并排走去）多么可爱的花啊！（在正房附近,压低声音）把花给我！给我那些花！（接过花来,撕碎,丢在一边;两个人走进正房）

尼　娜 （独白）一个大名鼎鼎的女演员痛哭,而且是为那么点儿微不足道的小事哭,叫人看着多么奇怪！还有,一个很有名望的作家,为社会上的人所爱戴,所有的报纸都发表文章讲到他,他的照片公开出卖,他的作品翻译成许多外国文字,可是他成天价钓鱼,钓到两条雅罗鱼就欢天喜地,难道这不奇怪吗？我本来以为有名的人是骄傲的,不能接近的,以为他们藐视一般人,而且仿佛用他们的荣誉,用他们的名望的光彩来对一般人进行报复,因为一般人总是把有财有势看得高于一切。可是,你瞧,他们哭啦,钓鱼啦,打牌啦,笑啦,生气啦,跟大家一样……

特烈普列夫 （上,没戴帽子,拿着一支枪和一只被打死的海鸥）您一个人在这儿吗？

尼　娜 一个人。

　　　　〔特烈普列夫把海鸥放在她的脚边。

这是什么意思？

特烈普列夫 我真卑鄙,今天打死了这只海鸥。我把它放在您的脚边。

尼　娜 您怎么啦？（拾起海鸥,看它）

特烈普列夫 （沉吟片刻）不久我也会像这样打死我自己的。

尼　娜 您变了,我认不得您了。

特烈普列夫 是啊,就从我认不得您以后。您对我的态度变了,您的目光冷淡,我在场反而使得您拘束了。

尼　娜 最近您变得爱生气,总是说些叫人听不懂的、象征性的话。就拿这只海鸥来说,恐怕也是象征,可是,对不起,我不懂……（把海鸥放在长凳上）我太单纯,弄不懂您的意思。

特烈普列夫 这是从那天傍晚,我的剧本愚蠢地演砸了的时候开始的。女人总是不原谅失败的。我把整个剧本都烧掉了,连一块小纸片也不剩。要是您知道我多么不幸就好了！您的冷淡是可怕的,叫人没法相信,就好像我睡醒一觉,忽然看见这个湖干了,或者水渗进地里去了似的。您刚才说您太单纯,不了解我的意思。唉,这有什么要了解的啊?! 这个剧本不招人喜欢,您藐视我的灵感,已经把我看得平庸而渺小,跟许多别人一样了……(顿脚)这我了解得多么清楚,多么清楚啊! 我的脑子里仿佛有根钉子,叫它跟我的自尊心一齐遭到诅咒才好,我的自尊心在吸我的血,像毒蛇那么吸着……(看见特利果陵走来,一边读着一本小册子)喏,真正的才子来了;他像哈姆雷特那样走着,也拿着一本书。(模仿《哈姆雷特》中的台词)"空话呀,空话,空话……"太阳还没有照到您这儿来,您已经在微笑,您的目光已经融化在它的光芒之中了。我不打搅你们了。(急速下)

特利果陵 (在小册子上记着什么)吸鼻烟,喝白酒……老穿黑衣服。一个教师爱她……

尼 娜 您好,包利斯·阿历克塞耶维奇!

特利果陵 您好。刚才出现一种意想不到的情况,看样子我们今天就要动身。我们以后来必会再见面了。真是遗憾。我不是常常有机会遇到年轻的姑娘,年轻而又招人喜欢的姑娘,我已经忘记人在十八九岁的时候有什么样的感受,我不能清楚地设想了,所以在我的中篇小说和短篇小说里,年轻的姑娘照例是假的。我只求能够处在您的地位,哪怕只有一个钟头也好,那就可以让我弄明白您在怎样想,大体上您是一个什么样的人了。

尼 娜 我也希望能够处在您的地位。

特利果陵 为什么?

尼 娜 为了弄明白有名望、有才能的作家有什么样的感受。名人都有什么感觉呢? 您那么有名望,您有什么感觉呢?

特利果陵 什么感觉呢? 大概什么感觉也没有。关于这一点我从来也没有想过。(沉吟)二者必居其一:要么就是您夸大了我的名望,要么就是人对名望根本就没有什么感觉。

尼 娜 要是您在报上读到有关您的文章呢?

特利果陵 人家称赞我,我就愉快;人家骂我,那么事后总有一两天我觉得不痛快。

尼　娜　这个稀奇古怪的世界！我多么羡慕您啊，要是您知道就好了！人的命运大不相同。有的人勉强地过着他们那种乏味的、默默无闻的生活，彼此差不多，大家都不幸；可是另外有些人，比如您，一百万人当中只有您一个人，过到了一种有趣的、光明的、充满意义的生活……您是幸福的……

特利果陵　我？（耸肩膀）嗯……您讲起名望，讲起幸福，讲起一种光明而有趣的生活，可是，对不起，这些好话对我来说无异于我从来也没有吃过的一种水果软糖。您很年轻，很善良。

尼　娜　您的生活是美好的！

特利果陵　可是我的生活有什么特别好的地方呢？（看怀表）我一忽儿就得去写东西。对不起，我没工夫……（笑）您，像俗话所说的那样，刺到我的痛处了；瞧，我都激动起来，有点生气了。不过，我们索性来谈一谈吧。我们就来谈一谈我的美好而光明的生活……那么，从哪儿谈起呢？（略为思索一下）有一种所谓的强制观念，也就是一个人，比方说，黑夜白日地老是想着月亮。这样的月亮我就有。我的脑子里就是黑夜白日地盘踞着一种纠缠不休的思想：我得写东西，我得写东西，我得写东西……一个中篇小说刚刚写完，不知什么缘故，马上就得写第二个，然后第三个，写完第三个又得写第四个……我不停地写，好像搭驿站马车不停地赶路一样，我不这样干就不行。那么我问您：这究竟有什么美好而光明的地方呢？啊，这是多么不合理的生活呀！喏，现在我跟您在一起，我激动，可是另一方面我随时都记得我那个没写完的中篇小说在等着我。喏，现在我看见这块云，形状像是一架钢琴。我就暗想：我应该在一篇小说里提一句，说天空飘着一块形状像钢琴的云。这儿有天芥菜的气味。我就赶紧记在心里：甜腻的香气，寡妇般的花朵，可以在关于夏天黄昏的描写里提一笔。我抓住我说的和您说的每一句话、每一个字，赶紧把所有这些句子和单字收进我的文学仓库里去：或许将来用得上！每逢我做完工作，就跑到剧院里去，或者去钓鱼，这时候总可以休息一下，忘掉一切了，可是，不行，我的脑子里已经有一颗沉甸甸的铁炮弹在转动：新的题材来了，我就情不自禁,扑到书桌上去,又得赶紧写,写。总之,老是这一套,老是这一套,我自己闹得自己不得安宁,我觉得我自己在吃掉自己的生命;为了造出蜜来送给天地之间的人吃,我就从我的最好的鲜花里采集花粉,甚至撕碎花朵,踩死花根。难道我不是疯子吗? 难道我的亲人和朋友对待我像对待健康人一样吗?"您在写什么? 您要送给我们一篇什么东西啊?"老是这种话,老是这种话,我觉得朋友们的关切、称道、赞叹全都是欺骗,他们像欺骗病人那样欺骗我,有的时候我就担心他们冷不防从我背后溜过来,一下子抓住我,把我当作波普利欣①那样送进疯人院去。在我开始工作的那些年,在我年纪轻轻的那些大好岁月,我的写作生活简直就是不断的受罪。一个小小的作家,特别是在不走运的时候,往往觉得自己笨手笨脚,别别扭扭,是个多余的人;他神经紧张而激动;他总是忍不住到那些同文学和艺术有关的人那里去周旋,而谁也不承认他,不注意他,他自己也不敢直率而大胆地正眼看人,活像一个瘾头很大而又没钱的赌徒。我没有见过我的读者,可是不知什么缘故,在我的想象里,他们显得不友好、不信任。我怕这班人,我觉得他们可怕,我的新戏上演的时候,我每次都觉得那些黑头发的人不怀好意,黄头发的人漠不关心。啊,这多么可怕! 这是多么受罪啊!

尼　娜　请您容许我说一句,难道灵感和创作过程本身就没有给过您一些崇高的、幸福的时光吗?

特利果陵　是的。我写作的时候是愉快的。我读校样的时候也愉快,可是……作品一发表,我就受不了,看出我写得不对头,这是个错误,这篇东西根本就不应当写,我就气恼,心里不舒服了……(笑)人们读了这种作品就说:"是啊,挺可爱,有才气……挺可爱,可是比托尔斯泰差得远。"或者:"这是个精彩的作品,可是屠格涅夫的《父与子》比它强。"一直到我钻进棺材的那一天,总是这么一种局面,光是挺可爱,有才气,挺可爱,有才气,别的什么也没有;等我死了,熟人们走过我的坟墓,就会说:"特利果陵躺在这儿。他是个

---

①　俄国作家果戈理的中篇小说《狂人日记》中的主人公。

好作家,可是写得不如屠格涅夫。"

尼　娜　对不起,我没法了解您的话。您纯粹是被您的成就惯坏了。

特利果陵　什么成就? 我从来也不喜欢我自己。我不爱我这个作家。最糟的是我总是迷迷糊糊,常常不明白我在写什么……喏,我爱这水,这树,这天空,我感觉到大自然,它在我的心里激发出热情,引起难忍难熬的写作愿望。可是要知道我不光是一个风景画家,我还是一个公民,我爱祖国,爱人民,我觉得如果我是一个作家,我就得谈人民,谈他们的苦难,谈他们的未来,谈科学,谈人权,等等,等等,我就样样都谈,急急忙忙,人们在四面八方紧催我,生我的气,我就从这一边跑到那一边,像是一只被猎狗追赶的狐狸;我看见生活和科学不住地前进又前进,而我总是落后又落后,像是一个误了火车的乡下人;到头来我才感觉到:我只会描写风景,在其他一切方面我都是虚伪的,而且虚伪透顶。

尼　娜　您工作得太多了,您没有时间和心情意识到自己的意义。您自管不满意您自己,可是对别人来说您是伟大而美妙的! 假如我做了一个像您这样的作家,我就会把我的一生献给人们,不过我会领会到人们的幸福仅仅在于把自己提高到我的水平,这样,他们就会用战车载着我前进。

特利果陵　嗬,战车也出来了……莫非我是阿伽门农①不成?

　　　　〔两个人微笑。

尼　娜　为了取得做一个作家或者演员的幸福,我宁愿忍受亲人的嫌弃、贫困、失望,我宁愿住在阁楼里,光吃黑面包,为不满意自己、感到自己不完善而痛苦,可是另一方面我要求名望……一种真正的显赫的名望……(用双手蒙住脸)我头都晕了……哎哟!

　　　　〔从正房传来阿尔卡津娜的声音:"包利斯·阿历克塞耶维奇!"

特利果陵　他们在叫我……大概是要收拾行李了。可是我不想走。(回头看湖)瞧,这儿多么美! ……好得很!

———————

①　希腊史诗《伊利昂纪》中的迈锡尼王,特洛伊战争中的希腊联军统帅。

尼　娜　您看见湖对岸的那所房子和花园吗?

特利果陵　看见了。

尼　娜　那是我去世的母亲的庄园。我就是在那儿出生的。我的全部生活都在这个湖边度过,湖里的每一个小岛我都熟悉。

特利果陵　你们这儿真好! (看见那只海鸥)这是什么?

尼　娜　一只海鸥。是康斯坦丁·加甫利雷奇打死的。

特利果陵　这是一只美丽的鸟。说真的,我不想走。您去劝劝伊莉娜·尼古拉耶芙娜吧,叫她别走了。(在小本子上记着什么)

尼　娜　您写什么?

特利果陵　没什么,记几句话……我脑子里闪过一个题材……(收起小本子)一个不大的短篇小说的题材:一个像您这样的年轻姑娘从小住在湖边;她像海鸥那样爱这个湖,也像海鸥那样又幸福又自由。可是偶尔来了一个人,看见她,由于闲得没事做,就把她毁了,喏,就像这只海鸥一样。

　　　　〔停顿。

　　　　〔窗口出现阿尔卡津娜。

阿尔卡津娜　包利斯·阿历克塞耶维奇,您在哪儿呀?

特利果陵　马上就来! (走去,回头看尼娜;在窗前问阿尔卡津娜)什么事?

阿尔卡津娜　我们不走了。

　　　　〔特利果陵走进正房。

尼　娜　(走到台前,沉思片刻后)一场梦呀!

第二幕完

第三幕

〔索陵家的饭厅。左边和右边各有一扇门。餐具橱一个。药品柜一个。房间中央放着一张桌子。一只手提箱和硬纸盒若干,可以看出准备动身的迹象。特利果陵在吃早饭。玛霞站在桌旁。

玛　霞　我把这些都告诉您,因为您是个作家。您可以利用一下。我凭良心告诉您:要是他伤势很重,我就会连一分钟也活不下去。不过我还是有勇气的。我干脆作了决定:我把这段爱情从心里挖出去,连根挖掉。

特利果陵　怎么挖法呢?

玛　霞　我出嫁。嫁给美德威坚科。

特利果陵　就是嫁给那个教师吗?

玛　霞　是的。

特利果陵　我不明白这有什么必要。

玛　霞　毫无希望地爱着,一连多少年老是等待着什么……要是结了婚,那就再也顾不上爱情,新的操劳就会扑灭一切旧的东西。您知道,好歹这也是个变化。我们再喝一杯吗?

特利果陵　那不喝得太多了?

玛　霞　哎,来吧!(斟满两人的酒杯)您别这么瞧着我。喝酒的女人比您想象的多。少数人像我这样公开喝,多数人是偷偷地喝。是啊,而且总是喝白酒或者白兰地。(碰杯)祝您一路平安!您是个爽直的人,真舍不得跟您分手。

〔他们喝酒。

特利果陵　我自己也不想走。

玛　霞　那您就要求她留下来吧。

特利果陵　不行,这一回她不会留下来了。她儿子的举动极不妥当。他先是开枪自杀,现在呢,据说又要找我决斗了。可这是为了什么呢?他绷着脸,气呼呼的,宣传新形式……可是样样东西,新的也罢,旧的也罢,都有存身之地,那么何必互相排挤呢?

玛　霞　哦,这里还夹杂着嫉妒心。不过,这不关我的事。

〔停顿。亚科甫提着手提箱,从左边到右边穿过舞台;尼娜上,在窗前站住。

我那个教师不大聪明,然而是个好心人,穷人,而且非常爱我。我可怜他。也可怜他的老母亲。好,请容许我祝您一切都好。您别记着我的坏处。(紧紧地握手)为您的好意很感激您。请您把您的书寄给我,一定要亲笔题词。不过,您别写什么"赠给极受尊敬的姑娘",只请您写上:"赠给身世飘零,不知道为什么活在这个世界上的玛丽亚。"再见!(下)

尼　娜　(向特利果陵那边伸出一只捏成拳头的手)是单还是双?

特利果陵　双。

尼　娜　(叹气)不对。我的手里只有一颗豆子。我是要算个命:要不要去做演员?哪怕有谁给我出出主意也好。

特利果陵　这种事是不能出主意的。

〔停顿。

尼　娜　我们就要分别,而且……恐怕再也不会见面了。我请求您临别收下我这个小小的纪念章吧。我叫人刻上了您的姓名的第一个字母……另一面刻着您的一本书名:《白昼和夜晚》。

特利果陵　多么雅致啊!(吻纪念章)美妙的礼物!

尼　娜　请您有的时候也想起我。

特利果陵　我会想起您。我会想起您一个星期以前,在那个晴朗的日子,穿一身浅色连衣裙的模样,您记得那一天吗?……那一天我们谈了不少话……而且长凳上还放着一只白色的海鸥。

尼　娜　(沉思)对了,一只海鸥……

〔停顿。

我们不能再谈了,大家都来了……您临行前给我两分钟的时间吧,

我恳求您……(从左边下,同时阿尔卡津娜和身穿燕尾服、佩戴星章的索陵从右边上,随后,忙于收拾行李的亚科甫上)

阿尔卡津娜　你留在家里吧,老头子。你有风湿病,还能到处去拜客吗?(对特利果陵)刚才是谁出去了? 是尼娜吗?

特利果陵　是的。

阿尔卡津娜　Pardon①,我们打搅了……(坐下)似乎东西都收拾好了。我累坏了。

特利果陵　(读纪念章上的字)《白昼和夜晚》,第一百二十一页,第十一行和十二行。

亚科甫　(收拾桌子)您的钓竿也要收拾起来吗?

特利果陵　是的,我还要用它。至于那些书,你就随便送给什么人吧。

亚科甫　是。

特利果陵　(自言自语)第一百二十一页,第十一行和十二行。这两行写的是什么呢?(对阿尔卡津娜)这儿家里有我的书吗?

阿尔卡津娜　我哥哥的书房里有,在墙角的柜子里。

特利果陵　第一百二十一页……(下)

阿尔卡津娜　说真的,彼得鲁沙,你还是待在家里好……

索　陵　你们就要走了,缺了你们,我待在家里就闷得慌。

阿尔卡津娜　那么城里有什么事呢?

索　陵　也没什么特别的事,不过总会有点什么事。(笑)地方自治局的房子就要奠基了,诸如此类的……我想摆脱这种鲍鱼般的生活②,哪怕振作一两个钟头也好,要不然,我就会变得陈旧不堪,像是一只搁置很久的破烟嘴了。我吩咐一点钟以前把马车备好,那我们就可以同时动身。

阿尔卡津娜　(沉吟片刻)得啦,你就住在这儿吧,不要烦闷,不要着凉。你要照料我的儿子。要爱护他。要开导他。

〔停顿。

---

① 法语:对不起。
② 指停滞的生活。

我这就走了,所以康斯坦丁究竟为什么开枪自杀,我也不会知道了。我觉得主要原因是嫉妒,我越快把特利果陵从这儿带走就越好。

索　陵　该怎么对你说呢？也有别的原因。这是很自然的:他是个青年人,聪明,住在乡下,住在偏僻的地方,没有钱,没有地位,没有前途。什么工作也没有。他为他的闲散害臊,害怕。我非常喜欢他,他也跟我好,可是说到头来他仍旧觉得他是这个家里多余的人,他在这儿是寄人篱下的食客。这是很自然的:他有自尊心……

阿尔卡津娜　他闹得我真发愁！（沉思）是不是让他去找个差事……

索　陵　（打呼哨,然后迟疑不决地）我觉得,最好还是你……给他一点钱。首先他必须穿得像个人样,就是如此。你看,三年来他老是穿着那件旧上衣走来走去,也没有一件大衣……（笑）再说他也不妨稍为玩一玩……到国外去一趟什么的……反正这也费不了多少钱。

阿尔卡津娜　可是到底是费钱的……也许衣服我还能供,可是讲到出国……不,眼前我就连衣服也没法供。（坚决）我没有钱！

　　　　〔索陵笑。

没有钱！

索　陵　（打呼哨）是啊。对不起,亲爱的,你别生气。我相信你……你是个慷慨而高尚的女人。

阿尔卡津娜　（含泪）我没有钱！

索　陵　要是我有钱,那么很自然,我自己就会给他钱,可是我一点钱也没有,连一个小钱都没有。（笑）我的全部退休金都让我的管家拿走,用在农业、畜牧业、养蜂业上了,我的钱都白白地糟蹋了。蜜蜂死了,母牛死了,马呢,从来也不让我用一回……

阿尔卡津娜　是啊,钱我倒有,不过要知道,我是个女演员;光是服饰就叫人完全破产了。

索　陵　你是个好心的、可爱的女人……我尊敬你……是啊……不过我又有点那个……（摇摇晃晃）我的头在转。（手扶着桌子）我感到头晕,就是如此。

阿尔卡津娜　（惊恐）彼得鲁沙！（极力扶住他）彼得鲁沙,我亲爱的……（喊叫）帮帮我的忙呀！帮帮忙呀！

　　　〔头上扎着绷带的特烈普列夫和美德威坚科上。

　　他头晕！

索　陵　没什么,没什么……（微笑,喝水）已经过去了……就是如此……

特烈普列夫　（对母亲）别害怕,妈妈,这不危险。现在舅舅常这样。（对舅舅）你得躺一忽儿,舅舅。

索　陵　稍稍躺一忽儿,行……不过我仍旧要进城去……我躺一忽儿就去……这是很自然的……（拄着手杖走去）

美德威坚科　（挽着他的胳膊）有一个谜语:早晨四条腿走路,中午两条腿,傍晚三条腿……

索　陵　（笑）一点不错。到夜里可就躺平了。谢谢您,我自己能走了……

美德威坚科　得了,客气什么！……（他和索陵下）

阿尔卡津娜　他把我吓坏了！

特烈普列夫　他在乡下住着,对身体不好。他闷得慌。喏,要是你,妈妈,慷慨一下子,借给他一千五到两千卢布,他就可以在城里住上整整一年了。

阿尔卡津娜　我没有钱。我是演员,不是银行家。

　　　〔停顿。

特烈普列夫　妈妈,你给我换换绷带吧。你做这种事挺熟练。

阿尔卡津娜　（从药品柜里取出碘酒和一个包扎材料箱）大夫还没来。

特烈普列夫　他答应十点以前来,可是现在已经中午了。

阿尔卡津娜　你坐下。（解掉他头上的绷带）你倒像是裹着缠头巾。昨天一个过路人在厨房里问起你是哪一个民族的。你的伤口差不多全好了。余下的完全没问题了。（吻他的头）我不在,你会又砰的一枪吗?

特烈普列夫　不会,妈妈。那一回正赶上我非常绝望,我控制不住自己了。以后再也不会有这种事。（吻她的手）你这双手真是金手。

我记得，很久以前，你还在国家剧院演戏，我还很小的时候，我们院子里有人打架，一个房客，是个洗衣女工，挨了一顿毒打。你记得吗？她昏倒在地，给人抬走了……你老是到她家里去，送药给她，给她的孩子们在洗衣盆里洗澡。莫非你不记得啦？

阿尔卡津娜　不记得了。（缠上新绷带）

特烈普列夫　有两个芭蕾舞女演员那时候也住在我们住的那所房子里……她们常到你屋里来喝咖啡……

阿尔卡津娜　这我记得。

特烈普列夫　她们都很虔诚。

　　　　〔停顿。

最近，喏，这些天，我像小时候那样温柔地、忘我地爱你。除你以外，我现在一个亲人也没有了。只是，为什么你受那个人的影响，为什么呢？

阿尔卡津娜　你不了解他，康斯坦丁。他是个极其高尚的人……

特烈普列夫　可是，临到人家报告他说，我打算找他决斗的时候，他的高尚并没有妨碍他扮演胆小鬼的角色。他要走了。可耻的逃跑！

阿尔卡津娜　这是胡说！是我自己请求他离开此地的。

特烈普列夫　极其高尚的人！眼前我跟你几乎在为他吵架，可是现在他正在客厅里或者花园里什么地方讪笑我们，……开导尼娜，极力要她彻底相信他是天才呢。

阿尔卡津娜　你总是喜欢说些我不爱听的话。我尊敬这个人，我要求你在我面前不要说他的坏话。

特烈普列夫　然而我不尊敬他。你希望我也把他看作天才，可是，对不起，我不会撒谎，他的作品使我非常厌恶。

阿尔卡津娜　这是嫉妒。有些人没有才能，而又自命不凡，那就没有别的办法，只好否定真正的才能了。不消说，这其实是聊以解嘲！

特烈普列夫　（讥诮）真正的才能！（气愤）既然说到这一点，那我比你们大家都有才能！（扯掉头上的绷带）你们这些墨守成规的人，霸占着艺术界的头等地位，认为只有你们自己搞的那一套才合法，才地道，其余的你们一概压下去，统统扼杀！我不承认你们！我既不承认你,也不承认他!

阿尔卡津娜　颓废派!……

特烈普列夫　你到你那个可爱的剧院里去,演那些毫无价值的、平庸的戏吧!

阿尔卡津娜　我从来也没演过那种戏。躲开我!你连毫无价值的轻松喜剧也写不出来。基辅的小市民!吃闲饭的!

特烈普列夫　守财奴!

阿尔卡津娜　穿破烂衣服的家伙!

〔特烈普列夫坐下,小声地哭。

渺小的人!(激动地走来走去)不要哭。用不着哭……(哭)别哭了……(吻他的额头、脸颊、脑袋)我亲爱的孩子,原谅我……原谅你的有罪的母亲吧。原谅我这不幸的女人。

特烈普列夫　(拥抱她)要是你知道就好了!我失去了一切。她不爱我了,我再也写不出东西来了……什么希望都没有了……

阿尔卡津娜　你别绝望……一切都会顺当的。他马上就要走了,她会再爱你。(擦干他的眼泪)得啦。我们已经讲和了。

特烈普列夫　(吻她的双手)是的,妈妈。

阿尔卡津娜　(温柔地)你也跟他讲和吧。不要决斗了……不是用不着了吗?

特烈普列夫　好吧……不过,妈妈,让我不要再跟他见面吧。见着他我难受……受不了……

〔特利果陵上。

瞧……我要走了……(赶快把东西收进药品柜)绷带让大夫给我包扎吧……

特利果陵　(翻书寻找)第一百二十一页,第十一行和十二行……在这儿……(读)"要是有一天你需要我的生命,那你来,把它拿去就是。"

〔特烈普列夫从地上拾起绷带,下。

阿尔卡津娜　(看表)马车不久就要来了。

特利果陵　(自言自语)要是有一天你需要我的生命,那你来,把它拿去就是。

阿尔卡津娜　我想,你的东西都收拾好了吧?

特利果陵　(不耐烦)是啊,是啊……(深思)在这个纯洁的灵魂和召唤
　　声中为什么我听见了悲哀,我的心这么痛苦地缩紧?……要是有
　　一天你需要我的生命,那你来,把它拿去就是。(对阿尔卡津娜)
　　我们就再待一天吧!

　　　〔阿尔卡津娜否定地摇头。

　　再待一天!

阿尔卡津娜　亲爱的,我知道是什么缘故弄得你不想走。可是你得管
　　住自己。你有点陶醉了,清醒过来吧。

特利果陵　你也得清醒些,聪明些,要通情达理,我求求你,像个真正的
　　朋友那样看待这件事吧……(握紧她的手)你能够牺牲……你做
　　我的朋友,放了我吧。

阿尔卡津娜　(十分激动)你就这么入迷吗?

特利果陵　她吸引我。也许这倒正合乎我的需要。

阿尔卡津娜　一个内地姑娘的爱情?唉,你多么不顾你的身份!

特利果陵　人有的时候走着路就睡着,眼下我就是这样一面跟你说话,
　　一面好像睡着了,梦见了她……甜蜜美妙的梦把我降伏了……你
　　放了我吧……

阿尔卡津娜　(颤抖)不,不……我是个平常的女人,你不能跟我说这
　　种话……别折磨我,包利斯……我害怕……

特利果陵　要是你愿意,你就能够做一个不平常的女人。青春的、美丽
　　的、富于诗意的、把人带到幻想世界里去的爱情,人世间只有它才
　　能给人幸福!这样的爱情我还没有经历过……年轻的时候我没有
　　工夫,我踏破了编辑部的门槛,我同穷困搏斗……现在呢,瞧,它,
　　这爱情,总算来了,召唤着我……那么凭什么要躲开它呢?

阿尔卡津娜　(气愤)你发疯了!

特利果陵　你就让我发疯吧。

阿尔卡津娜　你们大家今天商量好了来折磨我!(哭)

特利果陵　(抱住自己的头)她不明白!她不肯明白!

阿尔卡津娜　难道我已经那么老,那么丑,因此可以毫无顾忌地跟我谈
　　别的女人了吗?(拥抱他,吻他)唉,你昏了头啦!我的漂亮的、可
　　爱的人⋯⋯你是我生命的最后一页啊!(跪下)我的欢乐、我的骄
　　傲、我的幸福⋯⋯(抱住他的膝盖)要是你丢开我哪怕一个钟头,
　　我也会受不了,我也会发狂,我的了不起的、出色的人,我的统治者
　　啊⋯⋯

特利果陵　会有人到这里来的。(扶她站起来)

阿尔卡津娜　让他们来好了,我不会为我对你的爱情害臊。(吻他的
　　双手)我的宝贝,我的不顾一切的人,你想做发疯的事,可是我不
　　愿意你做,不让你做⋯⋯(笑)你是我的⋯⋯你是我的⋯⋯这个脑
　　门是我的,这双眼睛是我的,这些漂亮而柔软的头发也是我的⋯⋯
　　你整个儿是我的。你这样有才气,聪明,你是当代一切作家当中最
　　优秀的作家,你是俄罗斯的唯一希望⋯⋯你的作品多么真诚,朴
　　素,富于朝气和健的幽默啊⋯⋯你能够一笔写出人物或者风景
　　的主要特点,你笔下的人物多么生动。啊,谁看你的作品都不能不
　　入迷!你以为这是捧场的话吗?我在奉承你吗?喏,你瞧着我的
　　眼睛⋯⋯瞧吧⋯⋯我像个说谎的人吗?你看得出来,只有我才能
　　够珍惜你,只有我才对你说实话,我的亲爱的、神奇的人⋯⋯你走
　　吗?是吗?你不会丢下我吧?⋯⋯

特利果陵　我缺乏自己的意志⋯⋯我从来也没有自己的意志⋯⋯软
　　弱,疲沓,永远顺从,难道女人能喜欢这样的人吗?你领着我,带我
　　走吧,不过你一步也不要离开我⋯⋯

阿尔卡津娜　(自言自语)现在他是我的了。(随随便便,仿佛根本没
　　有发生什么事似的)可是,如果你愿意的话,你自管留下。我一个
　　人走,你呢,以后再来,过上一个星期再来。真的,你急什么呢?

特利果陵　不,我们还是一块儿走。

阿尔卡津娜　那也随你。一块儿走就一块儿走⋯⋯

　　　　〔停顿。

　　　　〔特利果陵在笔记本上记着什么。

　　你写什么?

特利果陵　今天早上我听见一个挺好的说法:"处女林⋯⋯"这几个字也许会有用。(伸懒腰)这么说,我们要走了?又是火车啦,车站啦,小吃部啦,煎肉排啦,聊天啦⋯⋯

沙木拉耶夫　(上)我荣幸地怀着依依惜别的心情宣布:马车来了。现在,极受尊敬的夫人,该到火车站去了;火车两点零五分到。那么,麻烦您,伊莉娜·尼古拉耶芙娜,不要忘了打听一下:演员祖兹达尔采夫如今在什么地方?他还活着吗?身体好吗?从前我们常在一块儿喝酒⋯⋯他在《遭劫的邮车》这出戏里演得别提有多好⋯⋯那个时候,我记得,悲剧演员伊兹玛依洛夫跟他一块儿在伊丽莎白格勒演戏,这也是一个出色的人物⋯⋯您别着急,极受尊敬的夫人,再谈五分钟还是可以的。有一次他们在一出传奇剧里扮演阴谋家,他们突然被捕获了,这时候应当说:"我们落到圈套里了",可是伊兹玛依洛夫却说:"我们落到卷套里了"⋯⋯(大笑)卷套!⋯⋯

〔他讲话的时候,亚科甫忙着搬箱子,女仆给阿尔卡津娜送来帽子、大衣、阳伞、手套;大家帮阿尔卡津娜穿戴。一个厨师在左边的门口探头张望,过一忽儿犹豫不决地走进来。波里娜·安德烈耶芙娜上,随后索陵和美德威坚科上。

波里娜·安德烈耶芙娜　(拿着一个小筐子)这是一些李子,你们带着在路上吃吧⋯⋯很甜。也许,你们会想吃一点爽口的东西⋯⋯

阿尔卡津娜　您真是好心,波里娜·安德烈耶芙娜。

波里娜·安德烈耶芙娜　再见,我亲爱的!要是有什么事情不合您的意,就请您原谅。(哭)

阿尔卡津娜　(拥抱她)一切都很好,一切都很好。可就是不应该哭。

波里娜·安德烈耶芙娜　我们的岁月过去了!

阿尔卡津娜　这有什么办法呢!

索　陵　(穿一件带短披肩的大衣,戴着帽子,拿着手杖,从左门上,穿过这个房间)妹妹,该走了,到头来别误了火车才好。我上马车去了。(下)

美德威坚科　那我走着到火车站去⋯⋯送你们。我赶快走⋯⋯(下)

阿尔卡津娜　再见吧,我亲爱的朋友们……如果我们活着而又健康,那到夏天我们又会见面的……

〔女仆、亚科甫、厨师吻她的手。

你们不要忘掉我。(给厨师一个卢布)这是一个卢布,你们三个人拿去分了吧。

厨师　多谢您,太太。祝您一路顺风!我们非常感激您的仁慈!

亚科甫　求上帝保佑您一路平安!

沙木拉耶夫　希望您来信,让我们高兴!再见,包利斯·阿历克塞耶维奇!

阿尔卡津娜　康斯坦丁在哪儿?您对他说我要走了。应当告别一下才对。好,不要记着我的坏处。(对亚科甫)我给了厨师一个卢布。那是给你们三个人的。

〔众人从右边下。舞台上空着。后台人声嘈杂,大家在送行。女仆回来取桌子上的一筐李子,然后又出去。

特利果陵　(回来)我忘了拿我的手杖。手杖好像在那边露台上。(走去,在左边的门口遇见正走进来的尼娜)是您吗?我们要走了。

尼娜　我觉得我们会再见面的。(兴奋)包利斯·阿历克塞耶维奇,我已经下了决心,命运已定,我要登上舞台了。明天我就不再在这儿了,我要离开我的父亲,抛弃一切,开始过新的生活……我也要跟你们那样走掉……到莫斯科去。我们在那儿会见面的。

特利果陵　(回头看一眼)您在斯拉维扬斯克市①住下吧……您要立刻通知我……我的地址是莫尔恰诺甫卡,格罗霍尔斯基的房子……我要赶紧走了……

〔停顿。

尼娜　您再待一忽儿。……

特利果陵　(低声)您这么好看……啊,想到不久我们就会见面,那是多么幸福!

〔她靠在他的胸口上。

---

①　莫斯科的一个高级旅馆。

我又会看见这对美妙的眼睛,这种无法形容的、好看的、温柔的笑容……这种柔和的面容,这种天使样纯洁的神情……我亲爱的……

〔长吻。

第三幕完

第四幕

〔索陵家里的一间客厅,由康斯坦丁·特烈普列夫改为工作室。右边和左边有门,通往内室。正面有一扇玻璃门,通到露台上。除了一般的客厅家具以外,右面墙角上有一张写字台,左门附近有一张土耳其式长沙发。书柜一个,窗台上和椅子上有书若干。

〔傍晚。点着一盏有罩子的灯。晦暗。可以听见树木飒飒地响,风在烟囱里怒号。守夜人在打更。

〔美德威坚科和玛霞上。

玛　霞　(呼喊)康斯坦丁·加甫利雷奇! 康斯坦丁·加甫利雷奇! (四顾)一个人也没有。老头子随时在问科斯佳在哪儿,科斯佳在哪儿……缺了他,他就没法过……

美德威坚科　他怕孤单。(倾听)多么可怕的天气! 这一连两昼夜了。

玛　霞　(把灯捻亮)湖里起浪了。很大的浪头。

美德威坚科　花园里好黑。应当叫人把花园里的戏台拆掉。它光秃秃地立在那儿,难看极了,像个骨头架子,幕布给风吹得哗哗地响。昨天傍晚我走过那儿,觉得台上好像有人在哭。

玛　霞　得了吧……

〔停顿。

美德威坚科　我们回家去吧,玛霞!

玛　霞　(否定地摇头)我要在这儿过夜。

美德威坚科　(恳求)我们走吧,玛霞! 我们的娃娃多半挨饿了。

玛　霞　胡说。玛特辽娜会喂他的。

〔停顿。

美德威坚科　可怜啊。妈妈不在已经三个晚上了。

玛　霞　你这个人真乏味。以前你至少总还谈谈哲学,现在呢,老是娃娃啦,家啦,娃娃啦,家啦,别的就什么也听不见你说了。

美德威坚科　我们走吧,玛霞!

玛　霞　你自己走吧。

美德威坚科　你的父亲不给我马。

玛　霞　你求他,他会给的。

美德威坚科　好吧,我去求他。那么你明天回来吗?

玛　霞　(闻鼻烟)嗯,明天。真磨人……

　　　　〔特烈普列夫和波里娜·安德烈耶芙娜上;特烈普列夫拿来枕头和被子,波里娜·安德烈耶芙娜拿来床单和枕套;他们把这些东西放在土耳其式长沙发上,然后特烈普列夫走到他的写字台旁边,坐下。

　　　　这是干什么,妈妈?

波里娜·安德烈耶芙娜　彼得·尼古拉耶维奇要求在科斯佳这儿给他安个铺。

玛　霞　我来……(铺被褥)

波里娜·安德烈耶芙娜　(叹气)老人如同孩子一样……(走到写字台那儿,胳膊肘支在写字台上,看手稿)

　　　　〔停顿。

美德威坚科　那我走了。再见,玛霞。(吻他妻子的手)再见,妈妈。(打算吻他岳母的手)

波里娜·安德烈耶芙娜　(厌烦)行了!走你的吧。

美德威坚科　再见,康斯坦丁·加甫利雷奇!

　　　　〔特烈普列夫沉默地对他伸出手;美德威坚科下。

波里娜·安德烈耶芙娜　(看着手稿)谁也没有想到,谁也没有料到,您,科斯佳,会成为一个真正的作家。可是现在,谢天谢地,杂志社都给您寄钱来了。(用手抚摩他的头发)您也漂亮起来了……亲爱的科斯佳,好人,您对我的玛宪卡亲热一点吧!……

玛　霞　(铺床)您别打扰他,妈妈。

波里娜·安德烈耶芙娜 （对特烈普列夫）她是个好女人。

〔停顿。

女人什么也不需要,科斯佳,只要亲热地看她一眼就成了。我是凭亲身经验知道的。

〔特烈普列夫从桌子边站起来,沉默地走出去。

玛　霞　瞧你惹他生气了。何必跟他啰唆呢!

波里娜·安德烈耶芙娜　我可怜你,玛宪卡。

玛　霞　根本没必要!

波里娜·安德烈耶芙娜　我为你心痛极了。要知道我什么都看见了,什么都明白。

玛　霞　这都是蠢事。没有希望的爱情是只有在小说里才有的。这没什么了不得的。只是不要放纵自己,不老是等待什么,不在大海边上等好天气①……既然心里生出了爱情,那就得把它赶出去。喏,人家答应把我的丈夫调到别的县去。等到一搬走,我就会忘掉一切……从心里连根挖掉。

〔隔着两个房间响起忧郁的华尔兹舞曲的乐声。

波里娜·安德烈耶芙娜　科斯佳在弹琴。看来他很苦恼。

玛　霞　（不出声地跳了两三圈华尔兹舞）要紧的是,妈妈,眼不见心不烦。只要把我的谢敏调走就成了,到那时候,您相信吧,我不出一个月就会忘掉。这都是小事。

〔左边的房门开了,陀尔恩和美德威坚科推着索陵的轮椅上。

美德威坚科　现在我家里有六个人。而面粉要七十戈比一普特了。

陀尔恩　看您去急得转磨吧。

美德威坚科　您当然可以笑话人。您有的是钱。

陀尔恩　钱?我的朋友,我行医三十年,心神不宁,没日没夜地忙,总共也就积攒了两千,而且就连这笔钱不久以前我也在国外花光了。我一个钱也没有。

玛　霞　（对她的丈夫)你没走吗?

---

① 指毫无希望地期待。

美德威坚科　（负疚地）可不是！人家不给马嘛！

玛　霞　（极其烦恼，低声）叫我的眼睛别瞧见你才好！

〔轮椅停在房间的左半边；波里娜·安德烈耶芙娜、玛霞、陀尔恩在旁边坐下；美德威坚科忧伤地走到一边去。

陀尔恩　嘿，你们这儿的变动好大！客厅改成书房了。

玛　霞　康斯坦丁·加甫利雷奇在这儿工作方便些。他高兴的时候可以到花园里去思考一下。

〔守夜人打更。

索　陵　我的妹妹在哪儿？

陀尔恩　她到火车站去接特利果陵了。马上就回来。

索　陵　既然您认为有必要写信把我的妹妹叫到这儿来，那么可见我病重了。（沉默片刻）这可是怪事，我病重了，可是又不给我药吃。

陀尔恩　您要吃什么药呢？缬草酊吗？苏打吗？奎宁吗？

索　陵　得，又要讲开哲学了。哎，活受罪啊！（向长沙发那边点一下头）这是给我铺的床吗？

波里娜·安德烈耶芙娜　给您铺的，彼得·尼古拉耶维奇。

索　陵　谢谢您。

陀尔恩　（低声唱）"月亮在夜晚的天空飘游……"

索　陵　喏，我倒想提供科斯佳一个中篇小说的题材。这篇小说得起这样的一个名字：《一个想望的人》。《L'homme qui a voulu》。我年轻的时候，有一个时期想做文学家，可是没有做成，想谈吐风雅，可是讲得糟透了，（模仿自己的话）"就是如此，诸如此类，那个，不那个……"临到要归纳一件什么事，总是结结巴巴，甚至急出一身大汗；我也想过结婚，可是没成成；我想老住在城里，可是你瞧，偏在乡下结束我的生活，就是如此。

陀尔恩　您想做四品文官，果然就做成了。

索　陵　（笑）我倒没有想过这个。这是自然而然落到我头上来的。

陀尔恩　到六十二岁还表示对生活不满，那么，您得同意，这是心胸不开阔。

索　陵　这个人可真固执。您要明白，人总是想活着嘛！

陀尔恩　这话欠考虑。按照自然规律,一切生命都得有个结束。

索　陵　您讲起道理来就像是一个心满意足的人。您心满意足了,所以才对生活冷淡,什么都不在乎。不过您对死也是害怕的。

陀尔恩　对死亡的恐惧是一种动物性的恐惧……必须把它克服。只有相信永生和害怕自己罪恶的人才会有意识地怕死。您呢,第一,不信永生,第二,您有什么罪恶呢?您在司法部干了二十五年,如此而已。

索　陵　(笑)二十八年……

　　　　〔特烈普列夫上,在索陵的脚旁边一张矮凳上坐下。玛霞的眼睛始终盯住他不放。

陀尔恩　我们妨碍康斯坦丁·加甫利洛维奇工作了。

特烈普列夫　不,没关系。

　　　　〔停顿。

美德威坚科　请您容我问一句,大夫,国外哪个城您最喜欢?

陀尔恩　热那亚①。

特烈普列夫　为什么是热那亚呢?

陀尔恩　那儿街上的人群好极了。傍晚你走出旅馆,满街都是人。然后你就随着人群活动,毫无目的,东走走,西溜溜,路线不定;你跟他们一块儿生活,在心理上跟他们打成一片,你就开始相信真的可能有一个世界的灵魂,就像以前尼娜·扎烈奇纳雅在您的剧本里扮演的那一个。顺便问一句,如今扎烈奇纳雅在哪儿?她在哪儿,身体怎么样?

特烈普列夫　大概她身体很好。

陀尔恩　有人告诉我说,好像她在过一种特别的生活。到底是怎么回事呢?

特烈普列夫　这就说来话长了,大夫。

陀尔恩　那您就说短一点。

　　　　〔停顿。

———————

① 意大利的城市名。

特烈普列夫　她从家里逃出去,就跟特利果陵同居了。这您知道吧?

陀尔恩　知道。

特烈普列夫　她生了个孩子。那孩子死了。特利果陵不再爱她,回到他的老相好那儿去了,而这也是意料得到的。不过,他从来也没有跟老相好断绝关系,他为人没有骨气,想方设法两边都不放弃。根据我知道的情况来看,尼娜的私生活是完全不顺心的。

陀尔恩　那么在舞台上呢?

特烈普列夫　似乎更糟。她在莫斯科郊外一个别墅区剧院里初次登台,后来就到外省去了。那时候我很注意她,有一个时期她到哪儿,我就到哪儿。她老是担任大角色,可是演得粗糙,没味道,尖着嗓子叫,姿势生硬。有些时候她很有才气地大叫一声,很有才气地死去,不过那只是有些时候而已。

陀尔恩　这样说来她还是有才能的?

特烈普列夫　这是难于弄清楚的。大概有吧。我看见她了,可是她不愿意见我,仆役不许我走进她的旅馆房间。我了解她的心情,就没有坚持见面。

　　　　〔停顿。

此外还有什么可告诉您的呢?后来,那是在我已经回家以后,我常接到她的信。那些信通顺,热情,有趣;她没有抱怨,可是我体会到她深深的不幸;信上无论哪一行都流露出她的精神病态而紧张。她的想象力也有点混乱。她在信上署名“海鸥”。《美人鱼》①里的磨坊主说自己是乌鸦,她在她的信中老是说她是海鸥。眼前她在这儿。

陀尔恩　什么,在这儿?

特烈普列夫　她就在城里,住在旅馆里。她住在那边的旅馆里已经有五天了。我已经去找过她,喏,玛丽亚·伊里尼奇娜也去过,可是她什么人也不接见。谢敏·谢敏诺维奇口口声声说昨天吃过中饭以后在离此地两里远的田野上看见过她。

---

① 《美人鱼》是普希金的诗。

美德威坚科　是的,我看见她了。她往进城的方向走去。我打了招呼,问她为什么不到我们这儿来做客。她说她会来的。

特烈普列夫　她不会来。

　　　　〔停顿。

　　她的父亲和后娘不认她了。他们到处派人看守,甚至不准她走近他们的庄园。(跟医生一块儿往写字台那边走去)在纸上做哲学家是多么容易,大夫,而在行动上又是多么艰难!

索　陵　她原是个可爱的姑娘。

陀尔恩　什么?

索　陵　我说,她原是个可爱的姑娘。有一个时期四品文官索陵甚至爱上她了。

陀尔恩　老猎艳家。

　　　　〔传来沙木拉耶夫的笑声。

波里娜·安德烈耶芙娜　好像我们的人从火车站回来了……

特烈普列夫　对,我听见妈妈的声音了。

　　　　〔阿尔卡津娜、特利果陵上,沙木拉耶夫跟在他们身后。

沙木拉耶夫　(上)我们都在自然力的影响下老了,风化了,可是您,极受尊敬的夫人,仍旧年轻……浅色的短上衣,充满活力……优雅动人……

阿尔卡津娜　您又打算把我夸得过火而弄得我不吉利了,您这乏味的人!

特利果陵　(对索陵)您好,彼得·尼古拉耶维奇!您怎么老是生病?不好哇!(看见玛霞,高兴)玛丽亚·伊里尼奇娜!

玛　霞　您认出我了?(同他紧紧地握手)

特利果陵　您结婚了?

玛　霞　早就结婚了。

特利果陵　幸福吗?(同陀尔恩和美德威坚科点头打招呼,然后迟疑不决地走到特烈普列夫跟前)伊莉娜·尼古拉耶芙娜说您已经忘记过去的事,不再生气了。

　　　　〔特烈普列夫向他伸出手。

阿尔卡津娜　（对她的儿子）喏,包利斯·阿历克塞耶维奇带来一本登着你的新小说的杂志。

特烈普列夫　（接过书来,对特利果陵）谢谢您。您很热心。

　　　　　〔众人坐下。

特利果陵　您的崇拜者托我问候您……大体说来,彼得堡和莫斯科对您都发生兴趣,大家见着我老是问起您。他们问我您是个什么样的人,有多大岁数,是黑头发还是黄头发。不知什么缘故,大家都认为您年纪不轻了。谁也不知道您的真姓名,因为您是用笔名发表作品的。您神秘得像铁假面人一样。

特烈普列夫　您在我们这儿要多住些日子吗?

特利果陵　不,我想明天就到莫斯科去。不得不去啊。我要赶完一个中篇小说,再说我还答应给一个集子写点东西。总之,还是老一套。

　　　　　〔他们讲话的时候,阿尔卡津娜和波里娜·安德烈耶芙娜把一个呢面折叠式方牌桌放在房间中央,打开它;沙木拉耶夫点上蜡烛,放好椅子。从柜子里取出一副罗托①。

天气不怎么欢迎我。风好大呀。明天早晨,要是风停了,我就到湖边去钓鱼。顺便得去看一看花园和演出您的剧本的那个地方,您记得吗?我有一个题材已经成熟了,只要让我的记忆重温一下事情发生的地点就成了。

玛　霞　（对她的父亲)爸爸,给我的丈夫一匹马吧! 他得回家去。

沙木拉耶夫　（讥诮)马……回家……(严厉地)你自己看见的:刚刚打发马到火车站去了一趟。不能再叫它们跑了。

玛　霞　可是还有别的马嘛……(看见她的父亲沉默不语,就挥挥手)跟您打交道呀……

美德威坚科　玛霞,我走回去好了。说真的……

波里娜·安德烈耶芙娜　（叹气)在这样的天气走着回去……(挨着牌桌坐下)请吧,诸位先生。

---

　　① 一种赌博或游戏用具。

美德威坚科 反正一共只有六里路……再见……（吻妻子的手）再见，妈妈。

〔他的岳母不乐意地把手伸给他，让他吻。

我本来不想麻烦什么人，可是那个娃娃……（向大家打招呼）再见……（像负疚似的走下）

沙木拉耶夫 他总归走得到。他又不是一位将军。

波里娜·安德烈耶芙娜 （敲着桌子）请吧，诸位先生。我们别磨时间，要不然很快就要叫我们去吃晚饭了。

〔沙木拉耶夫、玛霞和陀尔恩挨着桌子坐下来。

阿尔卡津娜 （对特利果陵）临到漫长的秋日傍晚来了，这儿的人总是玩罗托。您瞧，这还是去世的母亲在我们是小孩子的时候跟我们玩过的那副旧牌。您愿意在晚饭前跟我们一起玩一忽儿吗？（同特利果陵一起挨着桌子坐下来）这种游戏比较沉闷，不过要是玩惯了，倒还不错。（发给各人三张牌）

特烈普列夫 （翻阅杂志）他把他自己的那个中篇小说看了一遍，而我这一篇，他连书页都没有裁开。（把杂志放在写字台上，然后往左边的门走去；他经过他的母亲身旁，吻了下她的头）

阿尔卡津娜 那么你呢，科斯佳？

特烈普列夫 对不起，我不大想玩……我出去散会儿步。（下）

阿尔卡津娜 赌注是十个戈比。您给我押上吧，大夫。

陀尔恩 遵命。

玛 霞 大家都押好了吗？我来开牌……二十二！

阿尔卡津娜 是。

玛 霞 三！……

陀尔恩 行。

玛 霞 您出三吗？八！八十一！十！

沙木拉耶夫 你别急嘛。

阿尔卡津娜 在哈尔科夫我受到什么样的欢迎啊，天哪，到现在我的头还晕晕乎乎呢！

玛 霞 三十四！

〔后台响起忧郁的华尔兹舞曲的乐声。

阿尔卡津娜 那些大学生对我热烈欢呼……三个花篮,两个花环,还有这个……(从胸前取下一个别针,放在桌上)

沙木拉耶夫 是啊,这倒是个不平常的东西……

玛　霞 五十!……

陀尔恩 五十整吗?

阿尔卡津娜 当时我穿一身漂亮得出奇的衣服……别的也许我不成,可是讲到打扮,那我可有两下子。

波里娜·安德烈耶芙娜 科斯佳在弹琴。他心里苦恼,这个可怜的人。

沙木拉耶夫 报纸上把他骂得很厉害。

玛　霞 七十七!

阿尔卡津娜 何必把这种事放在心上。

特利果陵 他不走运。他始终没能找到他自己真正的风格。他的作品有点古怪,有点含糊,有时候甚至像是说梦话。活的人物一个也没有。

玛　霞 十一!

阿尔卡津娜 (回头看索陵)彼得鲁沙,你觉得无聊吗?

　　　　〔停顿。

他睡着了。

陀尔恩 四品文官睡着了。

玛　霞 七!九十!

特利果陵 要是我住在这样的一个庄园里,旁边有一个湖,难道我还会写作吗? 我就会克服我心里的这种热望,专门去钓鱼了。

玛　霞 二十八!

特利果陵 要是钓到一条梅花鲈或者河鲈,那真是快活事呀!

陀尔恩 我倒对康斯坦丁·加甫利雷奇有信心。他有点道理! 有点道理! 他用形象思索,他的小说生动而鲜明,我的感受很深。只可惜,他没有明确的目标。他的作品给人一种印象,如此而已,可是,单是给人印象到底是不够的。伊莉娜·尼古拉耶芙娜,您的儿子成了作家,您高兴吗?

阿尔卡津娜　您要知道,我还没有看过他的作品呢。我老是没有工夫。

玛　霞　二十六!

〔特烈普列夫悄悄地走进来,往他的写字台走去。

沙木拉耶夫　(对特利果陵)我们这儿,包利斯·阿历克塞耶维奇,保存着您的一件东西。

特利果陵　什么东西?

沙木拉耶夫　有一次康斯坦丁·加甫利雷奇打死一只海鸥,您托我叫人把它做成一个标本。

特利果陵　我不记得了。(沉思)我不记得了!

玛　霞　六十六! 一!

特烈普列夫　(推开窗子,倾听)多么黑呀! 我不明白为什么我觉得这么心神不定。

阿尔卡津娜　科斯佳,关上窗子,要不然风就吹进来了。

〔特烈普列夫关上窗子。

玛　霞　八十八!

特利果陵　这一盘我赢了,诸位先生。

阿尔卡津娜　(快活)好哇! 好哇!

沙木拉耶夫　好哇!

阿尔卡津娜　这个人老是走运,到处走运。(站起来)现在我们去吃点东西吧。我们的名家今天还没有吃午饭。这牌,我们吃完晚饭再打好了。(对儿子)科斯佳,放下你的稿子,我们去吃饭吧。

特烈普列夫　我不想吃,妈妈,我饱着呢。

阿尔卡津娜　那也随你。(唤醒索陵)彼得鲁沙,吃晚饭啦!(挽着沙木拉耶夫的胳膊)我给您讲一讲哈尔科夫的人怎样接待我……

〔波里娜·安德烈耶芙娜吹熄桌子上的蜡烛,然后和陀尔恩推着轮椅走去。众人从左门下;舞台上只留下特烈普列夫独自坐在写字台边。

特烈普列夫　(准备写作,看一遍已经写完的稿子)关于新形式我讲过那么多话,可是我现在感到我自己也渐渐滑到陈规旧套上去了。(读)"围墙上的海报在宣告……苍白的脸配着黑头发的框子……"宣告啦、框子啦……这都平庸。(涂掉)我要从雨声惊醒主人公开头,别的都取消。月夜的描写又长又雕琢。特利果陵练出一套他自己的手法,他感到轻松……一个破瓶子的瓶颈在坝上发亮,磨坊的轮子投下一道黑影,于是月夜就写成了;我呢,又是颤抖的光,又是星光的安静的闪烁,又是遥远的琴声消失在安静而清香的空气里……这真要命。

〔停顿。

是的,我越来越相信:问题不在于旧形式,也不在于新形式,而在于人写作的时候根本不考虑什么形式,人写作是因为所写的一切自然而然地从心灵里涌流出来了。

〔有人敲那扇靠近写字台的窗子。

这是怎么回事?(看窗外)什么也看不见……(推开玻璃门,瞧着花园)不知是谁顺着台阶跑下去了。(招呼)这是谁呀?(下;可以听见他在露台上很快地走着;过一忽儿同尼娜·扎烈奇纳雅一起回来)尼娜!尼娜!

〔尼娜把头贴在他的胸口上,压低声音哭泣。

(感动)尼娜!尼娜!是您……您啊……我仿佛预感到了,整整一天我的心痛苦极了。(替她脱掉帽子和斗篷)啊,我的好人,亲人,她来了!别哭了,行了。

尼　娜　这儿有人吧。

特烈普列夫　没人。

尼　娜　您锁上房门,要不然,人家会进来的。

特烈普列夫　没有人来。

尼　娜　我知道伊莉娜·尼古拉耶芙娜在这儿。您锁上门吧……

特烈普列夫　(锁上右边的房门,向左边的房门走去)这门没有锁。我拿一把圈椅来堵住(用圈椅堵住房门)。您别担心,没有人来。

尼　娜　(凝视他的脸)让我仔细看看您。(回顾)挺暖和,挺好……从前这儿是客厅。我大变了吧?

特烈普列夫　对了……您瘦了,您的眼睛变大了。尼娜,我见到您,觉得有点奇怪。为什么您不让我到您那儿去?为什么您一直没来呢？我知道您在此地已经住了差不多一个星期……我每天好几次跑到您那儿去，站在您的窗下，像乞丐一样。

尼　娜　我怕您恨我。我每天晚上都梦见您瞧着我，认不得我。但愿您知道就好了！我到了此地，就老是到这儿来……在湖旁边走来走去。我有许多次走到您这所房子附近，下不了决心进来。我们坐下吧。

〔他们坐下。

我们坐下来，谈一谈，谈一谈。这儿好，暖和，舒服……您听见风声了吗？屠格涅夫在一个作品里写道："在这样的夜晚坐在有墙有顶的房子里面，有个温暖的住处的人，是有福的。"我呢，是海鸥……不，不对。（擦一下脑门子）我在说什么？对了……屠格涅夫……"求主保佑一切无家可归的漂泊者吧……"没什么。（痛哭）

特烈普列夫　尼娜，您又这样了……尼娜！

尼　娜　没什么，这样我心里轻松一点……我已经有两年没哭过了。昨天很晚的时候，我走到花园里去看看我们的舞台还在不在。不料它到现在还在那儿。在两年之后，这是我第一次哭，我心里轻松一点，畅快一点了。您看，我已经不哭了。（拉住他的手）那么，您成了作家了……您是作家，我是演员……我和您也都投入生活的旋涡中了……当初我生活得快乐，像孩子一样，早晨醒过来就唱歌，我爱您，巴望出名，可是现在呢？明天一清早我就得动身到叶列茨城去，坐三等客车，……同农民们在一起，到了叶列茨城，那些有教养的商人就会对我献殷勤，纠缠不清。生活是严酷的！

特烈普列夫　为什么到叶列茨城去？

尼　娜　我接了一冬天的聘约。目前就得去了。

特烈普列夫　尼娜，我咒骂过您，恨过您，撕碎过您的信和照片，可是我每一分钟都感觉到我的心永远依恋着您。要我不爱您，我办不到，尼娜。自从我失去您，我开始发表作品以来，生活在我就变得不能忍受，我苦得很……我的青春一下子就中断了，我觉得我好像在世界上已经活了九十年似的。我叫您的名字，吻您走过的土地；不管我往哪儿看,我觉得到处都现出您的脸庞,现出在我一生的最好岁月中照亮过我的那种亲切的笑容……

尼　娜　（茫然）他为什么说这种话？他为什么说这种话？

特烈普列夫　我孤零零,没有任何人的钟爱来给我温暖;我感到冷冰冰,好比待在一个地窖里;不管我写什么,都是那么干巴巴,生硬,暗淡。您留在此地吧,尼娜,我求求您了,要不然就请您容许我跟您一块儿走!

〔尼娜很快地戴帽子,穿斗篷。

尼娜,这是为什么？看在上帝的分上吧,尼娜……（瞧着她穿戴）

〔停顿。

尼　娜　我的马车停在旁门那里。你别送我,我一个人走……（含泪）您给我点水喝吧……

特烈普列夫　（给她水喝）您现在到哪儿去？

尼　娜　到城里去。

〔停顿。

伊莉娜·尼古拉耶芙娜在这儿吗？

特烈普列夫　在……上个星期四我舅舅身体不好,我们就打电报把她叫来了。

尼　娜　为什么您说您吻我走过的土地呢？应当把我打死才对。（向书桌弯下腰去）我累极了! 我该歇一歇……歇一歇了!（抬起头来）我是海鸥……不对。我是演员。嗯,是啊!（听见阿尔卡津娜和特利果陵的笑声,听了一忽儿,然后跑到左门边,从锁眼往外看）他也在这儿……（回到特烈普列夫这边来）嗯,是啊……没什么……是啊……他不相信剧院,嘲笑我的梦想,我呢,也渐渐不再相信,心灰意懒了……再加上爱情的烦恼,嫉妒,经常为小家伙担心……我变得琐碎,无聊,表演得差劲了……我不知道该把手往哪儿放,在舞台上不知道怎么站好,嗓音也控制不住。您不了解一个人觉得自己演得很糟的时候的心境。我是海鸥。不,不对……您记得您打死过一只海鸥吗？一个人偶然来到,看见一只海鸥,因为闲得没事做而把它弄死了。这是一个不长的短篇小说的题材。我要说的不是这个……(擦自己的脑门子)我说什么来着?……我说到舞台。现在我不再那样了。我已经成了一个真正的演员,我演得津津有味,入迷,在舞台上陶醉,觉得自己出色。现在,当我住在此地的时候,老是走来走去,老是一边走一边想,我想啊想的,感到我内心的力量一天天在增长……科斯佳,我现在才知道,才明白在我们的事业中,在舞台上表演也好,写作也好,这都一样,总之要紧的不是名望,不是光荣,不是我过去想望的那些东西,而是忍耐的能力。要善于背负自己的十字架,要有信心。我现在就有信心,我并不那么难过,每逢我想到我的使命,我就不害怕生活了。

特烈普列夫 (悲哀)您找到了您的路,您知道您在往哪儿走,可是我仍旧在幻想和形象的混沌世界里漂泊,不知道这是为了什么目的,这有谁需要。我没有信念,也不知道我的使命是什么。

尼 娜 (倾听)嘘……我要走了。再见。等我成了大演员,您来看看我吧。您答应吗?可是现在……(紧紧地握他的手)时候已经很晚。我几乎站都站不住了……我十分虚弱,想吃点东西……

特烈普列夫 您别走,我给您拿晚饭去……

尼 娜 不,不……您别送我,我一个人走。我的马车就在附近……这样说来,她把他也带来了!行,那也没关系。您见到特利果陵的时候,什么也不要告诉他……我爱他。我爱他甚至比以前更深了……一个短篇小说的题材……我爱他,热烈地爱他,爱得要命。以前可真好啊,科斯佳!您记得吗?多么明朗、温暖、快活、纯洁的生活啊,什么样的心情啊,那种心情好比温柔而精致的鲜花……您记得吗?……(朗诵)"人类、狮子、苍鹰,以及山鹬、带犄角的鹿、鹅、蜘蛛、栖身水中而默不作声的鱼类、海星,乃至凡是肉眼看不见的活物,一句话,所有的生命,所有的生命,所有的生命,完成了可悲的循环,烟消云散……地球上已经有千秋万代不见一个活着的生灵,这个可怜的月亮白白地点起它的明灯……草场上再也没有一只仙鹤醒过来发出长鸣,椴树林中也听不见五月金龟子的声音……"(使劲拥抱特烈普列夫,推开玻璃门,下)

特烈普列夫 (停顿片刻)要是有人在花园里遇见她,再告诉妈妈,就

不好了。这可能引得妈妈伤心……(有两分钟之久他撕毁他所有的手稿,丢在桌子底下,然后打开右边的房门,下)

陀尔恩 　(极力推开左边的房门)奇怪。这门像是上锁了……(走进来,把圈椅放回原处)这成了障碍赛马了。

　　　　〔阿尔卡津娜、波里娜·安德烈耶芙娜上,她们后面是亚科甫,拿着酒瓶,玛霞跟在后面,再后是沙木拉耶夫和特利果陵。

阿尔卡津娜 　把红葡萄酒和包利斯·阿历克塞耶维奇的啤酒放在这边桌子上。我们一边打牌一边喝酒。我们坐下来吧,诸位先生。

波里娜·安德烈耶芙娜 　(对亚科甫)马上把茶也送来。(点上蜡烛,在牌桌边坐下来)

沙木拉耶夫 　(带着特利果陵走到柜子那儿)这就是刚才我说过的那件东西……(从柜子里拿出一个海鸥标本)这是您叫我做的。

特利果陵 　(瞧着海鸥)我不记得了!(想一想)我不记得了!

　　　　〔后台的右边发出一声枪响;大家都哆嗦了一下。

阿尔卡津娜 　(吃惊)这是怎么回事?

陀尔恩 　没什么。这大概是我那个药箱里有什么瓶子炸了。你们不用担心。(从右门下,过半分钟回来)果然是这样。一个装乙醚的瓶子炸了。(低声唱)"我又站在你面前,神魂飘荡……"

阿尔卡津娜 　(在桌子旁边坐下)唉,我吓了一跳。这使我联想到那一次……(用手蒙住脸)连我的眼睛都发黑了……

陀尔恩 　(翻阅杂志,对特利果陵)这本杂志在两个月前发表过一篇论文……一封从美国寄来的信,顺便我想问您一下……(搂着特利果陵的腰,走到台前)因为我对这个问题很有兴趣……(压低声音,小声)您带着伊莉娜·尼古拉耶芙娜离开此地,到别处去吧。事情是这样:康斯坦丁·加甫利洛维奇开枪自杀了……

　　　　　　　　　　　　　　　　　　——幕落,剧终

万尼亚舅舅

乡村生活四幕剧

剧 中 人 物

亚历山大·符拉季米罗维奇·谢烈勃利亚科夫——退休的教授。

叶连娜·安德烈耶芙娜——他的妻子,二十七岁。

索菲雅·亚历山大罗芙娜(索尼雅)——他的前妻的女儿。

玛丽雅·瓦西里耶芙娜·沃依尼茨卡雅——三品文官留下的寡妇,教
　　授前妻的母亲。

伊凡·彼得罗维奇·沃依尼茨基——她的儿子。

米哈依尔·尔沃维奇·阿斯特罗夫——医师。

伊里亚·伊里奇·捷列京——破落地主。

玛陵娜——老保姆。

工人一名。

　　〔事情发生在谢烈勃利亚科夫的庄园里。

第一幕

〔花园。可以看见花园的一部分和房子前面的露台。林荫道上一棵老白杨树底下有一张桌子,桌子上放着茶具。长凳若干,椅子若干;有一条长凳上放着一把吉他。离桌子不远的地方有个秋千架。下午两点多钟。天色阴暗。

〔玛陵娜(虚胖的、动作缓慢的老太婆,坐在茶炊旁边织袜子)和阿斯特罗夫。(在她旁边走来走去)

玛陵娜　(斟满一杯茶)喝吧,我的爷。

阿斯特罗夫　(勉强拿过茶杯来)我不大想喝。

玛陵娜　兴许想喝点白酒吧?

阿斯特罗夫　不。我不是每天都喝酒。再说天也闷热。

〔停顿。

奶妈,我们认识有多少年了?

玛陵娜　(沉思)多少年? 求上帝帮助我的记性吧……你到这儿来,到这个地区来,……是在什么时候呢? ……那时候,薇拉·彼得罗芙娜,也就是索尼雅的母亲,还活着呢。她在的时候,你来过两个冬天……这样说来,有十一年了。(想一想)也许还不止……

阿斯特罗夫　从那时候起到现在我大大地变样了吧?

玛陵娜　大变样了。那时候你年轻,漂亮,如今却见老了。再也不像从前那样漂亮了。再说,酒也喝上了。

阿斯特罗夫　是啊……十年之间我成了另外一个人。这是什么缘故呢? 工作太累了,奶妈。从早到晚我老是跑来跑去,不得安宁,到晚上睡在被窝里,还担心人家把我拉去看病。在我们认识以来的这些年月里我连一天也没有空闲过。怎么能不老呢? 再说生活本身就乏味,愚蠢,叫人厌恶……这种生活使人陷下去。四周围全是怪人,没有例外;你跟他们一块儿生活两三年,渐渐地,你自己也不知不觉变成一个怪人了。真是在劫难逃。(捻自己的长唇髭)瞧这胡子生得老长……愚蠢的胡子。我成了怪人,奶妈……讲到糊涂,我倒还没有变糊涂,上帝仁慈,我的脑子总算还是老样子,不过我的感情有点麻木了。我什么也不巴望,什么也不需要,什么人也不爱……不过,也许我只爱你。(吻她的头)我小时候也有这样一个奶妈。

玛陵娜　　兴许你想吃点什么吧?

阿斯特罗夫　　不。在大斋期①的第三个星期,我到玛里茨科耶村去治流行病……那是斑疹伤寒……在农民的小木房里横七竖八地躺着人……肮脏,恶臭,烟气,小牛同病人一起躺在地板上……那儿还有小猪……我忙了一整天,坐都没坐一下,水米没沾牙,可是回到家里,人家还是不让你休息,从铁路上抬来一个扳道员;我让他平躺在桌子上,要给他动手术,可刚用上哥罗仿②,他就死掉了。偏巧在这不必要的时候,我的感情在我的心里倒醒过来,折磨我的良心了,仿佛这是我故意把他弄死的……我就坐下来,闭上眼睛,喏,就像这样,当时我心里想:那些活在我们之后一百年或者两百年的人,那些我们目前为之开辟道路的人,提到我们时会说一句好话吗?奶妈,他们是不会说的!

玛陵娜　　人不记得,上帝会记得。

阿斯特罗夫　　谢谢你。你说得好。

　　　　〔沃依尼茨基上。

沃依尼茨基　　(从正房里出来;他吃过早饭后睡了一大觉,带着懒洋洋的神情;他在一条长凳上坐下,整理他那漂亮的领结)是啊……

　　　　〔停顿。

　　是啊……

————————

①　基督教为教徒规定的斋期,复活节前七个星期。
②　麻醉药。

阿斯特罗夫　睡足啦?

沃依尼茨基　是啊……睡得太足了。(打呵欠)自从教授带着他那位
太太在此地住下以后,生活就乱了套……我不按时睡觉,吃早饭和
吃中饭的时候杂七杂八地胡吃一通,又喝酒……这都对健康有害!
以前,空闲的时间是没有的,我和索尼雅总是在干活,干得可带劲
了,可是现在只有索尼雅一个人在干,我呢,睡觉,吃饭,喝酒……
这不好啊!

玛陵娜　(摇头)这套章法啊!教授十二点钟起床,可是茶炊从早晨起
就烧开了,一直等着他。他们没来的时候,我们这儿总是十二点多
钟吃中饭,跟别的人家一样,可是他们在这儿,就要到六点多钟开
中饭。晚上教授看书写字,夜里一点多钟忽然拉铃了……什么事
呀,我的天?拿茶来!你就得为了他把人们叫醒,给他烧茶炊……
这套章法啊!

阿斯特罗夫　他们还会在这儿住很久吗?

沃依尼茨基　(吹口哨)要住一百年呢。教授决定在这儿住下了。

玛陵娜　就拿眼面前的事来说吧。这个茶炊已经在桌子上放了两个钟
头,可是他们出去遛弯儿了。

沃依尼茨基　他们来了,他们来了……你别着急了。

　　　　〔传来说话声;谢烈勃利亚科夫、叶连娜·安德烈耶芙娜、索
尼雅和捷列京从花园深处散步回来。

谢烈勃利亚科夫　挺好,挺好……景色优美。

捷列京　出色极啦,大人。

索尼雅　明天我们到林区去吧,爸爸。你愿意去吗?

沃依尼茨基　诸位先生,该喝茶了!

谢烈勃利亚科夫　我的朋友们,把茶送到我的书房里去吧,劳驾!我今
天还需要做点事。

索尼雅　你一定会喜欢那个林区……

　　　　〔叶连娜·安德烈耶芙娜、谢烈勃利亚科夫、索尼雅走进正
房;捷列京走到桌子那儿,挨着玛陵娜坐下。

沃依尼茨基　天气又热又闷,可是我们的伟大的学者却穿着大衣,穿上

套鞋,拿着雨伞,戴着手套。

阿斯特罗夫　这说明他保重身体。

沃依尼茨基　还有她,多么好看! 多么好看呀! 我一辈子也没见过更漂亮的女人了。

捷列京　玛陵娜·季莫费耶芙娜,我不论是坐车走过田野,还是在绿荫如盖的花园里散步,还是看着这张桌子,我总是感到无法形容的幸福! 天气可爱,鸟雀歌唱,我们大家生活得和睦融洽,那我们还缺什么呢? (接过茶杯来)我感激之至!

沃依尼茨基　(如在梦中)那对眼睛啊……这个美妙的女人!

阿斯特罗夫　你讲点什么吧,伊凡·彼得罗维奇。

沃依尼茨基　(无精打采)给你讲点什么呢?

阿斯特罗夫　有什么新闻吗?

沃依尼茨基　一点也没有。一切照旧。我还是老样子,也许更糟些,因为我犯懒了,什么事也不干,光是发牢骚,像个糟老头子了。我那老寒鸦,也就是 maman①,还在唠叨妇女解放;她一只眼睛已经在瞧着坟墓,另一只眼睛却还在她那些深奥的小书里寻找新生活的曙光。

阿斯特罗夫　那么教授呢?

沃依尼茨基　教授跟从前一样从早晨到深夜坐在他的书房里写作。"我们用尽聪明才智,皱起额头,写出各种颂诗,可是写来写去,到处也听不见有谁赞扬我们,或者赞扬那些颂诗。"不幸的纸张啊! 其实他最好还是写他的自传。那是多么精彩的题材! 您知道,他是一个退休的教授,一块放陈了的面包干,一条有学问的鲤鱼……他有痛风病,有风湿症,有偏头痛,由于嫉妒,吃醋而害了肝肿大症……这条鲤鱼在他前妻的庄园里住下,是不得已而为之,因为他在城里住不起。他老是抱怨时运不济,可是实际上他运气好得出奇。(激动)你只要想一想他多么走运! 他是一个普通的教堂小职员的儿子,宗教学校的学生,后来得了学位,在大学里教书,做了

_____
① 法语:妈妈。

"大人"①,又做了枢密官的女婿,等等。然而这些都不重要。可是你要注意这一点。这个人讲艺术方面的课,写艺术方面的文章,整整有二十五年了,可是他对艺术简直一窍不通。二十五年来他唠叨别人关于现实主义、自然主义和其他种种无聊的东西的思想;二十五年来他讲的课、写的文章都是聪明人早已知道而傻瓜又不感兴趣的东西;这就是说二十五年来他在买空卖空。同时他又多么自以为是!多么妄自尊大!他退休了,活人没有一个知道他的,他完全默默无闻;可见二十五年来他占了别人的位置。可是你瞧:他走起路来活像一尊下凡的天神!

阿斯特罗夫　嘿,你似乎在嫉妒了。

沃依尼茨基　是啊!我是在嫉妒!而且他在女人方面也获得多么大的成功!无论哪个唐璜②也没见识过这么十足的成功!他的前妻,我的姐姐,是一个美丽温柔的人,纯洁得像这块蓝天,高尚而慷慨;许多人爱慕她,人数比他的学生还要多;可是她深深地爱他,只有纯洁的天使爱那些跟他们同样纯洁美丽的对象的时候才能爱得那么深。我的母亲,他的岳母,至今崇拜他,至今对他怀有一种诚惶诚恐的敬畏心理。他的第二个妻子是个美人儿,又聪明,您刚才见到她了;她在他已经年老的时候才嫁给他,把她自己的青春、美丽、自由、光彩等统统献给他。这是什么缘故?为什么?

阿斯特罗夫　她忠实于教授吗?

沃依尼茨基　说来可惜,忠实的。

阿斯特罗夫　为什么可惜呢?

沃依尼茨基　因为这种忠实是彻头彻尾虚伪的。在这种忠实里有许多空洞的言辞,而缺乏合理性。对一个自己不能忍受的老丈夫变心,这叫作不道德;可是极力扑灭自己的可怜的青春和活跃的感情,这倒不是不道德了。

---

① 意谓"做了大官";帝俄的大中学校教师都叙官品。
② 此处指"风流才子"。

捷列京　（用带哭的声音）万尼亚①啊，我不喜欢你说这种话。可不是，说真的……谁对妻子或者对丈夫变心，谁就是一个不忠实的人，而这种人就能够背叛祖国！

沃依尼茨基　（气恼）堵上你的喷泉吧，维夫饼干②！

捷列京　你容我说几句，万尼亚。我的妻子在婚后第二天就离开我，跟她所爱的人逃跑了，原因是我的相貌不招人喜欢。这以后我没有违背过我的责任。我至今爱她，忠实于她，尽我的能力帮助她，把我的财产用来供她和她的爱人所生的孩子受教育。我被剥夺了幸福，可是我有自豪感。她呢？青春已经过去，美丽在自然规律的影响下消退，爱人去世了……她还有什么呢？

　　〔索尼雅和叶连娜·安德烈耶芙娜上；过一忽儿，玛丽雅·瓦西里耶芙娜上，手里拿着一本书；她坐下，看书；别人给她端过茶来，她眼睛不看而喝茶。

索尼雅　（匆忙，对奶妈）亲爱的奶妈，那边有些农民来了。你去跟他们谈谈，我来斟茶……（斟茶）

　　〔奶妈下。叶连娜·安德烈耶芙娜拿起她的茶杯，在秋千架上坐下，喝茶。

阿斯特罗夫　（对叶连娜·安德烈耶芙娜）我是来看您丈夫的。您写信告诉我说，他病得很厉害，风湿病，还有别的什么病，不过看样子他身体挺好嘛。

叶连娜·安德烈耶芙娜　昨天晚上他心情忧郁，抱怨腿痛，不过今天没什么了……

阿斯特罗夫　可是我一口气跑了三十里哪。哦，这没什么，这也不是头一次了。不过我要在你们这儿住到明天再走了，至少我可以 quantum satis③ 睡一觉。

索尼雅　这才好。您在我们这儿过夜还是少有的事。您恐怕还没吃中

----

① 万尼亚是伊万的爱称。
② 一种表面上有方格的薄脆饼干。
③ 拉丁语：尽情地。

饭吧?

阿斯特罗夫　对了,还没吃。

索尼雅　那您就顺便在这儿吃中饭吧。我们现在六点多钟才吃中饭。(喝茶)茶凉了!

捷列京　茶炊里的温度大为下降。

叶连娜·安德烈耶芙娜　没关系,伊凡·伊凡内奇,我们就喝凉的好了。

捷列京　对不起……不是伊凡·伊凡内奇·而是伊里亚·伊里奇……伊里亚·伊里奇·捷列京,或者按某些人由于我的麻脸而起的名儿,就叫维夫饼干。以前我参加过索涅契卡①的洗礼,您的丈夫,那位大人,跟我很熟悉。如今我就住在你们这儿,在这个庄园里……要是您费神注意一下的话,那么我每天都是跟你们一块儿吃饭的。

索尼雅　伊里亚·伊里奇是我们的帮手,是我们的左右手。(温柔)来,亲爱的教父,我再给您斟一杯。

玛丽雅·瓦西里耶芙娜　哎呀!

索尼雅　您怎么了,姥姥?

玛丽雅·瓦西里耶芙娜　我忘了告诉亚历山大……我的记性不行了……今天我接到巴威尔·阿历克塞耶维奇从哈尔科夫寄来的一封信……他寄来一本他的新的小册子……

阿斯特罗夫　那本小册子有趣吗?

玛丽雅·瓦西里耶芙娜　有趣,可是有点古怪。他驳斥了他七年以前主张过的一种见解。这真可怕!

沃依尼茨基　这没有什么可怕的。您喝茶吧,妈妈。

玛丽雅·瓦西里耶芙娜　可是我要说话嘛!

沃依尼茨基　可是我们高谈阔论,读小册子已经有五十年。如今总该结束了。

玛丽雅·瓦西里耶芙娜　我一说话,不知为什么你就听着不痛快。原

---

①　索尼雅、索涅契卡、索纽希卡、索菲均为索菲雅的爱称。

谅我说实话,让①,近一年来你变得很厉害,我简直认不出你来
了……你原本是一个有明确信念的人,一个发光的人……

沃依尼茨基　　嗯,是啊! 我原本是一个发光的人,可是谁也没有从我这
儿得到过一点光明……

　　　　〔停顿。

我原本是一个发光的人……再也不可能有比这更挖苦的俏皮话
了! 现在我四十七岁。直到去年为止,我也跟您一样,故意用你们
这种烦琐哲学极力蒙蔽我的眼睛,为的是看不见真正的生活,而且
自以为做得对。可是现在,要是您知道就好了! 到夜里我总是睡
不着觉,心里烦恼,怨恨,因为我糊里糊涂地度过了大好光阴,凡是
如今我由于年老而无法得到的东西在那些岁月里本来是能够得
到的!

索尼雅　　万尼亚舅舅,无聊得很!

玛丽雅·瓦西里耶芙娜　　(对她的儿子)你仿佛对你以前的信念有所
责难……然而该责难的不是那些信念,而是你自己。你忘记了信
念本身算不了什么,只是一些死的文字……必须见之于行动才对。

沃依尼茨基　　行动? 并不是每个人都能够像您的教授先生那样做一架
写字的 perpetuum mobile② 的。

玛丽雅·瓦西里耶芙娜　　你这话是什么意思?

索尼雅　　(恳求)姥姥! 万尼亚舅舅! 我求求你们!

沃依尼茨基　　我不说了。我不说了,我道歉。

　　　　〔停顿。

叶连娜·安德烈耶芙娜　　今天天气好……不太热……

　　　　〔停顿。

沃依尼茨基　　在这样的天气,上吊才好……

　　　　〔捷列京调吉他的音。玛陵娜在正房附近走来走去,叫唤鸡。

玛陵娜　　咯咯咯……

---

① 法国人名,相当于俄国的伊凡。
② 拉丁语:永动机。

索尼雅　亲爱的奶妈,刚才那些农民来干什么?

玛陵娜　还是那一套,又讲起那块荒地来了。咯咯咯……

索尼雅　你叫唤哪只鸡?

玛陵娜　大花鸡带着那些小鸡走了……别让乌鸦把那些小鸡叼去才好……(下)

〔捷列京弹波尔卡舞曲;大家沉默地听着;工人上。

工　人　大夫老爷在这儿吗?(对阿斯特罗夫)麻烦您,米哈依尔·尔沃维奇,人家来请您了。

阿斯特罗夫　从哪儿来的?

工　人　从工厂来。

阿斯特罗夫　(烦恼)多谢多谢。好吧,那得去一趟……(找帽子)伤脑筋啊,见它的鬼……

索尼雅　这多么不愉快啊,说真的……您从工厂里出来,就来吃中饭吧。

阿斯特罗夫　不,那太晚了。在哪儿啊……到哪儿去了……(对工人)喏,伙计,好歹给我拿一杯白酒来吧。(工人下)在哪儿啊。……到哪儿去了……(找到帽子)奥斯特洛夫斯基①的一个什么剧本里有个人胡子一大把,本事却很小……我就是这样。好,再见吧,诸位先生……(对叶连娜·安德烈耶芙娜)如果哪一天您跟索菲雅·亚历山大罗芙娜一块儿到我那儿去,那我竭诚欢迎。我有个不大的庄园,一共不过三十亩②上下,可是,如果您有兴趣的话,那儿倒有个模范的果园和苗圃,像那样的地方您在方圆一千里以内是找不到的。我旁边是一个公家的林务区……那儿的林务官老了,老是害病,因此实际上那儿大小的事都由我管。

叶连娜·安德烈耶芙娜　人家已经对我说过,您很喜欢树林。当然,这可能带来很大的益处,可是难道这不妨碍您真正的使命吗?要知道您是医生啊。

----

① 俄国剧作家。

② 此处及本书下文的"亩"均指俄亩,1俄亩等于1.09公顷。

阿斯特罗夫　只有上帝才知道我们真正的使命是什么。

叶连娜·安德烈耶芙娜　有趣吗?

阿斯特罗夫　对,那是一种有趣的工作。

沃依尼茨基　(讥诮)有趣得很哟!

叶连娜·安德烈耶芙娜　您还是个青年人,看样子……喏,也就是三十六七岁……那么这种工作多半不会像您说的那么有趣。老是树林子和树林子。我想那是单调乏味的。

索尼雅　不,那是非常有趣的。米哈依尔·尔沃维奇年年栽种新的树林,人家已经给他寄来铜奖章和奖状了。他忙来忙去,是要叫旧的树林不消灭。如果您听他讲,您就会完全同意他的话。他常说树林装点大地,教导人类理解美,激发人类的庄严心情。树林缓和严峻的气候。凡是气候温和的国家,同自然做斗争就可以少耗费力量,因而人就变得温和些,斯文些;在那种地方人们美丽,灵活,容易精神焕发,他们谈吐优美,动作风雅。在他们那儿,科学和艺术发达,他们的哲学不阴沉,对待女人的态度优美而高尚……

沃依尼茨基　(笑)好哇,好哇!……这些话倒是都可爱,然而缺少说服力,因此,(对阿斯特罗夫)我的朋友,请容许我仍旧拿木柴生炉子,用树木搭板棚。

阿斯特罗夫　你可以拿泥炭生炉子,用石头造棚子嘛。喏,出于需要而砍伐树林我倒能够容忍,可是为什么要毁灭树林呢?俄国的树林正在斧子底下呻吟,成千上万棵树木消灭,鸟兽失去住所,河流淤浅和干涸,美丽的风景一去不返,而这一切都是因为懒惰的人们没有头脑,不肯弯下腰去从地里挖出燃料来。(对叶连娜·安德烈耶芙娜)难道不是这样吗,太太?只有缺乏理智的野蛮人,才会把这种美放在炉子里烧掉,才会把我们不能创造的东西毁掉。人类天生有理智和创造力,为的是使他们已经拥有的东西越来越多,可是到目前为止人类不是创造,而是毁灭。树林越来越少,河流干涸,野禽绝迹,气候变坏,大地一天天地贫乏和丑陋。(对沃依尼茨基)现在你讥诮地瞧着我,我说的这许多话你都觉得不严肃……也许,这真的有些古怪,可是每逢我走过那些由我救下来而免遭砍伐的农民家的树林,或者每逢我听见由我这两只手栽种的新生树林飒飒地响的时候,我总是感觉到气候已经略微被我降伏,如果一千年后人类会幸福,那么我为这种幸福也略微出过点力。每逢我栽下一棵小桦树,后来看见它长满绿叶,迎风摇摆,我的灵魂就充满自豪,我……(看见工人用盘子端来一杯白酒)可是……(喝酒)我该走了。这些话大概确实古怪。我鞠躬告辞!(向正房走去)

索尼雅　(挽住他的胳膊,一同走去)那么您什么时候到我们这儿来呢?

阿斯特罗夫　我不知道……

索尼雅　又要过一个月吗?

　　　〔阿斯特罗夫和索尼雅走进正房;玛丽雅·瓦西里耶芙娜和捷列京仍坐在桌子旁边;叶连娜·安德烈耶芙娜和沃依尼茨基向露台走去。

叶连娜·安德烈耶芙娜　您,伊凡·彼得罗维奇,刚才又胡闹了。您何必惹玛丽雅·瓦西里耶芙娜生气,说什么 Perpetuum mobile!今天吃早饭的时候您又跟亚历山大吵嘴。这多么无聊!

沃依尼茨基　可要是我恨他呢?

叶连娜·安德烈耶芙娜　您没有理由恨亚历山大,他跟大家一样嘛。他并不比您坏。

沃依尼茨基　要是您能看见您的脸,您的动作就好了……您多么懒得生活!哎,多么懒得生活啊!

叶连娜·安德烈耶芙娜　唉,又懒得生活,又活得乏味!人人骂我的丈夫,大家都带着怜悯的心情瞧着我:这个倒霉的女人,嫁了个老丈夫!这种对我的同情,啊,我明白得很!喏,刚才阿斯特罗夫说得好:你们都在缺乏理智地毁灭树林,不久大地上就会什么也不剩。你们也正是在这样缺乏理智地毁灭人,都因为你们,人世间不久就会没有忠实、纯洁、自我牺牲的能力。为什么只要一个女人不是你们的,你们就不肯放过她?那位大夫说得对,这是因为有一个破坏的魔鬼附在所有你们这些人的身上。你们既不怜惜树木,也不怜惜飞禽,更不怜惜女人,彼此之间也互不怜惜。

沃依尼茨基　我不喜欢这种哲学!

　　　〔停顿。

叶连娜·安德烈耶芙娜　这位大夫的脸色疲劳而烦躁。那张脸招人喜欢。显然,索尼雅看中他,爱上他了,我了解她。我到此地以后,他来过三次,可是我腼腆,一次也没有跟他好好谈过,没有亲切地对待他。他会认为我脾气坏。我和您,伊凡·彼得罗维奇之所以交成朋友,多半就是因为我们俩都是沉闷乏味的人!沉闷得很!您不要这么瞧着我,我不喜欢这种样子。

沃依尼茨基　既然我爱您,我能不这样瞧着您吗?您是我的幸福,生命,我的青春!我知道,我的爱情不可能得到任何回报,完全不可能,不过我什么也不需要,请您允许我光是看着您,听您的声音吧……

叶连娜·安德烈耶芙娜　小声点,人家会听见的!

　　　〔他们向正房走去。

沃依尼茨基　(跟在她的身后)请您允许我谈我的爱情,不要把我赶走;对我来说光是这样就是最大的幸福了……

叶连娜·安德烈耶芙娜　这真要命……

　　　〔两个人走进正房。

　　　〔捷列京拨动琴弦,弹奏波尔卡舞曲;玛丽雅·瓦西里耶芙娜在小册子的页边上记着什么。

第一幕完

第二幕

〔谢烈勃利亚科夫家的饭厅。夜间。花园里传来打更声。

〔谢烈勃利亚科夫（坐在一扇敞开的窗边的一把圈椅上打盹儿）和叶连娜·安德烈耶芙娜。（坐在他旁边，也在打盹儿）

谢烈勃利亚科夫　（醒过来）谁在这儿？索尼雅，是你吗？

叶连娜·安德烈耶芙娜　是我。

谢烈勃利亚科夫　是你，列诺琪卡①……我痛得受不了！

叶连娜·安德烈耶芙娜　你的毯子掉在地板上了。（用毯子围上他的腿）我去关上窗子，亚历山大。

谢烈勃利亚科夫　不，我嫌闷……刚才我打了个盹儿，梦见我的左腿是人家的。我是因为痛得要命才醒过来的。不，这不是痛风症，宁可说是风湿病。现在几点钟了？

叶连娜·安德烈耶芙娜　十二点二十分。

〔停顿。

谢烈勃利亚科夫　早晨你到图书室里去找一找巴丘什科夫②的著作。我觉得我们家里有他的书。

叶连娜·安德烈耶芙娜　啊？

谢烈勃利亚科夫　早晨你找一找巴丘什科夫的著作。我记得我们家里有他的书。可是，为什么我这么气喘？

叶连娜·安德烈耶芙娜　你累了。你一连两夜没睡好了。

谢烈勃利亚科夫　据说屠格涅夫由痛风症转成心绞痛。我生怕我也会

---

① 叶连娜的爱称。

② 当时俄国的一位诗人。

这样。该死的、讨厌的老年。见它的鬼。我老了以后,我自己也厌恶自己了。再说,你们大家一定也瞧着我讨厌了。

叶连娜·安德烈耶芙娜　照你说到你老年的那种口气听起来,你年纪老倒好像该怪我们大家不对似的。

谢烈勃利亚科夫　头一个讨厌我的就是你。

〔叶连娜·安德烈耶芙娜走开,在离丈夫远点儿的地方坐下。

当然,你是对的。我不傻,我明白。你年轻,健康,漂亮,要生活,我呢,是个老头子,差不多是一具死尸了。是啊,难道我不明白吗?当然,我至今还活着,这是一件蠢事。不过,你们耐心等一下吧,我很快就会把你们大家都解放出来的。我不会再拖很久了。

叶连娜·安德烈耶芙娜　我累了……看在上帝的分上,闭上你的嘴吧。

谢烈勃利亚科夫　事情居然弄到这种地步:大家都让我闹得筋疲力尽,烦闷无聊,断送了青春,只有我一个人倒在享受生活,心满意足。嗯,就是嘛,当然啦!

叶连娜·安德烈耶芙娜　住嘴吧! 你把我折磨苦了!

谢烈勃利亚科夫　我把大家都折磨苦了。当然啦。

叶连娜·安德烈耶芙娜　(含泪)真受不了! 你说吧,你到底要我怎么样?

谢烈勃利亚科夫　我不要你怎么样。

叶连娜·安德烈耶芙娜　好,那你就住嘴。我求求你了。

谢烈勃利亚科夫　这就怪了,伊凡·彼得罗维奇或者那个老糊涂玛丽雅·瓦西里耶芙娜开口说话,滔滔不绝,倒没关系,大家倒都听,可是我哪怕只说一句话,大家就会立刻觉得自己倒霉了。就连我的说话声都讨人厌。好,就算我讨人厌,就算我是个利己主义者,是个暴君吧,可是难道我到了老年就没有一点点利己的权利吗? 难道我不配吗? 请问,我就没有权利过个安静的老年生活,要求人家照顾我吗?

叶连娜·安德烈耶芙娜　谁也没有跟你争论你的权利。

〔窗子被风吹得砰砰响。

起风了,我去关上窗子。(关窗)马上就要下雨了。谁也没有跟你争论你的权利。

〔停顿;守夜人在花园里打更和唱歌。

谢烈勃利亚科夫　我一辈子为学术工作,习惯了我的书房,习惯了我的讲堂,习惯了那些可敬的同事,可是突然之间,我莫名其妙地落到这个墓穴里,每天在这儿看见些庸俗的人,听见无聊的谈话……我要生活,我喜欢成就,喜欢名望和热闹,而在这儿却活像充军发配。我每一分钟都怀念我的过去,注意别人的成就,害怕死亡……我受不了! 我支持不住了! 不料,现在人家还不肯原谅我的老年!

叶连娜·安德烈耶芙娜　你等着吧,你耐心一点:过不上五六年我也会老的。

〔索尼雅上。

索尼雅　爸爸,你自己吩咐人去请阿斯特罗夫大夫,可是他来了,你又不肯见他。这不近人情。只是白白打扰人……

谢烈勃利亚科夫　我要你那个阿斯特罗夫干什么用? 他在医学方面的知识跟我在天文学方面的知识差不多。

索尼雅　总不能为你的痛风病把整个医学系都请到这儿来呀。

谢烈勃利亚科夫　我跟这个疯疯癫癫的家伙连话也不愿意讲。

索尼雅　那也随你。(坐下)我无所谓。

谢烈勃利亚科夫　现在几点钟?

叶连娜·安德烈耶芙娜　十二点多钟。

谢烈勃利亚科夫　我觉得闷热……索尼雅,把桌子上的药水拿给我!

索尼雅　我马上给你拿来。(把药水递给他)

谢烈勃利亚科夫　(生气)唉,不是这个! 求人办点事都不成!

索尼雅　劳驾,别使性子。也许有人喜欢这一套,可是别对我使,请你记住! 我不喜欢这一套。我也没这个工夫,明天我得早起,要抓割草的事。

〔沃依尼茨基穿着家常长袍,拿着蜡烛上。

沃依尼茨基　外面要起暴风雨了……

〔闪电。

果然来了！Hélène①和索尼雅,你们去睡吧,我来替换你们。

谢烈勃利亚科夫　（害怕）不,不！别丢下我跟他待在一块儿！不行。他会唠唠叨叨,叫我受不了！

沃依尼茨基　可是总得让她们歇一歇嘛！她们一连两夜没睡了。

谢烈勃利亚科夫　让她们自管去睡,不过请你也走。多谢多谢。我求求你。请你看在我们旧日的交情上,不要反驳。我们以后再谈好了。

沃依尼茨基　（讥诮）我们旧日的交情……我们旧日的……

索尼雅　别说了,万尼亚舅舅。

谢烈勃利亚科夫　（对他的妻子）我亲爱的,别丢下我跟他待在一块儿！他会唠唠叨叨,叫我受不了。

沃依尼茨基　这简直变得可笑了。

　　　〔玛陵娜拿着蜡烛上。

索尼雅　你该睡了,亲爱的奶妈。时间很晚了。

玛陵娜　桌子上的茶炊没收掉。还不能睡呢。

谢烈勃利亚科夫　大家都没睡,都筋疲力尽,唯独我一个人在享福。

玛陵娜　（走到谢烈勃利亚科夫面前,温柔地）怎么了,老爷子? 痛吗? 我的腿也酸痛,一个劲儿地痛。（理一理毯子）这是您的老毛病了。去世的薇拉·彼得罗芙娜,索涅契卡的母亲,常常夜里不睡觉,把自己累坏了……她真爱您啊……

　　　〔停顿。

老人就跟小孩一样,要人来疼他,可是老人偏偏又没人疼。（吻谢烈勃利亚科夫的肩膀）上床去吧,老爷子……我们走吧,亲爱的……我给你泡点椴树花茶②喝,给你暖一暖脚……我给你祷告上帝……

谢烈勃利亚科夫　（深受感动）那我们走吧,玛陵娜。

玛陵娜　我的腿就一个劲儿地痛,一个劲儿地痛！（同索尼雅一块儿

① 海伦,法国人名,相当于俄国人名叶连娜。
② 一种发汗剂。

挽着他走）薇拉·彼得罗芙娜老是为你焦急，老是哭。……你，索纽希卡，那时候还小，傻呵呵的……走吧，走吧，老爷子……

〔谢烈勃利亚科夫、索尼雅和玛陵娜下。

叶连娜·安德烈耶芙娜 我让他折磨苦了。我站都站不稳了。

沃依尼茨基 您是受他的折磨，我呢，是自己折磨自己。我已经一连三夜睡不着觉了。

叶连娜·安德烈耶芙娜 这所房子里的事情不妙。您的母亲憎恨一切人，只有她那些小册子和教授除外；教授动不动就冒火，他不相信我，怕您；索尼雅对她的父亲发脾气，也对我发脾气，而且已经有两个星期不跟我说话了；您憎恨我的丈夫，公开藐视您的母亲；我容易生气，今天大约有二十次要哭出来……这所房子里的事情不妙。

沃依尼茨基 我们不要谈哲学吧！

叶连娜·安德烈耶芙娜 您，伊凡·彼得罗维奇，受过教育，又聪明，大概一定懂得这个世界若是毁灭，绝不是因为有强盗，也不是因为闹火灾，而是由于仇恨和敌视，由于所有这些琐碎的争吵……您不应该抱怨，而应该给大家讲和。

沃依尼茨基 您先给我和我自己讲和吧！我亲爱的……（凑过去要吻她的手）

叶连娜·安德烈耶芙娜 别这样！（缩回手）您走吧！

沃依尼茨基 这场雨马上就会过去，大自然的一切就会焕然一新，呼吸轻松。只有我一个人不会在暴风雨里神清气爽。有一种想法白天黑夜像家神似的压得我透不出气来，那就是我的一生白白度过，一去不回头了。我没有过去，我的过去糊里糊涂地消耗在无聊的事情上，而我的现在荒谬得可怕。这就是我的一生和我的爱情：我拿它们怎么摆布，拿它们怎么办呢？我的感情白白地消灭，好比阳光落进了深渊，而我自己也在灭亡。

叶连娜·安德烈耶芙娜 每逢您对我说起您的爱情，不知怎么我就茫茫然，不知道该说什么好。对不起，我没有什么话能跟您说。（想走）晚安。

沃依尼茨基 （拦住她的去路）但愿您知道我一想到在同一所房子里

有另一个生命,您的生命,正在我的身旁灭亡,我就多么痛苦!您在等什么呀?是什么该死的哲学在阻挠您?您要明白,您要明白……

叶连娜·安德烈耶芙娜 (凝神瞧着他)伊凡·彼得罗维奇,您喝醉啦!

沃依尼茨基 也许,也许吧……

叶连娜·安德烈耶芙娜 大夫在哪儿?

沃依尼茨基 他在那边……在我屋里过夜了。也许,也许……什么事情都是可能发生的!

叶连娜·安德烈耶芙娜 您今天又喝酒了?这是为什么?

沃依尼茨基 这样才多少像是在生活嘛……您别管我的事,Hélène!

叶连娜·安德烈耶芙娜 以前您从来也不喝酒,您从来也不说那么多的话……您去睡吧!我跟您在一起乏味得很。

沃依尼茨基 (凑过去要吻她的手)我亲爱的……美人儿!

叶连娜·安德烈耶芙娜 (气恼)躲开我。这简直讨厌。(下)

沃依尼茨基 (独白)她走了……

〔停顿。

十年以前我在去世的姐姐家里遇见她。那时候她才十七岁,我三十七岁。那时候我为什么没有爱上她,向她求婚呢?要知道那是很可能成功的!那她现在就是我的妻子了……是啊……那现在我们就会被暴风雨惊醒;她怕雷声,我就把她搂在怀里,小声说:"别怕,我在这儿。"啊,这美妙的想法,多么好啊,我甚至笑起来了……可是,我的上帝啊,我脑子里的思想乱了……为什么我老了?为什么她不了解我?她那种动听的口才,懒洋洋的劝说,关于世界灭亡的荒唐无稽、暮气沉沉的想法,都使我深深地厌恶。

〔停顿。

啊,我上当不小!我崇拜过这位教授,这个可怜样的痛风病人,我像一条牛那样为他工作过!我和索尼雅把这个庄园搜刮得一干二净;我们像贪婪的富农那样卖掉植物油、豌豆、乳渣,我们自己也不肯吃饱,为的是把东一分钱,西一分钱凑成上千的款项,寄给他。

我以他和他的学问自豪,我为他活着,把心血倾注在他身上!他所写的和所说的一切,在我看来都是天才的表现……上帝呀,可是现在呢?喏,他退休了,现在他的一生统统可以看清楚了:他的文章连一页也不会留传下来,他压根儿无人知晓,他毫无价值!一个肥皂泡罢了!我上了当……我这才看出来我愚蠢地上了当。

〔阿斯特罗夫上,穿着上衣,没穿背心,没系领结;他带点醉意;捷列京跟在他的身后,拿着吉他。

阿斯特罗夫　你弹吧!

捷列京　大家都睡了,先生。

阿斯特罗夫　你弹吧!

〔捷列京轻声弹吉他。

(对沃依尼茨基)你一个人在这儿?没有太太和小姐吧?(双手叉腰,低声歌唱)"跳吧,我的茅屋,跳吧,暖炕,主人没地方睡了……"我是让暴风雨闹醒的。好大的一场雨啊。现在几点钟了?

沃依尼茨基　鬼才知道。

阿斯特罗夫　刚才我好像听见有叶连娜·安德烈耶芙娜的声音。

沃依尼茨基　她刚才是在这儿。

阿斯特罗夫　漂亮的女人。(细看桌上的药瓶)药。这儿的药方可不少!有哈尔科夫的,有莫斯科的,有图拉的……他为痛风病惊动了所有的大城。他是真病了还是装病?

沃依尼茨基　是真病。

〔停顿。

阿斯特罗夫　为什么你今天这么一副伤心相?你可怜那个教授还是怎么的?

沃依尼茨基　别管我。

阿斯特罗夫　要不然,你或许爱上教授夫人了吧?

沃依尼茨基　她是我的朋友。

阿斯特罗夫　已经是啦?

沃依尼茨基　什么叫"已经"?

阿斯特罗夫　女人只有按着一定的顺序才能成为男人的朋友：她先是做你的熟人，后来就做你的情妇，这以后才成为你的朋友。

沃依尼茨基　庸俗的哲学。

阿斯特罗夫　怎么？是啊……应当承认，我变成一个庸俗的人了。你看，我还喝醉了呢。我照例是每个月大喝一次。一喝到这个地步，我就变得蛮横无理，极其放肆。到这种时候我就什么都不在乎了！我就做最难的手术，而且做得挺好；我为未来定出最宏大的计划；在这种时候我就不再觉得自己是怪人，相信我正在给人类带来巨大的好处……巨大的！在这种时候我就有我自己的哲学体系，你们这班人在我的心目中就成了区区的小虫子……微生物。（对捷列京）维夫饼干，你弹嘛！

捷列京　好朋友，我倒满心高兴为你弹琴，可是你要明白，这所房子里的人都睡了！

阿斯特罗夫　你弹吧！

　　　　〔捷列京轻声弹奏。

应该喝一杯。我们走吧，我们那儿好像还剩下点白兰地。等到天亮，我们就一块儿坐车到我家里去。锯吗？我手下有个医士，他从来也不会说"去"，而说"锯"。他是个坏透了的骗子。那么锯吗？（看见索尼雅走进来）对不起，我没有戴领结。（匆匆下；捷列京跟着他走去）

索尼雅　你，万尼亚舅舅，又跟大夫一块儿喝酒了。你们真是一对好伙伴。他老是这么样，可是你又何必呢？在你这年纪，干这种事完全不相称。

沃依尼茨基　这跟年龄不相干。人缺乏真正的生活，那么，就在海市蜃楼里生活。这总比什么都没有强。

索尼雅　我们的干草割完了，天天下雨，全烂了，你却钻进了海市蜃楼。你完全丢开农活不管了……我一个人干，累得不得了……（惊恐）舅舅，你眼睛里有眼泪啦！

沃依尼茨基　哪来的眼泪？一点也没有……你胡说……你刚才瞧着我，那神情活像你那去世的母亲。我亲爱的……（热烈地吻她的

手和脸)我的姐姐……我的亲爱的姐姐……现在她在哪儿呀?要
是她知道就好了!唉,要是她知道就好了!

索尼雅　什么?舅舅,你要她知道什么?

沃依尼茨基　我心里很闷,不好受……没什么……以后再谈吧……没
什么……我走了……(下)

索尼雅　(敲房门)米哈依尔·尔沃维奇!您没睡吧?我打搅您一
忽儿!

阿斯特罗夫　(在房门里边)就来!(过一忽儿,上;他已经穿上背心,
系好领结)您有什么吩咐?

索尼雅　酒呢,要是您不嫌它讨厌,您自管喝,不过,我求求您,别让舅
舅喝了。这对他有害。

阿斯特罗夫　好。我们不再喝了。

　　　　〔停顿。

我现在就回家去。那是已经决定了的。他们套好车,天就亮了。

索尼雅　天在下雨。您等到早晨再走吧。

阿斯特罗夫　暴风雨正在过去,只擦着你们庄园一点边。我要走了。
劳驾,以后不要再请我来给您的父亲看病了。我对他说,这是痛风
病,他偏说是风湿病;我要他躺下,他偏坐着。今天他干脆不跟我
说话了。

索尼雅　他任性惯了。(在食品橱里寻找着)您想吃点东西吗?

阿斯特罗夫　也好,那就吃一点。

索尼雅　我喜欢夜里吃点东西。橱里好像有点什么吃的。据说,他这
一辈子在女人方面得到很大的成功,女人把他惯坏了。这块干酪
您拿去吧。

　　　　〔两个人站在食品橱旁边吃。

阿斯特罗夫　我今天什么也没吃,只喝了点酒。您父亲性格乖僻,很难
与人相处。(从食品橱里取出一瓶酒)可以吗?(喝下一杯)这儿
没有人,倒可以直截了当地讲话。您知道,我觉得在你们这所房子
里我连一个月也住不下去,在这种空气里我会活活闷死……您的
父亲全副心思都放在他那痛风病上,放在书本上,万尼亚舅舅满腔

愁闷,还有您的姥姥,最后还有您的后娘……

索尼雅　我的后娘怎么样?

阿斯特罗夫　人应当处处都美:脸也美,衣服也美,心灵也美,思想也美。她长得美,这是不容争辩的,可是……她只知道吃饭,睡觉,散步,用她的美来使得我们大家神魂颠倒罢了。她不尽任何义务,让别人为她工作……难道不是这样吗?可是闲散的生活是不可能纯洁的。

　　　　〔停顿。

不过,也许我对她太严了。我对生活不满意,就像您的万尼亚舅舅一样,于是我们两个人都变成满腹牢骚的人了。

索尼雅　您对生活不满意?

阿斯特罗夫　总的来说我是喜爱生活的,可是我们这种生活,这种俄国的乡土的日常生活,我受不了,我用我的灵魂的全部力量藐视它。讲到我个人的私生活,那么说真的,简直是一无是处。您知道,漆黑的夜晚,人在树林里走路,如果这时候远处有一星亮光,那就会不觉得疲劳,不觉得黑暗,带刺的树枝扎到脸上来也不在意了……我的工作,您知道,在这个县里比谁都繁重,命运不断地打击我,有的时候我痛苦得不得了,可是我在远处看不到亮光。我不再为我自己期望什么,我也不爱别人……很久以来我就不爱任何人了。

索尼雅　不爱任何人?

阿斯特罗夫　不爱任何人。我只对您的奶妈怀着一点温柔的感情,那是因为老交情的缘故。农民们都一模一样,无知无识,生活肮脏,知识分子呢,也难于相处。他们使人厌倦。他们这班人,我们这些善良的熟人,思想浅薄,感情浅薄,眼光越不过自己的鼻子,简直是愚蠢。那些比较聪明、比较大一点的知识分子又有点儿歇斯底里,热衷于分析,反省……这些人怨天尤人,满腔憎恨,近乎病态地诽谤,他们侧着身子走到别人跟前去,斜起眼睛看他,暗自下断语:"啊,这人有变态心理!"或者:"这人是个爱说漂亮话的家伙!"他们不知道该往我的脑袋上扣一顶什么帽子才好,就说:"这是个怪人,怪人!"我喜爱树林,这奇怪;我不吃肉,这也奇怪。我们已经

没有对待自然和对待人的那种直率的、纯正的、自由的态度了……没有了,再也没有了!(想喝酒)

索尼雅　(拦阻他)不,我求求您,我央告您,别再喝酒了。

阿斯特罗夫　这是为什么?

索尼雅　这跟您不相称!您风度优雅,声调那么柔和……况且,您美,在我认识的一切人当中这是谁也比不上的。那么您何必学那班喝酒打牌的普通人的样子呢?哎,您别这样,我求求您了!您老是说人们不创造,光是破坏上天赐给他们的东西。那么您何必破坏您自己,何必呢?千万不要这样,千万,我央告您,我恳求您。

阿斯特罗夫　(对她伸出手)我再也不喝酒了。

索尼雅　您要对我下保证。

阿斯特罗夫　一言为定。

索尼雅　(紧紧地握手)谢谢您!

阿斯特罗夫　好啦!我清醒过来了。您瞧得明白,我已经完全清醒,而且我一直到死都会是这样了。(看怀表)好,我们再谈下去。我是说:我的时代已经过去,对我来说一切都嫌迟了……我已经衰老,工作过度,变得庸俗不堪,我的一切感情都麻木,似乎我再也不能钟情于一个人了。我谁也不爱,而且……不会再爱上什么人。只有美还能迷住我。我对美不能无动于衷。我觉得要是叶连娜·安德烈耶芙娜有心的话,她倒能在一天之内弄得我神魂颠倒……然而这不是爱,不是钟情……(用手蒙住眼睛,战栗)

索尼雅　您怎么啦?

阿斯特罗夫　没什么,……大斋期间我的一个病人刚上完哥罗仿就死了。

索尼雅　这件事应该忘掉才是。

〔停顿。

您告诉我,米哈依尔·尔沃维奇……要是我有一个女朋友或者一个妹妹,要是您知道她……喏,比方说,爱上了您,那么您会怎样对待这件事呢?

阿斯特罗夫　(耸肩膀)我不知道。大概我也不会怎么样。我会让她明白我不能爱她……再说我的脑子也顾不上这些。不管怎样吧，我既是要走，现在也该走了。再见，亲爱的，要不然我们谈到天亮也谈不完。（握手）要是您容许的话，我就穿过客厅出去，要不然，我担心您的舅舅会留住我。（下）

索尼雅　（独白）他什么也没有对我说……他的灵魂和内心仍旧对我关着门，可是为什么我又感到这么幸福呢？（幸福地笑）我对他说：您优雅，高尚，您的声调那么柔和……难道这话不恰当吗？他的声音发颤，亲切……现在我还感到它在空中响着。刚才我给他讲我的妹妹，他没有听懂……（绞手）我生得不美，这多么可怕！这多么可怕呀！我知道我生得不美，我知道，我知道……上个星期日大家从教堂里走出来，我听见人家议论我，有一个女人说："她善良，大方，不过可惜啊，她长得不好看……"不好看……

　　　　〔叶连娜·安德烈耶芙娜上。

叶连娜·安德烈耶芙娜　（推开窗子）暴风雨过去了。多么好的空气！

　　　　〔停顿。

　　大夫在哪儿？

索尼雅　他走了。

　　　　〔停顿。

叶连娜·安德烈耶芙娜　索菲！

索尼雅　什么事？

叶连娜·安德烈耶芙娜　您对我绷着脸要到哪天为止啊？我们谁也没对谁使过坏。那我们为什么成了仇人呢？算了……

索尼雅　我自己也想……（拥抱她）别再生气了。

叶连娜·安德烈耶芙娜　这才好。

　　　　〔两个人激动。

索尼雅　爸爸躺下啦？

叶连娜·安德烈耶芙娜　没有，他在客厅里坐着……我们互相不说话已经一连好几个星期了，上帝才知道是因为什么缘故……（看见食品橱开着）这是怎么回事？

索尼雅　米哈依尔·尔沃维奇吃晚饭来着。

叶连娜·安德烈耶芙娜　这儿还有葡萄酒……咱们来欢饮一杯交谊酒①吧。

索尼雅　咱们来喝吧。

叶连娜·安德烈耶芙娜　用一个杯子喝……（斟酒）这样更好些。那么以后我们就互相称呼"你"了？

索尼雅　对,称呼"你"了。

〔她们喝酒,互相接吻。

我早就想讲和,可老是有点怕难为情……（哭）

叶连娜·安德烈耶芙娜　你哭什么?

索尼雅　没什么,我不知怎么就哭了。

叶连娜·安德烈耶芙娜　得了,别哭了,别哭了……（哭）你真是个怪人,连我也哭起来了……

〔停顿。

你生我的气是因为我似乎有所贪图才嫁给你父亲的……要是你相信誓言,那我就对你起誓:我是出于爱情嫁给他的。我把他看作一个有学问的名人而迷恋他。这是不真实的、假想的爱情,可是要知道,当时我觉得是真实的。这不能怪我。可是你从我们结婚那天起就不断用你那双聪明而多疑的眼睛折磨我。

索尼雅　得了,讲和了,讲和了。咱们忘掉这些吧。

叶连娜·安德烈耶芙娜　不应该那样看人,这跟你不相称。应该相信一切人,否则就没法生活下去。

〔停顿。

索尼雅　请你像朋友那样凭良心说一句……你幸福吗?

叶连娜·安德烈耶芙娜　不。

索尼雅　这我是知道的。还有一个问题。你老实说:你愿意有个年轻的丈夫吗?

叶连娜·安德烈耶芙娜　你这个姑娘呀……当然愿意。（笑）好,你再问点什么吧,问吧……

---

① 指彼此一边喝酒一边接吻,从此以"你相称",而不再用"您"相称。

索尼雅　你喜欢大夫吗？

叶连娜·安德烈耶芙娜　对,很喜欢。

索尼雅　（笑）我的脸现出蠢相吧……对吗？喏,他已经走了,可是我老是听见他的说话声和脚步声;我一瞧黑暗的窗口,那儿就现出他的脸。让我把心里的话都说出来吧……可是我不能说得太响,我害臊。到我的房间里去,我们到那儿去好好谈一谈。你觉得我傻头傻脑吗？你说实话……你给我讲点关于他的事吧……

叶连娜·安德烈耶芙娜　讲点什么呢？

索尼雅　他聪明……他什么都会干,什么都能干……他又治病,又栽种树林……

叶连娜·安德烈耶芙娜　问题不在于树林,也不在于治病……我亲爱的,你要明白,这就是才能！你知道什么叫才能？那就是勇敢的精神、自由的头脑、宏大的气魄……他种下一棵小树,就已经在猜测这在一千年后会产生什么结果,就梦想人类的幸福了。这样的人是少见的,必须爱他们……他喝酒,有时候有点粗野,可是这有什么大不了的？在俄国,有才能的人不可能没一点毛病。您想一想,这位大夫过的是什么生活！大路上那种黏糊糊的泥浆、严寒、暴风雪、遥远的路程、粗暴野蛮的老百姓、四周的贫困、疾病,在这样的环境下,凡是在工作、在每天奋斗的人就很难到四十岁还纯洁无瑕,不喝酒……（吻她）我衷心祝你幸福,你应该幸福……（站起来）我呢,是个沉闷乏味的跑龙套人物……无论在音乐方面也罢,在丈夫的家里也罢,在一切恋爱事件中也罢,一句话,我到处都只是个跑龙套的人物。老实说,索尼雅,要是细细想一想的话,我是很不幸,很不幸的！（激动地在舞台上走来走去）在这个世界上我不会幸福！不会！你笑什么？

索尼雅　（笑,蒙住脸）我真幸福……幸福啊！

叶连娜·安德烈耶芙娜　我很想弹钢琴……我现在想弹个什么曲子才好。

索尼雅　你弹吧。（拥抱她）我没法睡觉……你弹吧!

叶连娜·安德烈耶芙娜　我马上就弹。你父亲没睡觉。他一有病,音乐就刺激他。你去问他一声。要是他觉得没关系,我就弹。你去吧。

索尼雅　我现在就去。(下)

　　　〔守夜人在花园里打更。

叶连娜·安德烈耶芙娜　我很久没有弹琴了。我要弹一阵,哭一阵,像傻瓜那样哭一阵。(对窗外)叶菲木,是你在打更吗?

　　　〔守夜人的声音:"是我!"

叶连娜·安德烈耶芙娜　别打更了,老爷不舒服。

　　　〔守夜人的声音:"我马上就走!(打一个呼哨)喂,走吧,看家狗,小狗! 看家狗!"

　　　〔停顿。

索尼雅　(回来)不行!

第二幕完

第三幕

〔谢烈勃利亚科夫家里的客厅。有三扇门:右边一扇,左边一扇,中间一扇。

〔白天。

〔沃依尼茨基、索尼雅、(坐着)叶连娜·安德烈耶芙娜(在舞台上走来走去,想心思)。

沃依尼茨基 教授老爷表达了他老人家的愿望,要我们大家今天一点钟在这个客厅里聚齐。(看怀表)十二点三刻。他有一件什么事要向全世界宣告。

叶连娜·安德烈耶芙娜 大概总有一件什么事。

沃依尼茨基 他什么事也没有。他写些无聊的文章,抱怨一阵,吃一阵醋,如此而已。

索尼雅 (用责备的口吻)舅舅!

沃依尼茨基 好,好,我不对。(指指叶连娜·安德烈耶芙娜)请诸位欣赏吧:她正在走动,她因为懒散而摇摇摆摆。太可爱了! 太可爱了!

叶连娜·安德烈耶芙娜 您成天价唠唠叨叨,没完没了,您也不嫌腻味! (忧郁地)我烦闷得要死,我不知道该干点什么才好。

索尼雅 (耸肩膀)该干的工作还嫌少吗?只要您有心干就成了。

叶连娜·安德烈耶芙娜 比方说呢?

索尼雅 管农活啊,教书啊,治病啊。还嫌少吗?当初你和爸爸不在此地的时候,我和万尼亚舅舅总是亲自坐车到市集上去卖面粉。

叶连娜·安德烈耶芙娜 我不会干这类事。再说这类事也没趣味。只有在那些宣传某种思想的长篇小说里,人们才给农民教书和治病,我怎么能无缘无故,一下子跑去给他们治病或者教书呢?

索尼雅　我呢,简直就不明白怎么能不去,怎么能不教书。你干一阵就会习惯的。(拥抱她)别烦闷,亲人。(笑)你烦闷,坐也不是,站也不是,可是这种烦闷和闲散是有感染性的。你瞧,万尼亚舅舅什么事都不干,老是跟在你的身后像个影子似的,我呢,丢下我的正事,跑到你这儿来,为的是谈天。我变懒了,简直没法办!米哈依尔·尔沃维奇大夫以前很少到我们这儿来,一个月也就来这么一次,请他来都很难,可是如今他每天都上这儿来,丢开他的树林和医疗工作了。你大概是个魔法师吧。

沃依尼茨基　您何必痛苦不堪呢?(活跃)唔,我亲爱的,我的美人,要聪明一点!您的血管里流着美人鱼的血,您就做美人鱼吧!您由着您的性子干吧,哪怕一辈子只干一回也好;您赶快死命地爱上一个水怪,然后扑通一声,跟那个水怪一齐头朝下跳进水底的深渊,弄得教授老爷和我们大家只有摊开手的份儿!

叶连娜·安德烈耶芙娜　(气愤)您别惹我!这也太狠心了!(打算走掉)

沃依尼茨基　(不让她走)得了,得了,我亲爱的,请原谅我……我道歉。(吻她的手)我们讲和了。

叶连娜·安德烈耶芙娜　您会同意,就连天使也会忍耐不住。

沃依尼茨基　为了表示讲和,我马上就去取一束玫瑰花来;今天早晨我就给您摘好了。……秋天的玫瑰是漂亮而忧郁的玫瑰……(下)

索尼雅　秋天的玫瑰是漂亮而忧郁的玫瑰……

　　　　〔两个人看着窗外。

叶连娜·安德烈耶芙娜　现在已经是九月了。这个冬天我们在这儿怎么过呀!

　　　　〔停顿。

　　大夫在哪儿?

索尼雅　在万尼亚舅舅的房间里。他不知在写些什么。万尼亚舅舅走了,我倒高兴,我要跟你谈一谈。

叶连娜·安德烈耶芙娜　谈什么?

索尼雅　谈什么？（把头枕在她的胸口）

叶连娜·安德烈耶芙娜　得了，别这样，别这样……（摩挲她的头发）别这样。

索尼雅　我不好看。

叶连娜·安德烈耶芙娜　你的头发漂亮。

索尼雅　不！（回过头去，照一照镜子）不！一个女人长得不好看，人家就对她说："您的眼睛漂亮，您的头发漂亮。"……我爱他已经有六年了，比爱我的母亲还要爱得深；我每一分钟都听到他的声音，感觉到他紧握我的手；我瞧着门口，等着，老是觉得他马上就要进来了。喏，你看，我总是到你这儿来，想跟你谈谈他。现在他倒是天天都来，可是他不看我，眼睛里没有我……这真难受呀！我一点希望也没有，没有，没有！（绝望）啊，上帝，赐给我力量吧……我通宵祷告……我常常走到他跟前，想跟他攀谈，瞧着他的眼睛……我已经没有自尊心，我没有力量管住自己了……昨天我忍不住，对万尼亚舅舅承认说我爱他……所有的仆人都知道我爱他。大家都知道。

叶连娜·安德烈耶芙娜　那么他呢？

索尼雅　他不知道。他不注意我。

叶连娜·安德烈耶芙娜　（沉思）他是个怪人……你猜怎么着？请你允许我，我来跟他谈一谈……我会谈得很小心，用暗示的办法……
　　〔停顿。
说真的，这种不明不白的局面要熬到什么时候为止啊……请你允许我这么办吧！
　　〔索尼雅肯定地点一下头。
这才好。他到底爱不爱你，这是不难弄清楚的。你别窘，亲爱的，别担心：我会小心地问出个究竟，他不会发觉。我们只要弄清楚爱不爱就行了。
　　〔停顿。
如果不爱，那就叫他别到这儿来了。是不是？
　　〔索尼雅肯定地点一下头。

眼不见,心不烦。我们别再拖延,现在就问问清楚。他原打算给我
看一些图纸……你就去说,我想见一见他。

索尼雅　(十分激动地)你会把真相完全告诉我吧?

叶连娜·安德烈耶芙娜　对,当然啦。我觉得,不管是什么样的真相总
归不会像不明不白的局面那么可怕。你相信我吧,亲爱的。

索尼雅　对……对……我就说你想看他的图纸……(走去,在门口站
住)不,还是不明不白好一点……那样毕竟还有希望啊……

叶连娜·安德烈耶芙娜　你说什么?

索尼雅　没什么。(下)

叶连娜·安德烈耶芙娜　(独白)再也没有比知道别人的秘密而又帮
不上忙更糟的了。(沉思)他不爱她,这是明显的,可是为什么他
不能跟她结婚呢?她不好看,可是对一个乡村医生来说,又是在他
这种年纪,她要算是一个很好的妻子了。她聪明,那么善良、纯
洁……不,不是那么回事,不是那么回事……

　　〔停顿。

我了解这个可怜的姑娘。她处在令人极端苦闷的环境里,四周的
人与其说是人,不如说是灰色的斑点,她所听到的光是庸俗的话,
人们只知道吃饭、喝酒,睡觉,而有的时候他来了,跟别人不一样,
漂亮,有趣,吸引人,好比在一片黑暗中升起一轮明月……她就被
这样一个人的魅力迷住,忘乎所以了……好像我自己也有点入迷
似的。是啊,他不在,我就闷得慌,喏,现在我想着他,我就微笑
了。……那位万尼亚舅舅说,我的血管里流着美人鱼的血。"您
由着您的性子干吧,哪怕一辈子只干一回也好。"……可不是! 也
许应该这么办……我真想飞掉,像一只自由的鸟那样,躲开你们这
班人,躲开你们这些睡意蒙眬的脸,躲开这些谈话,忘掉世界上生
存着你们这班人……可是我胆小,拘谨……我的良心折磨我……
现在他天天都到这儿来,我猜得出来他为什么到这儿来,我已经感
到负疚,准备对索尼雅跪下,道歉,痛哭……

阿斯特罗夫　(上,拿着一张地图)您好! (握手)您想看我的画吗?

叶连娜·安德烈耶芙娜　您昨天答应过把您的作品拿给我看……您有

空吗？

阿斯特罗夫　哦，当然可以。(在一张绿呢牌桌上铺开地图，用图钉钉牢)您是生在哪儿的？

叶连娜·安德烈耶芙娜　(帮他的忙)生在彼得堡。

阿斯特罗夫　在哪儿读的书？

叶连娜·安德烈耶芙娜　在音乐学院。

阿斯特罗夫　那么，这张图对您来说恐怕没有趣味。

叶连娜·安德烈耶芙娜　为什么呢？不错，我对农村不熟悉，可是我读过很多文章。

阿斯特罗夫　这儿，在这所房子里，有我的一张桌子……它在伊凡·彼得罗维奇的房间里。每逢我十分疲劳，头昏脑涨，我就丢开一切，跑到这儿来，搞这个工作，消遣一两个钟头……伊凡·彼得罗维奇和索菲雅·亚历山大罗芙娜噼噼啪啪打算盘，我呢，就在他们身旁我的桌边坐着，涂涂抹抹，蟋蟀唧唧地叫，我心里温暖而安宁。不过这样的乐趣我不常让自己享受，一个月只有一次罢了……(指指地图)现在您看这儿。这是五十年前我们这个县的一幅图。深绿色和浅绿色是树林的标志；整个面积有一半种着树林。在这绿色当中画着红方格的地方，有山羊和驼鹿在繁殖……在这儿，我既标明了植物，也标明了动物。这个湖上有天鹅、野鹅、野鸭，据老年人说，各式各样的飞禽多极了，不计其数，飞到天上好比一块块乌云。除了大小村子以外，您看，这儿那儿地点缀着各种新村、农庄、分裂派教徒的隐修区、水磨坊……带犄角的牲口①和马是很多的。这用天蓝色来表示。比方说，这个乡的天蓝色就比较浓；这儿牲口成群，每一户平均有三匹马。

〔停顿。

现在再看下面。这是二十五年前的情形。在这儿，全部面积只有三分之一有树林了。山羊已经没有，不过驼鹿倒还有。绿色和天蓝色都淡了。其余依此类推。现在再来看第三部分：这是本县现

---

① 指牛和羊。

在的图。有些地方画着绿颜色,但不是成片,而是斑斑点点;驼鹿也没有了,天鹅也没有了,松鸡也没有了……从前的新村、农庄、隐修院、磨坊,如今连影子也没有了。总的来看,这是一幅肯定逐步退化的图,看来再有十年到十五年,就要完全退化了。您会说:这是文化的影响,旧生活自然应当让位给新生活。是的,如果在这些树木砍尽的地方铺上大路,修了铁道,如果在这种地方造了作坊、工厂、学校,我倒能理解,那样人民就会健康些、富裕些、聪明些,可是根本就不是这么回事啊!县里跟从前一样,有的是沼泽、蚊子,仍旧缺乏道路,贫困、伤寒和白喉流行,闹火灾……这儿我们面对着一种起因于力不胜任的生存斗争的退化;这是由因循守旧,由愚昧,由完全缺乏自觉而形成的退化。饥寒交迫、百病丛生的人为了苟延残喘,为了保护他们的儿女,总是本能地、无意识地抓住一切能够解除饥寒的东西,总是破坏一切而顾不到明天……几乎一切东西都遭到破坏,可是代替的东西一样也没创造出来。(冷冷地)我从您的脸上看出来您对这些不感兴趣。

叶连娜·安德烈耶芙娜　不过我对这些了解得很少……

阿斯特罗夫　这并没有什么难了解的,您只不过是不感兴趣罢了。

叶连娜·安德烈耶芙娜　老实说,我没有考虑到这些。对不起。我有一个小小的问题要问您,可是我为难,不知道怎样开口才好。

阿斯特罗夫　是盘问吗?

叶连娜·安德烈耶芙娜　对,盘问,不过……没什么大了不得的。我们坐下来吧!

〔他们坐下。

这件事牵涉到一个年轻的姑娘。我们像正直的人,像朋友那样谈一谈,不兜圈子。我们所谈的事,谈过就忘掉。行吗?

阿斯特罗夫　行。

叶连娜·安德烈耶芙娜　这件事牵涉到我的继女索尼雅。您喜欢她吗?

阿斯特罗夫　是的,我尊重她。

叶连娜·安德烈耶芙娜　她作为一个女人,您喜欢她吗?

阿斯特罗夫 （不是马上作答）不。

叶连娜·安德烈耶芙娜 我再问一句就结束了。您什么也没发现吗？

阿斯特罗夫 没有。

叶连娜·安德烈耶芙娜 （拉住他的手）您不爱她，这我可以从您的眼神看出来……她很痛苦……您要明白这一点，以后……就不要再到这儿来了。

阿斯特罗夫 （站起来）我的年月已经过去了……而且也没有工夫……（耸肩膀）我哪有工夫啊？（他发窘）

叶连娜·安德烈耶芙娜 哎，多么不愉快的谈话！我十分激动，倒好像我背着一千普特重的东西似的。喏，谢天谢地，总算完事了。我们把这件事忘了吧，就像根本没谈过一样，而且……而且您走吧。您是聪明人，您会明白……

〔停顿。

我简直周身发热了。

阿斯特罗夫 要是两三个月以前您说这些话，我也许还会好好考虑一下，可是现在……（耸肩膀）要是她痛苦，那么，当然……只是有一件事我不懂:您有什么必要来盘问？（瞧着她的眼睛，用手指威胁她）您是个狡猾的女人！

叶连娜·安德烈耶芙娜 这话是什么意思？

阿斯特罗夫 （笑）狡猾的女人！就算索尼雅痛苦吧，我认为这有可能，可是您何必来盘问呢？（不让她说话，活跃）对不起，请您不必做出惊讶的脸相;为什么我每天到这儿来，这您心里有数……我为什么来，为谁来，这您心里有数。可爱的猛兽，您别这么看我，我是老于世故的人了……

叶连娜·安德烈耶芙娜 （困惑）我是猛兽？我一点也不懂。

阿斯特罗夫 漂亮、毛茸茸的黄鼠狼呀……您需要牺牲品！喏，我已经有整整一个月什么事也不做，丢开一切，如饥似渴地追求您了，这使您高兴得了不得，高兴得了不得……哎，有什么办法呢？我被征服了，这您就是不问也明白。（交叉着手，低下头）我屈服了。来，吃掉我吧！

叶连娜·安德烈耶芙娜　　您发疯了!

阿斯特罗夫　(冷笑)您还不好意思……

叶连娜·安德烈耶芙娜　哎,我比您设想的要好些,高尚些!我向您发
　　　誓!(想走)

阿斯特罗夫　(拦住她的去路)我今天就走,再也不到这儿来了,可
　　　是……(拉住她的手,回头看一眼)我们在哪儿见面?快点说:在
　　　哪儿?可能有人要到这儿来,您快点说。(热烈)您多么美丽,多
　　　么华贵……吻一下才好……我只想吻您那香喷喷的头发……

叶连娜·安德烈耶芙娜　我向您发誓……

阿斯特罗夫　(不容她说话)何必发誓呢?用不着发誓。用不着说废
　　　话……啊,您多么漂亮!什么样的手啊!(吻她的手)

叶连娜·安德烈耶芙娜　可是够了……您趁早走吧……(挣脱她的
　　　手)您忘形了。

阿斯特罗夫　您说呀,您说明天我们在哪儿见面。(搂住她的腰)您明
　　　白,这是没法避免的,我们非见面不可。(吻她;这时候沃依尼茨
　　　基上,手里拿着一束玫瑰花,在门口站住)

叶连娜·安德烈耶芙娜　(没看见沃依尼茨基)您放了我……躲开
　　　我……(把她的头放在阿斯特罗夫的胸口上)不!(想走)

阿斯特罗夫　(搂住她的腰不放)明天你到林区来……两点钟……成
　　　吗?成吗?你来吗?

叶连娜·安德烈耶芙娜　(看见沃依尼茨基)放开我!(极慌张,走到
　　　窗子跟前)这真可怕。

沃依尼茨基　(把花束放在一把椅子上;激动地拿出手绢来擦脸,擦衣
　　　领里的脖子)没什么……是啊……没什么。

阿斯特罗夫　(绷着脸)今天,极受尊敬的伊凡·彼得罗维奇,天气不
　　　坏。早晨天阴,仿佛要下雨,不过现在倒出太阳了。凭良心说,秋
　　　天真是好……而且秋播作物也长得不错。(把图纸卷成一个筒)
　　　只是白天缩短了……(下)

叶连娜·安德烈耶芙娜　(匆匆走到沃依尼茨基跟前)您得想个办法,
　　　竭尽全力让我和我的丈夫今天就离开这儿!您听见了吗?就在

今天！

沃依尼茨基 （擦脸）啊？哦，是啊……好……我，Hélène，什么都瞧见了，都瞧见了……

叶连娜·安德烈耶芙娜 （急躁）您听见了吗？我今天非离开这儿不可！

〔谢烈勃利亚科夫、索尼雅、捷列京、玛陵娜上。

捷列京 我自己呢，大人，身体也有点不适。喏，我已经病了两天。我的脑袋有点那个……

谢烈勃利亚科夫 其余的人都到哪儿去了？我不喜欢这所房子。这像是一座迷宫。二十六个大房间，左一间右一间，无论在什么时候找什么人，总也找不到。（拉铃）把玛丽雅·瓦西里耶芙娜和叶连娜·安德烈耶芙娜请到这儿来！

叶连娜·安德烈耶芙娜 我在这儿。

谢烈勃利亚科夫 诸位，请坐。

索尼雅 （走到叶连娜·安德烈耶芙娜跟前，焦急地）他说了些什么？

叶连娜·安德烈耶芙娜 以后再谈。

索尼雅 你在发抖？你激动啦？（探询地凝视她的脸）我明白了……他说他再也不到这儿来了……对吗？

〔停顿。

你说啊，对吗？

〔叶连娜·安德烈耶芙娜肯定地点头。

谢烈勃利亚科夫 （对捷列京）讲到我身体不健康，那么不管怎样我总还能够忍受，我受不了的是这种乡村生活方式。我有这样的一种感觉，好像我从地球上掉下去，落到一个陌生的行星上去了。诸位，坐下，我请求你们。索尼雅！

〔索尼雅没听见他的话，站在那儿，悲伤地低下头。

索尼雅！

〔停顿。

她没听见。（对玛陵娜）你也坐下，奶妈。

〔奶妈坐下，织袜子。

我请求你们,诸位,把你们的耳朵挂在所谓的注意的钉子上。(笑)

沃依尼茨基 （激动）我也许不必待在这儿吧？我可以走吗？

谢烈勃利亚科夫 不,你在这儿是最不可缺少的人。

沃依尼茨基 您有什么吩咐？

谢烈勃利亚科夫 "您"……为什么你生气了？

　　〔停顿。

如果我对你做过什么错事,那就请你原谅。

沃依尼茨基 你别来这一套。我们谈正事吧……你有什么事？

　　〔玛丽雅·瓦西里耶芙娜上。

谢烈勃利亚科夫 妈妈也来了。我就开始了,诸位。

　　〔停顿。

我请你们诸位来,是为了向你们宣布,钦差大臣就要到我们这儿来了①。不过,玩笑放在一边。我们来谈严肃的正事。诸位,我把你们约到一起来,是为了请求你们帮忙,出主意,我知道诸位素来为人热诚,我希望会得到这种帮助和高见。我是一个学者,是一个同书本打交道的人,素来不了解实际生活。缺了老练的人的指点,我就无法应付,为此我向你,伊凡·彼得罗维奇,还有您,伊里亚·伊里奇,和您,妈妈,请教……问题在于 manet omnes una nox②,也就是说,我们大家都在上帝手下生活;我老了,又有病,所以我认为调整一下我的财产问题正是当务之急,因为这问题牵涉到我的家属。我的一生已经结束,我所想的不是我自己,可是我有一个年轻的妻子,有一个年轻的女儿。

　　〔停顿。

要我老是住在乡下是不行的。我们天生不是那种长住乡间的人。可是靠我们从这个庄园所得到的收入在城里生活,又不可能。假定说,出售树林,那么这种办法也只能偶一为之,每年都照此办理

---

① 引用果戈理的喜剧《钦差大臣》结尾的台词

② 拉丁语:夜晚毫无区别地等着所有的人(在此,"夜晚"借指"死亡")。

是不行的。必须找出一些办法来足以保证我们有经常的、多少固定的收入款项。我只想出一个办法,现在荣幸地提出来请你们公断。我把这个办法的总的轮廓陈述一下,至于细节,就略而不谈了。我们的田产所提供的利息按平常的年景不超过两厘。我建议把它卖掉。要是我们把卖来的钱换成有价证券,我们就会得到四厘至五厘的利钱。我想,甚至还会剩下几千的尾数,我们就可以用这笔钱在芬兰买一所不大的别墅。

沃依尼茨基　等一等……我觉得我的耳朵似乎听错了。请你把你说过的话再说一遍。

谢烈勃利亚科夫　把钱换成有价证券,用剩下的尾数在芬兰买一所别墅。

沃依尼茨基　不是芬兰……您还说过些别的话。

谢烈勃利亚科夫　我建议卖掉这份田产。

沃依尼茨基　就是这话了。你要卖掉这份田产,妙极了,完美的想法……可是,请问,我和我的老母亲,喏,还有索尼雅,到哪儿去安身呢?

谢烈勃利亚科夫　这些事我们到时候再商量。总不能一下子都解决嘛。

沃依尼茨基　等一等。显然,到现在为止我连一丁点常识也没有。到现在为止我一直很愚蠢,认为这份田产是属于索尼雅的。当初,我那去世的父亲买下这份田产给我的姐姐做陪嫁。到现在为止我一直很天真,没有照土耳其人①那样理解法律,总以为这份田产是由我姐姐传给索尼雅的。

谢烈勃利亚科夫　不错,这份田产是属于索尼雅的。这一点谁有异议呢?不经索尼雅同意,我不会决定卖它。再说,我建议这样做是为索尼雅好。

沃依尼茨基　这种事没法理解,没法理解!要么我神志不清,要么……要么……

---

①　借喻蛮横无理的人。

玛丽雅·瓦西里耶芙娜　让,不要反驳亚历山大。你要相信,事情怎么办好,怎么办不好,他比我们知道得清楚。

沃依尼茨基　不,给我点水喝,(喝水)您把要说的话都说出来!　都说出来吧!

谢烈勃利亚科夫　我不明白为什么你激动。我没有说我的方案十全十美。要是大家认为不妥当,我就不会固执己见。

　　　　　〔停顿。

捷列京　(发窘)我,大人,对学术不但抱着恭敬的态度,而且甚至有一种对待亲族那样的感情。我哥哥格利果利·伊里奇的内兄,也许您知道,就是康斯坦丁·特罗菲莫维奇·拉凯杰莫诺夫,他是一位硕士……

沃依尼茨基　等一等,维夫饼干,我们在谈正事。……你等一等,过一忽儿再谈。……(对谢烈勃利亚科夫)喏,你问一问他好了。这份田产就是从他的舅舅那儿买来的。

谢烈勃利亚科夫　哎,我何必问呢?　问这个有什么意思?

沃依尼茨基　在那个时候,这份田产是花九万五买下来的。我的父亲只付了七万,欠下二万五。现在请您听着……要不是我为我热爱的姐姐而放弃我该继承的产业,那么这份田产就买不成。再者,十年来我像一条牛似的苦干,才还清了所有的债务。……

谢烈勃利亚科夫　我懊悔,我不该提出这个话题。

沃依尼茨基　这份田产能够了结债务,没有垮台,全靠我个人的努力。现在呢,我老了,人家却要把我一脚踢出去!

谢烈勃利亚科夫　我不明白你的用意何在。

沃依尼茨基　二十五年来我经营这份田产,不断工作,把钱给你汇去,像个最有良心的管家,你呢,在这段时间没有对我道过一声谢!　在这段时间,不管是我年轻的时候还是现在,我每年从你手里拿到五百卢布的薪水,少得可怜的一笔钱!　你始终也没有想到给我加上哪怕一个卢布的薪水!

谢烈勃利亚科夫　伊凡·彼得罗维奇,我怎么知道呢?　我是个不切实际的人,什么也不懂。你尽可以自己加嘛,爱加多少就加多少。

沃依尼茨基　是啊,我为什么没偷呢?你们大家怎么没有因为我不偷而看不起我!偷倒是对的,那我现在也不会做叫花子了!

玛丽雅·瓦西里耶芙娜　(厉声)让!

捷列京　(激动)万尼亚,好朋友,算了,算了……我发抖了……何必破坏良好的关系呢?(吻他)算了。

沃依尼茨基　二十五年来我同我的母亲像鼹鼠似的关在这四堵墙里……我们所有的心思和感情都用在你一个人身上。白天我们谈论你,谈论你的工作,为你感到骄傲,恭恭敬敬地念你的名字,晚上我们总是把时光虚度在读杂志和书本上,而我现在深深地藐视这些东西!

捷列京　算了,万尼亚,算了……我受不了……

谢烈勃利亚科夫　(气愤)我不明白,你要怎么样呢?

沃依尼茨基　对我们来说,你原是一个高一等的人,你的文章我们能够背下来……可是现在我的眼睛打开了,我什么都看明白了!你老是写关于艺术的文章,可是你对艺术一窍不通!我从前喜爱过你那些作品,可是它们连一个小铜钱也不值!你欺骗了我们!

谢烈勃利亚科夫　诸位!你们倒是拦住他呀!我要走了!

叶连娜·安德烈耶芙娜　伊凡·彼得罗维奇,我要求您住嘴!您听见了吗?

沃依尼茨基　我偏不住嘴!(挡住谢烈勃利亚科夫的去路)别忙,我还没有说完!你毁了我的一生!我没有生活过,没有生活过!为了你,我把一生当中最好的岁月糟蹋了,毁掉了!你是我最凶恶的敌人!

捷列京　我受不了……受不了……我要走了……(十分激动,下)

谢烈勃利亚科夫　你要我怎么样?你有什么权利用这种口气跟我讲话?渺小的人!如果这份田产是你的,你自管拿去就是,我不需要!

叶连娜·安德烈耶芙娜　我要马上走出这个地狱!(喊叫)我再也忍受不下去了!

沃依尼茨基　我这辈子完了!我有才能,聪明,有勇气……要是我生活得正常,我就可能成为叔本华,陀思妥耶夫斯基……我在胡说八道了!我神志不清了……妈呀,我灰心绝望啦!妈呀!

玛丽雅·瓦西里耶芙娜　(厉声)你要听亚历山大的话!

索尼雅　(在奶妈面前跪下,依偎着她)亲爱的奶妈!亲爱的奶妈!

沃依尼茨基　妈呀!我怎么办呢?算了,您不用说了!我自己知道该怎么办!(对谢烈勃利亚科夫)你会记住我!(从中门下)

〔玛丽雅·瓦西里耶芙娜跟着他走去。

谢烈勃利亚科夫　诸位,这到底是怎么回事?把这个疯子从我这儿赶走!我不能跟他同住在一所房子里!他住在那儿(指中间的房门),几乎就在我旁边……让他搬到村子里去,搬到厢房里去,要不然我就搬走,反正我没法跟他住在同一所房子里……

叶连娜·安德烈耶芙娜　(对她的丈夫)我们今天就离开此地!我们得马上收拾行李。

谢烈勃利亚科夫　这个渺小之至的人!

索尼雅　(跪着,转过脸去对着他的父亲,焦躁,含泪)应当仁慈一些,爸爸!我和万尼亚舅舅是那么不幸!(抑制绝望)应当仁慈一点!你要回想当初你还年轻的时候,万尼亚舅舅和姥姥通宵为你翻译书,抄你的稿子……通宵,通宵啊!我和万尼亚舅舅不停地工作,一刻也不休息,自己不敢花一个小钱,总是把所有的钱都寄给你……我们不是白吃粮食!我讲得不对头,词不达意,可是你得了解我们,爸爸。应当仁慈一点!

叶连娜·安德烈耶芙娜　(激动,对她的丈夫)亚历山大,看在上帝的分上,你去找他解释一下……我求求你。

谢烈勃利亚科夫　好,我去找他解释一下……我并没有责怪他的意思,我没有生他的气,不过,你们得承认,他的举动至少是奇怪的。遵命,我去找他就是。(从中门下)

叶连娜·安德烈耶芙娜　你对他和气一点,安慰他……(跟他一起下)

索尼雅　(依偎着奶妈)亲爱的奶妈!亲爱的奶妈!

玛陵娜　没什么,姑娘。几只公鹅嘎嘎地叫一阵,就不叫了……嘎嘎地叫一阵,就不叫了……

索尼雅　亲爱的奶妈！

玛陵娜　（摩挲她的脑袋）你在发抖，好像挨了冻似的！得了，得了，小孤儿，上帝是仁慈的。喝一点椴树花茶或者马林果茶①就会好的……别难过，小孤儿……（看着中门，气冲冲地）你瞧，那些公鹅闹起来了，该死！

　　　〔后台响起枪声；传来叶连娜·安德烈耶芙娜的呼喊声；索尼雅打哆嗦。

　　　唉，该死！

谢烈勃利亚科夫　（跑上场，由于惊惧而跌跌撞撞）拦住他！拦住他！他发疯啦！

　　　〔叶连娜·安德烈耶芙娜和沃依尼茨基在门口扭在一起。

叶连娜·安德烈耶芙娜　（极力夺取他的手枪）拿给我！我对您说：拿给我！

沃依尼茨基　松手，Hélène！放开我！（挣脱，跑上场，眼睛寻找着谢烈勃利亚科夫）他在哪儿？哦！他在这儿！（对他开枪）砰！

　　　〔停顿。

　　　没打中？又打偏了？！（气愤）啊，见鬼，见鬼……见他的鬼……（把手枪丢在地板上，筋疲力尽地在椅子上坐下去。谢烈勃利亚科夫惊呆了；叶连娜·安德烈耶芙娜靠在墙上，几乎晕倒）

叶连娜·安德烈耶芙娜　带我离开这儿吧！带我走，打死我吧，反正……我没法在这儿住下去，没法住下去了！

沃依尼茨基　（绝望）哎，我干的是什么事？我干的是什么事呀？

索尼雅　（小声）亲爱的奶妈！亲爱的奶妈！

　　　　　　　　　　　　　　　　　　　第三幕完

────────────

　　① 两者都是发汗剂。

第四幕

〔伊凡·彼得罗维奇的房间；这儿是他的卧室，同时又是这个庄园的办公室。窗子旁边有一张大桌子，上面放着收支账簿和各种文件；另外有斜面写字台一张、柜子和磅秤等。有一张小一点的桌子供阿斯特罗夫用；这个桌子上有绘画用具、颜料；旁边有一个厚纸夹。有一只笼子，里面养着一只椋鸟。墙上有一张非洲地图，显然这儿没有人要看这张地图。有一张包着漆布面的很大的长沙发。左边有一扇门通到别的房间去；右边有一扇门通到前厅；右边的房门旁边放着一块擦脚垫，供农民们擦鞋底用，免得弄脏地板。

〔秋天的傍晚。寂静。

〔捷列京和玛陵娜。（他们面对面坐着，在缠织袜子的毛线）

捷列京　您快一点吧，玛陵娜·季莫费耶芙娜，要不然人家就要叫我们去告别了。他们已经吩咐套车了。

玛陵娜　（极力缠快一点）剩下的不多了。

捷列京　他们到哈尔科夫去。他们要住在那儿。

玛陵娜　这样好得多。

捷列京　他们吓坏了……叶连娜·安德烈耶芙娜说："我在这儿一个钟头也不愿意住了……我们走吧，我们走吧……"她说："我们到哈尔科夫去住些时候，熟悉一下那儿的情况，然后再派人来取行李……"他们不带行李就走了。可见他们命中注定不能住在这儿，玛陵娜·季莫费耶芙娜。命中注定……这是天意啊。

玛陵娜　这样好得多。先前大闹一场，砰砰地放枪，简直丢脸！

捷列京　是啊,这倒是个值得艾瓦佐夫斯基①画一画的题材。

玛陵娜　我的眼睛可不愿意看这号事。

〔停顿。

我们又要像原来那样,照老样子生活了。早晨七点多钟喝茶,十二点多钟吃中饭,傍晚坐下来吃晚饭;样样事情都有条有理,像别人家一样……像个规规矩矩的教徒的样子。(叹气)我这个罪人啊,很久没有吃面条了。

捷列京　是啊,我们很久没有煮面条吃了。

〔停顿。

很久了……今天早晨,玛陵娜·季莫费耶芙娜,我到村子里去,一个小铺的伙计在我背后说:"你啊,一个吃闲饭的!"我听了真伤心啊!

玛陵娜　你别理他,老爷子。咱们大家都是靠上帝吃饭的。你也好,索尼雅也好,伊凡·彼得罗维奇也好,谁也没有闲坐着,大家都在干活!大家都这样……索尼雅上哪儿去了?

捷列京　到花园里去了。她一直跟大夫在一块儿,她在找伊凡·彼得罗维奇。他们生怕他自杀。

玛陵娜　那么他的手枪在哪儿?

捷列京　(小声)我给藏在地窖里了!

玛陵娜　(冷笑)造孽啊!

〔沃依尼茨基和阿斯特罗夫从外面走进来。

沃依尼茨基　你们别管我。(对捷列京和玛陵娜)你们走开,让我消停一会儿,哪怕一个钟头也好!我受不了这种看管。

捷列京　我马上走,万尼亚。(踮着脚走出去)

玛陵娜　公鹅叫:嘎嘎嘎!(收起毛线,下)

沃依尼茨基　躲开我!

阿斯特罗夫　遵命,我早就应该离开此地了,可是,我再说一遍,你不把

---

①　俄国海景画家,创作了一些描绘海上战役的画。

你从我这儿拿去的东西还给我,我就不走。

阿斯特罗夫 我没有拿过你什么东西。

阿斯特罗夫 我是认真说的,你不要弄得我走不成。我早就该走了。

沃依尼茨基 我压根儿没有拿过你的东西。

〔两个人坐下。

阿斯特罗夫 是吗? 好,我再等一下,然后,那就要请你原谅,我可就要动武了。我们会把你捆起来,搜你的身。这话我是说得十分认真的。

沃依尼茨基 随你的便吧。

〔停顿。

我出这么大的丑:开两次枪而一次也没打中! 我为这件事永远也不能原谅我自己!

阿斯特罗夫 放枪的兴致来了,那就往你自己的脑门子放枪好了。

沃依尼茨基 (耸肩膀)奇怪。我犯了谋杀罪,可是人家倒没逮捕我、审判我。这样看来,大家把我当作疯子了。(冷笑)我成了疯子,而那些戴着教授、有学问的贤哲的面具来掩盖自己的平庸、麻木、极端冷酷的人,倒不是疯子。那些嫁给老头子,然后当着大家的面欺骗老头子的人,倒不是疯子。我看见你搂抱她,我看见了!

阿斯特罗夫 对,我搂抱过她,你呢,干瞪眼。(扮鬼脸,做了个轻蔑的动作)

沃依尼茨基 (瞧着门口)不,发疯的是还容纳你们的这个世界!

阿斯特罗夫 得了吧,又胡说了。

沃依尼茨基 可不是,我是个疯子,我什么责任也不负,我有权利胡说。

阿斯特罗夫 这是老调调了。你不是疯子,只不过是个怪人罢了。胡闹的小丑。以前我也把任何一个怪人看作病态,不正常,可是现在我认为做个怪人才是人的正常状态。你十分正常。

沃依尼茨基 (用手蒙住脸)羞愧啊! 但愿你知道我心里多么羞愧! 这种强烈的羞愧感觉是任什么痛苦都比不上的。(痛苦)这真受不了! (向桌子俯下身去)我怎么办呀? 我怎么办呀?

阿斯特罗夫 没什么的。

沃依尼茨基　给我点什么吧！啊,我的上帝……现在我四十七岁;假定说,我会活到六十岁,那么我还有十三年要活。真长啊！我怎么过这十三年呢？我干些什么事,用什么东西来填满这十三年呢？啊,你明白……(痉挛地握住阿斯特罗夫的手)你明白,要是能用一种什么新的方式来度过我的余年就好了。顶好是在一个晴朗而安静的早晨醒过来,觉得你重新开始生活,过去的一切统统忘掉,像烟云那样消散了。(哭)应该开始过新的生活才是……你告诉我,应该怎么开始……从哪儿做起……

阿斯特罗夫　(烦恼)哎,去你的吧,哪儿还有什么新生活！我们的处境,你的和我的,都没有希望了。

沃依尼茨基　是吗？

阿斯特罗夫　我相信这一点。

沃依尼茨基　给我点什么吧……(指着自己的心)我这儿火烧火燎的。

阿斯特罗夫　(生气地叫嚷)你算了吧！(口气缓和一点)那些生活在我们死后一二百年的人,那些由于我们生活得这么愚蠢、这么无味而藐视我们的人,也许他们会找到如何能够幸福的方法,而我们……你和我,只有一个希望。那就是等我们在坟墓里长眠以后,我们也许会梦见甚至十分令人愉快的美景。(叹气)是啊,老兄。全县只有两个正派的、有教养的人:我和你。可是不过十年光景,庸俗的生活、可鄙的生活,就使我们陷进去了;它那种腐烂的臭气毒害我们的鲜血,我们变得跟大家一样庸俗了。(急切地)可是你别把话题岔开。你把你在我这儿拿去的东西还给我。

沃依尼茨基　你的东西我什么也没拿。

阿斯特罗夫　你从我的旅行药箱里拿去了一小罐吗啡。

〔停顿。

你听我说,如果你非要了结自己的生命不可,那就到树林里去,对自己开一枪算了。可是你得把吗啡还给我,要不然人家就会纷纷议论,猜测,以为这是我给你的……单是我不得不给你验尸就已经够我受的了……你以为这种事有趣吗？

〔索尼雅上。

沃依尼茨基　你躲开我!

阿斯特罗夫　（对索尼雅）索菲雅·亚历山大罗芙娜,您的舅舅从我的药箱里偷偷拿走一小罐吗啡,不肯还给我。您对他说,这……未免太不聪明了。再说我也没有工夫。我现在该走了。

索尼雅　万尼亚舅舅,你拿吗啡了吗?

　　　　〔停顿。

阿斯特罗夫　他拿了。我有把握这么说。

索尼雅　你还给他。你为什么吓唬我们呢?（柔声)你还给他吧,万尼亚舅舅! 我遭到的不幸也许不亚于你,可是我就不灰心丧气。我要忍住,而且要忍到我的一生自然结束为止……你也忍住吧。

　　　　〔停顿。

　　你还给他吧!（吻他的手)亲爱的,好舅舅,亲人,你还给他吧!（哭)你心好,你会可怜我们,会还给他。忍住吧,舅舅! 忍住吧!

沃依尼茨基　（从书桌抽屉里取出一个小罐,交给阿斯特罗夫)喏,拿去吧!（对索尼雅)可是应当赶快工作,赶快干点什么,要不然我受不了……我受不了……

索尼雅　是啊,是啊,要工作。等我们把我们家的人一送走,我们就工作……（烦躁地翻看桌上的文件)我们这儿全都乱糟糟的。

阿斯特罗夫　（把小罐放进药箱里,系紧皮带)现在可以动身了。

叶连娜·安德烈耶芙娜　（上)伊凡·彼得罗维奇,您在这儿吗? 我们马上就要走了……您到亚历山大那儿去吧,他有话要跟您说。

索尼雅　去吧,万尼亚舅舅。（挽住沃依尼茨基的胳膊)我们走。爸爸和你应当讲和才成。这是必要的。

　　　　〔索尼雅和沃依尼茨基下。

叶连娜·安德烈耶芙娜　我就要走了。（对阿斯特罗夫伸出手去)再见。

阿斯特罗夫　就走吗?

叶连娜·安德烈耶芙娜　马车已经备好了。

阿斯特罗夫　再见。

叶连娜·安德烈耶芙娜　今天您答应过我,您离开此地。

阿斯特罗夫　我记得。我马上就走。

〔停顿。

您吓坏了吗？（拉住她的手）难道这就那么可怕吗？

叶连娜·安德烈耶芙娜　是的。

阿斯特罗夫　要不，您还是留下吧！啊？明天到林区去……

叶连娜·安德烈耶芙娜　不……事情已经决定了……我能这样大胆地
瞧着您，也就是因为已经决定动身了……我只要求您一件事：您把
我想得好一点。我希望您尊重我。

阿斯特罗夫　哎！（做出不耐烦的手势）您留下吧，我请求您。您得承
认：您在这个世界上没有什么事情可做，您没有什么生活目标，没
有什么操心的事，那么您迟早总会顺从您的感情，这一点是不可避
免的。那么，这种事与其在哈尔科夫或者在库尔斯克的什么地方
发生，还不如就在这儿，在自然的怀抱里好……这儿至少有点诗
意，甚至秋天也很美……这儿有林区，有合乎屠格涅夫风味的衰败
的庄园……

叶连娜·安德烈耶芙娜　您这个人多么可笑。……我生您的气了，不
过我仍旧会……愉快地想起您。您是个有趣而奇特的人。我们今
后再也不会见面了，所以，何必瞒着您呢？我甚至有一点爱上您
了。好，让我们互相握手，像朋友那样分别吧。您别记着我的
坏处。

阿斯特罗夫　（握手）是啊，您走吧……（沉思）您似乎是个热诚的好
人，可是您这个人又似乎有点古怪。喏，您同您的丈夫一块儿来到
此地，所有的人，原来在工作的，埋头苦干的，有所创造的，就都丢
下自己的事情，整个夏天为您丈夫的痛风病和您忙。你们两个人，
他和您，把你们的闲散传染给我们这班人了。我神魂颠倒，整整一
个月什么事也没做，这期间，人们在害病，农民们把牲口赶到我的
树林里，赶到我那些幼林里去啃嫩枝子……这样，您和您的丈夫不
管走到哪儿，都带来了破坏……当然，我这是说着玩的，不过呢，这
终究……奇怪，我相信，如果你们留下来不走，那么所造成的破坏

性会很大。我会完蛋,而您也会……倒霉;好,您走吧,Finita la co-
media①!

叶连娜·安德烈耶芙娜 　(从他的桌子上拿来一支铅笔,急忙收好)我
　　拿这支铅笔留做纪念。

阿斯特罗夫 　这有点奇怪……我们认识了,忽然间不知什么缘故……
　　我们又再也不见面了。世界上的事都是这样……趁这儿没有人,
　　趁万尼亚舅舅还没有拿着一束鲜花进来,请您允许我……吻您一
　　下。算是临别纪念……行吗? (吻她的脸)嗯,这样……挺好。

叶连娜·安德烈耶芙娜 　我祝您一切都好。(回头看一眼)不管怎样,
　　一辈子就干这一次吧! (突然拥抱他,两个人又立即分开了)我得
　　走了。

阿斯特罗夫 　您快点走吧。要是马车已经备好,您就动身吧。

叶连娜·安德烈耶芙娜 　好像有人到这儿来了。

　　　　〔两个人倾听。

阿斯特罗夫 　　Finita!②

　　　　〔谢烈勃利亚科夫、沃依尼茨基、拿着书的玛丽雅·瓦西里耶
　　　　芙娜、捷列京、索尼雅上。

谢烈勃利亚科夫 　(对沃依尼茨基)过去的事就让它过去吧。自从发
　　生了那件事以后,我在这几个钟头里经历了那么多,思考了那么
　　多,我似乎能够写出应该如何生活的一大篇论文来教训后世。我
　　乐于接受你的道歉,我自己也要求你原谅我。再见! (同沃依尼
　　茨基互吻三次)

沃依尼茨基 　您会按时收到以前您得到的收入。一切照旧。

　　　　〔叶连娜·安德烈耶芙娜拥抱索尼雅。

谢烈勃利亚科夫 　(吻玛丽雅·瓦西里耶芙娜的手)妈妈……

玛丽雅·瓦西里耶芙娜 　(吻他)亚历山大,您再照一张相,把您的照
　　片寄给我。您知道您对我来说是多么宝贵。

---

① 　意大利语:喜剧结束了。
② 　意大利语:结束了。

捷列京　再见,大人!不要忘记我们!

谢烈勃利亚科夫　(吻他的女儿)再见……大家再见!(对阿斯特罗夫伸出手)谢谢您跟我们愉快地做伴……我尊重你们的思想方式,你们的爱好,热情,可是请你们允许我这个老人在我的临别赠言里只加上一句话:必须干点事,诸位!必须干点事!(向大家一鞠躬)祝一切都好!(下,玛丽雅·瓦西里耶芙娜同索尼雅跟随他走去)

沃依尼茨基　(热烈地吻叶连娜·安德烈耶芙娜的手)再见……请您原谅……我们再也不会见面了。

叶连娜·安德烈耶芙娜　(深为感动)再见,亲爱的。(吻他的头,下)

阿斯特罗夫　(对捷列京)你去吩咐一下,维夫饼干,叫他们顺便也把我的马车备好。

捷列京　是,好朋友。(下)

　　〔只剩下阿斯特罗夫和沃依尼茨基两个人。

阿斯特罗夫　(把桌子上的颜料收拾起来,放在手提箱里)你怎么不去送他们?

沃依尼茨基　让他们走吧,我……我没法去送。我心头沉重。我得赶快干点什么才行……工作,工作!(翻桌子上的文件)

　　〔停顿;传来铃铛声。

阿斯特罗夫　他们走了。教授大概很高兴!现在你怎么也没法叫他回到此地来了。

玛陵娜　(上)他们走了。(在一张圈椅上坐下,织袜子)

索尼雅　(上)他们走了。(擦眼睛)求上帝保佑他们平安。(对她的舅舅)喏,万尼亚舅舅,让我们来干点什么吧。

沃依尼茨基　工作,工作……

索尼雅　我们已经很久没有一块儿挨着这张桌子坐着了。(点亮桌子上的灯)墨水好像没有了。……(拿起墨水瓶,走到柜子那儿去倒墨水)他们走了,我心里难过。

玛丽雅·瓦西里耶芙娜　(慢腾腾地走进来)他们走了!(坐下,专心读书)

索尼雅　（挨着桌子坐下，翻账簿）我们先写账单，万尼亚舅舅。我们的账乱透了。今天人家又派人来取账单。你写吧。你写一份，我写另一份。

沃依尼茨基　（写）"账单……先生……"

〔两个人沉默地写着。

玛陵娜　（打呵欠）我犯困了……

阿斯特罗夫　真安静。钢笔沙沙地响，蟋蟀唧唧地叫。暖暖和和，舒舒服服……我都不想离开这儿了。

〔传来小铃铛的声音。

马车来了……那么，只好跟你们告别啦，我的朋友们，再跟我的画桌告别，然后就走啦！（把地形图放进厚纸夹）

玛陵娜　何必急呢？坐会儿嘛。

阿斯特罗夫　不行了。

沃依尼茨基　（写）"旧账尚有两个卢布七十五个戈比……"

〔工人上。

工　人　米哈依尔·尔沃维奇，马车备好了。

阿斯特罗夫　我听见了。（交给他药箱、手提箱、纸夹）喏，你拿着这个。小心，别弄坏了纸夹子。

工　人　是。（下）

阿斯特罗夫　好……（走过去告别）

索尼雅　那么我们什么时候见面？

阿斯特罗夫　大概最早也要到来年夏天。今年冬天怕是不成了……自然，要是有什么事，您就通知我，我会来的。（握她的手）谢谢你们的款待，谢谢您的厚意……总之，为一切道谢。（走到保姆跟前，吻她的头）再见，老人家。

玛陵娜　你不喝茶就走啦？

阿斯特罗夫　我不想喝，亲爱的奶妈。

玛陵娜　也许你要喝点酒吧？

阿斯特罗夫　（迟疑）也行……

〔玛陵娜下。

（停顿片刻）我的拉边套的马腿有点瘸。昨天彼得鲁希卡牵着它去饮水的时候，我才发现。

沃依尼茨基　应该换马掌。

阿斯特罗夫　我得去一趟罗日杰斯特文诺耶村的铁匠铺。不去不行了。（走到非洲地图跟前，瞧着它）大概在这个非洲，现在热得要命！

沃依尼茨基　对，大概是吧。

玛陵娜　（回来，端着一个托盘，上面放着一小杯白酒和一小块面包）喝吧。

〔阿斯特罗夫喝酒。

祝您健康，亲爱的。（深深鞠躬）你拿面包下酒吧。

阿斯特罗夫　不，我这么喝就成了……那么，祝一切都好！（对玛陵娜）别送我，亲爱的奶妈。不必了。（他下。索尼雅拿着蜡烛送他；玛陵娜在她的圈椅上坐下）

沃依尼茨基　（写）"二月二日素油二十磅①……二月十六日又素油二十磅……荞麦米……"

〔停顿。

〔传来小铃铛声。

玛陵娜　他走了。

〔停顿。

索尼雅　（回来，把蜡烛放在桌子上）他走了……

沃依尼茨基　（打着算盘，写）共计……十五……二十五……

〔索尼雅坐下来写。

玛陵娜　（打呵欠）哎，我们的罪恶呀……

〔捷列京踮起脚上，在房门旁边坐下，轻声调吉他的弦。

沃依尼茨基　（对索尼雅，摩挲她的头发）我的孩子，我心头多么沉重！啊，要是你知道我心头多么沉重就好了！

索尼雅　那怎么办呢，得活下去！

---

① 此处及本书下文的"磅"均指俄磅，1俄磅等于409.5克。

〔停顿。

我们,万尼亚舅舅,要活下去。我们要度过许许多多漫长的白昼,许许多多漫长的夜晚;我们要耐心地忍受命运带给我们的考验;我们要为别人劳动,不论是现在还是到了老年,都不得休息;等我们的时辰来到,我们就会温顺地死掉,到了那边,在坟墓里,我们会说我们受过苦,我们哭过,我们尝尽了辛酸;上帝就会怜悯我们,我和你,舅舅,亲爱的舅舅,就会看见光明、美好、优雅的生活,我们就会高兴,就会带着温情,带着笑容回顾我们现在的不幸,那时候我们就可以休息了。我相信这一点,舅舅,我怀着火热的激情相信……(在他面前跪下,把头枕在他的手上;用疲倦的声音)我们就可以休息了!

〔捷列京轻声弹奏吉他。

我们就可以休息了! 我们就会听见天使的声音,我们就会看见整个天空光芒万丈,我们就会看见人间所有的坏事,我们所有的苦难,统统湮没在充满整个世界的仁慈里,我们的生活就会安静,温柔,甜蜜如同爱抚一样。我相信这一点,我相信……(用手绢擦掉他的眼泪)可怜的,可怜的万尼亚舅舅,你哭了……(含泪)你在一生当中没有领略过欢乐,可是万尼亚舅舅,等着吧……我们会休息……(拥抱他)我们会休息的!

〔守夜人打更。

〔捷列京轻声弹琴;玛丽雅·瓦西里耶芙娜在小册子的页边上写着什么;玛陵娜织袜子。

我们会休息的!

——幕落,剧终

三　姐　妹

四幕正剧

剧 中 人 物

安德烈·谢尔盖耶维奇·普罗左罗夫

娜达丽雅·伊凡诺芙娜——他的未婚妻,后来成为他的妻子。

奥尔迦
玛　霞 } ——他的姐妹。
伊莉娜

费多尔·伊里奇·库雷京——中学教员,玛霞的丈夫。

亚历山大·伊格纳契耶维奇·韦尔希宁——中校,炮兵连长。

尼古拉·尔沃维奇·土旬巴赫——男爵,中尉。

瓦西里·瓦西里耶维奇·索列内依——上尉。

伊凡·罗曼诺维奇·切布狄金——军医官。

阿历克塞·彼得罗维奇·费多契克——少尉。

符拉季米尔·卡尔洛维奇·罗代——少尉。

费拉朋特——地方自治局的看门人,老人。

安菲萨——保姆,八十岁的老太婆。

　　〔事情发生在一个省城里。

第一幕

〔普罗左罗夫家里。一个有圆柱的客厅,可以看见在圆柱后面有一个大厅。中午;外面天气晴朗,阳光灿烂。大厅里正在摆吃午饭用的餐具。奥尔迦穿着女子中学教员的蓝色制服,有时候站着,有时候走来走去,一直在改学生的练习簿;玛霞穿着黑色连衣裙,把帽子放在膝头上,正坐着看书;伊莉娜穿着白色连衣裙,站在那儿沉思。

奥尔迦　我们的父亲去世整整一年了,恰巧就是今天,五月五日,也就是你的命名日,伊莉娜。那天很冷,下着雪。当时我觉得我活不下去了,你呢,躺在那儿晕了过去,像个死人一样。可是现在过去一年,我们回想这件事就不觉得那么难受了,你已经穿上白色的衣裙,而且容光焕发了。

〔钟敲十二下。

那时候钟也敲响来着。

〔停顿。

记得抬父亲灵柩时,奏起音乐,放枪。他是个将军,又是旅长,可那天来的人很少。不过当时有雨。雨很大,又下雪。

伊莉娜　何必回想这些!

〔在圆柱后面的大厅里,桌子旁边,出现土旬巴赫男爵、切布狄金和索列内依。

奥尔迦　今天暖和,窗子可以敞开,可是桦树还没长出叶子来。十一年前父亲接管一个旅,带着我们一块儿离开了莫斯科;我清楚地记得,五月初,也就是这个时候,在莫斯科,所有的花都开了,天气暖和,一切东西都沉浸在阳光里。十一年过去了,可是那儿的情形我全记得,仿佛昨天才离开那儿似的。我的上帝啊!今天早晨我醒过来,看见满是阳光,看见春天,我的心里就喜气洋洋,我热烈地想回故乡了。

切布狄金　胡思乱想!

土旬巴赫　当然,这是瞎扯。

　　　　〔玛霞对着书沉思,轻声用口哨吹着歌。

奥尔迦　别吹了,玛霞。你怎么能这样!

　　　　〔停顿。

我每天到中学校里去,然后又教家馆直到傍晚,所以我的脑袋就经常痛,我心里想,我好像衰老了似的。确实,我在中学工作的这四年当中,我觉得我的精力和我的青春每天都从我的身上一点一滴地流出去。只有我的一个梦想在增长,在加强……

伊莉娜　到莫斯科去。卖掉这所房子,了结这儿的事情,到莫斯科去……

奥尔迦　对!快点到莫斯科去。

　　　　〔切布狄金和土旬巴赫笑。

伊莉娜　哥哥多半会做教授,他反正不会住在此地。只有可怜的玛霞不好办。

奥尔迦　玛霞可以每年在莫斯科住上一个夏天。

　　　　〔玛霞轻声吹歌。

伊莉娜　上帝保佑,总会有办法的。(看着窗外)今天天气好。我不知道我的心里为什么这么畅快!今天早晨我想起我今天过命名日,忽然感到喜气洋洋,想起了我的童年时代,那时候妈妈还活着。多少美妙的思想在我的心头激荡,多少美妙的思想啊!

奥尔迦　今天你一直容光焕发,显得格外美。玛霞也美。安德烈本来也好看,可就是太胖了,这跟他不相称。我呢,见老,也瘦多了,这大概是因为我在学校里常生那些女学生的气。喏,今天我没事,我在家,我就不头痛,觉得比昨天年轻了。我刚二十八岁……一切都好,一切都是上帝的安排,不过我觉得,要是我嫁了人,整天待在家里,那会好得多。

〔停顿。

我会爱我的丈夫。

土旬巴赫　（对索列内依）您净胡说，我都听腻了。（走进客厅里来）我忘了说。今天我们的新连长韦尔希宁要来拜访你们。（在钢琴旁边坐下）

奥尔迦　哦，好吧！很高兴。

伊莉娜　他年老吗？

土旬巴赫　不，不算老。至多四十岁，或者四十五吧。（轻声弹琴）看样子，他是个挺好的人。他不愚蠢，这是毫无疑问的。只是话多得很。

伊莉娜　他是个有趣味的人吗？

土旬巴赫　是啊，还不错，不过他有妻子、岳母和两个小姑娘。而且他已经是第二次结婚了。他出外拜客，到处都说他有妻子和两个小姑娘。他到了这儿也会说的。他的妻子有点精神失常，梳一根少女那样的长辫子，讲话喜欢用夸张的言辞，常发空洞的议论，常常寻死觅活，显然是为了给她的丈夫找麻烦。换了我，早就离开这样的女人了，可是他忍受下来，光是发发牢骚罢了。

索列内依　（同切布狄金一块儿从大厅走到客厅里来）我用一只手只能举起一个半普特重的东西，可是用两只手就能举五个普特，甚至六个普特。我由此得出结论：两个人的力量比一个人不是大一倍，而是大两倍，甚至不止两倍……

切布狄金　（一边走一边读报）治头发脱落的方子……两钱①石脑油精加上半瓶酒精……溶解后，天天涂擦……（在一个小本子上记下来）那就记下吧！（对索列内依）喏，您听着，用一个软木塞塞住瓶口，软木塞中间插一根细玻璃管……然后您拿一小撮最普通的、常用的明矾……

伊莉娜　伊凡·罗曼内奇②，亲爱的伊凡·罗曼内奇！

---

① 此处指俄钱（旧俄重量单位），1 俄钱等于 4.26 克。
② 伊凡·罗曼诺维奇的简称。下面人物简称不再作注。

切布狄金　怎么啦,我的姑娘,亲爱的?

伊莉娜　您告诉我,为什么我今天这么幸福? 好像我坐着一条帆船,上边是广阔的蓝天,一些又大又白的鸟飞来飞去。这是为什么? 为什么呀?

切布狄金　(吻她的两只手,柔声)我的白鸟啊……

伊莉娜　我今天醒过来,起来洗了脸,我忽然觉得把这个世界上的一切都看清楚了,我知道应该怎样生活。亲爱的伊凡·罗曼内奇,我全知道了。人,不管他是谁,都应当劳动,应当工作到脸上流汗;人的生活的意义和目标、人的幸福、人的喜悦,全在这一点上。做一个天不亮就起床、在街上敲石头的工人,或者做一个牧人,或者做一个教育孩子的教师,或者做一个铁路上的司机……那是多么好啊! 我的上帝呀,慢说是做一个人,就是做一条牛,做一匹普通的马,只要干活,那也比做一个年轻的女人,白天十二点钟才起床,然后坐在床上喝咖啡,花两个钟头穿衣服要强得多……啊,那样的生活多么可怕! 如同在炎热的天气有的时候人想喝水一样,我呢,想工作。要是我不早起,不劳动,您就不要把我当作您的朋友,伊凡·罗曼内奇。

切布狄金　(柔声)好吧,好吧……

奥尔迦　我们的父亲当初要我们养成七点钟起床的习惯。现在伊莉娜七点钟醒来,至少在床上躺到九点钟,想她的心事。而且她那神情严肃得很! (笑)

伊莉娜　你老是把我看成小姑娘,所以我神情严肃,你就会觉得奇怪。我二十岁了!

土旬巴赫　啊,我的上帝,向往劳动的心情,我是多么容易理解啊! 我有生以来一次也没有工作过。我生在寒冷而闲散的彼得堡,生在一个素来不懂得工作和操劳的家庭里。我记得,当初我从军官学校回到家里,就有听差来替我脱掉脚上的靴子,我呢,在这种时候还要闹脾气,可是我的母亲总是恭恭敬敬地对待我,要是别人不这样对待我,她就觉得奇怪。他们处处守护着我,不让我劳动。只是他们这样做未必成功,未必! 时候到了,一个庞然大物正在向我们大家压过来，一场强大有力的暴风雨已经准备好，它正在过来，已经逼近，不久就会把我们社会上的懒惰、冷漠、对劳动的偏见、颓废的烦闷一扫而空。我要工作，再过二十五年到三十年光景，人人都要工作。人人！

切布狄金　我就不工作。

土旬巴赫　您不算数。

索列内依　过上二十五年您就不在人世了，谢天谢地。过上两三年您就会中风死掉，或者我一时性起，把一颗子弹打进您的脑门子里去，我的天使。（从衣袋里取出一小瓶香水，洒在自己的胸前和手上）

切布狄金　（笑）我确实从来也没有做过什么事。我离开大学以后就一点事儿也不干，甚至连一本书也没读过，光是看报纸罢了……（从衣袋里拿出另一张报纸）喏……比方说吧，我从报纸上知道有一个人叫杜勃罗留波夫①，可是他写过些什么作品，我就不知道了……上帝才知道……

　　　　〔传来楼下敲地板的响声。

喏……楼下在叫我，必是有人来找我。我马上就去……你们等一等……（匆匆下，理着他的胡子）

伊莉娜　他想玩什么花招了。

土旬巴赫　对。他是带着郑重其事的样子走出去的，显然他马上要送给您一件礼物了。

伊莉娜　这多么伤脑筋！

奥尔迦　是啊，这才要命。他老是干傻事。

玛　霞　海湾那边有一棵绿橡树，这橡树上挂着一条金锁链②……这橡树上挂着一条金锁链……（站起来，轻声哼歌）

奥尔迦　你今天不高兴，玛霞。

　　　　〔玛霞轻声哼着歌，戴上帽子。

————————————

①　俄国文艺批评家。

②　引自普希金的诗篇《鲁斯兰和柳德米拉》。

你到哪儿去?

玛　霞　回家。

伊莉娜　奇怪……

土旬巴赫　这儿在过命名日,你却走掉!

玛　霞　反正没关系……我傍晚来……再见,我的好妹妹……(吻伊莉娜)我再一次祝愿你,希望你健康,希望你幸福。从前,父亲在世的时候,每逢我们过命名日,总有三四十个军官来,热热闹闹,现在呢,只有个把人来,冷冷清清,像是在沙漠里……我走了……今天我心绪不佳,打不起精神来,你别听我的。(含泪而笑)以后我们再谈,现在呢,再见吧,我亲爱的,我要到什么地方去走走。

伊莉娜　(不满)哎,你这个人呀……

奥尔迦　(含泪)我了解你,玛霞。

索列内依　要是一个男人在高谈阔论,那算是哲学,或者是诡辩;可是如果一个女人或者两个女人在高谈阔论,那你就只有捻手指头的份儿了。

玛　霞　您说这话是什么意思,可怕的人?

索列内依　没什么意思。他还没来得及说一声"哎呀",熊就扑到他的身上来了。①

　　　　〔停顿。

玛　霞　(对奥尔迦,生气)别哭天抹泪了!

　　　　〔安菲萨和费拉朋特拿着大蛋糕上。

安菲萨　往这边走,我的老大爷。进来吧,你脚上是干净的。(对伊莉娜)这是地方自治局的普罗托波波夫·米哈依尔·伊凡内奇送来的……大蛋糕。

伊莉娜　谢谢。替我道谢。(接过蛋糕)

费拉朋特　啥?

伊莉娜　(提高声音)替我道谢!

奥尔迦　亲爱的奶妈,给他点馅饼吃吧。费拉朋特,去吧,那儿会给你

----

①　引自俄国作家克雷洛夫的寓言诗《农夫和雇工》。

馅饼吃的。

费拉朋特　啥?

安菲萨　咱们走吧,费拉朋特·斯皮利多内奇老大爷,咱们走吧……

（同费拉朋特一起下）

玛　霞　我不喜欢普罗托波波夫,这个米哈依尔·波达佩奇或者伊凡
内奇。不应当请他来。

伊莉娜　我没请他。

玛　霞　这才好。

〔切布狄金上,身后跟着一个兵士,手里捧着一个银茶炊;一
阵惊讶和不满的嘈杂声。

奥尔迦　（用手蒙住脸）茶炊! 这真要命! （走到大厅里桌子跟前）

伊莉娜　亲爱的伊凡·罗曼内奇,您这是干什么呀!

土旬巴赫　（笑）我跟您说过了嘛。

玛　霞　伊凡·罗曼内奇,您简直不害臊!

切布狄金　我亲爱的姑娘们,我的好姑娘们,我只有你们这几个亲人,
对我来说人世间最宝贵的就是你们。我不久就要六十岁了,我是
个老人,是个孤零零的、不足道的老人……在我的内心,除了这种
对你们的爱以外,没有什么美好的东西了;要不是你们,我早就不
在人世了……（对伊莉娜）亲爱的,我的姑娘,我从您生下来的那
天起就认识您……我抱过您……我爱您的去世的妈妈……

伊莉娜　可是何必送这么贵重的礼物!

切布狄金　（含泪,生气）贵重的礼物……去您的吧! （对勤务兵）把茶
炊送到那边去……（学她的腔调）贵重的礼物……

〔勤务兵把茶炊送到大厅去。

安菲萨　（穿过客厅）亲爱的姑娘们,一位不认得的中校来了! 他已经
脱掉大衣,姑娘们,正在走到这儿来。阿莉努什卡①,你要亲热一
点,客气一点……（下）早就到开午饭的时候了……主啊……

土旬巴赫　大概是韦尔希宁。

———————————

① 阿莉努什卡和下文的阿莉沙均为伊莉娜的爱称。

　　　　〔韦尔希宁上。

　　韦尔希宁中校！

韦尔希宁　（对玛霞和伊莉娜）让我荣幸地自我介绍吧：韦尔希宁。我
　　　　终于到你们这儿来了，非常非常高兴。你们都变样了！哎呀！
　　　　哎呀！

伊莉娜　请坐。我们很愉快。

韦尔希宁　（快活）我多么高兴，多么高兴啊！你们可是三姐妹啊。我
　　　　记得是三个小姑娘嘛。你们的面貌我记不得了，可是你们的父亲
　　　　普罗左罗夫上校家里原有三个小姑娘，这我记得很清楚，而且我亲
　　　　眼看见过。时间过得多快！哎，哎，时间过得多快啊！

土旬巴赫　亚历山大·伊格纳契耶维奇是从莫斯科来的。

伊莉娜　从莫斯科来？您从莫斯科来？

韦尔希宁　对，是从那儿来。你们的去世的父亲本来在那儿做炮兵连
　　　　长，我就在同一个旅里做军官。（对玛霞）您的面貌我好像有点
　　　　记得。

玛　霞　可是您的面貌我记不得了！

伊莉娜　奥丽雅①！奥丽雅！（朝着大厅喊叫）奥丽雅，来呀！

　　　　〔奥尔迦从大厅走进客厅。

　　原来韦尔希宁中校是从莫斯科来的。

韦尔希宁　那么您，奥尔迦·谢尔盖耶芙娜，是大姐……您是玛丽
　　　　雅②……您是伊莉娜，小妹妹……

奥尔迦　您从莫斯科来吗？

韦尔希宁　是的。我在莫斯科上的学，在莫斯科开始工作，在那儿工作
　　　　很久，最后奉派接管此地这个连，正如你们看到的那样，调到此地
　　　　来了。认真说，我不记得你们了，我只记得你们是三姐妹。你们父
　　　　亲的模样倒还保留在我的记忆里，喏，我一闭上眼睛就能活生生地
　　　　看见他。在莫斯科的时候，我常到你们家里去……

————————

①　奥丽雅和下文的奥留希卡、奥列琪卡均为奥尔迦的爱称。
②　玛霞和下文的玛希卡、玛宪卡均为玛丽雅的爱称。

奥尔迦　我觉得我什么人都记得,可是忽然间……

韦尔希宁　我叫亚历山大·伊格纳契耶维奇……

伊莉娜　亚历山大·伊格纳契耶维奇,您从莫斯科来……这可出人意料!

奥尔迦　要知道,我们正要搬到那儿去呢。

伊莉娜　我们想,今年秋天以前就搬到那儿去。那是我们的故乡,我们生在那儿……生在老巴斯曼街……

　　　　〔两个人高兴得笑起来。

玛　霞　出乎意料地见到了同乡。(活跃)现在我想起来了! 你总记得,奥丽雅,我们家的人常常说起一个"钟情的少校"。那时候您是中尉,爱上了一个什么人,不知什么缘故大家开玩笑,说您是少校……

韦尔希宁　(笑)对,对……钟情的少校,是这样的……

玛　霞　那时候您只留着两撇小胡子……啊,您老多了! (含泪)您老多了!

韦尔希宁　是啊,当初人家叫我钟情的少校的时候,我还年轻,正在谈恋爱。如今可不行了。

奥尔迦　可是您还没有一根白头发。您见老,不过还不算老。

韦尔希宁　然而我已经四十三岁了。您离开莫斯科很久了吗?

伊莉娜　十一年了。哎,玛霞,你哭什么呀,怪人……(含泪)我也要哭出来了……

玛　霞　我没什么。那么您住在哪条街上?

韦尔希宁　在老巴斯曼街。

奥尔迦　我们也住在那儿……

韦尔希宁　有一个时期我住在德国街。我常从德国街走到红营房去。那条路上有一座阴森的桥,桥底下的水哗哗地响。孤零零一个人走过那儿,心里就会感到忧伤。

　　　　〔停顿。

可是这儿的河多么宽阔,浩浩荡荡! 真是一条美妙的河!

奥尔迦　是的,可就是天气冷。这儿天气冷,而且有蚊子……

韦尔希宁　哪里话！此地的天气那么有益于健康,那么好,那么富于斯拉夫乡土的特色。有树林,有河流……而且这儿又有桦树。可爱而朴素的桦树,在所有的树木中,我最喜爱它们。在这儿生活才好。只有一件事情奇怪,铁路的车站离城有二十五里远……谁也不知道为什么会这样。

索列内依　我知道为什么会这样。

〔大家都瞧着他。

因为,如果车站近,那就是不远;如果车站远,那就是说不近。

〔一阵难堪的沉默。

土旬巴赫　这人爱说笑话,瓦西里·瓦西里奇。

奥尔迦　现在我也想起您了。我想起来了。

韦尔希宁　我认识你们的母亲。

切布狄金　她是个好女人,愿她在天国安息。

伊莉娜　妈妈葬在莫斯科。

奥尔迦　在新圣母修道院的墓园里……

玛　霞　你们猜怎么着？我已经开始忘掉她的面貌了。因此,将来人家也会记不得我们。他们会忘掉的。

韦尔希宁　是的。人家会忘掉我们。我们的命运就是这样,这是毫无办法的。凡是我们认为严肃的、有意义的、极其重要的东西,总有一天会被忘掉,或者显得不重要了。

〔停顿。

说来有趣,我们现在完全不能知道将来究竟什么东西被认为是高尚的、重要的,而什么东西是卑微的、可笑的。比方说,哥白尼或者哥伦布的发现在最初岂不是显得不重要,可笑,而一个怪人所写的一些无稽之谈反倒显得是真理？说不定我们现在过惯了的这种生活,日后会显得古怪,不合适,不聪明,不够纯洁,也许甚至是有罪的……

土旬巴赫　谁知道呢？也许我们的生活将来会被人说成高尚,被人带着敬意来回忆。现在没有拷问,没有刑讯,没有敌寇入侵,可是同时又有那么多的痛苦！

索列内依　（尖细声）啧啧啧……不用给男爵吃饭,只要让他发议论就
　　　　　成了。

土旬巴赫　瓦西里·瓦西里奇,我请求您不要打扰我……(在另一个
　　　　　地方坐下)这也太无聊了。

索列内依　（尖细声）啧啧啧……

土旬巴赫　（对韦尔希宁）现在可以看到的种种痛苦有那么多! 可人
　　　　　们还是说,这个社会的道德水准已经有了一定程度的提高……

韦尔希宁　是的,是的,当然。

切布狄金　您刚才说,男爵,我们的生活会被人说成是高尚的;可是人
　　　　　们仍旧低贱……(站起来)您看我多么低贱。自然,为了安慰我自
　　　　　己,就不得不说我的生活是高尚的,这是很明白的事。

　　　　　〔后台响起拉小提琴的声音。

玛　霞　这是安德烈在拉小提琴,我们的弟兄。

伊莉娜　他是我们的学者。将来他大概会做教授。爸爸是军人,而他
　　　　　的儿子选中了研究学术的事业。

玛　霞　这是爸爸的心愿。

奥尔迦　今天我们拿他耍笑了一阵。他好像有点爱上什么人了。

伊莉娜　他爱上本地的一位小姐。今天她多半会到我们这儿来。

玛　霞　哎,她那一身的打扮呀! 倒不是说不漂亮,不时髦,简直是寒
　　　　　碜。她下身穿那么一条奇怪的、鲜亮的淡黄色裙子,镶着那么俗气
　　　　　的穗子,上身又是一件红色短上衣。她那脸蛋洗了又洗,洗得发
　　　　　亮! 安德烈不会爱上她,我想他不会,他毕竟有审美力,他无非是
　　　　　拿我们开心,闹着玩罢了。昨天我听说她要嫁给本地的自治局主
　　　　　席普罗托波波夫。这才好……(对边门)安德烈,上这儿来! 亲爱
　　　　　的,来一下!

　　　　　〔安德烈上。

奥尔迦　这是我的弟弟,安德烈·谢尔盖伊奇。

韦尔希宁　我是韦尔希宁。

安德烈　我是普罗左罗夫。(擦脸上的汗)您是到我们这儿来的炮兵
　　　　　连长吧?

奥尔迦　你再也想不到,亚历山大·伊格纳契奇是从莫斯科来的。

安德烈　是吗? 得,我给您道喜,这回我的姐妹们可不容您消停了。

韦尔希宁　我已经惹得您的姐妹们厌烦了。

伊莉娜　您瞧,今天安德烈送给我一个多么好的照片镜框! (拿出一个小镜框来)这是他亲手做的。

韦尔希宁　(看着小镜框,不知道该说什么好)是啊……这东西……

伊莉娜　喏,钢琴上边的那个小镜框,也是他做的。

　　　　〔安德烈挥一下手,走开。

奥尔迦　他是我们的学者,又会拉小提琴,又会锯出各式各样的小玩意儿,一句话,他是个多面手。安德烈,别走啊! 他有这么一个习惯,老是爱走掉。到这儿来!

　　　　〔玛霞和伊莉娜挽着他的胳膊,笑着把他拉回来。

玛　霞　走,走!

安德烈　别缠住我,劳驾。

玛　霞　你这个人多么可笑! 当初亚历山大·伊格纳契耶维奇被人叫作"钟情的少校",他就一点也不生气。

韦尔希宁　我一点也没生气!

玛　霞　我想叫你"钟情的提琴手"!

伊莉娜　或者叫"钟情的教授"! ……

奥尔迦　他谈恋爱啦! 安德留沙①谈恋爱啦!

伊莉娜　(拍手)好哇,好哇! 再来一次! 安德留希卡谈恋爱啦!

切布狄金　(走到安德烈背后,用两只手搂住他的腰)大自然就是专门为了爱情才把我们生到人世来的! (大笑;他手里一直拿着报纸)

安德烈　哎,算了,算了……(擦自己的脸)我通宵没睡,现在呢,我像通常所说的那样,心绪不佳。我看书一直看到四点钟,然后躺下,可是没什么用。我想这儿想那儿,这当儿天就亮了,阳光直照到卧室里来。我打算今年夏天趁我在此地,翻译一本英文书。

韦尔希宁　那么您会英语?

──────────

①　安德留沙和下文的安德留希卡、安德留善契克均为安德烈的爱称。

安德烈　是的。我们的父亲,愿他在天国安息,硬逼着我们念书。这是可笑而愚蠢的,不过有一件事还是得承认:他死后,我胖起来了,一年之内就大大地发胖了,好像我的身体摆脱了压迫似的。多亏父亲督促,我和姐妹们才学会法文、德文、英文,伊莉娜还学会了意大利文。可是这费了多大的劲啊!

玛　霞　在这个城里学会三种语言是一种不必要的奢侈。甚至还不能算是奢侈,而是一种不必要的累赘,好比第六个手指头一样。我们学会许多多余的东西。

韦尔希宁　哪里话呢!(笑)你们学会许多多余的东西!我觉得,无论怎样沉闷无聊、死气沉沉的城市都不可能不需要聪明而受过教育的人。这个有着十万人口的城市当然是落后和粗鲁的,我们就假定其中像你们这样的人只有三个。不消说,你们没法征服你们周围的愚昧的群众;在你们的一生当中,渐渐地,你们不得不让步,隐没在那十万人当中,生活把你们压倒了,不过你们仍旧不会消失,你们不会不留下影响;你们死后,像你们这样的人也许会出现六个,然后十二个,到最后,像你们这样的人就成了大多数。过上二百年到三百年,人间的生活就会不可思议地美好,令人惊叹。人类需要这样的生活,要是这种生活现在还没有,人就必须预先体会它,期待它,渴望它,为它做准备,因而必须比他的祖父和父亲见闻多,知识广。(笑)而您居然抱怨您学会许多多余的东西。

玛　霞　(脱掉帽子)我要留下来吃午饭了。

伊莉娜　(叹息)说真的,这番话应该写下来才是……

〔安德烈不在,他已经悄悄走掉。

土旬巴赫　您说,许多年以后,人间的生活就会美好,令人惊叹。这话不错。可是为了要参加那样的生活,即使还很遥远,现在也必须为它做好准备,必须工作……

韦尔希宁　(站起来)对。可是你们这儿的花真多呀!(环顾)这个住处也好。我羡慕!我这一辈子从这个住处换到那个住处,总是那么两把椅子,一张长沙发,和一个冒烟的炉子。我的生活里所缺欠的恰好就是这样的花……(搓手)唉!讲这些有什么用呢?

土旬巴赫　是的,必须工作。您大概在想:这个德国人感情冲动了。不过,说实话,我是俄国人,连德国话都不会说。我的父亲是东正教徒……

〔停顿。

韦尔希宁　(在舞台上走来走去)我常常想:要是重新开始生活,而且是自觉地生活,那会怎么样呢?但愿头一次的、已经过完的生活是所谓的草稿,而第二次的生活则是誊清稿!到那时候,我们每个人,我想,都会首先极力不重过老一套的生活,至少给自己创造另一种生活环境,安排像这样的住处,有花,有大量的阳光……我有一个妻子、两个小女儿,而且我的妻子是个有病的女人,等等,等等,不过呢,要是我重新开始生活,那我就不会结婚……不会,不会!

〔库雷京上,穿着制服。

库雷京　(走到伊莉娜跟前)亲爱的妹妹,请允许我祝贺你的命名日,而且衷心地、诚恳地祝愿你健康以及在你这种年纪的姑娘所能希望的一切。其次,请允许我送给你这本小书作为礼物。(递给她一本小书)这是我们中学五十年的历史,是我写的。这是一本微不足道的小书,闲着没事写着玩的,不过你不妨读一读。你们好,诸位!(对韦尔希宁)我是库雷京,本地中学的教员。七品文官。(对伊莉娜)在这本小书里你会找到五十年来我们中学全部毕业生的名字。Feci quod potui, faciant meliora potentes.①(吻玛霞)

伊莉娜　可是这小书你在复活节已经送过我一本了。

库雷京　(笑)不可能吧!既是这样,那就还给我,或者,喏,最好还是把它送给上校吧。您拿去,上校。哪一天您闷得慌,就读一读吧。

韦尔希宁　谢谢您。(准备走)我跟你们结交,非常高兴……

奥尔迦　您要走?别走,别走!

---

① 拉丁语:我尽我的力量做了,如果有人能做得更好,那就请他做吧。

伊莉娜　您留在我们这儿吃午饭吧。请您赏光。

奥尔迦　我请求您！

韦尔希宁　（鞠躬）我似乎正巧赶上命名日。请您原谅，我不知道，没有给您祝贺……（跟奥尔迦一块儿走进大厅）

库雷京　诸位，今天是星期日，是休息的日子，我们就休息，各人按各人的年龄和地位快活一下。地毯应当在夏天收起来，保存好，到冬天再铺上……洒上点除虫粉或者樟脑……古时候的罗马人身体健康，因为他们善于劳动，也善于休息，在他们那里 mens sana in corpore sano①。他们的生活按一定的方式进行。我们的校长说：在每个人的生活里，主要的就是生活方式……凡是失去方式的，就完了，这在我们的日常生活里也是一样。（搂住玛霞的腰，笑）玛霞爱我。我的妻子爱我。窗帘也跟地毯一块儿收起来……今天我高兴，心绪极佳。玛霞，今天四点钟我们到校长家里去。校长为教员和他们的家属安排了一次游览。

玛　霞　我不去。

库雷京　（伤心）亲爱的玛霞，为什么？

玛　霞　以后再谈……（生气）好吧，我去，不过别纠缠，劳驾……（走开）

库雷京　其次，我们要在校长家里消磨一个傍晚。这个人尽管身体有病，可是力求首先做一个社会活动家。他是个社会贤达。他是个出色的人物。昨天开完校务会议以后，他对我说："我累了，费多尔·伊里奇！我累了！"（看墙上的挂钟，然后看自己的怀表）你们的钟快七分。是啊，他说："我累了！"

〔后台响起拉小提琴的声音。

奥尔迦　诸位先生，请吧，吃午饭了！大馅饼端来了！

库雷京　啊，我亲爱的奥尔迦，我亲爱的！昨天我从早晨工作到晚上十一点，累了，今天我觉得挺幸福。（向大厅的饭桌那边走去）我亲爱的……

———————

①　拉丁语：健康的精神寓于健康的身体。

切布狄金　（把报纸放在衣袋里,理胡子)馅饼吗? 好得很!

玛　霞　（对切布狄金,严厉地)不过您要注意:今天可别喝酒。听见了吗? 喝酒对您有害。

切布狄金　哎! 这是过去的事了。有两年没有发过酒病了。(不耐烦)嗐,亲爱的,其实又有什么关系呢!

玛　霞　那也还是不准喝。不准喝。(生气,然而压低声音不让她的丈夫听见)见鬼,又要在校长家里烦闷无聊地过一个傍晚!

土旬巴赫　要是我处在您的地位,我就不去……很简单。

切布狄金　您别去了,我的宝贝。

玛　霞　是啊,别去……这种该诅咒的、不能忍受的生活……(走进大厅)

切布狄金　（跟着她走去)算了,算了!

索列内依　（向大厅走去)啧啧啧……

土旬巴赫　够了,瓦西里·瓦西里奇,算了!

索列内依　啧啧啧……

库雷京　（快活)为您的健康干杯,上校! 我是教员,在这儿,在这个家里,我是自己人,是玛霞的丈夫……她善良,很善良……

韦尔希宁　喏,我喝下这杯深颜色的酒……(喝酒)为你们的健康干杯! (对奥尔迦)在你们这儿我真痛快! ……

〔客厅里只留下伊莉娜和土旬巴赫。

伊莉娜　玛霞今天心绪不好。她在十八岁那年出嫁,觉得她的丈夫是个最聪明的人。可是现在不对了。他极善良,然而不是个最聪明的人。

奥尔迦　（不耐烦)安德烈,你倒是来啊!

安德烈　（在后台)马上就来。(上,往饭桌那边走去)

土旬巴赫　您在想什么?

伊莉娜　没想什么。我不喜欢您那位索列内依,我怕他。他总是说些蠢话。

土旬巴赫　他是个奇怪的人。我又可怜他,又生他的气,不过多半还是可怜他。我觉得他不合群……我跟他两个人单独在一块儿的时候,他总是很聪明、很亲切,可是一到人多的地方他就成了一个粗鲁、好斗的人。您别走,叫他们在桌子边坐着好了。让我待在您的身边吧。您在想些什么?

〔停顿。

您二十岁,我还没满三十。我们的前头还有多少个年月呀,在未来很长很长的一串日子里,我将始终爱着您……

伊莉娜　尼古拉·尔沃维奇,您不要跟我谈爱情。

土旬巴赫　(不听她说话)我热烈地渴望生活、斗争、劳动,而这种渴望在我的心里跟我对您的爱融合在一起,伊莉娜,仿佛谁特意安排好了一样,您真美,我觉得生活也同样这么美! 您在想什么?

伊莉娜　您说生活美。对,可是说不定它只是看上去如此罢了! 对我们三个姐妹来说,生活还说不上美,它像杂草那样压制我们……我流眼泪了。这不需要……(很快地擦干眼泪,微笑)必须工作,工作。我们闷闷不乐,我们那么阴沉地看待生活,那是因为我们不知道劳动。我们是在轻视劳动的人们当中出生的……

〔娜达丽雅·伊凡诺芙娜上,她穿一件粉红色连衣裙,系一根绿色腰带。

娜达霞①　大家已经在那儿坐下来吃午饭了。……我来迟了……(看一眼镜子,整理自己的装束)我的头发梳得好像还好看……(看见伊莉娜)亲爱的伊莉娜·谢尔盖耶芙娜,我祝贺您! (热烈而久久地吻她)你们有许多客人,我,说真的,怪不好意思的……您好,男爵!

奥尔迦　(走进客厅)咦,娜达丽雅·伊凡诺芙娜在这儿。您好,我亲爱的!

〔互吻。

娜达霞　祝过命名日的姑娘好。你们这儿有这么多的人,我心慌得要命……

奥尔迦　得了吧,我们这儿都是自家人。(低声,惊讶)您系一根绿色腰带! 亲爱的,这可不好!

---

① 娜达霞是娜达丽雅的爱称。

娜达霞　莫非这有什么不吉利吗？

奥尔迦　不是的,只是不相配……有点怪……

娜达霞　(带哭音)是吗?不过这不是绿色的,是暗色的。(跟着奥尔
　　　　迦走进大厅)

　　　　〔大家在大厅里坐下来吃午饭,客厅里没人。

库雷京　我祝你有个好新郎,伊莉娜。你也该出嫁了。

切布狄金　娜达丽雅·伊凡诺芙娜,我祝你也有个新郎。

库雷京　娜达丽雅·伊凡诺芙娜已经有了。

玛　　霞　(用叉子敲盘子)我喝一小杯葡萄酒!嘿,生活真美好,我豁
　　　　出去了!

库雷京　你的这种举动连三分也得不到。

韦尔希宁　这酒倒可口。这是拿什么泡的?

索列内依　拿蟑螂泡的。

伊莉娜　(带哭音)哎哟,多么惹人恶心!

奥尔迦　晚饭有烤火鸡和苹果甜馅饼。谢天谢地,今天我一整天在家,
　　　　傍晚也在家……诸位先生,傍晚来吧……

韦尔希宁　请您允许我傍晚也来!

伊莉娜　欢迎。

娜达霞　他们是不讲客气的。

切布狄金　大自然是专门为了爱情才把我们生到人世来的。(笑)

安德烈　(生气)算了,诸位! 你们还没闹够!

　　　　〔费多契克和罗代拿着一只大花篮上。

费多契克　可真是,他们已经在吃午饭了。

罗　　代　(大声,发音不清)他们吃午饭了吗?是的,他们已经在吃午
　　　　饭了……

费多契克　等一忽儿! (照相)一! 再等一忽儿……(又照一张相)二!
　　　　现在好啦!

　　　　〔他们提着花篮,走进大厅,大家闹哄哄地迎接他们。

罗　　代　(大声)我道贺,祝一切都好,一切都好! 今天天气真好,美极
　　　　了。今天我跟一些中学生玩了一个早晨。我在中学里教体操……

费多契克　您可以动一下,伊莉娜·谢尔盖耶芙娜,可以动一下!(照相)您今天引人注目。(从衣袋里取出一个陀螺)这是个陀螺,顺便送给您……这声音好听极了……

伊莉娜　真可爱!

玛　霞　海湾那边有一棵绿橡树,这橡树上挂一条金锁链……这橡树上挂一条金锁链……(含泪)咦,为什么我总是说这话? 这几句诗从一清早起就缠住我不放……

库雷京　席上坐着十三个人!

罗　代　(大声)诸位,难道你们讲迷信吗?

〔笑。

库雷京　如果席上坐着十三个人,那就是说,在座的当中有一对情人。莫非是您吗,伊凡·罗曼诺维奇,恐怕是吧……

〔笑。

切布狄金　我是个老罪人了,不过娜达丽雅·伊凡诺芙娜为什么心慌意乱,我就简直不懂了。

〔大声哄笑;娜达霞从大厅里跑进客厅,安德烈跟着她跑去。

安德烈　得了,您别理他们! 别忙……您等一等,我求求您……

娜达霞　我害臊……我不知道我怎么了,可是他们净拿我开玩笑。刚才我离开饭桌是失礼的,可是我没办法……没办法……(用手蒙住脸)

安德烈　我亲爱的,我请求您,央告您,您别激动。我向您担保,他们是开玩笑,他们是出于好心。我亲爱的,我的好人,他们都是好心的、热诚的人,喜欢我,也喜欢您。您到窗子这边来,这儿他们看不见我们……(环顾四周)

娜达霞　我不习惯交际……

安德烈　啊,青春呀,神奇而美丽的青春! 我亲爱的,我的好人,您别这么激动! ……您相信我,相信我吧……我这么畅快,我的心充满爱情、喜悦……啊,他们看不见我们! 看不见! 为什么,为什么我会爱上您,从什么时候起爱上的,啊,我一点也不知道。我亲爱的,好人,纯洁的人,您就做我的妻子吧! 我爱您,我爱您……我从来没有这样爱过任何人……

〔接吻。

〔两个军官上,看见这接吻的一对人,惊愕地站住。

第一幕完

第二幕

〔布景与第一幕相同。

〔傍晚八点钟。从后台街上隐约传来拉手风琴的声音。没有灯火。娜达丽雅·伊凡诺芙娜上,身穿一件宽大的长衣,手里拿着一支蜡烛;她走来,在安德烈的房门口站住。

娜达霞　你,安德留沙,在干什么? 在看书吗? 没什么,我只是随便问问……(往前走,推开另一道门,往里看一眼,又关上)我看看有没有灯火……

安德烈　(上,手里拿着一本书)什么事,娜达霞?

娜达霞　我看看有没有灯火……现在是谢肉节,仆人们都昏了头,要小心又小心,免得出什么事。昨天半夜我穿过饭厅,那儿还点着一支蜡烛。究竟是谁点的,我始终没查明白。(放下蜡烛)几点钟了?

安德烈　(看怀表)八点一刻。

娜达霞　可是奥尔迦和伊莉娜到现在还没来。没回家。她们还在干活,可怜的人。奥尔迦在开教务会议,伊莉娜在电报局……(叹气)今天早晨我对你的妹妹说:"伊莉娜,要爱惜身体,亲爱的。"可是她不听。你是说八点一刻了吗? 我担心我们的包比克病了。为什么他身上那么冷? 昨天他发烧,今天浑身发冷……我真担心!

安德烈　没什么,娜达霞。孩子挺好。

娜达霞　不过最好还是注意他的饮食。我不放心。据说今天九点多钟,化装跳舞的人要到我们这儿来,他们不来才好,安德留沙。

安德烈　说真的,我不知道。那些人大概是请来的。

娜达霞　今天小男孩早晨醒过来,瞧着我,忽然微微一笑,可见他认得我了。我就说:"包比克,你好啊! 你好啊,亲爱的!"他呢,笑了。

孩子懂事,非常懂事。那么,安德留沙,我就对她们说,不要接待那些化装跳舞的人了。

安德烈　（迟疑）可是这要由姐妹们做主。她们是这儿的主人。

娜达霞　她们也是主人,我会对她们说的。她们心好……（走动）我吩咐晚饭添酸牛奶。大夫说,你得光吃酸牛奶,要不然你就瘦不下来。（站住）包比克身上发冷。我担心他在他那房间里嫌冷。至少在天气暖和以前得给他换一个房间。比方说,伊莉娜的房间给孩子睡倒正合适,又干燥,又整天有阳光。应当对她说,她暂时可以跟奥尔迦同住一个房间……反正她白天不在家,只是晚上回来睡睡觉罢了……

　　　〔停顿。

安德留善契克,为什么你不说话?

安德烈　没什么,我在想心思……再说也没有什么可说的……

娜达霞　是的……我本来想跟你说什么话来着……哦,对了,自治局的费拉朋特来了,要见你。

安德烈　（打呵欠）叫他来吧。

　　　〔娜达霞下;安德烈弯下腰去凑着她忘了拿去的蜡烛看书。费拉朋特上;他穿一件又旧又破的大衣,衣领竖起,耳朵上包着头巾。

你好,亲爱的。你有事吗?

费拉朋特　主席叫我送来一本书和一个什么公文。喏……（递过书和一封公文）

安德烈　谢谢。好。可是你为什么来得这么晚?要知道现在已经八点多钟了。

费拉朋特　啥?

安德烈　（大声）我说你来得晚,已经八点多钟了。

费拉朋特　是啊。我到您这儿来的时候,天还亮着,可是人家一直不放我进来。他们说老爷正忙着。忙就忙吧,反正我也不急着到哪儿去。（以为安德烈在问他什么话)啥?

安德烈　没什么。（看着书）明天是星期五,我们不办公,不过我反正要去……工作。待在家里没意思……

　　〔停顿。

亲爱的老爷爷,生活起了多么古怪的变化,多么会欺骗人啊! 今天我闷得慌,闲着没事做,就拿起这本书,大学的旧讲义,我就觉得好笑……我的上帝啊,我是地方自治局,也就是由普罗托波波夫担任主席的那个自治局的秘书;我是秘书,我所能指望的至多是做个地方自治局的委员罢了! 我只能做本地的地方自治局的委员,而我每天晚上却梦见我是莫斯科大学的教授,著名的学者,俄罗斯国土引以为荣的人!

费拉朋特　我不知道,老爷……我听不清楚……

安德烈　要是你能听清楚,也许我就不跟你说了。我需要找个人谈谈,可是我的妻子不了解我,至于我的姐妹们,不知什么缘故我又怕她们,我生怕她们讥笑我,弄得我满心羞愧……我不喝酒,我不爱下馆子,可是现在我多么乐于在莫斯科的捷斯托夫①或者大莫斯科②里坐坐啊,我亲爱的。

费拉朋特　前几天,据一个包工头在自治局里说,在莫斯科,有些商人吃煎饼;有一个商人吃了四十个煎饼,好像胀死了。不是四十个,就是五十个。我记不清了。

安德烈　你在莫斯科,在饭馆的大厅里坐着,你不认得人家,人家也不认得你,你却并不觉得自己是个陌生人。可是在这儿大家都认得你,你也认得大家,你反而觉得跟大家陌生,陌生……陌生而孤单。

费拉朋特　啥?

　　〔停顿。

那个包工头还说——兴许他是胡扯——要把整个莫斯科用一根大索横着隔开来。

安德烈　这是为什么?

费拉朋特　不知道,老爷。这是包工头说的。

安德烈　胡扯。(看书)你以前去过莫斯科吗?

---

①② 莫斯科的高级饭馆。

费拉朋特　（沉吟片刻）没去过。上帝没叫我去。

〔停顿。

我可以走了吗？

安德烈　可以走了。祝你健康。

〔费拉朋特下。

祝你健康。（看书）明天早晨你来，取走这儿的一些公文……你走吧……

〔停顿。

他走了。

〔门铃声。

啊，真麻烦……（伸懒腰，慢腾腾地走回自己的房间）

〔奶妈在后台摇着孩子，哼着歌。玛霞和韦尔希宁上。在他们谈话的时候，女仆点上灯和蜡烛。

玛　霞　我不知道。

〔停顿。

我不知道。当然，习惯有很大关系。比方说，父亲死了以后，我们不再有勤务兵了，可是我们对这一点很久都不习惯。不过，我觉得，撇开习惯不谈，我说这话是出于公道。也许在别的地方，情形不是这样，可是在我们的城里，最正派、最高尚、最有教养的就是军人。

韦尔希宁　我渴了。我想喝茶。

玛　霞　（看一下表）很快就要送茶来了。我是在十八岁那年出嫁的，我怕我的丈夫，因为他是教员，而那时候我刚毕业。当时我觉得他非常有学问，聪明，了不起。可惜现在不是这样了。

韦尔希宁　嗯……我明白。

玛　霞　我不说我的丈夫了，我对他已经习惯了，可是在文职人员当中，一般说来，却有那么多粗鲁、不礼貌、没教养的人。粗鲁使我激动，感到受辱；每逢我看见一个人不够文雅，不够和气，不那么有礼貌，我就痛苦。有的时候我跟那些教员，我丈夫的同事们待在一起，简直觉得痛苦。

韦尔希宁　是啊……不过我觉得,不管文职人员或军人,都一样没趣味,至少在这个城里是这样。反正都一样!你去听听当地的知识分子的言谈吧,无论是文职的还是军人,他们都在为老婆受罪,为家务事受罪,为庄园受罪,为马车受罪……俄国人很大的特点就是思想方式高尚,可是您说说看,为什么在生活里他们就那么不高尚?为什么?

玛　霞　为什么呢?

韦尔希宁　为什么他们为孩子受罪,为老婆受罪?为什么他们的妻子儿女又为他们受罪?

玛　霞　您今天情绪不大好。

韦尔希宁　也许吧。我今天没吃午饭,从早晨起就什么东西也没吃。我的一个女儿有点不舒服,每逢我的那些女儿生病,我就忧虑重重,我的良心就折磨我,因为她们有那样的一个母亲。哎,要是您今天看到她就好了!多么无聊呀!我们从早晨七点钟起就开始争吵,到九点钟我就砰的一声关上门,走了。

　　　　〔停顿。

我从来也不讲这种事,说来奇怪,我只对您一个人发牢骚。(吻她的手)您不要生我的气。除了您以外,我就没有一个知心的人,没有一个知心的人了……

　　　　〔停顿。

玛　霞　炉子里响得很。在父亲去世以前不久,我们的烟囱里就呜呜地响。跟现在一样。

韦尔希宁　您还迷信吗?

玛　霞　是的。

韦尔希宁　这就怪了。(吻她的手)您是个出色的、美妙的女人。出色的、美妙的女人!这儿挺黑,可是我瞧见您的眼睛里的亮光。

玛　霞　(在另一把椅子上坐下)这儿亮一点。……

韦尔希宁　我爱您,爱您,爱您……我爱您的眼睛、您的动作,我做梦都看见这些。……出色的、美妙的女人!

玛　霞　(低声笑)每逢您跟我说这种话,不知什么缘故,我虽然害怕,却总是笑。您别说了,我求求您……(低声)不过呢,您自管说吧,对我反正一样……(用双手蒙住脸)对我反正一样。有人来了,您说点别的吧……

〔伊莉娜和土旬巴赫穿过大厅走来。

土旬巴赫　我的姓由三个部分组成。我是土旬巴赫-克罗涅-阿尔特沙乌耶尔男爵,然而我是俄国人,东正教徒,跟您一样。德国人的气质在我身上所剩无几了,也许只有耐性和固执,而这些已经惹得您讨厌了。我每天傍晚送您回来。

伊莉娜　我多么累呀!

土旬巴赫　我每天都会到电报局去,送您回家,我一二十年都会这样,只要您不赶我走……(看见玛霞和韦尔希宁,高兴)是你们吗? 你们好。

伊莉娜　我总算到家了。(对玛霞)刚才来了一位太太,打电报给她那住在萨拉托夫的弟弟,说她的儿子今天死了,可她无论如何也想不起地址。结果这个电报没有地址就打了出去,只打到萨拉托夫就完了。她哭了。我呢,无缘无故对她说了许多无礼的话。我说:"我没工夫。"我真不应该。今天参加化装舞会的人到我们家来吗?

玛　霞　来。

伊莉娜　(在一把圈椅上坐下)我得休息一下。我累了。

土旬巴赫　(微笑)每逢您下班回来,您总是显得那么年轻、那么可怜……

〔停顿。

伊莉娜　我累了。不,我不喜欢电报工作,不喜欢。

玛　霞　你瘦了……(吹口哨)你显得更加年轻了,模样儿像个小男孩。

土旬巴赫　这是因为她的头发梳成那个样子。

伊莉娜　应当另找一种工作,这个工作不合我的意。它正好缺少我所渴望、我所梦想的东西。这种劳动缺乏诗意,缺乏思想内容……

〔传来敲地板的声音。

大夫在敲了。(对土旬巴赫)亲爱的,您敲吧……我不行……我累了。

〔土旬巴赫敲地板。

他马上就来。应当采取什么行动才好。昨天大夫和我们的安德烈到俱乐部去,又输了钱。据说安德烈输了二百卢布。

玛　霞　(冷漠地)现在又有什么办法呢!

伊莉娜　他两个星期以前输过钱,十二月里又输过。他快一点把什么都输掉才好,那也许我们就可以离开这个城了。主啊,我的上帝,我每天晚上梦见莫斯科,我简直像是发疯了。(笑)我们六月间搬到那边去,现在离六月还有……二月,三月,四月,五月……几乎有半年!

玛　霞　千万别让娜达霞知道输钱的事。

伊莉娜　我看,她无所谓。

〔切布狄金上,他刚起床,因为饭后歇了一阵;他走进大厅,理着胡子,然后在桌子旁边坐下,从衣袋里拿出报纸。

玛　霞　他来了……他付过房租了吗?

伊莉娜　(笑)没有。这八个月他一个小钱也没给。看来他忘了。

玛　霞　(笑)他坐在那儿多么神气!

〔大家笑;停顿。

伊莉娜　您怎么不说话,亚历山大·伊格纳契奇?

韦尔希宁　我不知道。我想喝茶。我情愿牺牲半条命,只求喝到一杯茶!我从早晨起什么东西也没吃过……

切布狄金　伊莉娜·谢尔盖耶芙娜!

伊莉娜　您有什么事?

切布狄金　您到这儿来。Vene zici.①

〔伊莉娜走过去,在桌子旁边坐下。

我缺了您就不行。

〔伊莉娜摆牌阵。

---

① 法语:您到这儿来。

韦尔希宁　怎么办呢？既然茶没端来，那我们就索性来高谈阔论吧。

土旬巴赫　好。谈什么呢？

韦尔希宁　谈什么？我们来幻想吧……比方说，在我们死后，再过二三百年，生活会是什么样子。

土旬巴赫　好吧。我们死后，人们会坐着气球上天，衣服会变样，人们也许会发现第六种感官，发展它，可是生活仍旧会是原来这样，生活仍旧艰难，充满神秘、幸福。再过一千年，人仍旧会叹着气说："唉，生活是苦事！"同时，人们仍旧会像现在这样怕死，不愿意死。

韦尔希宁　（沉思片刻）怎么对您说好呢？我觉得人世间的一切肯定会渐渐地改变，而且现在已经在我们眼前改变。再过二三百年，或者多到一千年，反正问题不在于时间，幸福的新生活总要来的。当然，我们不会过那种生活了，然而我们目前正在为它生活、工作，而且受苦；我们正在创造它，我们的生活目标，也可以说，我们的幸福，全在于此。

　　　　〔玛霞轻声笑。

土旬巴赫　您怎么了？

玛　霞　我不知道。今天从早晨起，这一整天我都在笑。

韦尔希宁　我是跟您在同一个学校里毕业的，我没有进过学院；我读了很多书，可是我不会选择，也许我读了许多根本不需要读的书，不过我年纪越大，就越想多知道一些。我的头发灰白了，我几乎成了老头子，可是我知道得很少，少得很！然而我仍旧觉得，最重要和最关键的东西我是知道的，知道得一清二楚。我多么想对您证明，对我们来说，幸福是没有的，不应当有，也不会有……我们只应当工作，不住地工作，而幸福，那只有我们的遥远的后代才有份儿。

　　　　〔停顿。

轮不到我，那么至少会轮到我的后代的后代。

　　　　〔费多契克和罗代在大厅里出现；他们坐下来，弹着吉他，轻声哼歌。

土旬巴赫　照您的说法，人甚至不能梦想幸福！可要是我幸福呢？

韦尔希宁　不会的。

土旬巴赫 （把手一拍,笑）显然,我们彼此不了解。嗯,我怎样才能说服您呢?

　　〔玛霞轻声笑。

（对她伸出一个手指头）您笑吧!（对韦尔希宁）慢说过二三百年,就是再过一百万年,生活也仍旧会是原来那样;它恒久不变,永远如此,遵循它自己的规律,而这种规律跟您无关,或者至少您永远也不会理解。那些候鸟,比方说仙鹤吧,它们飞呀飞的,飞个不停,不管它们的头脑里有什么样的思想,高尚的也罢,渺小的也罢,它们总是飞着,而且不知道为什么飞,飞到哪儿去。不管它们当中出现什么样的哲学家,它们始终在飞,将来也还是飞;它们爱怎么谈哲学就怎么谈,可就是得飞……

玛　霞　这究竟有什么意思呢?

土旬巴赫　意思……喏,天在下雪。这有什么意思呢?

玛　霞　我觉得人应当有所信仰,或者应当寻求信仰,要不然他的生活就空虚,空虚……活着而又不知道仙鹤为什么飞,孩子为什么生下来,天上为什么有星星……要么知道人为什么活着,要么一切都不值一谈,都无所谓。

　　〔停顿。

韦尔希宁　青春过去了,总是可惜的……

玛　霞　果戈理的作品里写着:生活在这个世界上是乏味的,诸位!

土旬巴赫　可是我要说:跟你们争论是困难的;诸位! 去你们的吧……

切布狄金　（读报）巴尔扎克在别尔季切夫结婚了。

　　〔伊莉娜轻声哼歌。

我一定要把这一条记在小本子上。（记）巴尔扎克在别尔季切夫结婚了。（看报）

伊莉娜　（摆牌阵,沉思）巴尔扎克在别尔季切夫结婚了。

土旬巴赫　大局定了。您知道,玛丽雅·谢尔盖耶芙娜,我已经要求退伍了。

玛　霞　我听说了。我看不出这件事有什么好的地方。我不喜欢文职人员。

土旬巴赫　那没关系……（站起来）我长得不好看,我算是什么军人呢? 不过呢,那也没关系……我要工作。我这辈子哪怕有一天辛苦地工作也好,让我到傍晚回到家里,疲乏地往床上一躺,立刻就睡着了。（往大厅走去）工作的人一定睡得香!

费多契克　（对伊莉娜）刚才我在莫斯科街的贝席科夫商店给您买了些彩色铅笔。还有这把小刀……

伊莉娜　您老是把我看成小孩子,可是要知道,我已经长大了……（接过铅笔和小刀,高兴）多么可爱啊!

费多契克　我自己也买了一把小刀……诺,您看……这是一把刀子,这又是一把,这是第三把,这是挖耳朵的,这是小剪子,这是修指甲的……

罗　代　（大声）大夫,您多大年纪?

切布狄金　我吗? 三十二。

　　　　〔笑。

费多契克　现在我来摆一副牌阵给您看看。（摆牌阵）

　　　　〔茶炊端来;安菲萨站在茶炊旁边;过一忽儿娜达霞走来,也在桌子旁边忙碌;索列内依上,同大家打招呼,在桌子旁边坐下。

韦尔希宁　嘿,好大的风!

玛　霞　是啊。冬天真讨厌。我已经忘记夏天是什么样儿了。

伊莉娜　牌阵摆通了,我看出来了。我们会到莫斯科去。

费多契克　不,没有摆通。您看,八这张牌压在黑桃二上。（笑）可见您不会到莫斯科去。

切布狄金　（看报）齐齐哈尔。此地天花盛行。

安菲萨　（走到玛霞跟前）玛霞,喝茶吧,亲爱的。（对韦尔希宁）请喝吧,大人……对不起,老爷,我忘了您的大名了……

玛　霞　拿到这儿来吧,奶妈。我不到那边去。

伊莉娜　奶妈!

安菲萨　来啦!

娜达霞　（对索列内依）吃奶的娃娃很懂事。我说:"你好,包比克。你好,亲爱的!"他带点特别的神情看了我一眼。您以为这纯粹是我做母亲的感情在起作用,可是不对,不对,我向您担保! 这是个不平常的孩子。

索列内依　要是这个孩子是我的,我就把他放在锅里煎熟,吃掉。(拿着茶杯走进客厅,在一个墙角上坐下)

娜达霞　(用双手蒙住脸)粗鲁而没教养的人呀!

玛　霞　不注意现在是夏天还是冬天的人有福了。我觉得要是我在莫斯科,我对天气就会漠不关心……

韦尔希宁　前几天我读过一个法国部长在监狱里写的日记。这位部长是由于巴拿马事件定罪的。他讲到他从监狱的窗子里见到外面的飞鸟时是多么欣喜、多么心醉,而在他以前做部长的时候他就没注意过鸟。现在,他释放了,自由了,当然就跟先前一样不再注意那些鸟了。同样,等您住在莫斯科,您也就不会注意它了。我们没有幸福,也不会有,我们只是盼望它罢了。

土旬巴赫　(拿起桌子上的一个盒子)糖果都上哪儿去了?

伊莉娜　索列内依吃掉了。

土旬巴赫　都吃了?

安菲萨　(端茶来)这是给您的一封信,老爷。

韦尔希宁　我的?(接过信来)是女儿写来的。(读信)是啊,当然……对不起,玛丽雅·谢尔盖耶芙娜,我要悄悄地走了。我不喝茶了。(站起来,激动)老是这一套……

玛　霞　什么事? 不是秘密吧?

韦尔希宁　(轻声)我的妻子又服毒自尽了。我得走。我要偷偷走掉。这种事不愉快极了。(吻玛霞的手)我亲爱的、美妙的好女人……我悄悄地从这边走掉……(下)

安菲萨　他到哪儿去了? 可是我给他端茶来了……这个人呀。

玛　霞　(生气)走开! 你在这儿纠缠不清,闹得人不得消停……(端着茶杯走到桌子那儿去)你惹我讨厌,老婆子!

安菲萨　你怎么生气了? 亲爱的!

　　　　〔安德烈的声音:"安菲萨!"

　　　　(学他的腔调)安菲萨! 他老是坐在那儿……(下)

玛　霞　（在大厅里桌子旁边，气冲冲地）让我坐！（把桌子上的纸牌搅乱）你只顾玩牌，把整个桌子都霸占了。喝茶去！

伊莉娜　你真凶啊，玛希卡。

玛　霞　既是我凶，就别跟我说话。别惹我！

切布狄金　（笑）别惹她，别惹她……

玛　霞　您六十岁了，可是您跟小孩子一样，净说些鬼话。

娜达霞　（叹息）亲爱的玛霞，在谈话中何必用这样的词儿呢？按你这种漂亮的相貌，我跟你说老实话，要不是用这种词儿，那你在彬彬有礼的上流社会里简直就会叫人神魂颠倒。Je vous prie pardonnez moi，Marie，mais vous avezdes manières un peu grossières. ①

土旬巴赫　（忍住笑）给我……给我……那儿好像有白兰地……

娜达霞　Il parait，que mon Бобик déjà ne dort pas②，醒过来了。今天他不大舒服。我要到他那儿去了，对不起……（下）

伊莉娜　亚历山大·伊格纳契奇到哪儿去了？

玛　霞　回家去了。他的妻子又出了一件不平常的事。

土旬巴赫　（走到索列内依跟前，手里捧着一小瓶白兰地）您老是一个人坐着想心思，谁也不知道您在想什么。算了，咱们讲和吧。咱们喝白兰地吧。

　　　　〔他们喝酒。

今天我得弹一夜钢琴，大概会弹些乱七八糟的东西……管他的！

索列内依　何必讲和呢？我又没跟您吵架。

土旬巴赫　您老是在我的心里引起一种感觉，好像我们之间发生了什么事似的。老实说，您的脾气古怪。

索列内依　（朗诵状）我古怪，可是谁不古怪！别生气了，阿乐哥③！

土旬巴赫　这跟阿乐哥有什么相干呢……

　　　　〔停顿。

索列内依　我不论跟谁两个人在一块儿的时候，那倒没事，我跟大家一

---

①　法语：请您原谅我说老实话，玛丽，您的作风有点粗野。

②　法语：我的包比克好像没睡着。

③　普希金的诗篇《茨冈》中的主人公。

样,可是在大庭广众之下我就气闷,感到别扭……净说些蠢话。可是我仍旧比很多人正直、高尚。我可以证明这一点。

土旬巴赫　我常常生您的气,我们跟外人相处的时候,您总是挑我的毛病,可是不知什么缘故,我还是同情您。不管怎样,今天我们开怀畅饮吧。我们喝吧!

索列内依　喝吧。

〔他们喝酒。

男爵,我一点也不想跟您作对。可是我有莱蒙托夫的性格。(低声)我的样儿也有点像莱蒙托夫……人家是这么说的……(从衣袋里取出一小瓶香水,往手上洒)

土旬巴赫　我要求退伍了。够啦!我一直考虑了五年,最后下了决心。我要去工作了。

索列内依　(朗诵状)别生气了,阿乐哥……忘掉你的梦想,忘掉吧……

〔在他们谈话的时候,安德烈拿着一本书悄悄上,在蜡烛旁边坐下。

土旬巴赫　我要去工作了……

切布狄金　(同伊莉娜一块儿走进客厅)请客吃的酒菜也是真正的高加索风味:葱头汤,烤菜是"切哈尔特玛",也就是烤肉。

索列内依　"切列木沙"根本不是肉,而是一种类似葱的植物。

切布狄金　不对,我的天使。"切哈尔特玛"不是葱,是烤羊肉。

索列内依　我跟您说,"切列木沙"是葱。

切布狄金　我跟您说,"切哈尔特玛"是羊肉。

索列内依　我跟您说,"切列木沙"是葱。

切布狄金　我跟您有什么可争论的呢。您从来也没有去过高加索,也没有吃过"切哈尔特玛"。

索列内依　我没吃过,是因为我受不了。"切列木沙"有一股气味,跟蒜头差不多。

安德烈　(恳求)算了吧,诸位!我求求你们!

土旬巴赫　化装跳舞的人什么时候来?

伊莉娜　他们答应九点钟以前到;那么马上就要来了。

土旬巴赫　(拥抱安德烈)"啊,您,门廊,我的门廊,我的新门廊……"

安德烈　(边跳舞边唱)"新门廊,槭木的门廊……"

切布狄金　(跳舞)"有栅栏的门廊!"

　　　　　〔笑。

土旬巴赫　(吻安德烈)见他的鬼,咱们来喝一杯吧,安德留沙,咱们来喝一杯订交酒吧。我跟你,安德留沙,一块儿到莫斯科去,进大学去。

索列内依　进哪个大学? 莫斯科有两所大学呢。

安德烈　莫斯科只有一所大学。

索列内依　我跟您说,有两所。

安德烈　就让它有三所也成。那更好。

索列内依　莫斯科有两所大学!

　　　　　〔抱怨声和嘘声。

　　　莫斯科有两所大学:一所旧的和一所新的。不过,要是你们不爱听,要是我的话惹你们生气,那我可以不说。我甚至可以到另一个房间里去……(下,走进一扇门)

土旬巴赫　好哇,好哇!(笑)诸位,开始吧,我坐下来弹琴! 这个索列内依真可笑……(挨着钢琴坐下,弹华尔兹舞曲)

玛　霞　(独自一个人跳华尔兹舞)男爵醉了,男爵醉了,男爵醉了!

　　　　　〔娜达霞上。

娜达霞　(对切布狄金)伊凡·罗曼内奇!(对切布狄金讲了几句话,然后悄悄下)

　　　　　〔切布狄金碰碰土旬巴赫的肩膀,小声对他说话。

伊莉娜　什么事?

切布狄金　我们该走了。祝您健康。

土旬巴赫　晚安。现在该走了。

伊莉娜　对不起……参加化装舞会的人呢? ……

安德烈　(发窘)那些跳舞的人不会来了。你要知道,我亲爱的,娜达霞说包比克不大舒服,所以……一句话,我不清楚,我反正无所谓。

伊莉娜　（耸肩膀）包比克不舒服！

玛　霞　得啦，随他怎么样吧！人家下逐客令，我们得走了。（对伊莉娜）不是包比克有病，倒是她自己有病……这儿！（敲敲自己的额头）小市民！

〔安德烈从右门下，回到自己的房回去了，切布狄金跟着他走去；人们在大厅里告别。

费多契克　多么可惜啊！我原来指望过一个痛快的傍晚，不过要是娃娃有病，那么当然……我明天给他带一个玩具来……

罗　代　（大声）今天吃过午饭以后我特意睡了一觉，心想晚上跳舞，我要跳一个通宵。要知道现在还刚九点呢！

玛　霞　我们到街上去，在那儿再商量吧。我们来决定该怎么办。

〔传来人声："再见！祝您健康！"传来土旬巴赫的欢畅的笑声。众人下。安菲萨和一个女仆收拾桌子，吹熄蜡烛。传来奶妈唱歌的声音。安德烈穿着大衣，戴着帽子，和切布狄金悄悄上。

切布狄金　我没来得及结婚，因为生活一晃就过去了，像闪电一样，还因为我发疯般地爱上你的母亲，而她嫁人了……

安德烈　用不着结婚。用不着，因为乏味得很。

切布狄金　话是不错的，可是孤单呀。不管你怎么高谈阔论，孤单总是一件可怕的事，我亲爱的……不过，实际上……当然，那也完全没关系！

安德烈　我们快点走吧。

切布狄金　忙什么？有的是工夫。

安德烈　我怕我的妻子拦阻我。

切布狄金　哦！

安德烈　我今天不打牌了，光是坐着看一忽儿就算了。我身体不好……我总是气喘，该怎么办，伊凡·罗曼内奇？

切布狄金　何必问呢！我不记得了，亲爱的。我不知道。

安德烈　我们从厨房那边出去吧。

〔门铃声，然后又是门铃声；传来说话声，笑声。

〔两人下。

伊莉娜　（上）什么事？

安菲萨　来参加化装舞会的人！

〔门铃声。

伊莉娜　你就说家里没人，亲爱的奶妈。请他们原谅吧。

〔安菲萨下。伊莉娜沉思着在房间里走来走去；她心情激动，索列内依上。

索列内依　（困惑）一个人也没有……大家都到哪儿去了？

伊莉娜　都回家去了。

索列内依　奇怪。只有您一个人在这儿吗？

伊莉娜　只有我一个人。

〔停顿。

再见。

索列内依　刚才我的举动不够沉着，不得体。可是您跟大家不一样，您高尚，纯洁，看得清真理……只有您一个人能够了解我。我爱您，深深地、无限地爱您……

伊莉娜　再见！您走吧。

索列内依　我缺了您就没法生活（跟着她走）啊，我的快乐！（含泪）啊，幸福呀！这样秀丽、美妙、惊人的眼睛，我在任何一个女人身上没有见到过……

伊莉娜　（冷冷地）别说了，瓦西里·瓦西里奇！

索列内依　我这是头一次对您说到爱情，好像我不是在地球上，而是在另一个行星上。（擦自己的额头）啊，那也没关系。当然，硬要人家爱你是不行的……可是我不能有幸运的情敌……不能有……我凭一切神圣的东西向您起誓，我要打死我的情敌……啊，美妙的女人！

〔娜达霞拿着蜡烛走过去。

娜达霞　（推开一扇房门往里张望，再推开另一扇门张望，走过她丈夫的房门口）安德烈在里面。让他去看书吧。请您原谅，瓦西里·瓦西里奇，我不知道您在这儿，我穿着家常衣服……

索列内依　我无所谓。再见！（下）

娜达霞　你累了,我亲爱的,可怜的姑娘!(吻伊莉娜)该早点睡觉才是。

伊莉娜　包比克睡了吗?

娜达霞　睡了。不过他睡得不踏实。我顺便有件事想跟你说一下,亲爱的,可你老是不在家,要不然,就是我没有工夫……我觉得包比克现在住的那间儿童室又冷又潮。而你那个房间给小孩住倒不错。亲爱的,亲人,你暂时搬到奥丽雅的房间里去吧!

伊莉娜　(不懂)搬到哪儿去?

　　　　〔可以听见一辆三驾马车响着铃声,驶到房子前面来。

娜达霞　你跟奥丽雅暂时住一个房间,包比克住你的房间。他可真是个小宝贝,今天我对他说:"包比克,你是我的,你是我的!"他就睁着他那对小眼睛瞅我。

　　　　〔门铃声。

大概是奥尔迦。她回来得好晚啊!

　　　　〔女仆走到娜达霞跟前,凑着她的耳朵小声说话。

娜达霞　普罗托波波夫?真是个怪人。普罗托波波夫来了,邀我跟他一块儿坐着三驾马车出去兜风。(笑)这些男人多么奇怪……

　　　　〔门铃声。

有人来了。坐车去逛一刻钟也未尝不可。……(对女仆)你就说我马上来。

　　　　〔门铃声。

有人拉铃……多半是奥尔迦回来了……(下)

　　　　〔女仆跑下;伊莉娜坐着沉思;库雷京、奥尔迦上,随后是韦尔希宁。

库雷京　这可奇怪。还说他们那儿要开晚会呢。

韦尔希宁　奇怪,我是刚才走掉的,也就是半个钟头吧,那时候他们在等化装舞会呢……

伊莉娜　大家都走了。

库雷京　玛霞也走了?她到哪儿去了?那么普罗托波波夫为什么在下边马车上等着呢?他在等谁?

伊莉娜　您别问啦……我累了。

库雷京　哎,这个任性的姑娘……

奥尔迦　校务会议刚刚开完。我乏透了。我们的女校长有病,现在我代理她的职务。我头痛,头痛啊……(坐下)安德烈昨天打牌输掉二百卢布……全城都在谈这件事……

库雷京　是啊,我也开会开累了。(坐下)

韦尔希宁　刚才我的妻子想吓唬我一下,差点儿服毒死掉。事情总算过去了,我暗自高兴,现在想休息一下……那么,是该走了吗?好吧,让我祝你们一切都好。费多尔·伊里奇,我们一块儿到什么地方去走走吧!我不能待在家里,根本不能……我们去走走吧!

库雷京　我累了。我不去。(站起来)我累了。我的妻子回家了吧?

伊莉娜　大概是的。

库雷京　(吻伊莉娜的手)再见。明天和后天都是整天休息。祝一切都好!(走)我很想喝茶。我本来指望在愉快的一群人当中度过这个傍晚,可是……唉,fallacem hominum spem!① 感叹词的宾格……

韦尔希宁　这样说来,我得一个人走了。(吹着口哨,同库雷京一起下)

奥尔迦　我头痛,头痛呀……安德烈输了钱……全城都在议论……我要去躺下睡觉了。(走)明天我空闲……啊,我的上帝,这多么愉快呀!明天我空闲,后天也空闲……我头痛,头痛呀……(下)

伊莉娜　大家都走了。一个人也没有了。

　　　　〔街上有手风琴声,奶妈在唱歌。

娜达霞　(穿着皮大衣,戴着帽子,穿过大厅,身后跟着一个女仆)过半个钟头我就回家。我只是去转一圈。(下)

伊莉娜　(只剩下自己一个人,愁闷)到莫斯科去!到莫斯科去!到莫斯科去!

第二幕完

———————

　① 拉丁语:啊,人的虚幻的希望!

第三幕

　　〔奥尔迪和伊莉娜的房间。左边和右边是床,围着屏风。深夜两点多钟。后台敲警钟,报火警,起火已经很久了。这所房子里的人显然还没有睡觉。玛霞躺在一张长沙发上,没脱衣服,她像平时一样穿一件黑色连衣裙。奥尔迦和安菲萨上。

安菲萨　眼下她们坐在楼底下……我说:"你们上楼去吧,"我说,"不要紧,可以的。"她们哭着说:"我们不知道爸爸在哪儿,"她们说,"求上帝保佑别烧死才好。"看她们说的!院子里也有些人……也没穿衣服。

奥尔迦　(从柜子里取衣服)把这件灰色的拿去……还有这一件……这件短上衣也拿去……这条裙子你也拿去,亲爱的奶妈……这是怎么回事啊,我的上帝!显然,基尔萨诺夫巷全烧光了……这一件拿去……这一件也拿去……(把衣服丢在她的怀里)韦尔希宁一家吓坏了,可怜的人啊……他们的房子差点烧掉。让他们在我们这儿过夜吧……不能让他们回家去……可怜的费多契克的家全烧光了,什么也没剩下……

安菲萨　应该把费拉朋特叫来才是,奥留希卡,我拿不了这么多……

奥尔迦　(拉铃)叫不应……(对门外)不管谁在外头,到这儿来!

　　〔从敞开的门口望出去,可以看见一扇被火光映得通红的窗子;可以听见消防队经过这所房子。

这多么可怕!多么叫人心烦!

　　〔费拉朋特上。

把这些东西拿到下面去……楼底下站着柯洛契林家的小姐们……把衣服交给她们。这一件也交给她们……

费拉朋特　　是。一八一二年莫斯科也着过火①。主啊,我的上帝! 法国人大吃一惊。

奥尔迦　　走吧,去吧。

费拉朋特　　是。(下)

奥尔迦　　好奶妈,亲爱的,把一切东西都给他们吧,我们什么也不要,都给他们吧,好奶妈……我累了,两条腿都站不住了……不能让韦尔希宁一家人回家去……那两个小姑娘睡在客厅里,让亚历山大·伊格纳契奇到楼下男爵的房间里去……让费多契克也到男爵那儿去,要不然,就叫他睡在我们的大厅里……大夫好像故意捣乱似的,偏偏喝醉了酒,那就不能让人到他的房间里去。让韦尔希宁的妻子也到客厅里去。

安菲萨　　(疲乏)奥留希卡,亲爱的,别把我赶出去! 别把我赶出去!

奥尔迦　　你在说糊涂话了,奶妈。谁也没有赶你出去。

安菲萨　　(把头枕在她的胸上)我的亲人,我的心爱的,我在尽力,我在干活……可我体力差了,大家就会说:你走吧! 可是叫我到哪儿去呢? 到哪儿去呢? 我八十岁了。快八十二了……

奥尔迦　　你坐一忽儿,亲爱的奶妈……你累了,可怜的人……(扶她坐下)你歇一下吧,我的好人。你的脸色那么苍白!

　　　　　〔娜达霞上。

娜达霞　　人家在说,要赶快组织一个赈济灾民的协会才是。可不是,这倒是个好主意。一般说来应当帮助穷人,这是有钱的人的责任。包比克和索福琪卡都睡着了,倒好像根本没出什么事似的。我们家里有那么多的人,不管走到哪儿,到处都遇上人,房子里都挤满了。如今城里正在闹流行性感冒,我生怕孩子们受到传染。

奥尔迦　　(没听她讲话)在这个房间里看不见火灾,这儿安安静静的……

娜达霞　　是啊……我大概披头散发吧。(照镜子)人家说我发胖了……不对! 一点儿也没胖! 玛霞睡了,她累了,可怜的人……

---

① 指拿破仑入侵俄国。

（对安菲萨,冷酷地）当我的面不准坐着! 站起来! 走开!

　　〔安菲萨下,停顿。

为什么你还留着这个老太婆,我不明白!

奥尔迦　（愕然）对不起,我也不明白……

娜达霞　她用不着待在这儿。她是乡下人,应当住在村子里……简直给惯坏了! 我喜欢家里有个规矩! 家里不应当有多余的人。（抚摩她的脸颊）你,可怜的人啊,累了! 我们的女校长累了! 等我的索福琪卡长大,进了中学,我就会怕你了。

奥尔迦　我不会做校长。

娜达霞　人家会选你的,奥列琪卡。这是势所必然的。

奥尔迦　那我会拒绝。我不成……我干不了……（喝水）你刚才那么粗暴地对待奶妈……对不起,我受不了……我的眼前都发黑了……

娜达霞　（激动）对不起,奥丽雅,对不起……我没打算伤你的心。

　　〔玛霞站起来,拿起枕头,气冲冲地下。

奥尔迦　你要明白,亲爱的……也许我们受的教育有些特别,总之,这种事我受不了。这种态度使我有一种压抑感,我难受……我简直灰心丧气!

娜达霞　对不起,对不起……（吻她）

奥尔迦　不管什么样的、哪怕是很小的粗鲁举动,或者是一句不礼貌的话,都使我激动……

娜达霞　我常常说一些不必要的话,这是实在的,不过你会同意,我亲爱的,她可以住到村子里去。

奥尔迦　她在我们这儿干了三十年了。

娜达霞　可是现在她不能干活了! 要么就是我不明白,要么就是你不愿意了解我的意思。她不能劳动,只能睡觉或是坐着了。

奥尔迦　那就让她坐着好了。

娜达霞　（惊讶）怎么能让她坐着呢? 要知道她是仆人啊。（含泪）我不明白你的意思,奥丽雅。我们有照料孩子的用人,有奶妈,我们有侍女,有厨娘……那我们何必还要这个老太婆? 何必呢?

〔后台发出敲警钟的声音。

奥尔迦　这一夜我老了十岁。

娜达霞　我们得讲明白,奥丽雅。你在中学里,我在家里;你教书,我管
　　家。要是我讲到仆人的事,那我知道我说的是什么,我知道我——
　　说——的——是——什——么……叫那个老贼,老家伙,明天就离
　　开这儿……(顿脚)这个巫婆!我不容许人家气我!不容许!(清
　　醒过来)说真的,要是你不搬到楼下去,我们就会老是吵架。这真
　　可怕。

　　　　〔库雷京上。

库雷京　玛霞在哪儿?现在该回家了。据说火正在灭下去。(伸懒
　　腰)只烧掉一个街区,本来有风,起初大家以为全城都会烧光。
　　(坐下)我累了。奥列琪卡,我亲爱的……我常常想:要是没有玛
　　霞,我就会跟你结婚,奥列琪卡。你太好了。……我累坏啦。(倾
　　听)

奥尔迦　怎么啦?

库雷京　好像故意捣乱似的,大夫发了酒瘾,喝得烂醉。好像故意捣
　　乱!(站起来)他好像到这儿来了……听见了吗?是的,到这儿来
　　了……(笑)说真的,这个人哪……我要躲起来……(走到柜子那
　　边去,站在墙角上)这个捣蛋鬼。

奥尔迦　他有两年没喝了,现在呢,突然大喝了一通……(同娜达霞一
　　块儿走到房间的深处)

　　　　〔切布狄金上;他走路并不摇晃,就像清醒的人一样,他在这
　　个房里走着,又停下来,朝四下望了望,接着,走到洗脸盆那儿
　　洗手。

切布狄金　(阴沉地)叫他们都见鬼去吧……见鬼去吧……他们以为
　　我是医生,什么病都能治,我呢,简直什么也不懂,以前我学来的知
　　识全忘光了,什么也不记得,真是什么也不记得了。

　　　　〔奥尔迦和娜达霞趁他没察觉,下。

　　见鬼去吧。上星期三我在扎绥普给一个女人看病,她死了,她的死
　　要由我负责。是的……二十五年前我倒还多少懂得点医道,如今

可是一点也不记得了。一点也不记得了。也许我甚至不是人,而只是装成我有手,有腿,有脑袋;也许我根本就不存在,只是我觉得我在走路,吃饭,睡觉罢了。(哭)啊,要是不存在倒也好了!(止住哭,阴郁地)鬼才知道这是怎么回事……前天大家在俱乐部里谈天;他们讲起莎士比亚、伏尔泰……我没读过那些人的作品,压根儿没读过,可是我的脸上装出来好像我读过的样子。别人呢,也像我一样。庸俗!下流!星期三死掉的那个女人我记得……全记得,我心里别扭,不好受,难过……于是我就出去喝酒了……

〔伊莉娜、韦尔希宁、土旬巴赫上;土旬巴赫不穿军装,穿一身时髦的新衣服。

伊莉娜　我们在这里坐会儿。这里没有人来。

韦尔希宁　要是没有那些兵士,全城都烧光了。他们是好样儿的!(满意得搓手)金子般的人!嘿,真是些好汉!

库雷京　(走到他们跟前)几点钟了,诸位先生?

土旬巴赫　三点多。天亮了。

伊莉娜　大家坐在大厅里,谁也没走。你们那位索列内依也坐在那儿……(对切布狄金)您,大夫,该去睡了。

切布狄金　没什么……谢谢。(理胡子)

库雷京　(笑)你醉了,伊凡·罗曼内奇!(拍拍他的肩膀)好样儿的!古人说得好:In vino veritas.①

土旬巴赫　大家要求我组织一个音乐会救济灾民。

伊莉娜　哦,有谁参加呢?……

土旬巴赫　要是愿意的话,倒是可以组织的。依我看来,玛丽雅·谢尔盖耶芙娜钢琴弹得好极了。

库雷京　她弹得好极了!

伊莉娜　她已经忘啦。她有三年没弹钢琴了,……要不,就是四年。

土旬巴赫　这个城里简直没有人懂得音乐,一个人也没有,不过我呢,我懂,我凭人格向你们担保,玛丽雅·谢尔盖耶芙娜弹得很好,几

---

① 拉丁语:酒中见真情。

乎可以说有才气。

库雷京　您说得对,男爵。我很爱她,玛霞。她真好。

土旬巴赫　一个人钢琴弹得那么出色,同时又意识到谁也听不懂,谁也听不懂!

库雷京　(叹气)是啊……不过,她参加音乐会合适吗?

　　　〔停顿。

反正我心里没数,诸位先生。说不定这样也挺好。应当承认,我们的校长是个好人,简直好得很,聪明极了,不过呢,他有那么一些看法……当然,这件事跟他不相干,不过要是你们愿意的话,那我也不妨找他谈一谈。

　　　〔切布狄金拿起一个瓷钟,细看。

韦尔希宁　在火场上我弄得一身脏,简直不像人样了。

　　　〔停顿。

昨天我偶尔听说,我们的队伍好像要调到很远的地方去。有人说到波兰,有人说到赤塔。

土旬巴赫　我也听说了。有什么办法呢? 那样一来,这个城就要变得空荡荡了。

伊莉娜　我们也要走了!

切布狄金　(钟从手中掉下来,摔碎)打得粉碎了!

　　　〔停顿;大家都不高兴,发窘。

库雷京　(拾碎片)打碎这么贵重的东西,唉,伊凡·罗曼内奇,伊凡·罗曼内奇呀! 您的操行连零分也够不上!

伊莉娜　这是我去世的母亲的钟。

切布狄金　也许吧……母亲留下的就算母亲留下的吧。也许我没摔碎,只是觉得摔碎罢了。也许我们只是觉得我们存在,而实际上并不存在。我什么也不知道,人人都是什么也不知道。(站在门口)你们看什么? 娜达霞跟普罗托波波夫搞上恋爱了,可是你们看不出来……你们坐在这儿,什么也看不见,可是娜达霞跟普罗托波波夫搞上恋爱了……(唱)"您可愿意收下这颗枣……"(下)

韦尔希宁　是啊……(笑)实际上,这一切多么奇怪啊!

〔停顿。

刚起火的时候,我赶紧跑回家去;我走近一看,我们的房子好好的,没出事,没有危险,可是我那两个小女儿站在门口,只穿着贴身的衣服,她们的母亲不在,人们忙忙乱乱,马和狗东奔西跑,两个小女儿的脸上流露出惊慌、恐惧、恳求和我说不出的那么一种神情;我看见了这两张脸,我的心就缩紧了。我暗想:我的上帝啊,这两个小姑娘在漫长的一生中还得经历多少辛酸呀! 我拉住她们,跑着,老是想着这一点:她们在这个世界上还得经历多少辛酸啊!

〔警钟声;停顿。

我到了这儿,原来那个做母亲的也在这儿,她正在喊叫,生气。

〔玛霞拿着枕头上,在一张长沙发上坐下。

刚才我的两个小女儿只穿着贴身衣服站在门口,当时街上让火光照得通红,声音嘈杂得可怕,我就觉得这像许多年前发生的事——敌人突然冲进来,抢劫呀,放火呀……不过,实际上,眼前的情形和过去有着多么大的差别! 再过不多的时间,大约二三百年吧,人们也会觉得我们现在的生活又可怕又可笑,所有现在的一切都会显得畸形、沉重、很不舒服,十分古怪了。啊,这是肯定的,将来会有什么样的生活,什么样的生活啊! (笑)对不起,我又大发空论了。请允许我继续说下去吧,我非常想高谈阔论,诸位,此刻我的心境就是这样。

〔停顿。

现在仿佛所有的人都睡着了。那么,我要说:将来会有什么样的生活啊! 你们只要想象一下……喏,像你们这样的人目前在这个城里只有三个,可是在以后几代人中间就会多起来,而且越来越多,终于有一天,一切都会变得合乎你们的愿望,大家都会像你们这样生活,然后你们也会衰老,比你们更好的人就会诞生……(笑)今天我的心情有点特别。我非常想生活下去……(唱)"老老少少都受爱情的摆布,热情的迸发良好而有益……"(笑)

玛　霞　特拉姆——达姆——达姆……

韦尔希宁　达姆——达姆……

玛　霞　特拉——拉——拉？

韦尔希宁　特拉——达——达。（笑）

〔费多契克上。

费多契克　（跳舞）烧光了,烧光了！烧得一干二净！

〔笑。

伊莉娜　拿这种事来开玩笑。东西完全烧光了吗？

费多契克　（笑）烧得一干二净。什么也没留下。吉他烧掉了,相片也
烧掉了,我的一切信件也都烧掉了……我本来想送给您一个笔记
本,也烧掉了。

〔索列内依上。

伊莉娜　不,劳驾,您走吧,瓦西里·瓦西里奇。待在这儿是不行的。

索列内依　可是为什么男爵行,我就不行？

韦尔希宁　真的,也该走了。火怎么样了？

索列内依　听说正在灭下去。不,我简直觉得奇怪:为什么男爵行,我
就不行？（取出一小瓶香水,往身上洒）

韦尔希宁　特拉姆——达姆——达姆？

玛　霞　特拉姆——达姆。

韦尔希宁　（笑,对索列内依）我们到大厅里去吧。

索列内依　好,那我们就记下这笔账。这个想法本来可以再讲清楚些,
不过我怕惹恼了那些鹅①……（瞧着土旬巴赫）啧啧啧……（同韦
尔希宁和费多契克一起下）

伊莉娜　这个索列内依尽自抽烟,抽得满屋子都是烟……（惊讶地）男
爵睡着了吧！男爵！男爵！

土旬巴赫　（醒来）哎呀,我累了……砖厂。……这不是我说梦话,而
是实情,我不久就要到砖厂去,开始工作了……这事已经谈过了。
（对伊莉娜,温柔地）您这样苍白、美丽、迷人……我觉得您的苍白
像亮光那样照亮了黑暗……您悲哀,您对生活不满意……啊,您跟

---

①　典出克雷洛夫的寓言《鹅》。

我一块儿去,一块儿去工作吧!

玛　霞　尼古拉·尔沃维奇,您出去吧。

土旬巴赫　(笑)您在这儿吗?我没看见。(吻伊莉娜的手)再见,我走了……现在我瞧着您,不由得想起很久以前,在您过命名日那天,您朝气蓬勃,欢欢喜喜,讲起劳动的快乐……那时候我仿佛看到一种多么幸福的生活呀!它在哪儿呢?(吻她的手)您眼睛里有泪水。您去睡吧,天已经亮了……早晨开始了……但愿能容许我为您献出我的生命就好了!

玛　霞　尼古拉·尔沃维奇,您走吧!说真的,您这是怎么了……

土旬巴赫　我走……(下)

玛　霞　(躺下)你睡着啦,费多尔?

库雷京　啊?

玛　霞　该回家去了。

库雷京　我亲爱的玛霞,我宝贵的玛霞……

伊莉娜　她累了。让她休息一下吧,费佳①。

库雷京　我马上就走……我的好妻子,我的贤惠的妻子……我爱你,我的唯一的……

玛　霞　(生气)Amo,amas,amat,amamus,amatis,amant.②

库雷京　(笑)是啊,说真的,她是个了不起的女人。我跟你结婚七年了,可是好像昨天才举行婚礼似的。这是实话。是啊,说真的,你是个了不起的女人。我满意,我满意,我满意!

玛　霞　腻烦,腻烦,腻烦……(起来,坐着说话)喏,有一件事怎么也不肯离开我的脑子……简直可气。这件事像钉子似的钉在我的脑子里,我不能不说。我要说的是关于安德烈的事……他把这所房子抵押给银行了,所有的钱都让他的妻子拿走了,可是这所房子不属于他一个人,而是属于我们四个人的啊!假如他是个正派人,他就应当知道这一点。

---

① 费多尔的爱称。
② 拉丁语:我爱,你爱,他爱,我们爱,你们爱,他们爱。

库雷京　　何苦啊,玛霞!这对你有什么用?安德留沙欠了一身的债,那就求上帝保佑他吧。

玛　霞　　不管怎样这总是可气的。(躺下)

库雷京　　我和你并不穷。我工作,我在中学里教课,又教家馆……我是个正直的人。朴实……正如常言所说,Omnia mea mecum porto①。

玛　霞　　我什么也不要,可是这种不公道的做法使我愤慨。

　　　　　〔停顿。

你走吧,费多尔。

库雷京　　(吻她)你累了,休息半个钟头吧,我在那儿坐一忽儿,等着。你睡吧……(走)我满意,我满意,我满意。(下)

伊莉娜　　确实,我们的安德烈变得多么庸俗,他在这个女人身边变得多么沉闷而衰老啊!从前他准备去做教授,可是昨天他夸口说他到底当上地方自治局的委员了。他是地方自治局的委员,而普罗托波波夫是主席……全城都在议论,讪笑,只有他一个人什么也不知道,什么也看不见……刚才大家都跑去救火,可是他却坐在自己房里,不理不睬。他一个劲儿拉小提琴。(烦躁)唉,可怕,可怕,可怕呀!(哭)我受不了,我再也受不了啦!……我受不了,受不了啦!……

　　　　　〔奥尔迦上,收拾她的小桌上的东西。

(大声哭)把我赶出去,把我赶出去吧,我再也受不了啦!……

奥尔迦　　(惊恐)你怎么了,你怎么了?亲爱的!

伊莉娜　　(痛哭)哪儿去了?一切都到哪儿去了?哎,我的上帝,我的上帝啊!我全忘记了,忘记了……我的脑子里全乱了。……我记不得窗子或者这个天花板意大利语叫什么……我什么都忘了,每天都在忘,而生活却在过去,再也不会回来,我们再也不会到莫斯科去,再也不会去……我看出来我们不会去了……

奥尔迦　　亲爱的,亲爱的……

伊莉娜　　(按捺自己)啊,我真不幸……我不能工作,不想工作。够了,

---

　　① 拉丁语:我所有的东西都带在身边(意谓:所有的财产都可以抛弃)。

够了！我原来做报务员，如今在市参议会里工作，凡是人家交给我办的事，我统统憎恨，统统看不上眼……我已经二十四岁，工作已经很久，我的脑子干枯，我瘦了，丑了，老了，任何快乐都说不上，一点也说不上，而光阴却在过去，我老是觉得我离开真正的美好生活越来越远，落到一个什么深渊里去了。我心灰意懒，不明白自己怎么会至今还活着，没有寻短见……

奥尔迦　别哭了，我的姑娘，别哭了……我心里难受。

伊莉娜　我不哭，我不哭……算了……喏，我已经不哭了。算了……算了！

奥尔迦　亲爱的，要是你愿意我出主意的话，那么我以姐姐的身份，以朋友的身份对你说：嫁给男爵吧！

　　　　〔伊莉娜小声哭。

要知道你尊敬他，看重他……固然，他长得不漂亮，可是，他那么正派，纯洁……要知道嫁人不是出于爱情，而是为了尽自己的责任。至少我是这样想的，我就会没有爱情而嫁人。不管谁来求婚，我一概愿意嫁，只要他是个正派人就行。连老头子我也愿意嫁……

伊莉娜　我一直在等着我们搬到莫斯科去，在那儿我会遇见我所梦想的真正的爱人……可是现在看来，这都是胡思乱想，都是胡思乱想……

奥尔迦　（拥抱她的妹妹）我亲爱的、美丽的妹妹，我都明白；尼古拉·尔沃维奇男爵脱离军职，穿着便服到我们家里来的时候，我觉得他那么难看，我甚至哭起来了……他问："您为什么哭？"我怎么对他说呢？不过，要是上帝有意叫他跟你结婚，那我就会幸福。要知道那就是另一回事，完全是另一回事了。

　　　　〔娜达霞拿着一支蜡烛，穿过舞台，从右边的房门默默地走进左边的房门。

玛　霞　（坐下）看她那走路的样子，倒好像是她放的火。

奥尔迦　你，玛霞，真傻。我们家里最傻的就是你。对不起，请你原谅。

　　　　〔停顿。

玛　霞　我要说出我的罪过，亲爱的姐妹们。我的心在受煎熬。我对你们说出来,此外我再也不对什么人说了……我马上就说。(低声)这是我的秘密,不过你们应当都知道……我没法不讲……

〔停顿。

我爱他,爱他……我爱这个人……你们刚才还看见过他……好吧,就直截了当说吧。我爱韦尔希宁。

奥尔迦　(走到屏风后边)别谈这个了。反正我不听。

玛　霞　有什么办法呢!(抱住头)起初我觉得他奇怪,后来我怜惜他……临了我爱上了他……爱他的声音、他说的话、他的不幸、他的两个小姑娘……

奥尔迦　(在屏风后边)我反正不听。不管你说出什么样的蠢话,我反正不听。

玛　霞　哎哟,你才傻呢,奥丽雅。我爱他,这也是我命该如此。这也是我在劫难逃……他呢,也爱我……这件事真可怕。是吗? 这样不好,对吗?(抓住伊莉娜的手,把她拉到身边来)啊,我亲爱的……我们到底会怎样过完我们的一生,我们会变成什么样呢?平常你读一本长篇小说的时候,你总觉得这种事是老一套,很容易理解,可是临到你自己爱上一个人,你才看出来谁都是什么也不懂,各人的问题得个人去解决……我亲爱的,我的姐妹们……我对你们都说了,现在我要沉默了……我要像果戈理的疯子那样……沉默……沉默……

〔安德烈上,他身后跟着费拉朋特。

安德烈　(生气)你要干什么? 我不懂。

费拉朋特　(站在门口,迟疑)安德烈·谢尔盖耶维奇,我已经说过十次了。

安德烈　第一,你不能叫我安德烈·谢尔盖耶维奇,要叫老爷!

费拉朋特　老爷,消防队员请求您允许他们穿过花园到河边去。要不然,他们就得绕大圈子,那简直是受罪。

安德烈　好吧。你就说:好吧。

〔费拉朋特下。

真烦人。奥尔迦在哪儿?

〔奥尔迦从屏风后面走出来。

我是来找你的,你把柜子上的钥匙给我,我那把钥匙丢了。你有那么一把小钥匙。

〔奥尔迦默默地把钥匙交给他。伊莉娜走到屏风后边去。

〔停顿。

好大的火!现在小下去了。鬼才知道怎么回事,这个费拉朋特惹得我生气,我对他说了些蠢话……老爷之类的……

〔停顿。

你怎么不说话,奥尔迦?

〔停顿。

不要再这样胡闹下去,无缘无故地绷着脸了。玛霞,你在这儿,伊莉娜在这儿,嗯,那好,索性开诚布公地说说清楚吧。你们有什么事跟我过不去?什么事?

奥尔迦　算了,安德留沙。明天再谈吧。(激动)多么苦恼的一夜啊!

安德烈　(他很窘)你别激动。我十分冷静地问你们:你们有什么事跟我过不去的?照直说吧。

〔韦尔希宁的声音:"特拉姆——达姆——达姆!"

玛　霞　(站起来,大声)特拉——达——达!(对奥尔迦)再见,奥丽雅,上帝保佑你。(走到屏风后边,吻伊莉娜)你放心睡觉吧……再见,安德烈。你走吧,她们累了……明天再谈吧……(下)

奥尔迦　真的,安德留沙,等明天再说吧……(走到屏风后面)该睡觉了。

安德烈　我只说几句就走。马上就走……第一,你们跟我的妻子娜达霞作对,这我从结婚那天起就看出来了。娜达霞是个很好的、正派的人,她直心眼,高尚,这就是我的看法。我爱我的妻子,尊敬她,你们要知道,我尊敬她,我要求别人也这样尊敬她。我再说一遍,她是个正直而高尚的人,而你们所有的不满,对不起,纯粹是由于任性。

〔停顿。

第二,你们好像因为我没做教授,没研究学问而生气。可是我在地方自治局工作,我是地方自治局的委员,我把我这种工作看得跟科学工作同样神圣和高尚。我是地方自治局的委员,不瞒你们说,我为此感到自豪。

〔停顿。

第三……我还有话要说……我抵押了房子,没有先征求你们的许可。在这方面我有错处,是的,我请求你们原谅我。逼得我这么做的是我的债务……三万五。我不再打牌了,早就戒赌了,不过我可以为自己辩护的主要一点是,你们都是姑娘,你们可以领抚恤金①,而我没有……所谓的进项……

〔停顿。

库雷京 (朝门内)玛霞不在这儿?(惊慌)那么她在哪儿呢?这就怪了……(下)

安德烈 她们不听我讲话。娜达霞是个很好的、正直的人。(沉默地在舞台上走来走去,然后停下来)当初我结婚的时候,我以为我们会幸福……大家都会幸福……可是我的上帝啊……(哭)我亲爱的姐妹,宝贵的姐妹,不要相信我的话,不要相信……(下)

库雷京 (不安地在门口张望)玛霞在哪儿?玛霞不在这儿吗?这事真出奇了。(下)

〔警报声,舞台上空荡荡。

伊莉娜 (在屏风后边)奥丽雅! 这是谁在敲地板?

奥尔迦 这是伊凡·罗曼内奇大夫。他喝醉了。

伊莉娜 多么苦恼的一夜啊!

〔停顿。

奥丽雅! (在屏风后边向外张望)你听说了吗? 队伍就要从我们这儿调走,开到远处去了。

奥尔迦 这只是传说罢了。

伊莉娜 到那时候我们就孤零零了……奥丽雅!

————————

① 按帝俄的制度,军官死后,其子女领抚恤金,婚后停领。

奥尔迦　怎么办呢?

伊莉娜　亲爱的,宝贵的,我尊敬男爵,看重他,他是个很好的人,我嫁
　　　给他就是,我同意,不过我们要到莫斯科去! 我求求你,我们去吧!
　　　世界上没有比莫斯科再好的地方了! 我们去吧,奥丽雅! 去吧!

第三幕完

第四幕

〔普罗左罗夫家的古老花园。一条很长的、两旁栽着云杉的林荫道,道路尽头可以看见一条河。河对面有一片树林。右边是正房的露台;那儿放着一张桌子,桌上有酒瓶和玻璃杯;可以看出刚才人们在那儿喝过香槟酒。中午十二点钟。偶尔有些过路人从街上来,穿过花园到河边去,有五个兵士匆匆走过去。

〔切布狄金心情舒畅,在整个这一幕里始终如此,他在花园里一把圈椅上坐着,等人来叫他;他戴着一顶军帽,拿着手杖。伊莉娜,脖子上挂着勋章、没留唇髭的库雷京和土旬巴赫站在露台上,送别费多契克和罗代。这两个军官都穿着行军的军装在往下走。

土旬巴赫　（同费多契克互吻）您是好人,我们相处得很和睦。（同罗代互吻）再来一次……别了,我亲爱的!

伊莉娜　再见!

费多契克　不是再见,而是永别,我们再也不会相见了!

库雷京　谁知道呢!（擦眼睛,微笑）瞧,我都哭了。

伊莉娜　我们将来会见面的。

费多契克　再过十年到十五年吗? 可是那时候我们几乎互相认不出来,只是冷淡地打个招呼就算了……（照相）别忙……再照最后一张。

罗　代　（拥抱土旬巴赫）我们不会再见面了……（吻伊莉娜的手）谢谢您的一切,谢谢!

费多契克　（烦恼）你等一等嘛!

土旬巴赫　求上帝保佑,我们会见面的。那么您要给我们来信。一定要来信。

罗　代　（环顾花园）别了,树木!（喊叫）跳——跳!

　　　　　〔停顿。

　　别了,回声!

库雷京　说不定您会在那儿,在波兰结婚……那位波兰太太就会拥抱您,说:"柯哈涅!"①（笑）

费多契克　（看怀表）不到一个钟头就要开拔了。我们这个炮兵连里只有索列内依一个人坐驳船走,我们都跟队伍一块儿走。今天有三个炮兵连开拔,明天再开拔三个连,城里就安宁平静了。

土旬巴赫　也就冷清极了。

罗　代　玛丽雅·谢尔盖耶芙娜在哪儿?

库雷京　玛霞在花园里。

费多契克　得跟她告别。

罗　代　别了,我们得走了,不然我要哭了……（匆匆拥抱土旬巴赫和库雷京,吻伊莉娜的手）我们在这儿过得好极了……

费多契克　（对库雷京）这个给您留做纪念……一个小本子和一支铅笔……我们从这儿走到河边去……

　　　　　〔两个人走去,不住地回顾。

罗　代　（喊叫）跳——跳!

库雷京　（喊叫）别了!

　　　　　〔在舞台深处费多契克和罗代遇见玛霞,同她告别;她同他们一起下。

伊莉娜　他们走了……（在露台的下面一级台阶上坐下）

切布狄金　可是他们忘了跟我告别。

伊莉娜　那您在干什么呢?

切布狄金　不知怎么,我也忘了。不过我很快就会同他们见面,我明天走。是啊……还有一天。再过一年我就退伍了,我会再到此地来,在你们身边过完我的残生。……还差一年我就可以领养老金了……（把一张报纸放进衣袋里,取出另一张）我会到你们这儿

---

① 波兰语译音:"亲爱的!"

来,而且从根本上改变自己的生活……我要做一个安分的、虔诚的、体面的人……

伊莉娜　您也是该改变一下生活才成,亲爱的。好歹总得改一改。

切布狄金　是的。我感觉到了。(低声唱)"达拉拉……崩比亚……我坐在路旁的石磴上……"

库雷京　伊凡·罗曼内奇不可救药!不可救药!

切布狄金　是啊,我该到您那儿去受一下训练。那我就能改邪归正了。

伊莉娜　费多尔把唇髭剃掉了。我看不惯!

库雷京　这有什么不好的?

切布狄金　我很想告诉您,现在您的外貌像什么样子,可是我不能。

库雷京　这有什么呢!这不足为奇,这是一种 modus vivendi①。我们的校长剃掉了唇髭,我做了学监以后也剃掉了。谁都不喜欢,可是我倒无所谓。我满意。有唇髭也好,没唇髭也好,我一概满意。(坐下)

〔在花园深处,安德烈推着一辆里面睡着娃娃的摇篮车走过去。

伊莉娜　伊凡·罗曼内奇,亲爱的,我的亲人,我非常不放心。您昨天到林荫道去过,您说说那儿出了什么事?

切布狄金　出了什么事?没有什么。不值一提。(看报)无关紧要!

库雷京　据说,昨天索列内依和男爵好像在剧院附近的林荫道上相遇了……

土旬巴赫　别说了!真的,何必提它呢……(挥一下手,走进正房)

库雷京　就在剧院附近……索列内依找碴儿跟男爵吵架,男爵受不住,说了几句不客气的话……

切布狄金　我不知道。这都是胡说八道。

库雷京　有一个宗教学校,那儿的一个教员在学生的一篇作文底下批了"胡说"这个词儿,学生却念成了"肾脏",以为这是拉丁

---

① 拉丁语:生活方式。

252

文①……（笑）这真滑稽得出奇。据说，索列内依好像爱上了伊莉娜，恨男爵……这是可以理解的。伊莉娜是个很好的姑娘。她简直像玛霞，也那么喜欢沉思。只是你，伊莉娜，脾气柔和一点。不过玛霞脾气也很好。我爱她，玛霞。

〔在花园深处，后台："喂！跳——跳！"

伊莉娜　（打哆嗦）不知怎么，今天我老是觉得害怕。

〔停顿。

我已经都准备好，我吃过午饭以后就把我的行李送走。我跟男爵明天举行婚礼，明天我们到砖厂去，后天我就到学校去，开始过新的生活。求上帝保佑我才好！我参加女教师考试及格的时候，甚至高兴得哭了……

〔停顿。

拉行李的大车马上就来了……

库雷京　那很好，不过这一切有点不严肃。光是一些想法，严肃的成分很少。不过我还是衷心地祝你好。

切布狄金　（感动）我的出色的姑娘，好姑娘……我的亲爱的……你们走远了，追不上你们了。我落在后面，像是一只衰老而不能飞的候鸟。你们飞吧，我的亲爱的，飞吧，求上帝保佑你们！

〔停顿。

您不该剃掉您的唇髭，费多尔·伊里奇。

库雷京　您别说了！（叹息）瞧，今天军人都走了，一切又要照旧了。不管人家怎么说，玛霞是个正直的好女人，我很爱她，我感激我的命运……人的命运各式各样。……有个叫柯赛烈夫的在此地税务局里当差。他从前跟我同过学，他念到中学五年级就被开除了，因为他无论如何也弄不懂 ut consecutivum②。现在他穷得很，又有病，我每逢遇见他，总是对他说："你好，ut consecutivum!"他就说："是啊，就是 con secutivum."然后他就咳嗽……我呢，一辈子都走

① 俄语 челуха（胡说）与拉丁文 renixa（肾脏）在字形上有点相似。
② 拉丁语的语句构造方式。

运,我幸福,我甚至有斯坦尼斯拉夫二级勋章,现在我教别人学这个 ut consecutivum 了。当然,我是个聪明人,比很多人都聪明,可是幸福并不在此……

〔正房里有人在弹奏《处女的祈祷》。

伊莉娜　明天傍晚我就再也听不见《处女的祈祷》这个曲子,再也不会碰见普罗托波波夫了……

〔停顿。

普罗托波波夫就坐在那边客厅里;他今天又来了……

库雷京　女校长还没来吗?

伊莉娜　没来。已经派人去找她了。但愿您能知道奥丽雅不在,我一个人住在这儿是多么苦……她住在学校里;她是校长,整天忙着办事,我呢,孤零零一个人,乏味得很,没事可做,而且痛恨我住的那个房间……我干脆下了决心:如果我注定不能到莫斯科去,那也就罢了。这也是命该如此。没法子可想……万事都是天意,这是实话。尼古拉·尔沃维奇向我求婚……好吧。我考虑一下就决定了。他是个好人,甚至好得出奇,好极了……我的灵魂好像忽然生出了翅膀,我高兴起来,心里轻松了,我又一心想工作,想工作……可是昨天不知出了一件什么事,一个秘密悬挂在我的头顶上……

切布狄金　胡说八道。

娜达霞　(对着窗子)女校长!

库雷京　女校长来了。我们进去吧。

〔他同伊莉娜一块儿走进正房。

切布狄金　(看报,轻声唱)"达拉拉……崩比亚……我坐在路旁的石碴上……"

〔玛霞上;在花园深处安德烈推着摇篮车走过。

玛　霞　他一个人在这儿坐着纳福呢……

切布狄金　那又怎么啦?

玛　霞　(坐下)不怎么……

〔停顿。

您爱过我的母亲吗?

切布狄金　很爱。

玛　霞　那么她爱您吗？

切布狄金　（沉吟片刻）这我已经记不得了。

玛　霞　我那口子在这儿吗？当初我们的厨娘玛尔法就是这样叫她那
　　　　个警察的；我那口子。我那口子在这儿吗？

切布狄金　他还没来。

玛　霞　每逢一个人像我这样，断断续续、一点一滴地得到幸福，随后
　　　　又失掉了它，那么这个人就会渐渐变得粗暴，变得凶恶。……（指
　　　　指自己的胸口）我这个地方正在沸腾……（望着她的弟弟安德烈，
　　　　他正推着摇篮车走过）这是我们的安德烈……所有的希望全完
　　　　了。成千上万的人抬起一口钟，为它花费了很多的劳力和金钱，可
　　　　是它忽然掉下地，砸碎了。这是忽然之间，无缘无故发生的。安德
　　　　烈就是这样……

安德烈　什么时候正房里才能安静下来。那么乱糟糟的。

切布狄金　快了。（看怀表）我这个怀表是个老古董，能报时……（给
　　　　表上弦，表发出响声）到一点钟整，第一、第二和第五炮兵连就开
　　　　拔了……

　　　　　〔停顿。

　　　　我明天走。

安德烈　永远不回来啦？

切布狄金　我不知道……也许过一年我就回来……不过，这种事鬼才
　　　　知道……反正没关系。

　　　　　〔可以听见远处有人在弹竖琴和拉小提琴。

安德烈　这个城就要空了。仿佛与世隔绝了。

　　　　　〔停顿。

　　　　昨天剧院旁边出了一件事，大家都在议论，可是我不知道。

切布狄金　没什么事。那是胡闹。索列内依找碴儿跟男爵吵架，男爵
　　　　冒火了，说出一些伤他的话，于是最后局面弄僵，索列内依不得不
　　　　要求同他决斗。（看怀表）好像时候已经到了……十二点半，在公
　　　　家的树林里，喏，就是在那边，河对岸，从这儿可以看得见……

砰——砰。(笑)索列内依认为自己是莱蒙托夫,甚至在写诗。玩笑归玩笑,可是这已经是他第三次决斗了。

玛　霞　谁第三次决斗?

切布狄金　索列内依呗。

玛　霞　那么男爵呢?

切布狄金　男爵怎么了?

〔停顿。

玛　霞　我的脑子里乱糟糟的……不过我仍旧要说:不应当让他们决斗。他可能打伤男爵,或者甚至会打死他。

切布狄金　男爵是个好人,不过,多一个男爵,少一个男爵,不都是一样吗?随他们去决斗吧!没关系!

〔花园那一边发出叫声:"喂!跳——跳!"

你等一等。这是斯克沃尔佐夫在叫,他是决斗的证人。他在船上坐着呢。

〔停顿。

安德烈　依我看来,决斗的人,和参与其事的人,哪怕是以医生的身份参与,都是不道德的。

切布狄金　这只是看起来如此而已……我们不存在,世界上一切都不存在;我们并没有活着,只是看起来好像活着而已……什么都无所谓!

玛　霞　人们就是这样整天发议论,发议论……(走动)在这样的天气里生活,一转眼就要下雪了,可是这儿还在发这些议论……(站住)我不到屋里去,我不能到那儿去……等韦尔希宁来了,你们告诉我……(在林荫道上走动)候鸟已经在飞了……(抬头看)这是天鹅还是普通的鹅……我可爱的、幸福的鸟啊……(下)

安德烈　我们的房子就要空了。军官们要走了,您也要走了,我的妹妹要嫁人了,家里只剩下我一个人了。

切布狄金　那么你的妻子呢?

〔费拉朋特拿着公文上。

安德烈　妻子无非是妻子。她诚实,直爽,也可以说是善良吧,可是尽管这样,她身上还是有那么一种东西,使她堕落成为一头鄙俗、盲目粗野的禽兽。无论如何她不是一个人。我对您说这些话是把您看作一个朋友,看作我唯一能够吐露心曲的人。我爱娜达霞,这是不错的,可是有的时候我觉得她庸俗得出奇,于是我心里发蒙,不明白为什么我那么爱她,我凭哪一点那么爱她,或者至少为什么我爱过她……

切布狄金　（站起来）老弟,明天我就要走了,也许我们从此见不到面了,那么,我给你出一个主意。你猜怎么着,你就戴上帽子,拿起手杖,走掉了事……你远走高飞,连头也不要回。你走得越远越好。

　　　　〔索列内依在舞台深处同两个军官一起走过;他看见切布狄金,就转身向他这边走过来;那两个军官向前走去。

索列内依　大夫,到时候了! 十二点半了!（同安德烈打招呼）

切布狄金　我马上就来。我讨厌你们这班人。（对安德烈）要是有人问起我,安德留沙,你就说我马上回来。（叹气）唉——唉!

索列内依　他还没来得及喊一声"哎呀",熊就已经扑到他身上来了。（跟他一块儿走去）您干吗唉声叹气,老头儿?

切布狄金　哼!

索列内依　您的身体怎么样?

切布狄金　（生气）不怎么样!

索列内依　老头儿不该激动。我不打算做得太过分,只把他当一只山鹬似的打伤就是了。（取出香水,洒在手上）今天我洒完整整一瓶了,可是手上还是有味儿。我这双手有死尸的气味。

　　　　〔停顿。

是啊……您记得那首诗吗? "而它,不安的,在寻求风暴,仿佛在风暴中才有安详……"①

切布狄金　对。他还没来得及喊一声"哎呀",熊就已经扑到他身上来了。（同索列内依一起下）

　　　　〔传来喊叫声:"跳——跳! 喂!"安德烈和费拉朋特上。

———————

① 引自莱蒙托夫的诗篇《帆》。

费拉朋特　在公文上签字吧……

安德烈　（烦躁）走开！走开！我求求你了！（推着摇篮车下）

费拉朋特　要公文就是为了签字嘛。（往舞台深处走去）

　　　　〔伊莉娜和土旬巴赫（戴着草帽）上，库雷京穿过舞台，喊叫
　　道："喂，玛霞，喂！"

土旬巴赫　全城好像只有他一个人为军队开走而高兴。

伊莉娜　这是可以理解的。

　　　　〔停顿。

　　现在我们的城就要空了。

土旬巴赫　（看怀表）亲爱的，我去一下就来。

伊莉娜　你到哪儿去？

土旬巴赫　我要到城里去，然后……给伙伴们送行。

伊莉娜　这不是实话……尼古拉，为什么今天你这么精神恍惚？

　　　　〔停顿。

　　昨天剧院附近出了什么事？

土旬巴赫　（做出不耐烦的动作）过一个钟头我就回来，再跟你待在一
　　块儿。（吻她的手）我亲爱的人儿……（瞧她的脸）我爱你已经有
　　五年了，可我还是不能习惯，我觉得你越来越漂亮了。多么美妙可
　　爱的头发！什么样的眼睛啊！明天我带你走，我们去工作，会有
　　钱，我的梦想就要实现了。你会幸福。只是有一样，只是有一样：
　　你不爱我！

伊莉娜　这我也做不了主。我会做你的妻子，对你忠实，顺从你，可是
　　爱情却没有，这有什么办法！（哭）我有生以来一次也没有恋爱
　　过。啊，我那么想望爱情，已经想望很久了，黑夜白日地想望，可是
　　我的灵魂好比一架贵重的钢琴，上了锁而钥匙却丢了。

　　　　〔停顿。

　　你的眼神不安定。

土旬巴赫　我一夜没睡。我一辈子没有遇到过如此可怕、使我惊恐不
　　安的事，只有这把钥匙撕扯着我的心，不让我睡觉……你给我说点
　　什么话吧。

〔停顿。

你给我说点什么话吧……

伊莉娜　什么？说什么？什么？

土旬巴赫　随便说点什么都成。

伊莉娜　算了吧！算了吧！

〔停顿。

土旬巴赫　有的时候，一件很小很小的事，一件无聊的琐事，突然之间，无缘无故地在生活里起了重要的作用。你照以前那样嘲笑它，认为是小事，可是你仍旧干下去，觉得自己没有力量丢开不干。哎，不谈这些！我挺高兴。我好像生平头一次看见这些云杉、槭树、桦树，它们都好奇地瞧着我，仿佛等待着什么。多么美丽的树木啊；实际上，在这些树木旁边应该有多么美丽的生活啊！

〔叫声："喂！跳——跳！"

该走了，到时候了……喏，这棵树枯死了，可是它仍旧跟别的树一块儿迎风摇摆。同样，我觉得，要是我死了，那我仍旧会用某种方式参加生活的。再见，我亲爱的……（吻她的双手）你交给我的你那些证件在我的桌子上，压在日历底下。

伊莉娜　我跟你一块儿去。

土旬巴赫　（惊慌）不，不！（赶快走去，在林荫道上站住）伊莉娜！

伊莉娜　什么事？

土旬巴赫　（不知道该说什么）今天我没喝咖啡。你叫他们给我煮一点吧……（迅速下）

〔伊莉娜站住，沉思，然后向舞台深处走去，在秋千上坐下。安德烈推着摇篮车上，费拉朋特上。

费拉朋特　安德烈·谢尔盖伊奇，这些公文不是我的，是公家的。这又不是我胡乱编造出来的。

安德烈　啊，它在哪儿，我的过去到哪儿去了？那时候我年轻，快活，聪明；那时候我有梦想，我的思想优美；那时候我的现在和未来闪耀着希望之光。为什么我们刚刚开始生活就变得烦闷，灰色，乏味，懒惰，冷淡，不中用，悲悲惨惨了……我们的城市已经存在二百年，有十万居民,可是其中没有一个人跟其余的人有什么不同;过去也罢,现在也罢,没有一个建立丰功伟业的人,没有一个学者,没有一个艺术家,就连一个稍稍出众因而惹人羡慕或者使人产生模仿的热烈愿望的人也没有……大家光是吃饭、喝酒、睡觉,然后死掉……另一些人出生,也还是吃饭、喝酒、睡觉,为了不致闲得发呆,他们就进行卑鄙的诽谤、灌酒、打牌、打官司,借此使生活添一点花样;妻子欺骗丈夫,丈夫做假,装出什么也没看见、什么也没听见的样子,无法抗拒的庸俗影响压制着孩子们,神圣的火花在他们的身上熄灭,他们变得像他们的父母那样渺小可怜,彼此相仿,就跟死人一样……(对费拉朋特,生气)你有什么事?

费拉朋特　什么? 有些公文要签字。

安德烈　你惹得我厌烦了。

费拉朋特　(把公文交给他)刚才省税务局的看门人说……他说今年冬天彼得堡好像冷到零下二百度了。

安德烈　现在是可憎的,可是我一想到未来,那却多么好啊! 我的心里变得那么轻松、那么畅快;远处闪着亮光,我看见了自由,看见我和我的孩子们摆脱了闲散,摆脱了克瓦斯①,摆脱了加白菜的鹅肉,摆脱了饭后的午觉,摆脱了卑鄙的寄生生活……

费拉朋特　好像有两千个人冻死了。他说老百姓都吓坏了。也不知道这是在彼得堡还是在莫斯科,我记不清了。

安德烈　(突然生出温柔的感情)我亲爱的姐妹们,我的好姐妹啊! (含泪)玛霞,我的姐姐……

娜达霞　(在窗子里)谁在那儿大声说话? 是你吗,安德留沙? 你会把索福琪卡吵醒的。Il ne faut pas faire du bruit, la Sophie est dormée déjà. Vous ètes un ours.②(生气)要是你想讲话,你就把小车和孩子交给另外什么人。费拉朋特,你把老爷的小车接过来!

费拉朋特　是。(接过小车)

①　俄国的一种带酸味的清凉饮料。
②　不纯正的法语:别吵,索菲睡着了。你这蠢货。

安德烈 （发窘）我说得很轻。

娜达霞 （在窗子后边爱抚她的男孩）包比克！淘气的包比克！坏包比克！

安德烈 （浏览公文）行，我看一看这些公文，该签字的就签字，然后你再送回自治局去……（读着公文走进正房；费拉朋特把摇篮车推到花园深处去）

娜达霞 （在窗子后边）包比克，你的母亲叫什么名字啊？宝贝儿，宝贝儿！那么这个人是谁？这是奥丽雅姑姑。你说：你好啊，奥丽雅！

　　　〔两个流浪的乐师，一个男人和一个姑娘，拉着小提琴，弹着竖琴；韦尔希宁、奥尔迦和安菲萨上，沉默地听了一忽儿；伊莉娜走来。

奥尔迦 我们的花园像是公共的通道，大家走路和坐车都穿过这儿。奶妈，你给这些奏乐的几个钱吧！……

安菲萨 （给乐师钱）你们走吧，求上帝保佑你们，亲爱的！

　　　〔乐师们鞠躬，下。

　　这是些受苦的人。要是吃得饱，他们是不会出来奏乐的。（对伊莉娜）你好，阿莉沙！嘿，嘿，姑娘，瞧我过得多好！瞧我过得多好啊！我的亲人，我在中学里住公家的房子，跟奥留希卡住在一块儿，这是上帝给我的老年安排下的。我这个罪人一辈子也没有这么生活过……那房子挺大，是公家的，我一个人住一个房间，还有一张床。样样东西都是公家的。我半夜里醒过来，心里想：啊，主呀，圣母，再也没有比我更幸福的人了！

韦尔希宁 （看怀表）我们马上就要开拔了，奥尔迦·谢尔盖耶芙娜。我得走了。

　　　〔停顿。

　　我祝您一切都好，一切都好……玛丽雅·谢尔盖耶芙娜在哪儿？

伊莉娜 她在花园里……我去找她。

韦尔希宁 劳驾。我急着要走。

安菲萨 我也去找她。（喊叫）玛宪卡，喂！（同伊莉娜一起走到花园深处)喂,喂!

韦尔希宁　一切事情都有个了结。现在我们也要分别了。(看怀表)
市政府给我们饯了行,我们喝了香槟酒,市长发表了演说;我吃着,
听着,可是我的心在这儿,在你们这儿……(环顾花园)我跟你们
相处惯了。

奥尔迦　我们以后还会见面吗?

韦尔希宁　大概不会。

　　　　〔停顿。

我的妻子和两个女儿还要在这儿住两个月左右;劳驾,要是出什么
事,或者有什么需要的话……

奥尔迦　对,对,当然。您放心吧。

　　　　〔停顿。

到明天,城里就会一个军人也没有了,一切就会变成回忆,对我们
来说,当然,就要开始过一种新的生活了……

　　　　〔停顿。

什么事情都不是按我们的意愿发生的。我不想做校长,可还是做
了。可见莫斯科是去不成了。

韦尔希宁　哦……我为一切向您道谢……要是我有什么不对头的地
方,请您原谅我……我说过很多的话,多极了,这也请您原谅;您不
要记住我的坏处。

奥尔迦　(擦眼泪)怎么玛霞还没来……

韦尔希宁　在这告别的时候还有什么话要对您说呢?谈论点什么
呢?……(笑)生活是艰苦的。我们之中许多人觉得生活十分空
虚,没有希望,可是,必须承认,它还是在变得越来越明朗和轻松,
看来,它变得十分光明的时代已经不远了。(看怀表)我该走了,
该走了!以前人类忙于打仗,用行军、袭击、胜利来填满他们的全
部生活,可是现在这一切都过时了,于是留下了暂时无法填补的空
白;人类正在热烈地寻求这种可以用来填补空白的东西,当然,总
会找到的。啊,只希望快一点找到才好!

　　　　〔停顿。

您知道,要是有了劳动热情再加上教育,或者有了教育再加上劳动热情,那就好了。(看怀表)不过,我得走了……

奥尔迦　喏,她来了。

〔玛霞上。

韦尔希宁　我是来告别的……

〔奥尔迦稍稍走开一点,免得妨碍他们告别。

玛　霞　(看着他的脸)别了……

〔长吻。

奥尔迦　行了,行了……

〔玛霞痛哭失声。

韦尔希宁　你要给我写信……别忘了我!放开我……我得走了……奥尔迦·谢尔盖耶芙娜,您扶住她,我已经……到时候了……要迟到了……(极为感动,吻奥尔迦的双手,然后再一次拥抱玛霞,匆匆下)

奥尔迦　得了,玛霞!算了,亲爱的……

〔库雷京上。

库雷京　(发窘)没关系,让她哭一忽儿,随她去……我的好玛霞,我的善良的玛霞……你是我的妻子,不管怎样,我是幸福的……我不抱怨,我一句话也不责备你……奥尔迦可以作见证……我们会再照老样子生活下去,我不会讲你一句,连隐隐约约也不会提到……

玛　霞　(忍住哭)在海湾那边有一棵绿橡树,在那橡树上挂着一根金锁链……在那橡树上挂着一根金锁链……我发疯了……在海湾那边……有一棵绿橡树……

奥尔迦　你安静一下,玛霞……安静一下……给她点水喝。

玛　霞　我不再哭了……

库雷京　她已经不哭了……她是个善良的女人……

〔传来沉闷的、遥远的一声枪响。

玛　霞　在海湾那边有一棵绿橡树,在那橡树上挂着一根金锁链……绿猫……绿橡树……我的脑子乱了……(喝水)我的生活失败了……现在我什么也不需要了……我马上就会安静下来……没关系……什么叫作"在海湾那边"？为什么我的脑子里总是记住这句话？我的思路乱了。

〔伊莉娜上。

奥尔迦　　你安静一下，玛霞。对，这才是聪明人……我们到房间里去。

玛　　霞　　（生气）我不到那儿去。（痛哭，可是立刻止住）我不到屋里去，我再也不去了……

伊莉娜　　我们在一起坐会儿吧，哪怕不说话也是好的。要知道明天我就走了……

〔停顿。

库雷京　　喏，昨天我从一个三年级男学生那儿拿过来这个唇髭和胡子……（戴上唇髭和胡子）这样就像那个德语教师了……（笑）不是吗？这些孩子真滑稽。

玛　　霞　　这实在像你们的德国人了。

奥尔迦　　（笑）是啊。

〔玛霞哭。

伊莉娜　　得啦，玛霞！

库雷京　　很像……

〔娜达霞上。

娜达霞　　（对女仆）怎么？让普罗托波波夫，米哈依尔·伊凡内奇，在索福琪卡旁边坐会儿，包比克呢，叫安德烈·谢尔盖伊奇推着车去遛一遛。为孩子们操多大的心啊……（对伊莉娜）伊莉娜，你明天就走了，真遗憾。你再住一个星期吧。（看见库雷京，尖叫一声；库雷京笑，摘下唇髭和胡子）去您的吧，把我吓坏了！（对伊莉娜）我跟你处熟了，我跟你分手，你以为我心里会好受吗？我要吩咐安德烈带着他的小提琴搬到你的房间里去，让他在那儿吱吱嘎嘎地拉他的琴好了！我们就让索福琪卡搬到他的房间里去。这个可爱的乖孩子！多好的小姑娘！今天她用那样的眼神瞧着我，叫了一声"妈妈"！

库雷京　　挺好的孩子，这话不错。

娜达霞　　这么说，明天就剩下我一个人待在这儿了。（叹气）我要吩咐他们首先把这条林荫道两旁的云杉砍掉,然后,喏,把这棵槭树也砍掉……每到傍晚它那么难看……(对伊莉娜)亲爱的,这条腰带你束着完全不相称……这不美观……应当换一条浅颜色的。在这儿我还要吩咐他们到处都栽上花,花,那就会香喷喷了……(厉声)为什么这儿的长凳上丢着一把叉子?(向正房走去,对女仆)我问你,为什么这儿的长凳上丢着一把叉子?(喊叫)闭上你的嘴!

库雷京　她大发脾气了。

　　　　〔后台有音乐声,奏进行曲;大家听着。

奥尔迦　他们走了。

　　　　〔切布狄金上。

玛　霞　我们的人都走了。嗯,好吧……祝他们一路顺风!(对她的丈夫)该回家了……我的帽子和斗篷在哪儿?

库雷京　我拿到屋里去了……我马上去取来。(走进正房)

奥尔迦　是的,现在大家可以各自回家去了。该走了。

切布狄金　奥尔迦·谢尔盖耶芙娜!

奥尔迦　什么事?

　　　　〔停顿。

什么事?

切布狄金　没什么……我不知道该怎么对您说才好……(凑近她的耳朵小声说话)

奥尔迦　(惊吓)不可能!

切布狄金　是啊……就有这样的事……我累了,乏了,别的不想说了……(气恼地)不过,那也没关系!

玛　霞　出了什么事?

奥尔迦　(拥抱伊莉娜)今天是个可怕的日子呀……我不知道该怎么对你说才好,我亲爱的……

伊莉娜　什么事?快点说吧!什么事?看在上帝的分上!(哭)

切布狄金　刚才在决斗当中男爵被打死了……

伊莉娜　(小声哭)我早就知道,我早就知道……

切布狄金　（走到舞台深处，在一条长凳上坐下）我累了……（从衣袋里取出报纸）让她们哭去吧……（低声唱）"达——拉——拉——崩比亚……我坐在路旁的石礅上"……反正没关系！

　　〔三姐妹站着，互相偎依。

玛　霞　啊，军乐奏得多么响亮呀！他们离开我们，走了，他一个人就此走了，就此走了，永远不回来了，撇下我们孤孤单单，重新开始我们的生活。必须生活下去……必须生活下去。

伊莉娜　（把头贴在奥尔迦胸前）将来总有一天，大家都会知道这一切是为了什么，这些痛苦是为了什么，不会再有任何秘密了，可是现在呢，必须生活下去……必须工作，一股劲儿地工作！明天我就一个人走了，我到学校里去教书，把我的一生献给也许需要我的人。现在是秋天，不久冬天就要来了，大雪纷飞，可是我要去工作，我要去工作……

奥尔迦　（拥抱两个妹妹）军乐奏得那么欢快、那么生气勃勃，人一心想生活！啊，我的上帝呀！时间会过去，我们也会永久消失，我们会被人忘掉，我们的脸，我们的声音，我们这些人，会统统被忘掉，可是我们的痛苦会变成在我们以后生活的那些人的欢乐，幸福和和平会降临这个世界，人们会用好话提起现在生活着的人，并且感谢他们。啊，亲爱的妹妹们，我们的生活还没有结束。我们会生活下去！军乐奏得这么欢乐、这么畅快，仿佛再过一忽儿我们就会知道我们活着是为了什么，我们痛苦是为了什么……要是能够知道就好了，要是能够知道就好了！

　　〔军乐声越来越低微；库雷京兴高采烈，露出笑容，拿来帽子和斗篷；安德烈推着摇篮车上，车里坐着包比克。

切布狄金　（低声唱）"达拉……拉……崩比亚……我坐在路旁的石礅上"……（看报）没关系！没关系！

奥尔迦　要是能够知道就好了，要是能够知道就好了！

　　　　　　　　　　　　　　　　　　　　——幕落，剧终

樱 桃 园

四幕喜剧

剧 中 人 物

留包芙·安德烈耶芙娜·拉涅甫斯卡雅——女地主。

安尼雅——她的女儿，十七岁。

瓦莉雅——她的养女，二十四岁。

列奥尼德·安德烈耶维奇·加耶夫——拉涅甫斯卡雅的哥哥。

叶尔莫拉依·阿历克塞耶维奇·洛巴兴——商人。

彼得·谢尔盖耶维奇·特罗菲莫夫——大学生。

包利斯·包利索维奇·西缪诺夫-彼希克——地主。

沙尔洛达·伊凡诺芙娜——女家庭教师。

谢敏·潘捷列耶维奇·叶彼霍多夫——管事。

杜尼雅霞——女仆。

菲尔斯——听差，八十七岁的老头儿。

亚沙——年轻的听差。

过路人。

火车站站长。

邮务官员。

宾客们，仆人们。

〔事情发生在留·安·拉涅甫斯卡雅的庄园里。

第一幕

〔一间至今叫作儿童室的房间。有一扇门通到安尼雅的房间。拂晓,太阳很快就要出来。这已经是五月,樱桃树正在开花,可是园子里寒冷,有晨霜。这个房间的窗子都关着。

〔杜尼雅霞拿着一支蜡烛上;洛巴兴上,手里拿着一本书。

洛巴兴　火车到了,谢天谢地。几点钟了?

杜尼雅霞　快两点了。(吹灭蜡烛)天已经亮了。

洛巴兴　这趟火车误了多少时间?至少也有两个钟头。(打呵欠,伸懒腰)我这个人可真妙,干出这么荒唐的事!我特意到这儿来,为的是到火车站去接人,不料一下子就睡着了……我坐着就睡着了。伤脑筋……要是你把我叫醒就好了。

杜尼雅霞　我当是您走了。(倾听)喏,好像他们已经来了。

洛巴兴　(倾听)不对……他们还要取行李啦,办这样那样的事……

　　　〔停顿。

留包芙·安德烈耶芙娜在国外住了五年,我不知道她现在变成什么样儿了……她是个好人,随和而单纯的人。我记得当初我还是个十五岁的孩子,那时候我那去世的父亲在这个村子里开着一家铺子,有一回,他一拳打在我的脸上,我的鼻子流出血来……那天我们不知为什么事到这儿的院子里来,他喝醉了酒。我现在记得,留包芙·安德烈耶芙娜当时还年轻,挺瘦,她把我拉到洗脸架跟前,喏,就在这个房间里,这个儿童室里。"别哭了,小乡巴佬,"她说,"等你娶媳妇的时候,这点伤来得及长好的……"

　　　〔停顿。

小乡巴佬……不错,我的父亲是个庄稼汉,可是现在我呢,喏,穿上白背心,黄皮鞋了。猪嘴巴拱进了面包房……喏,我光是阔气了,钱多了,可要是仔细想想,琢磨一下,那么庄稼汉还是个庄稼汉……(翻书)我刚才在看这本书,什么也没看懂。看啊看的,我就睡着了。

　　　〔停顿。

杜尼雅霞　狗一夜没睡,它们嗅得出主人要回来了。

洛巴兴　你怎么啦,杜尼雅霞,这么……

杜尼雅霞　我的手在发抖。我要晕倒了。

洛巴兴　你也太娇气了,杜尼雅霞。衣服穿得跟小姐一样,头发也梳得跟小姐一样。这是不行的。你得记住你的身份。

　　　〔叶彼霍多夫拿着一个花束上,他穿着短上衣和擦得明晃晃的靴子,那双靴子嘎吱嘎吱地响得厉害;他走进来的时候,把花束掉在地上。

叶彼霍多夫　(拾起花束)这是花匠送来的,他说放在饭厅里。(把花束交给杜尼雅霞)

洛巴兴　你给我拿点克瓦斯来。

杜尼雅霞　是。

叶彼霍多夫　现在是朝寒,冷到零下三度,不过樱桃树都开花了。我没法赞成我们的天气。(叹气)没法赞成。我们的气候不能及时帮忙。喏,叶尔莫拉依·阿历克塞伊奇,请您容许我附带告诉您,前天我替自己买了一双长筒靴子,我敢向您保证,这双靴子嘎吱嘎吱响得实在叫人受不了。应该用什么油来擦一擦?

洛巴兴　住口。你惹得我讨厌。

叶彼霍多夫　我每天都会碰上倒霉的事。我也不抱怨,我习惯了,甚至一笑置之。

　　　〔杜尼雅霞上,给洛巴兴送来克瓦斯。

我走了。(撞在一把椅子上,椅子倒了)喏……(好像得意的样子)您瞧,请原谅我说一句,这又是怎么回事啊,层出不穷……简直妙极了!(下)

杜尼雅霞　说真的,叶尔莫拉依·阿历克塞伊奇,叶彼霍多夫向我求婚来着。

洛巴兴　哦!

杜尼雅霞　我不知道该怎么办才好……他是个安分的人,只是有时候他说起话来,人家听不懂。他讲得又好听又动感情,可就是叫人听不懂。我好像也喜欢他。他发疯般地爱我。他是个倒霉的人,天天出事。我们这儿的人要笑他,管他叫"二十二个倒霉"……

洛巴兴　(倾听)喏,好像他们来了……

杜尼雅霞　来了!我这是怎么啦……我周身发凉。

洛巴兴　真的,他们来了。我们去迎接他们。她会认得我吗? 有五年没见面了。

杜尼雅霞　(激动)我马上要晕倒了……哎呀,要晕倒了!

　　　　〔可以听见有两辆马车驶到房子跟前。洛巴兴和杜尼雅霞急忙下。舞台上空了。邻近的房间里开始人声喧哗。菲尔斯拄着手杖,匆匆穿过舞台,去迎接留包芙·安德烈耶芙娜;他穿一件旧式的号衣,戴一顶高帽子;他在自言自语,可是外人一个字也听不清。后台的喧哗声越来越响。有人说:"我们往这边走……"留包芙·安德烈耶芙娜、安尼雅、沙尔洛达·伊凡诺芙娜上,带着一条用链子拴着的狗,都是旅行的装束。瓦莉雅穿着大衣,戴着头巾,加耶夫,西缪诺夫-彼希克,洛巴兴,杜尼雅霞拿着包袱和伞,仆人们拿着行李,大家穿过这个房间。

安尼雅　往这边走。妈妈,你记得这是什么房间吗?

留包芙·安德烈耶芙娜　(快活,含泪)儿童室啊!

瓦莉雅　天多么冷,我的手都冻僵了。(对留包芙·安德烈耶芙娜)您那两个房间,一个白的和一个淡紫色的,还跟原先一样,妈妈。

留包芙·安德烈耶芙娜　儿童室啊,我亲爱的、漂亮的房间……我小时候在这儿睡过……(哭)现在我也跟小孩子一样……(吻哥哥、瓦莉雅,然后又吻哥哥)瓦莉雅仍旧跟从前一样,像个修女。杜尼雅霞我也认得……(吻杜尼雅霞)

加耶夫　火车误了两个钟头。你看怎么样? 这是什么样的规矩?

沙尔洛达　(对彼希克)我这条狗连胡桃都吃。

彼希克　（惊讶）这可是新鲜事!

　　　　〔众人下,只有安尼雅和杜尼雅霞留下。

杜尼雅霞　我们都等急了……(给安尼雅脱大衣和帽子)

安尼雅　我一路上有四夜没睡觉……现在觉得冷得很。

杜尼雅霞　您是在大斋期间①走的,那时候下雪,天气很冷,可是现在呢?我亲爱的!(笑,吻她)您可把我等急了,我的亲人儿……我要马上告诉您,一分钟也不能拖了……

安尼雅　(无精打采地)又是什么事……

杜尼雅霞　管事叶彼霍多夫在复活节后向我求过婚。

安尼雅　你还是老一套……(整理头发)我的发针全丢了……(她很疲倦,连站也站不稳)

杜尼雅霞　我不知道该怎么办才好。他爱我,多么爱我啊!

安尼雅　(看着自己的房门,柔声)我的房间啊,我的窗子啊,好像我没有离开过似的。我到家啦!明天早晨我起了床,就跑到花园里去……啊,要是我能睡着就好了!我一路上总是心神不定,没法睡觉。

杜尼雅霞　前天彼得·谢尔盖伊奇来了。

安尼雅　(高兴)彼嘉②!

杜尼雅霞　他睡在浴室里,就在那儿住。他说,他怕给人添麻烦。(看一下自己的怀表)应当把他叫醒,可是瓦尔瓦拉·米海洛芙娜不许。她说,你别叫醒他。

　　　　〔瓦莉雅上,她的腰带上挂一串钥匙。

瓦莉雅　杜尼雅霞,快点去烧咖啡……妈妈要喝咖啡。

杜尼雅霞　我马上就去。(下)

瓦莉雅　好啦,谢天谢地,你们来了。你又在家了。(亲热地)我的宝贝儿回来了!美人儿回来了!

安尼雅　我受够了罪。

---

①　基督教为教徒规定的斋期,复活节前七个星期。

②　彼得的爱称。

瓦莉雅　我想象得到！

安尼雅　我是在受难周①出门的，那时候天很冷。沙尔洛达一路上总是说话，变戏法。你为什么硬叫沙尔洛达跟着我……

瓦莉雅　你一个人走不行。宝贝儿，你才十七岁！

安尼雅　我们到了巴黎，那儿也冷，下雪。我的法国话讲得糟透了。妈妈住在五层楼上，我走到她屋里，她那儿有一些法国男人和太太们，还有一个老神甫，手里拿着一本书；屋子里满是烟味儿，很不舒服。我忽然可怜起妈妈来了，心疼极了，就抱住她的头，搂得紧紧的，不肯放松。妈妈后来一个劲儿地摩挲我，哭……

瓦莉雅　（含泪）你别说了，你别说了……

安尼雅　她把芒通②附近的她那座别墅卖掉了，她什么也没剩下，什么也没剩下。我也是一个钱都没有，我们勉强凑够路费才回到了家。可是妈妈却不明白！我们在火车站坐下来吃饭，她总是点最贵的菜，给仆人赏钱也总是一出手就一个卢布。沙尔洛达也是这样。亚沙也单要一份菜，简直要命。妈妈的听差亚沙，我们把他带到这儿来了……

瓦莉雅　我看见那个坏蛋了。

安尼雅　哦，怎么样了？利息付清了吗？

瓦莉雅　哪儿有钱啊。

安尼雅　我的上帝啊，我的上帝啊……

瓦莉雅　这个庄园八月间就要卖掉了……

安尼雅　我的上帝啊……

洛巴兴　（在门口往里探头看，学牛叫）哞——哞……（下）

瓦莉雅　（含泪）我得这样收拾他……（摇拳头）

安尼雅　（拥抱瓦莉雅，低声）瓦莉雅，他向你求婚了吗？（瓦莉雅否定地摇头）要知道他爱你……为什么你们不说明白，你们在等什么呀？

---

①　基督教节日，复活节前的一周。

②　法国的一个疗养地。

瓦莉雅　我是这样想的：我们不会有什么结果。他的事情多，顾不到我……没有把我放在心上。求上帝保佑他吧，我见到他就难受……大家都在谈论我们的婚事，道喜，其实连影子都没有，自始至终如同一场梦……（换一种口气）你这个胸针像是一只蜜蜂。

安尼雅　（悲伤地）这是妈妈买的。（走进自己的房间，快活地、孩子气地说）我在巴黎还坐过气球，飞上天呢！

瓦莉雅　我的宝贝儿回来了！美人儿回来了！

　　　　〔杜尼雅霞拿着咖啡壶回来，煮咖啡。

（站在房门附近）宝贝儿，我整天走来走去料理家务，老是在梦想。但愿能把你嫁给一个有钱的人才好，那我就可以放心了，我就到偏僻的小修道院去，然后到基辅……到莫斯科去，这样我就一辈子朝拜各处圣地……我就东奔西走。那真太好了！……

安尼雅　花园里的鸟儿在叫。现在几点钟？

瓦莉雅　大概两点多钟。你也该睡了，宝贝儿。（走进安尼雅的房间）太好了！

　　　　〔亚沙拿着一条方格毛毯、一个旅行用的手提包，上。

亚　沙　（穿过舞台，客气地）可以从这边走过去吗，请问？

杜尼雅霞　简直认不出您来了，亚沙。您在国外大变样了。

亚　沙　嗯……您是谁啊？

杜尼雅霞　您离开此地的时候，我才这么高……（用手比画着高低）我是杜尼雅霞，费多尔·柯左耶多夫的女儿。您不记得了！

亚　沙　哦……嫩黄瓜！（往四下里张望，拥抱她；她喊叫起来，失手把一只茶碟掉在地上。亚沙赶快下）

瓦莉雅　（站在门口，用不满的口气说）这是怎么回事？

杜尼雅霞　（含泪）我把一只茶碟掉在地上了……

瓦莉雅　这是吉利事。

安尼雅　（从自己的房间里走出来）应当通知妈妈一声：彼嘉在这儿……

瓦莉雅　我吩咐过不要叫醒他。

安尼雅　（沉思地）六年前父亲死了，过一个月，弟弟格利沙，一个好看的七岁小男孩,在河里淹死了。妈妈受不住,走了,头也不回地走了……(打哆嗦)我多么了解她,但愿她知道就好了!

〔停顿。

彼嘉·特罗菲莫夫是格利沙的老师,他可能使妈妈想起儿子来……

〔菲尔斯上,他穿着短上衣和白背心。

菲尔斯　(走到咖啡壶那儿,急切地)太太要在这儿喝咖啡……(戴上白手套)咖啡煮好了吗?(对杜尼雅霞,厉声)我问你,鲜奶油呢?

杜尼雅霞　哎呀,我的上帝啊……(匆匆下)

菲尔斯　(在咖啡壶旁边忙碌)哼,你这笨货……(自言自语)他们从巴黎回来了……从前老爷也常到巴黎去……坐着马车去……(笑)

瓦莉雅　菲尔斯,你在说什么?

菲尔斯　您吩咐什么?(高兴)我的夫人回来啦!终于让我盼到啦!现在我死也可以闭眼了……(高兴得哭)

〔留包芙·安德烈耶芙娜、加耶夫和西缪诺夫-彼希克上;西缪诺夫-彼希克穿一件薄呢子的长外衣和一条肥大的灯笼裤。加耶夫进来的时候,他的身体和双手做出打台球的动作。

留包芙·安德烈耶芙娜　那是怎么说的?让我回想一下……打红球进角袋!击边进中袋!①

加耶夫　我打偏杆进角袋!以前我和你,妹妹,就睡在这个房间里,现在呢,我已经五十一岁了,说起来多么奇怪……

洛巴兴　是的,日子过得飞快。

加耶夫　什么?

洛巴兴　我说日子过得飞快。

加耶夫　这儿有广藿香香水的味儿。

安尼雅　我要去睡了。晚安,妈妈。(吻她的母亲)

留包芙·安德烈耶芙娜　我心爱的孩子。(吻她的手)你到了家,高兴吗?我怎么也不能平静下来。

———————

① 打台球的术语,下同。

安尼雅　再见,舅舅。

加耶夫　(吻她的脸,手)求主跟你同在。你多么像你的母亲!(对他的妹妹)你,留巴①,在她这年纪就跟她一模一样。

〔安尼雅同洛巴兴和彼希克握手,下,关上自己的房门。

留包芙·安德烈耶芙娜　她很累了。

彼希克　路程必是很长。

瓦莉雅　(对洛巴兴和彼希克)怎么样,诸位先生? 两点多了,该走啦。

留包芙·安德烈耶芙娜　(笑)你还是那样,瓦莉雅。(把她拉到身边来,吻她)等我喝了咖啡,大家再散掉吧。

〔菲尔斯在她的脚底下放一个软垫子。

谢谢,亲人。我喝惯咖啡了。我白天喝,晚上也喝。谢谢,我的小老头儿。(吻菲尔斯)

瓦莉雅　我要去看看行李都运来没有……(下)

留包芙·安德烈耶芙娜　难道我真是坐在这儿吗?(笑)我一心想蹦蹦跳跳,挥舞胳膊。(用双手蒙住脸)我不是在做梦吧! 上帝知道,我爱祖国,爱得很深;我在火车上没法往窗外望,一望就要哭。(含泪)不过,我得喝咖啡了。谢谢你,菲尔斯,谢谢,我的小老头儿。你还活着,我真高兴。

菲尔斯　前天。

加耶夫　他耳朵背。

洛巴兴　我马上就要坐火车到哈尔科夫去,早晨四点多钟上车。真遗憾! 我原想跟您在一起多待一会儿,好好谈谈……您还是那么美好。

彼希克　(喘吁吁)她甚至更漂亮了……又是巴黎人的打扮……我的大车连着四个轮子全散啦②。

洛巴兴　您的哥哥列奥尼德·安德烈伊奇总说我是个粗人,是个守财奴,不过我倒满不在乎。随他说去吧。我只希望您照先前那样信

---

①　留包芙的爱称。

②　意思是:简直叫我倾倒。

任我,您那双美妙动人的眼睛还像先前那样瞧我。仁慈的上帝啊!我的父亲是您的祖父和父亲的农奴,可是您本人却曾经为我做过那么多的事,使我忘掉一切,把您当亲人一样地爱您……而且还胜过爱自己的亲人呢。

留包芙·安德烈耶芙娜　我坐不住了,不行了……(跳起来,十分激动地走来走去)我受不了这种欢乐……你们笑我吧,我傻头傻脑……我亲爱的柜子……(吻柜子)我的小桌子。

加耶夫　你不在的时候,我们的奶妈死了。

留包芙·安德烈耶芙娜　(坐下,喝咖啡)是啊,愿她升天堂。他们写信告诉过我了。

加耶夫　阿纳斯达西也死了。斜眼彼得鲁希卡离开了我,如今在城里警察所长那儿当用人。(从衣袋里取出一小盒水果糖,吃糖)

彼希克　我的女儿达宪卡……问候您……

洛巴兴　我原想对您说些使您愉快、高兴的话。(看怀表)我马上要走,没有工夫闲谈了……好,那么我略略说几句。您已经知道,您的樱桃园准备卖掉还债,预定在八月二十二日拍卖,可是您不用担心,我亲爱的太太,您自管踏踏实实地睡觉,出路是有的……我的办法是这样。请您注意!您的庄园离城只有二十里地,旁边又有铁路经过,那么,要是把这个樱桃园和河边的土地划成别墅区,然后租出去供人家造别墅用,那么您每年至少有两万五的收入。

加耶夫　对不起,这简直是胡说八道!

留包芙·安德烈耶芙娜　我不大明白您的意思,叶尔莫拉依·阿历克塞伊奇。

洛巴兴　您每年至少可以从别墅主人那儿收到每亩二十五个卢布的租金。要是您现在就把这办法宣布出去,那么,我敢凭任何东西向您担保,到秋天您的土地就会连一小块也不会闲着,所有的土地都会被抢光。一句话,我给您道喜,您得救了。这个地势好极了,河也深。不过。当然,事前得收拾一下,清理一下……比方说,拆掉所有的旧房,眼前这所房子已经一点用处也没有了,这个老樱桃园里的树木也得砍光……

留包芙·安德烈耶芙娜　砍光？我亲爱的,对不起,您一点也不懂。如果全省有什么美妙的,甚至出色的地方,那就只有我们的樱桃园了。

洛巴兴　这个花园出色的地方只在于它很大。樱桃每隔一年才结一次,可是就连这样也没法处置,没人买它嘛。

加耶夫　连《百科全书》都提到这个花园。

洛巴兴　（看怀表）要是我们什么办法也想不出,什么措施也没有,那么到八月二十二日,这个樱桃园也好,整个庄园也好,都要拍卖了。您下决心吧！别的出路是没有的,我敢赌咒。没有,绝没有！

菲尔斯　从前,四五十年前,樱桃总是晒干,泡一下,醋渍一下,做成果酱,而且……

加耶夫　少说话,菲尔斯。

菲尔斯　而且,晒干的樱桃总是装上车,运到莫斯科,运到哈尔科夫去。可赚钱啦！那个时候晒干的樱桃软和,有汁水,又甜又香……那时候大家懂得一套方法……

留包芙·安德烈耶芙娜　现在这套方法呢？

菲尔斯　忘了。谁都不记得了。

彼希克　（对留包芙·安德烈耶芙娜）巴黎怎么样？怎么样？大家吃蛤蟆吗？

留包芙·安德烈耶芙娜　我吃过鳄鱼。

彼希克　这可是怪事……

洛巴兴　在这以前乡村里只有地主和农民,可是现在又添了住别墅的人。如今所有的城市,甚至最小的城市,郊区都建造了别墅。不妨说一句,再过二十年光景,住别墅的人会大大地增加。如今他们光是在阳台上坐着喝茶,可是日后说不定他们会在他自己那一份地上种点东西,到那时候您这个樱桃园可就走运、富足、茂盛了……

加耶夫　（愤慨）简直是胡说八道！

　　　　〔瓦莉雅和亚沙上。

瓦莉雅　妈妈,这儿有您的两份电报。（拿出一个钥匙,咔嚓一声打开旧柜子）就在这儿。

留包芙·安德烈耶芙娜　这是从巴黎打来的。(没有看完电报就撕掉)我跟巴黎断绝关系了……

加耶夫　你知道这个柜子有多少年了,留巴?上个星期我拉开下面的抽屉,一看,那儿印着数目字。这个柜子是整整一百年前造的。如何?啊?简直可以开个纪念会来庆祝一番。这是个没有生命的东西,可是它终究是个书柜子啊。

彼希克　(惊讶)一百年!……可了不得!……

加耶夫　是啊……这是件宝贵的东西……(抚摸柜子)亲爱的、可敬的柜子啊!我欢呼你的存在,你已经有一百多年致力于善和正义的光辉理想;你对富有成果的劳动的无声号召在这一百年当中始终没有削弱,支持了(哽咽)我们家一代代人的勇气和对美好的未来的信心,培养了我们的善和社会自觉性的理想。

　　　　〔停顿。

洛巴兴　是啊……

留包芙·安德烈耶芙娜　你还是老样子,列尼亚①。

加耶夫　(有点发窘)打球右边进角袋!打偏杆进中袋!

洛巴兴　(看怀表)啊,我该走了。

亚　沙　(把药递给留包芙·安德烈耶芙娜)也许您马上该吃药丸了……

彼希克　不需要吃药,我最亲爱的……吃了药既没什么坏处,也没什么好处……您交给我吧……极受尊敬的夫人。(他接过药丸来,放在自己的手心上,吹一下,放进嘴里,喝一点克瓦斯送下去)瞧!

留包芙·安德烈耶芙娜　(惊恐地)您简直发疯啦!

彼希克　我把药丸全吞下去啦。

洛巴兴　真是个贪吃无厌的人。

　　　　〔众人笑。

菲尔斯　他老人家复活节到我们这儿来,吃了半桶黄瓜……(嘟哝)

留包芙·安德烈耶芙娜　他在说什么?

---

① 列奥尼德的爱称。

瓦莉雅　他这么嘟嘟哝哝已经有三年了。我们听惯了。

亚　沙　上岁数了。

　　　　〔沙尔洛达·伊凡诺芙娜穿一件白色连衣裙,很瘦,束腰,腰带上挂一副长柄眼镜,穿过舞台。

洛巴兴　对不起,沙尔洛达·伊凡诺芙娜,我还没来得及跟您打招呼。（想吻她的手）

沙尔洛达　（挣脱手）要是容许您吻手,您接着就想吻胳膊肘,再以后就想吻肩膀了……

洛巴兴　今天我不走运。

　　　　〔众人笑。

　　沙尔洛达·伊凡诺芙娜,您变个戏法!

留包芙·安德烈耶芙娜　沙尔洛达,您变个戏法吧!

沙尔洛达　不行。我要睡觉了。（下）

洛巴兴　我们过三个星期再见面。（吻留包芙·安德烈耶芙娜的手）现在再见。到时候了。（对加耶夫）再见。（同彼希克互吻）再见。（同瓦莉雅握手,然后同菲尔斯和亚沙握手）我不想走。（对留包芙·安德烈耶芙娜）要是关于别墅的办法您打定了主意,下了决心,那就通知我,我会弄到五万借款。您认真考虑一下吧!

瓦莉雅　（生气）您倒是走啊!

洛巴兴　我走,我走……（下）

加耶夫　粗人。不过,pardon①……瓦莉雅就要嫁给他了,他是瓦莉雅的未婚夫。

瓦莉雅　别说废话,舅舅。

留包芙·安德烈耶芙娜　那有什么关系,瓦莉雅,我会很高兴的。他是个好人。

彼希克　应当说句公道话,他是个……最值得尊敬的人……而我的达宪卡……也说……她说了好些话……（打鼾,可是立刻醒过来）不过,极受尊敬的夫人,您好歹借给我……二百四十个卢布吧……明

----

① 法语:对不起。

天我要付抵押契约的利息……

瓦莉雅　（惊恐）没有,没有!

留包芙·安德烈耶芙娜　我真的一点钱也没有了。

彼希克　会有办法的。(笑)我永远也不丧失希望。我正想着:什么都完了,无可救药了,可是转眼间,铁路经过我的土地,于是……人家就给我钱了。瞧着吧,不是今天就是明天,说不定还会发生什么事……达宪卡会中二十万的奖……她手里有一张彩票嘛。

留包芙·安德烈耶芙娜　咖啡喝完了,可以去睡了。

菲尔斯　（给加耶夫刷衣服,规劝地)又没穿那条裤子!叫我拿您怎么办哟!

瓦莉雅　（悄悄地)安尼雅睡着了。(轻轻推开窗子)太阳已经升起来了,天气不冷。妈妈,您瞧:多么好看的树啊!我的上帝啊,这空气多新鲜!椋鸟在歌唱!

加耶夫　（推开另一扇窗子)整个花园一片白。你没忘记吧,留巴?喏,这条长林荫道笔直地伸展出去,好比一根拉长的皮带,它在月夜里发亮。你记得吗?没忘记吧?

留包芙·安德烈耶芙娜　（瞧着窗外的花园)啊,我的童年,我的纯洁的童年!我在这个儿童室里睡过觉,从这儿瞧着花园,每天早晨,幸福总是跟我一块儿醒来;那时候这个花园跟现在一模一样,一点儿变动也没有。(高兴得笑起来)一片白,一片白!啊,我的花园呀!度过了阴雨的秋天和寒冷的冬天,你就又变得年轻、充满幸福了,天使们没有丢开你……但愿从我的胸膛和我的肩膀上卸掉沉重的石头,但愿我能忘记我的过去就好了!

加耶夫　是的,不管说来多么古怪,这个花园要卖掉还债了……

留包芙·安德烈耶芙娜　你们看啊,去世的妈妈正在花园里走动……穿着白色的连衣裙!(高兴得笑起来)这是她!

加耶夫　在哪儿呀?

瓦莉雅　求主保佑您吧,妈妈。

留包芙·安德烈耶芙娜　什么人也没有,我这么觉得罢了。右边,往亭子去的拐角处,有一棵偏斜的白树,好像一个女人……

〔特罗菲莫夫上,穿着旧的大学生制服,戴着眼镜。

多么美的花园啊! 一大片白花,蔚蓝色的天空……

特罗菲莫夫　留包芙·安德烈耶芙娜!

〔她回过头来看他。

我只是来问候您一下,我马上就走。(热烈地吻她的手)他们叫我等到早晨再来见您,可是我等不及了……

〔留包芙·安德烈耶芙娜困惑地呆望着。

瓦莉雅　(含泪)这是彼嘉·特罗菲莫夫……

特罗菲莫夫　我是彼嘉·特罗菲莫夫,您的格利沙从前的教师……难道我大变样了吗?

〔留包芙·安德烈耶芙娜拥抱他,低声哭泣。

加耶夫　(发窘)得了,得了,留巴。

瓦莉雅　(哭)我不是说过,彼嘉,叫您等到明天再来。

留包芙·安德烈耶芙娜　我的格利沙……我的孩子……格利沙……儿子……

瓦莉雅　有什么办法呢,妈妈。这是上帝的旨意。

特罗菲莫夫　(柔和地,含泪)得了,得了……

留包芙·安德烈耶芙娜　(低声哭泣)我那个孩子死了,淹死了……这是为什么? 为什么呀,我的朋友。(压低声音)安尼雅在那儿睡觉,可是我大声说话……吵吵闹闹……这是怎么啦,彼嘉? 为什么您变得这么不好看? 为什么您显老了?

特罗菲莫夫　在火车上有一个乡下女人管我叫秃头老爷。

留包芙·安德烈耶芙娜　当初您完全是个孩子,是个可爱的大学生,可是现在您的头发稀了,戴上眼镜了。难道您还算是个大学生吗? (往门口走去)

特罗菲莫夫　大概我会成为一个永久的大学生。

留包芙·安德烈耶芙娜　(吻她的哥哥,然后吻瓦莉雅)好,你们去睡吧……你也见老了,列奥尼德。

彼希克　(跟着她走去)那么,现在应该睡了……哎,我的痛风病啊。我就在您这儿住一夜了……明天早晨,留包芙·安德烈耶芙娜,我的亲人……给我两百四十卢布吧……

加耶夫　他老是这一套。

彼希克　给我二百四十卢布……该付抵押契约的利息了。

留包芙·安德烈耶芙娜　我没有钱,亲爱的。

彼希克　我会还的,亲爱的……这笔钱数目不大……

留包芙·安德烈耶芙娜　哦,好吧,列奥尼德给你这笔钱……你给他吧,列奥尼德。

加耶夫　我给你,那你拉开你的衣兜等着吧。

留包芙·安德烈耶芙娜　有什么办法呢,你给他吧……他要钱用……他会还的……

　　　　〔留包芙·安德烈耶芙娜、特罗菲莫夫、彼希克和菲尔斯下。留下加耶夫、瓦莉雅和亚沙。

加耶夫　我的妹妹还没有改掉乱花钱的脾气。(对亚沙)你走开,伙计,你身上有一股鸡膣味儿。

亚　沙　(冷笑)您,列奥尼德·安德烈伊奇,还是老样子。

加耶夫　你说谁?(对瓦莉雅)他说什么?

瓦莉雅　(对亚沙)你的母亲从乡下来,从昨天起就在下房里坐着,想跟你见面……

亚　沙　去她的!

瓦莉雅　哎,这个不知害臊的人!

亚　沙　她何必这么急呢。她可以明天来嘛。(下)

瓦莉雅　妈妈跟原先一样,丝毫也没变。要是由着她的性儿,她会把一切都分光的……

加耶夫　是啊……

　　　　〔停顿。

要是为了治一种病而开出很多的药方,那就等于说,这病没药可治了。我想了又想,动足脑筋,我想到的办法很多很多,这就等于说,实际上一点办法也没有。最好是弄到一笔什么人的遗产,或者把我们的安尼雅嫁给一个阔人,或者动身到雅罗斯拉夫尔去找我们的姑妈,那位伯爵夫人,碰碰运气。要知道我们的姑妈钱多得很哩。

瓦莉雅　（哭）求上帝保佑才好。

加耶夫　别哭天抹泪了。姑妈很有钱，可是她不喜欢我们。首先是因为我的妹妹嫁给了一个律师，而不是贵族……

　　　　〔安尼雅在门口出现。

她没有嫁给贵族，而且她的品行不能说很端正。她是个好人，心善，可爱，我很喜欢她，可是不管你找什么借口为她辩解，总还是得承认她的行为不检点。这在她的最小的动作里都可以感觉到。

瓦莉雅　（小声）安尼雅站在门口呢。

加耶夫　你说谁？

　　　　〔停顿。

奇怪，我的右眼出了点毛病……看不大清了。上个星期四我在地方法院的时候……

　　　　〔安尼雅走进来。

瓦莉雅　你怎么不睡觉，安尼雅？

安尼雅　我睡不着。没法睡着。

加耶夫　我的小乖乖。（吻安尼雅的脸和手）我的孩子……（含泪）你不是我的外甥女，你是我的天使，你是我的命根子。你相信我，相信我吧……

安尼雅　我相信你，舅舅。大家都喜欢你，尊敬你……可是，亲爱的舅舅，你得少说话，只要少说话就成了。刚才你说了我的母亲，说了你的妹妹一些什么话？你说这些为的是什么呢？

加耶夫　是啊，是啊……（拉住她的手蒙住自己的脸）真的，糟透了！我的上帝啊！上帝啊，救救我吧！而且今天我还对柜子发表演说……太愚蠢了！我一直到讲完才明白这是愚蠢的。

瓦莉雅　真的，好舅舅，您该少说话才是。硬是不说，那就成了。

安尼雅　要是你不说话，你自己都会觉得舒服一些。

加耶夫　我不说话。（吻安尼雅和瓦莉雅的手）我不说了。不过，正事还是要说。上个星期四我到地方法院去，那儿聚着一大群人，大家谈起话来，说这儿说那儿，说到大概可以用期票借一笔钱，来支付银行的利息。

瓦莉雅　求天主保佑才好!

加耶夫　我星期二去,再谈一谈。(对瓦莉雅)别哭天抹泪了。(对安尼雅)你的妈妈会跟洛巴兴谈一下,他当然不会拒绝她……你呢,等休息过来了,就到雅罗斯拉夫尔去找伯爵夫人,你的外姑婆。喏,我们分兵三路,一齐动手,那我们的事就办成了。我相信我们会付清利息的……(把一块水果糖放进嘴里)我凭我的人格发誓,这个庄园不会卖掉,随便你要我凭什么发誓都行!(兴奋)我凭我的幸福发誓!我敢保证,要是我让这个庄园拍卖掉,那你就叫我卑劣、可耻的人好了!我凭我的全身心发誓!

安尼雅　(她的情绪恢复平静,她感到幸福)你多么好啊,舅舅,多么聪明!(拥抱舅舅)我现在放心了!我放心啦!我幸福啦!

〔菲尔斯上。

菲尔斯　(带责备的口气)列奥尼德·安德烈伊奇,您不敬畏上帝了!什么时候才睡觉啊?

加耶夫　我马上去睡,马上去睡。你走吧,菲尔斯。行了,我自己脱衣服就是。好,孩子们,该睡了……详细情形明天再谈,现在你们去睡吧。(吻安尼雅和瓦莉雅)我是八十年代的人……人们并不称赞那个时代,可是我仍旧可以说,为了信仰,我在生活里吃了不少苦头。农民喜欢我,不是没来由的。我们应该了解农民!应该了解他们怎样……

安尼雅　你又来了,舅舅!

瓦莉雅　您少说话,好舅舅。

菲尔斯　(生气地)列奥尼德·安德烈伊奇!

加耶夫　我走,我走……你们去睡吧。撞两边进中袋!白球双下……

(下,菲尔斯踩着碎步跟在他后面)

安尼雅　我现在放心了。我不想到雅罗斯拉夫尔去,我不喜欢外姑婆,不过我还是放心了。谢谢舅舅。(坐下)

瓦莉雅　该睡觉了。我要走了。你不在家的时候,这儿出了一件不愉快的事。在那个旧的下房里,你知道,都住的是老仆人:艾菲莫希卡、波利亚、叶甫斯契格内依、卡尔普。他们让一些过路的无赖汉在他们那儿过夜,我也没说什么。不过后来我听见有人散布谣言,说我只准他们吃豌豆。你知道,这是说我吝啬……这都是叶甫斯契格内依干的好事……我心想,好吧……我心想,既是这样,那你等着吧。我就把叶甫斯契格内依叫来……(打呵欠)他来了……我就说:叶甫斯契格内依,你这是怎么搞的……你这个蠢货……(看看安尼雅)安涅琪卡①!……

〔停顿。

她睡着了!……(搀起安尼雅)我们上床去……我们走吧!……(搀着她走)我的宝贝儿睡着了! 我们走吧……

〔她们走去。

〔花园外面远处有一个牧人在吹笛。特罗菲莫夫走过舞台,看见瓦莉雅和安尼雅就站住。

瓦莉雅　嘘……她睡着了……睡着了……我们走吧,亲人……

安尼雅　(小声,半睡半醒)我累极了……老是听见铃铛声……舅舅……亲爱的……妈妈和舅舅……

瓦莉雅　走吧,亲人,走吧……(走进安尼雅的房间)

特罗菲莫夫　(深情地)我的小太阳! 我的春天!

第一幕完

---

① 安尼雅的爱称。

第二幕

〔旷野。一个古老的、倾斜的、早已废弃不用的小礼拜堂,旁边有一口井,还有许多大石头,看来以前是做墓石用的,还有一张旧的长凳。可以看见一条通到加耶夫庄园去的道路。旁边高耸着一些黑黝黝的杨树,樱桃园就从这儿开始。远处是一排电线杆子,再远的地方朦胧地现出一座大城市的轮廓,只有在晴朗的天气才能看清那座城。太阳马上就要落下去。沙尔洛达、亚沙、杜尼雅霞坐在长凳上。叶彼霍多夫站在一旁,弹吉他;大家坐在那儿沉思不语,沙尔洛达戴一顶旧的大檐帽;她从肩膀上卸下一支枪,正在整理皮带上的扣环。

沙尔洛达　（沉思）我没有真正的身份证,我不知道我多少岁,我老是觉得挺年轻。当初我是个小姑娘的时候,我的爹妈总是到各市集上去卖艺,表演得很好。我呢,salto-mortale①,玩各种把戏。我的爹妈死后,有一个德国女人收养了我,开始教我念书。好。我就长大了,后来做了家庭教师。至于我是哪儿的人,什么出身,我就不知道了……我的爹妈是什么人呢,也许他们没有正式结过婚吧……我不知道。（从衣袋里拿出一条黄瓜,吃起来）我什么也不知道。

〔停顿。

我很想找人谈谈,可是没有人可谈。我一个亲人也没有。

叶彼霍多夫　（弹吉他,唱）"我不管这喧嚣的尘世,朋友和仇敌跟我什

---

① 意大利语:翻跟头。

么相干……"弹曼陀林①真是愉快啊！

杜尼雅霞　这是吉他，不是曼陀林。(照一面小镜子，往脸上扑粉)

叶彼霍多夫　对一个情思绵绵、神魂颠倒的人来说，这就是曼陀林……(低声唱)"但愿我的心啊，让相互的热爱烘暖……"

　　　　〔亚沙伴唱。

沙尔洛达　这些人唱得难听极了……呸。像是狼嗥。

杜尼雅霞　(对亚沙)不管怎么样，到过外国总是十分幸福的。

亚　沙　对，当然。我不能不同意您的话。(打呵欠，随后点上一支雪茄烟)

叶彼霍多夫　这是理所当然的事。在国外，一切早已十分完备了。

亚　沙　当然。

叶彼霍多夫　我是个有修养的人，读过种种出色的书，可是我怎么也不明白我究竟要奔赴什么方向，究竟我要活下去还是想开枪自杀，不过我总是随身带着一把手枪。瞧……(拿出一把手枪来)

沙尔洛达　我没事可干了。现在我要走啦。(背上枪)你，叶彼霍多夫，是个很聪明的人，也很古怪；女人一定会发疯般地爱你。嘿！(走动)这些聪明人都是那么愚蠢，我找不到一个可以谈一谈的人……我老是孤孤单单，一个亲人也没有……我是什么人，我为什么活着，我都不知道……(慢吞吞地下)

叶彼霍多夫　说实在的，不谈别的，我得顺便讲一下我自己：命运对我是冷酷无情的，好比暴风雨对待一条小船。姑且假定我有错处吧，那么，为什么今天早晨我醒过来，一瞧，我的胸脯上有一个大得吓人的蜘蛛……喏，有这么大(用两只手比画)。还有，我拿过克瓦斯来要喝，可是一瞧，那里面有个极其糟糕的东西，像是一只蟑螂。

　　　　〔停顿。

您看过保克耳②的书吗？

　　　　〔停顿。

---

① 一种拨弦乐器。
② 英国资产阶级社会学家。

我想打搅您一下,阿夫多季娅·费多罗芙娜,跟您谈几句话。

杜尼雅霞　您说吧。

叶彼霍多夫　我打算跟您单独谈一谈……(叹气)

杜尼雅霞　(发窘)好……不过您先把我的斗篷拿来……它在柜子旁边……这儿有点潮湿……

叶彼霍多夫　好吧……我去拿……现在我才知道我该拿我的手枪怎么办了……(拿起吉他弹着,下)

亚　沙　二十二个倒霉!我们背地里说一句,他是个愚蠢的人。(打呵欠)

杜尼雅霞　求上帝保佑,他别开枪自杀才好。

　　　　〔停顿。

我心神不定,老是担忧。我从小就给送到太太这儿来,现在已经不习惯老百姓的生活了;瞧,我这双手白白净净,像小姐的手。我变得柔嫩了,那么脆弱,那么娇贵,见着什么都怕……老是提心吊胆的。要是您,亚沙,欺骗我,那我不知道我的神经会怎么样。

亚　沙　(吻她)嫩黄瓜!当然,每个姑娘都应当守本分,要是一个姑娘品行不端,那我是最不喜欢的了。

杜尼雅霞　我热烈地爱您,您是个有知识的人,样样事都能发表自己的看法。

　　　　〔停顿。

亚　沙　(打呵欠)对……我的看法是这样:要是一个姑娘爱上什么人,那她就是不道德。

　　　　〔停顿。

在清新的空气里抽一支雪茄烟是很畅快的……(倾听)有人到这儿来了……这是老爷太太们……

　　　　〔杜尼雅霞遽然拥抱他。

您回家去吧,就像您到河里去洗过澡的样子,您顺这条小路走,要不然叫他们碰见,当是我和您在这儿幽会呢。这我可受不了。

杜尼雅霞　(轻声咳嗽)雪茄熏得我脑袋直痛……(下)

　　　　〔亚沙没走,在小礼拜堂旁边坐下。留包芙·安德烈耶芙娜、加耶夫、洛巴兴上。

洛巴兴　应该下最后的决心了,时间可是不等人的。这是个十分简单的问题。您同意把土地租出去造别墅呢,还是不同意? 您只要回答一个字就成:行还是不? 只要一个字就够了!

留包芙·安德烈耶芙娜　谁在这儿吸难闻的雪茄烟……(坐下)

加耶夫　喏,铁路修好了,就方便多啦。(坐下)我们坐车到城里去了一趟,吃了一顿早饭……撞红球,进中袋! 我该先到屋里去,打一盘台球才是……

留包芙·安德烈耶芙娜　不忙,反正你有的是工夫。

洛巴兴　只要一个字! (恳求地)给我一个答复吧!

加耶夫　(打呵欠)你说什么?

留包芙·安德烈耶芙娜　(看自己的钱包)昨天有很多钱,今天剩下没几个了。我那可怜的瓦莉雅为了省钱而叫大家喝奶汤,在厨房里专给那些老人吃豌豆,可我呢,还是胡乱地花钱。(钱包掉下地,金币撒出来)哎,撒了一地……(心烦)

亚　沙　让我来,我马上都捡起来。(拾起钱币)

留包芙·安德烈耶芙娜　劳驾,亚沙。我何苦去吃那顿早饭……你们这儿的饭馆乌七八糟,再配上那种恶劣的音乐,桌布有肥皂的气味……你何苦喝那么多酒,列尼亚? 何苦吃那么多菜? 何苦说那么多话? 今天你在饭馆里又说了很多的话,说得都不得体。什么七十年代啦,颓废派啦。而且是对谁说呢? 对那些堂倌讲颓废派!

洛巴兴　是啊。

加耶夫　(挥手)我改不过来了,这是显而易见的……(对亚沙,生气)这是怎么搞的,老是在眼前转来转去……

亚　沙　(笑)我听见您的声音就忍不住要笑……

加耶夫　(对他的妹妹)有他就没有我……

留包芙·安德烈耶芙娜　走开,亚沙,滚……

亚　沙　(把钱包递给留包芙·安德烈耶芙娜)我马上走。(几乎忍不住笑出来)我这就走……(下)

洛巴兴　富翁杰利加诺夫打算买下你们的庄园。据说他要亲自到拍卖场去。

留包芙·安德烈耶芙娜　您是从哪儿听来的?

洛巴兴　城里有人这么说。

加耶夫　雅罗斯拉夫尔的姑妈答应寄钱来,可是什么时候寄来,寄多少钱来,那就不得而知了。

洛巴兴　她会寄多少钱来? 十万吗? 二十万?

留包芙·安德烈耶芙娜　得啦……寄个一万到一万五,也就谢天谢地了。

洛巴兴　对不起,诸位,像你们这样糊里糊涂的人,这样不切实际、古怪的人,我还没有遇到过。我对你们讲的是俄国话:你们的庄园就要卖掉了,可是你们好像听不懂。

留包芙·安德烈耶芙娜　那么我们该怎么办呢? 您教教我们吧,怎么办呢?

洛巴兴　我天天在教你们嘛。这些话我天天反复地说。樱桃园也罢,土地也罢,必须租出去造别墅,这马上就得办,拍卖可是近在眼前了! 你们得明白! 只要下定决心,让人家来造别墅,你们要多少钱,人家就会给多少,那你们就得救了。

留包芙·安德烈耶芙娜　别墅啦,住别墅的人啦,这些话未免太庸俗了,对不起。

加耶夫　我完全同意你的话。

洛巴兴　我要么就想哭一场,要么就想嚷一通,要么就快晕倒了。我受不了! 你们把我折磨苦了! (对加耶夫)您是个娘儿们!

加耶夫　你说什么?

洛巴兴　娘儿们! (欲下)

留包芙·安德烈耶芙娜　(惊慌)不,别走,您留下吧,亲爱的。我求求您。也许我们会想出个什么办法来!

洛巴兴　有什么可想的!

留包芙·安德烈耶芙娜　您别走,我求求您。有您在,心里总还轻松一点……

　　　〔停顿。

我老是觉得会出什么事,好像这座房子要塌下来压住我们似的。

加耶夫　(沉思)碰边进袋……打进中袋……

留包芙·安德烈耶芙娜　我们造了很多孽呀……

洛巴兴　你们哪有什么罪……

加耶夫　(把一块水果糖放进嘴里)人家说我把全部家财都买糖吃掉了……(笑)

留包芙·安德烈耶芙娜　啊,我的罪孽呀……我老是胡乱花钱,一点也没有节制,像是一个疯子;我嫁给一个人,而这个人只会欠债。我的丈夫是喝香槟死掉的,喝得太厉害了;不幸的是我又爱上了另一个人,同居了,正巧就在这时候——这是第一个惩罚,是劈头盖脸的打击——就在这条河里……我那个小男孩淹死了,于是我出国去,断然地走了,打算永远不再回来,不再看见这条河……我闭紧眼睛,跑掉,简直发疯了;他呢,紧跟着我……一点也不怜惜我,粗暴得很。我在芒通附近买下一个别墅,因为他在那儿害病,一连三年我黑夜白日不得休息;这个病人把我折磨得要死,我的心力都枯竭了。去年,我把别墅卖掉还了债,到巴黎去,在那儿他把我的钱骗取一空,抛弃了我,跟另一个女人姘上了,我试图服毒自尽……真是愚蠢,真是可耻啊……后来我忽然想念俄罗斯,想念故乡,想念我的女孩子……(擦眼泪)主啊,主啊,发发慈悲,饶恕我的罪过吧!不要再惩罚我了!(从衣袋里拿出一张电报)我今天收到一份巴黎打来的电报……他要求我原谅,央告我回去……(撕掉电报)好像什么地方在奏乐。(倾听)

加耶夫　那是我们的著名的犹太乐队。你记得吧:四把小提琴、一支长笛、一把低音提琴。

留包芙·安德烈耶芙娜　这个乐队还存在吗?想法把它约到我们这儿来,开一个晚会才好呢。

洛巴兴　(倾听)我没听到呀……(低声哼唱)"德国人为了钱要把俄罗斯人变成法国人。"(笑)昨天我在剧院里看了一出什么样的戏啊,滑稽得很。

留包芙·安德烈耶芙娜　大概那出戏一点滑稽的地方也没有。您不该去看戏,而应该常看看自己。你们这班人生活得多么乏味,废话说得何其多呀。

洛巴兴　这是真的。应当说实话,我们过的是糊涂生活……

　　　　〔停顿。

我的爸爸是个庄稼汉,是个糊涂虫,什么也不懂,没有教过我什么,光是喝醉了酒打我,而且老是用棍子打。其实呢,我也是那么一个蠢货,糊涂虫。我什么也没有学过,我写的字难看极了,写出来的东西见不得人,歪歪扭扭的。

留包芙·安德烈耶芙娜　您该结婚了,我的朋友。

洛巴兴　对……这是实在的。

留包芙·安德烈耶芙娜　跟我们的瓦莉雅结婚吧。她是个好姑娘。

洛巴兴　对。

留包芙·安德烈耶芙娜　她出身平民,整天干活儿,主要的是她爱您。再说您自己也早就喜欢她了。

洛巴兴　行啊,我不反对……她是个好姑娘。

　　　　〔停顿。

加耶夫　人家给我在银行里找了个工作。一年的收入是六千……你听说了吗?

留包芙·安德烈耶芙娜　你哪儿干得了!你还是待在家里吧……

　　　　〔菲尔斯上;他拿来一件外套。

菲尔斯　(对加耶夫)老爷,您费神穿上吧,这儿潮湿。

加耶夫　(穿上外套)你真会纠缠,老家伙。

菲尔斯　您别这样……今天早晨您没说一声就出去了。(端详他)

留包芙·安德烈耶芙娜　你多么衰老啊,菲尔斯!

菲尔斯　您说什么,太太?

洛巴兴　她说你很老了!

菲尔斯　我在世上活得很久了。人家打算给我成亲的时候,您的爸爸还没有出世呢……(笑)农奴解放①那阵子,我已经做听差的头目

----

① 指一八六一年沙皇颁布农奴解放令。

了。我不乐意解放,仍旧留下来伺候老爷……

〔停顿。

我记得那时候大家都高兴,可是高兴什么,他们自己也不知道。

洛巴兴　往昔的日子好得很哩。至少可以动不动就打人。

菲尔斯　(没听清楚)可不是。庄稼汉伺候主人,主人管着庄稼汉,可现在什么都乱了,谁也闹不清是怎么回事。

加耶夫　别说了,菲尔斯。明天我要到城里去。人家答应让我去见一位将军,那位将军可能叫我立个借据,借给我一笔钱。

洛巴兴　您不会搞出什么名堂来的。您连利息也付不清的,您死了这条心吧。

留包芙·安德烈耶芙娜　他这是在胡说。根本就没有这么一位将军。

〔特罗菲莫夫、安尼雅、瓦莉雅上。

加耶夫　喏,我们家的人来了。

安尼雅　妈妈坐在这儿呢。

留包芙·安德烈耶芙娜　(温柔地)来,来……我的亲人……(拥抱安尼雅和瓦莉雅)但愿你们俩知道我多么爱你们就好了。挨着我坐下吧,这就对了。

〔大家坐下。

洛巴兴　我们的永久的大学生老是跟小姐们在一块儿。

特罗菲莫夫　这不干您的事。

洛巴兴　他快五十岁了,可他还是个大学生。

特罗菲莫夫　丢开您那些愚蠢的玩笑吧。

洛巴兴　你生什么气啊,怪人?

特罗菲莫夫　你别纠缠个没完。

洛巴兴　(笑)请容许我问您一句:您对我的看法怎么样?

特罗菲莫夫　我的看法是这样的:叶尔莫拉依·阿历克塞伊奇,您是个阔人,很快就要成为大财主了。如同那种把一路上碰到的东西统统吃光的猛兽在新陈代谢方面来说是必要的一样,你也是必要的。

〔众人笑。

瓦莉雅　您,彼嘉,还是谈谈行星的好。

留包芙·安德烈耶芙娜　不，我们来继续昨天的谈话吧。

特罗菲莫夫　昨天谈什么来着？

加耶夫　谈骄傲的人。

特罗菲莫夫　我们昨天谈得很久，可是没有谈出什么结果来。骄傲的人，按您的理解，有点神秘的味道。也许，从您的角度来看，您是对的，不过，如果简单地看待这个问题，不故弄玄虚，那么，既然人在生理结构方面是脆弱的，既然大多数人是粗野、不聪明、极其不幸的，那还有什么骄傲可言，那种骄傲还有什么意义呢？人应当不再欣赏自己。应当光是工作才对。

加耶夫　人反正是要死的。

特罗菲莫夫　谁知道呢？而且什么叫作死呢？也许人有一百种感觉，人死的时候只有我们所知道的那五种感觉消灭了，而其余的九十五种还活着。

留包芙·安德烈耶芙娜　您多么聪明啊，彼嘉！……

洛巴兴　（讥诮地）聪明绝顶哟！

特罗菲莫夫　人类正在前进，正在使自己的力量逐步完善。凡是人类现在不能理解的东西，将来某个时候就会变得亲近熟悉，理所当然，只是人得工作，得用全部力量帮助那些寻找真理的人。目前在我们俄国，工作的人很少。我所认识的知识分子，绝大多数什么也不寻求，什么也不干，而且目前还没有劳动的本领。他们自命为知识分子，而把仆人看成下等人，对待农民如同对待家畜一样，他们的学识很差，什么书都不认真地读，简直什么事也不干，关于科学只限于口头讲一讲，对艺术了解得很少。他们摆出一本正经的样子，脸容严肃，他们专门讲重大的问题，高谈阔论；而同时，大家却眼看着工人们吃得很糟，睡觉没有枕头，三四十个人住一个房间，到处是臭虫、潮气、臭味、道德的堕落……显然，我们的一切高谈阔论，无非是为了蒙蔽我们自己的和别人的眼睛罢了。您指给我看看，大家常常谈而且谈得那么多的托儿所在哪儿？阅览室又在哪儿？这些事物只有在长篇小说里写到，实际上根本不存在。存在的只有肮脏、庸俗、野蛮……我怕那些太严肃的脸，而且不喜欢它们;我怕严肃的谈话。我们还是沉默的好!

洛巴兴　您要知道,我早晨四点多钟就起床,从早晨起一直工作到晚
　　上,而且我的手上经常有自己的和别人的钱,我看清了我的四周都
　　是些什么样的人。人只要一动手做一件什么事情,就能体会到诚
　　实的正派人多么少。有的时候,我晚上睡不着觉,心里想:"主啊,
　　你赐给我们巨大的树林、一望无际的旷野、没有尽头的地平线,我
　　们住在这种地方,真应当是巨人才对……"

留包芙·安德烈耶芙娜　您要巨人……巨人只在神话里才显得美好,
　　而实际上却叫人害怕。

　　　　〔叶彼霍多夫穿过舞台深处,弹着吉他。

　　(沉思地)叶彼霍多夫走过去了……

安尼雅　(沉思地)叶彼霍多夫走过去了……

加耶夫　太阳落山了,诸位。

特罗菲莫夫　是啊。

加耶夫　(声调不高,仿佛在朗诵)啊,大自然,美妙的大自然,你闪着
　　永恒的光芒,美丽而冷漠;我们把你叫作母亲,你自身包含着生和
　　死,你赐给生命,又毁灭生命……

瓦莉雅　(恳求地)好舅舅!

安尼雅　舅舅,你又来了!

特罗菲莫夫　您还是"撞边进中袋"的好。

加耶夫　我不说了,不说了。

　　　　〔大家坐下,沉思。寂静。人们只能听见菲尔斯在低声嘟哝。
　　忽然传来一个遥远的声音,仿佛来自天边,那是琴弦绷断的响声,
　　悲伤的余音渐渐消散。

留包芙·安德烈耶芙娜　这是什么声音?

洛巴兴　不知道。远处什么地方的矿井里有个吊斗脱了环,砸下来了。
　　不过那是在很远很远的地方。

加耶夫　也许那是一只什么鸟发出的叫声……像是白鹭。

特罗菲莫夫　或者是猫头鹰……

留包芙·安德烈耶芙娜　(打哆嗦)不知什么缘故,听着不舒服。

〔停顿。

菲尔斯　在那次大难以前也是这样:又是猫头鹰叫,又是茶炊呜呜地响个不停。

加耶夫　什么大难?

菲尔斯　就是农奴解放呗。

　　　　〔停顿。

留包芙·安德烈耶芙娜　我说,朋友们,我们该走了,天黑下来了。(对安尼雅)你眼睛里有泪水……你怎么啦,姑娘?(拥抱她)

安尼雅　我也说不上,妈妈。没什么。

特罗菲莫夫　有人来了。

　　　　〔一个过路的人出现,戴一顶破旧的白制帽,穿一件外套;他有点醉意。

过路人　请问:我可以穿过这儿,照直到火车站去吗?

加耶夫　可以。顺这条路走。

过路人　给您道谢,感激不尽。(咳嗽)天气好极了……(朗诵)"我的兄弟,受苦的兄弟啊……来到伏尔加河,什么人的呻吟声……"(对瓦莉雅)小姐,请赏给挨饿的俄国人三十个戈比吧……

　　　　〔瓦莉雅吓一跳,叫了起来。

洛巴兴　(生气地)就是胡闹也要有个分寸嘛!

留包芙·安德烈耶芙娜　(慌张地)拿去吧……给您……(在钱包里找)银币没有了……没关系,给您一个金的吧……

过路人　给您道谢,感激不尽!(下)

　　　　〔笑。

瓦莉雅　(愕然)我要走了……我要走了……唉,妈妈,家里的用人都没东西吃了,可您还给他一个金币。

留包芙·安德烈耶芙娜　我这个傻女人啊,拿我怎么办呢!我回家里把所有的钱都交给你管。叶尔莫拉依·阿历克塞伊奇,再借给我一点钱吧!……

洛巴兴　遵命。

留包芙·安德烈耶芙娜　我们走吧,诸位,是时候了。哦,瓦莉雅,我们给你说妥了亲事,我给你道喜。

瓦莉雅　　(含泪)妈妈,这种事开不得玩笑。

洛巴兴　　奥赫美利亚,进修道院去吧①……

加耶夫　　我的手发抖:我很久没有打台球了。

洛巴兴　　奥赫美利亚,啊,仙女,在你的祷告里提到我吧!②

留包芙·安德烈耶芙娜　　我们走吧,诸位。快开晚饭了。

瓦莉雅　　他把我吓坏了。我的心里直扑腾。

洛巴兴　　我要提醒你们,诸位:到了八月二十二日,这个樱桃园就要拍
　　　　　卖了,想一想这件事吧!……想一想吧!……

　　　　　〔众人下,只有特罗菲莫夫和安尼雅留下。

安尼雅　　(笑)多谢那个过路人,把瓦莉雅吓坏了,现在就剩我们两个
　　　　　人在这儿了。

特罗菲莫夫　　瓦莉雅生怕我们互相爱上,一连几天不肯离开我们。她
　　　　　凭她那个狭隘的头脑没法理解我们是超乎恋爱之上的。超越那种
　　　　　妨碍人自由和幸福的浅薄而虚幻的东西,这就是我们的生活的目
　　　　　标和意义。前进啊!我们要不可阻挡地往远处闪烁着的那颗明星
　　　　　走去!前进吧!不要落后,朋友们!

安尼雅　　(拍手)您说得多么好啊!

　　　　　〔停顿。

　　　　　今天这儿太美了!

特罗菲莫夫　　是的,天气好得出奇。

安尼雅　　不知怎么的,彼嘉,您使我不像以前那么喜欢这个樱桃园了。
　　　　　本来我那么深情地喜爱着它,觉得地球上再也没有比这个樱桃园
　　　　　更好的地方了。

特罗菲莫夫　　整个俄罗斯就是我们的花园。土地辽阔而美丽,其中有
　　　　　许多美好的地方。

　　　　　〔停顿。

---

①　出自莎士比亚的悲剧《哈姆雷特》,奥赫美利亚系奥菲利娅之误。

②　亦出自莎士比亚的悲剧《哈姆雷特》。

您想一想吧,安尼雅:您的祖父、曾祖父以及您所有的祖先都是农奴主,拥有许多农奴,这个花园里的每棵樱桃树上,每片树叶上,每个树干上难道不是都有人在瞧着你们,您难道没有听见说话声吗……对农奴的占有使你们一切人,以前活过的和现在活着的,统统堕落了,以致您的母亲、您、您的舅舅没有察觉你们是靠借债度日,靠别人,靠那些你们不许走进内室的人养活……我们至少落后二百年光景,我们简直一无所有,对待过去没有明确的态度,光是空谈哲理,抱怨诉苦,或者灌酒。要知道,事情十分清楚:为了要开始过现代的生活,必须先抵偿我们的过去,与它决裂,而要抵偿过去,就只能受苦,只能异常刻苦地、不停地工作。您要明白这一点,安尼雅。

安尼雅　我们所住的房子早已不是我们的了,我会走的,我向您保证。

特罗菲莫夫　要是您有管理家务的钥匙,您就把它们丢进井里,然后走掉。您会像风一样地自由。

安尼雅　(快乐)您说得多好啊!

特罗菲莫夫　您要相信我,安尼雅,您要相信我!我还没到三十岁,我年轻,我还是个大学生,可是我已经饱尝辛酸了!一到冬天,我就挨饿,害病,忧虑,穷得跟乞丐一样,命运支使着我东奔西跑,我什么地方没有去过呀!可是我的心灵随时随地,黑夜白日,永远充满无法解释的预感。我预感到幸福,安尼雅,我已经看见它了……

安尼雅　(沉思地)月亮升上来了。

〔可以听见叶彼霍多夫用吉他仍旧在弹那个忧郁的曲子。月亮升上来。瓦莉雅正在杨树旁边的某个地方寻找安尼雅,叫道:"安尼雅!你在哪儿呀?"

特罗菲莫夫　对,月亮升上来了。

〔停顿。

喏,那就是幸福,它来了,它越走越近,我都听见它的脚步声了。就算我们看不见它,认不出它,那又有什么关系?别人会看见的!

〔瓦莉雅的声音:"安尼雅,你在哪儿呀?"

又是这个瓦莉雅!(生气地)真可恶!

安尼雅　　那有什么关系？我们到河边去好了。那儿挺好。

特罗菲莫夫　　我们走吧。

〔他们走去。

〔瓦莉雅的声音："安尼雅！安尼雅！"

第二幕完

第三幕

〔客厅,有一个拱门同大厅隔开。枝形烛架发出亮光。可以听到第二幕里提到的那个犹太乐队在前厅里奏乐。傍晚。人们在大厅里跳 grand-rond①。西缪诺夫-彼希克的声音:"Promenade à une paire!"②人们走进客厅:头一对是彼希克和沙尔洛达·伊凡诺芙娜,第二对是特罗菲莫夫和留包芙·安德烈耶芙娜,第三对是安尼雅和一个邮局官员,第四对是瓦莉雅和火车站站长,等等。瓦莉雅轻声哭着,一边跳舞一边擦眼泪。最后一对当中有杜尼雅霞。他们在客厅里走动。彼希克叫道:"Grand-rond, balancez!"③和"Les cavaliers à genoux et remerciez vos dames!"④

〔菲尔斯穿着燕尾服,端着一个托盘送矿泉水。彼希克和特罗菲莫夫走进客厅。

彼希克　我是个患多血症的人,已经中过两次风,跳舞是困难的,不过,正如常言所说,你既是落到狗群里,那可就不管你叫不叫,你总得摇尾巴了。我的身体像马那样结实。我那去世的父亲,但愿他升天堂,他是个爱说笑话的人,讲起我们这个家族的起源,就说我们西缪诺夫-彼希克这一族在古代是由卡里古拉⑤送到元老院去的那匹马而得名的……(坐下)不过糟糕的是我缺钱用!饿狗只相信肉……(打鼾,立刻又醒过来)我也这样……只能谈钱……

---

① 法语:大环舞。
② 法语:成双走!
③ 法语:大环舞,旋转!
④ 法语:男舞伴跪下,向你们的女士道谢!
⑤ 古罗马皇帝,疯狂的暴君,因残暴而被部下杀死。他封他的马为元老院的参政。

特罗菲莫夫　论体形,您也真有点马的味道。

彼希克　那有什么关系……马是好牲口……马可以卖掉……

　　　　〔可以听见隔壁房间里在打台球。瓦莉雅在大厅的拱门旁边
　　出现。

特罗菲莫夫　(逗她)洛巴兴太太! 洛巴兴太太! ……

瓦莉雅　(生气)脱了毛的老爷!

特罗菲莫夫　对,我是脱了毛的老爷,而且为这一点感到自豪!

瓦莉雅　(陷入痛苦的沉思)雇了乐队来,可是哪儿有钱付给他们呢?
　　(下)

特罗菲莫夫　(对彼希克)要是您把一生当中为了付清利息而四处找
　　钱所用掉的精力用到别的事情上去,那您最后大概会把地球翻一
　　个身呢。

彼希克　尼采……哲学家……最伟大、最著名……聪明绝顶的人,他在
　　他的著作里说,造假钞票是可以的。

特罗菲莫夫　您读过尼采的著作吗?

彼希克　哦……达宪卡对我讲过。我现在落到了要造假钞票的地
　　步……后天就得付出三百零十个卢布……我已经弄到了一百
　　三……(摸衣袋,惊慌)钱没有了! 我把钱弄丢了! (含泪)钱在哪
　　儿? (快活地)在这儿,在夹层里头呢……我简直出了一身汗……

　　　　〔留包芙·安德烈耶芙娜和沙尔洛达·伊凡诺芙娜上。

留包芙·安德烈耶芙娜　(哼着列兹金卡舞曲①)列奥尼德为什么去了
　　这么久还没回来? 他在城里干什么? (对杜尼雅霞)杜尼雅霞,给
　　乐师们端茶去……

特罗菲莫夫　多半拍卖没有举行。

留包芙·安德烈耶芙娜　乐师们来得不是时候,我们跳舞也不是时
　　候……哦,那也没关系……(坐下,轻声哼歌)

沙尔洛达　(递给彼希克一副纸牌)这是一副纸牌,您想好一张牌吧。

彼希克　我想好了。

———————

　　①　高加索的一种快速舞曲。

沙尔洛达　　现在您洗牌吧。很好。给我吧,啊,我亲爱的彼希克先生。Ein,zwei,drei!① 现在您找一下,那张牌就在您上衣的侧面口袋里……

彼希克　　(从侧面口袋里取出一张牌)黑桃八,完全对!(惊讶)可了不得!

沙尔洛达　　(手心上放着一副纸牌,对特罗菲莫夫)您快点说,浮头是一张什么牌?

特罗菲莫夫　　行。嗯,黑桃皇后。

沙尔洛达　　就是它!(对彼希克)怎么样? 浮头是一张什么牌?

彼希克　　红桃爱司。

沙尔洛达　　就是它!(两手一拍,那副牌不见了)今天天气多么好呀!

〔一个神秘的、仿佛从地底下来的女人声音回答:"啊,对了,天气好得很,小姐!"

您是我的一个极好的意中人……

〔声音:"我也很喜欢您,小姐。"

火车站站长　　(鼓掌)女腹语家,好哇!

彼希克　　(惊讶)可了不得! 迷人的沙尔洛达·伊凡诺芙娜……我简直爱上您了……

沙尔洛达　　爱上了?(耸肩膀)难道您能爱一个人? Guter Mensch, aber schlechter Musikant. ②

特罗菲莫夫　　(拍彼希克的肩膀)您真是一匹马呀……

沙尔洛达　　请注意,我再变一个戏法。(从椅子上拿起一条方格毛毯)这是一条很好的毯子,我想卖掉……(抖动那条毯子)有人要买吗?

彼希克　　(惊讶)可了不得!

沙尔洛达　　Ein,zwei,drei! (把毯子很快往上一提;毯子后面站着安尼雅;她行一个屈膝礼,跑到她的母亲跟前,拥抱她,在大家的赞叹声

---

① 德语:一,二,三!

② 德语:一个挺好的人,然而是个很差的音乐家。

留包芙·安德烈耶芙娜　(鼓掌)好哇,好哇!……

沙尔洛达　再来一个! Ein,zwei,drei.(把毯子往上一提;毯子后面站着瓦莉雅,她鞠躬)

彼希克　(惊讶)可了不得!

沙尔洛达　完啦!(把毯子往彼希克身上一丢,行了个屈膝礼,然后往大厅跑去)

彼希克　(赶紧跟着她走去)你这个坏包……真想不到! 想不到!(下)

留包芙·安德烈耶芙娜　列奥尼德还没回来。他在城里干什么事待了这么久,我不明白! 事情总已经结束了;要么就是庄园卖掉了,要么就是拍卖没有举行。为什么让我们等了这么久,还不知道个究竟!

瓦莉雅　(极力要安慰她)舅舅把庄园买下了,我相信准是这样。

特罗菲莫夫　(讥诮地)是啊。

瓦莉雅　外姑婆给他寄来了委托书,要他用她的名义买下庄园,把借款转一下账。她这样做是为了安尼雅。我相信,上帝保佑,舅舅买下了。

留包芙·安德烈耶芙娜　雅罗斯拉夫尔的外姑婆寄来一万五,想用她的名义买下庄园,她不信任我们;可是这笔钱连付利息都不够。(用双手捂住脸)今天我的命运要定下来了,要定下来了……

特罗菲莫夫　(逗瓦莉雅)洛巴兴太太!

瓦莉雅　(生气)永久的大学生! 从大学里已经开除过两次了。

留包芙·安德烈耶芙娜　你生什么气啊,瓦莉雅? 他开玩笑,叫你洛巴兴太太,可那有什么关系呢? 你要愿意的话,就嫁给洛巴兴,他是个挺好的、有趣的人嘛。你要是不愿意呢,那就不嫁;谁也不来强迫你,亲爱的……

瓦莉雅　应当说实话,妈妈,我是认真看待这件事的。他是个好人,我喜欢他。

留包芙·安德烈耶芙娜　那就嫁给他。还等什么呢,我不明白!

瓦莉雅　妈妈,总不能由我来向他求婚啊。已经有两年了,大家全对我讲到他,每个人都说,可是他要么一声不响,要么说一句笑话了事。我明白。他发了财,事情忙,顾不上我。要是我有钱,哪怕钱不多,只有一百卢布,我也就丢开一切,远走高飞。我要进修道院去。

特罗菲莫夫　太妙啦!

瓦莉雅　(对特罗菲莫夫)大学生应当明白事理!(柔声,含泪)您变得多么难看,多么苍老,彼嘉!(对留包芙·安德烈耶芙娜,不再哭)可就是我不能不干活儿,妈妈。我每分钟都得干点什么才成。

〔亚沙上。

亚　沙　(勉强忍住笑)叶彼霍多夫把台球杆打折了!……(下)

瓦莉雅　叶彼霍多夫在这儿干什么?谁准许他打台球的?这些人我真弄不懂……(下)

留包芙·安德烈耶芙娜　您别逗她了,彼嘉,您看得明白,就是不逗她,她已经够伤心的了。

特罗菲莫夫　她也未免太热心,跟她不相干的事她也要管。这个夏天她既不让我消停,也不让安尼雅消停,生怕我们谈恋爱。这跟她什么相干呢?再说,我又没有任何表示,我决不会去干那种庸俗的事。我们是超乎恋爱的!

留包芙·安德烈耶芙娜　那我大概是低乎恋爱的了。(极为不安)为什么列奥尼德还不回来?只要我能知道庄园卖了没卖就好了。我觉得这场灾难是那么难以置信,我简直不知道该怎么想,我失魂落魄……我此刻能够大叫一声……能干出蠢事来。救救我吧,彼嘉。您讲点什么,讲点什么吧……

特罗菲莫夫　今天这个庄园卖掉也罢,没卖掉也罢,岂不都是一样?这个庄园早就完蛋,无可挽回,无路可走了。您镇静一点吧,亲爱的。不应当欺骗自己,而应当面对现实,哪怕一辈子只有这一次也好。

留包芙·安德烈耶芙娜　什么现实?您能看见哪儿是现实,哪儿不是现实,可是我好像失去了视力,什么也看不见。您敢于对一切重大的问题做出决定,可是您说吧,亲爱的,难道这不是因为您年轻,因为您还没有机会为解决您的任何一个问题而饱尝辛酸?您勇敢地朝前看,难道这不是因为生活还没有被您那双年轻的眼睛认清,于是任什么可怕的事情您也看不见,料不到吗?您比我们大胆,正直,深刻,可是您仔细想一想,哪怕表现一点点宽宏大量,怜惜我吧。要知道我就是在此地出生,我的父母、我的祖父就在此地居住,我爱这所房子,缺了樱桃园我就不能理解我的生活,如果一定要卖掉,那就把我跟花园一块儿卖掉吧。……(拥抱特罗菲莫夫,吻他的额头)要知道我的儿子就是在此地淹死的……(哭)可怜可怜我吧,善良的好人。

特罗菲莫夫　您知道,我是满心同情您的。

留包芙·安德烈耶芙娜　可是这话应当换一种说法,换一种说法……(取出手帕,把一封电报掉在地上)我今天心头沉重,您再也没法想象。我嫌这儿嘈杂,一点儿响声就害得我的心发抖,我周身打哆嗦,可是我又不能回到我的房间里去,叫我一个人待在安静的地方我害怕。您别责怪我,彼嘉……我爱您像爱亲人一样。我倒乐意叫安尼雅嫁给您,我敢对您起誓,不过,亲爱的,您得念书,得毕业。您什么事也不做,光是听凭命运把您从这个地方丢到那个地方,这就太奇怪了……不是这样吗?对吗?而且您的胡子也该想一想办法,好歹得让它长起来才是……(笑)您显得滑稽可笑!

特罗菲莫夫　(拾起电报)我不想做一个美男子。

留包芙·安德烈耶芙娜　这是从巴黎打来的电报。我天天收到电报。昨天收到一封,今天也收到一封。那个野蛮的人又病了,他又不妙了……他求我原谅,央告我回去,说真的,我也应当动身到巴黎去,守在他的身旁。您,彼嘉,板起了脸,可是那有什么办法,我亲爱的,我有什么办法呢,他病了,他孤单,不幸,而且有谁在那边照料他,有谁来制止他做错事,有谁来按时给他吃药呢?再说,我何必瞒着或者保持沉默呢,我爱他,这是明显的。我爱他,爱他……他是挂在我脖子上的一块石头,我正在跟他一块儿沉到水底去,可是我爱这块石头,缺了他我就没法生活。(握特罗菲莫夫的手)您别往坏处想,彼嘉,您对我什么话也别说,别说……

特罗菲莫夫　(含泪)请您看在上帝的分上,原谅我的直率:要知道他抢光了您的钱啊!

留包芙·安德烈耶芙娜　　不,不,不,别这么说……(双手捂住耳朵)

特罗菲莫夫　　要知道他是个坏蛋,只有您一个人不知道这一点!他是个下流的坏蛋、卑劣的家伙……

留包芙·安德烈耶芙娜　　(生气,可是忍住)您二十六岁或者二十七岁了,可您还是个二年级的中学生!

特罗菲莫夫　　就算是这样吧!

留包芙·安德烈耶芙娜　　应当做一个男子汉,在您这种年纪应当了解正在恋爱着的人。而且自己也该恋爱……应当爱上一个人!(生气)对,对!您算不得纯洁,而只是个有洁癖的可笑的怪人,一个畸形的人……

特罗菲莫夫　　(惊呆)她在说什么呀!

留包芙·安德烈耶芙娜　　"我超乎恋爱!"您不是超乎恋爱,而完全像我们的菲尔斯所说的那样,是个笨货。到了您这种年纪居然还没有情妇!……

特罗菲莫夫　　(惊呆)这真可怕!她在说什么呀?!(抱住自己的头,很快地走进大厅)这真可怕……我受不了,我得走……(下,可是立刻又回来)我们从此绝交!(下,往前厅走去)

留包芙·安德烈耶芙娜　　(对他的背影喊叫)彼嘉,等一等!可笑的人,我是闹着玩的!彼嘉!

　　　　〔可以听见前厅里有一个人在很快地上楼,忽然扑通一声跌了下去。安尼雅和瓦莉雅叫起来,可是立刻又传来了笑声。

出了什么事?

　　　　〔安尼雅跑进来。

安尼雅　　(笑)彼嘉从楼梯上摔下来了!(跑出去)

留包芙·安德烈耶芙娜　　这个彼嘉真是个怪人……

　　　　〔火车站站长站在大厅中央,朗读阿·托尔斯泰的《女罪人》。大家听他读,可是他刚读了几行,前厅里就传来华尔兹舞曲的声音,朗读就此中断。大家跳舞。从前厅里走来特罗菲莫夫、安尼雅、瓦莉雅、留包芙·安德烈耶芙娜。

得了,彼嘉……得了,纯洁的灵魂……我求您原谅我……我们来一
块儿跳舞吧……(同彼嘉一起跳舞)

〔安尼雅和瓦莉雅跳舞。

〔菲尔斯上,把他的手杖放在门旁边。亚沙也从客厅里走进
来,看人们跳舞。

亚　沙　怎么啦,老爷子?

菲尔斯　我觉得不舒服。早先在我们的舞会上跳舞的是将军、男爵、海
军将领,现在我们请来的却是邮局官员和火车站站长,而且就连他
们也不乐意来。我的身体越来越虚弱了。去世的老爷,这儿的老
祖父,用封蜡给大家治百病。我天天吃封蜡,已经有二十年了,或
者还不止二十年呢;说不定我就是因为吃了它才活到现在的。

亚　沙　您惹人讨厌了,老爷子。(打呵欠)你还是快点死掉的好。

菲尔斯　哼,你这个……笨货!(嘟哝)

〔特罗菲莫夫和留包芙·安德烈耶芙娜先在大厅里跳舞,后
来又在客厅里跳舞。

留包芙·安德烈耶芙娜　　Merci①……我坐一下……(坐下)我累了。

〔安尼雅上。

安尼雅　(激动地)刚才厨房里有个人说樱桃园今天已经卖掉了。

留包芙·安德烈耶芙娜　卖给谁了?

安尼雅　他没有说卖给谁。他走了。(同特罗菲莫夫一块儿跳舞,两
人走进大厅)

亚　沙　有个老头儿在那儿闲扯。一个陌生人。

菲尔斯　列奥尼德·安德烈伊奇还没回来。他穿的那件大衣是薄的,
是夹大衣,说不定会着凉。唉,他还是个毛孩子!

留包芙·安德烈耶芙娜　我马上就要死了。去吧,亚沙,去打听一下卖
给谁了。

亚　沙　可是那个老头子老早就走了。(笑)

留包芙·安德烈耶芙娜　(有点气恼)哎,您笑什么?有什么可高

---

① 法语:谢谢。

兴的?

亚　沙　叶彼霍多夫也太可笑。他是个无聊的人。二十二个倒霉。

留包芙·安德烈耶芙娜　菲尔斯,要是庄园卖掉了,你上哪儿去?

菲尔斯　您吩咐我上哪儿,我就上哪儿。

留包芙·安德烈耶芙娜　为什么你的脸色这样难看?你不舒服吗?应该去躺下才是……

菲尔斯　是啊……(苦笑)我去躺下,可是这儿缺了我,有谁来端菜送茶,有谁来管事?这所房子里只有我一个人啊。

亚　沙　(对留包芙·安德烈耶芙娜)留包芙·安德烈耶芙娜!请您容许我对您提出一个要求,请您行行好!要是您再到巴黎去,就劳驾带上我。我在这儿实在待不下去了。(环视四周,低声)用不着说,您自己看得明白,这个地方不文明,老百姓不道德,而且这儿乏味得很,厨房里的吃食不像样子,再加上那个菲尔斯走来走去,唠叨种种不得体的话。您行行好,把我带走吧!

〔彼希克上。

彼希克　请容许我要求您……跳一场华尔兹舞,最美丽的夫人……(留包芙·安德烈耶芙娜跟他一块儿走)迷人的夫人,我仍旧要向您借一百八十个卢布……我要借钱……(跳舞)一百八十个卢布……

〔他们转到大厅里去。

亚　沙　(小声唱)"你可知道我的灵魂的激动……"

〔大厅里有个人头戴灰色礼帽,穿一条方格长裤,挥动双手,蹦蹦跳跳,喊道:"好哇,沙尔洛达·伊凡诺芙娜!"

杜尼雅霞　(站住,往脸上扑粉)小姐叫我来跳舞,因为男人多,女人少,可是我一跳舞就头晕,心就怦怦地直跳,菲尔斯·尼古拉耶维奇,刚才那个邮局官员对我说了一些话,弄得我喘不过气来了。

〔音乐声停下来了。

菲尔斯　他对你说什么来着?

杜尼雅霞　他说,"您像一朵花。"

亚　沙　(打呵欠)粗俗……(下)

杜尼雅霞　像一朵花……我是个娇弱的姑娘,非常喜欢温柔的字眼。

菲尔斯　你昏了头了。

　　　　〔叶彼霍多夫上。

叶彼霍多夫　您,阿夫多季娅·费多罗芙娜,不愿意跟我见面……好像我是条虫子似的。(叹气)哎,生活呀!

杜尼雅霞　您有什么事?

叶彼霍多夫　毫无疑义,您也许是对的。(叹气)不过,当然,要是从某种观点来看,那么,请允许我这么说,原谅我的直率,您把我引到一种心境中去了。我知道我的命运,我每天都会碰上一桩倒霉的事,我早已习以为常,对我的命运一笑置之了。您答应过我,虽然我……

杜尼雅霞　我请求您,我们以后再谈,现在您让我安静一下吧。眼下我正在想得出神。(玩弄她的扇子)

叶彼霍多夫　我天天遇上倒霉的事;我呢,请允许我这么说,光是笑,甚至笑出声来。

　　　　〔瓦莉雅从大厅里走来。

瓦莉雅　你还没走,谢敏?说真的,你是个多么不顾体统的人。(对杜尼雅霞)你走吧,杜尼雅霞。(对叶彼霍多夫)你一忽儿去玩台球,把台球杆弄折了,一忽儿又在客厅里走来走去,像个客人似的。

叶彼霍多夫　请允许我向您说明一下,您不能责备我。

瓦莉雅　我没责备你,我是在对你说话。你只会这儿走走,那儿荡荡,正事却不干。我们用了一个管事,可是不知道他在干些什么事。

叶彼霍多夫　(生气)我干不干事,走不走路,吃不吃东西,打不打台球,只有懂事的人和上司才能过问。

瓦莉雅　你敢对我说这种话!(冒火)你怎么敢这样?这样说来,我是个不懂事的人?滚出去!马上滚!

叶彼霍多夫　(胆怯)我要求您用客气点的口气说话。

瓦莉雅　(怒不可遏)马上滚出去!滚出去!

　　　　〔他向门口走去,她在后面跟着。

二十二个倒霉!你给我滚!不要让我的眼睛再看见你!

〔叶彼霍多夫走出去;门外传来他的声音:"我要去告您。"
啊,你又回来啦?(拿起菲尔斯原先放在房门旁边的手杖)你来吧……来吧……你来,我要给你点厉害看看……啊,你来了吗? 你来了吗? 那就给你一下子……(抢起手杖,这时候洛巴兴上)

洛巴兴 多谢多谢。

瓦莉雅 (气愤而且讥诮地)对不起!

洛巴兴 没关系。多承盛情款待,感激之至。

瓦莉雅 不值得一谢。(走开,后来回过头来,轻声问他)我没碰疼您吧?

洛巴兴 没有,没什么。不过,马上就要鼓起一个挺大的包来了。

〔大厅里传来说话声:"洛巴兴来了! 叶尔莫拉依·阿历克塞伊奇!"

彼希克 幸会幸会……(跟洛巴兴互吻)你身上有点白兰地的味儿,我亲爱的,我的心肝。我们也在这儿取乐呢。

〔留包芙·安德烈耶芙娜上。

留包芙·安德烈耶芙娜 是您吗,叶尔莫拉依·阿历克塞伊奇? 为什么这样晚才来? 列奥尼德在哪儿?

洛巴兴 列奥尼德·安德烈伊奇是跟我一块儿来的,他就要到了……

留包芙·安德烈耶芙娜 (焦急地)哦,怎么样? 拍卖举行了吗? 您说呀!

洛巴兴 (发窘,怕露出高兴的神情)将近四点钟拍卖就完事了……我们没有赶上火车,只好等到九点半钟。(沉重地叹气)哎哟! 我的头都有点晕了……

〔加耶夫上,他右手拿着买来的东西,左手擦眼泪。

留包芙·安德烈耶芙娜 列尼亚,怎么样了? 列尼亚,啊?(焦急,含泪)看在上帝的分上,快点说吧……

加耶夫 (一句话也没有答复她,光是摆一摆手;哭着对菲尔斯)你把这些拿去……这是鲲鱼、刻赤鲱鱼……我今天什么东西也没吃过……我心里多么难过啊!

〔台球室的门开着;传来打台球的声音和亚沙的说话声:"七

比十八!"加耶夫的表情变了,他不再哭了。

　　我累极了。你帮我换衣服吧,菲尔斯。(穿过大厅回到自己的房间里去,菲尔斯跟在他后面)

彼希克　拍卖的情形怎么样?你倒是说呀!

留包芙·安德烈耶芙娜　樱桃园卖掉了吗?

洛巴兴　卖掉了。

留包芙·安德烈耶芙娜　谁买下了?

洛巴兴　我买下了。

　　〔停顿。

　　〔留包芙·安德烈耶美娜灰心丧气;要不是她站在一把圈椅和一张桌子旁边,她就倒下地了。瓦莉雅从腰带上取下一串钥匙,丢在客厅中央的地板上,下。

　　我买下了!等一下,诸位,劳驾,我头晕,不能说话……(笑)我们到拍卖场上,杰利加诺夫已经先到了。列奥尼德·安德烈伊奇只有一万五,可是杰利加诺夫一下子出价就超过债款三万。我一看这势头,就跟他干上了,我出四万。他出四万五,我就出五万五。总之他五千五千地加,我一万一万地加……好,拍卖结束了。我出的价钱超过债务九万,我赢了。现在樱桃园归我所有了!是我的了!(大笑)我的上帝啊,我的天,樱桃园是我的了!告诉我,我是不是喝醉了,我神志不清,这都是我的想象……(跺脚)你们不要笑我!但愿我的父亲和祖父能够从坟墓里走出来,看看整个这件事,看看他们的叶尔莫拉依,老是挨打的、没识几个字、冬天光着脚跑来跑去的叶尔莫拉依,看看就是这个叶尔莫拉依怎样买下了一个美丽的庄园,那个世界上再也找不到第二个的好地方。我买下的庄园就是从前我的祖父和父亲做奴隶的地方,当时他们连这个庄园的厨房都不能进去。我是在睡觉,这只不过是我的梦想,这只不过是我的幻觉……这是你们那种被蒙昧的迷雾包围的空想的结果……(拾起那串钥匙,亲切地微笑)她丢下钥匙是想表明她不再是这儿的主人了……(把钥匙弄得叮当响)哦,那也没关系。

　　〔传来乐队调音的声音。

喂,乐师们,演奏吧,我要听!大家都来看看叶尔莫拉依·洛巴兴怎样拿着斧子砍倒整个樱桃园,树木怎样纷纷倒在地上!我们会造起别墅,我们的孙子和重孙会在这儿看见新的生活……音乐啊,演奏吧!

〔乐队演奏。留包芙·安德烈耶芙娜坐到一把椅子上,悲痛地哭泣。

(责备地)那么您早先为什么不听我的话,为什么不听呢?我的可怜的好人,现在已经无可挽回了。(含泪)啊,但愿这一切赶快过去,但愿我们这种不如意的、不幸福的生活赶快变样才好。

彼希克　(挽着洛巴兴的胳膊,低声)她在哭。我们到大厅里去,让她一个人待在这儿吧……我们走……(挽着他的胳膊,到大厅里去)

洛巴兴　这是怎么回事啊?音乐,热热闹闹地演奏吧!但愿什么事都按我的心意办!(讥诮地)新的地主,樱桃园的主人来啦!(无意中撞在一张小桌子上,差点把枝形烛架碰倒)一切东西我都能出钱买下来!(同彼希克一起下)

〔大厅里和客厅里除了留包芙·安德烈耶芙娜,没有别人,她坐着,缩成一团,悲痛地哭泣。音乐轻声演奏。安尼雅和特罗菲莫夫很快地走上场。安尼雅走到她的母亲跟前,跪下。特罗菲莫夫在大厅门口站住。

安尼雅　妈妈!……妈妈,你哭啦?我的亲爱的、善良的好妈妈,我的美丽的妈妈,我爱你……我祝福你。樱桃园卖掉了,已经没有了,这是事实,事实,可是别哭了,妈妈,你的前头还有生活,你还有优美而纯洁的心灵……我们一块儿走,亲爱的,我们离开这儿,我们一块儿走吧!……我们将建立一个新的花园,比这个还要茂盛;你会看到它,会了解它,于是欢乐、宁静而深沉的欢乐就会像夕阳降临在黄昏那样来到你的心间,你就会微笑,妈妈!我们一块儿走,亲爱的!我们一块儿走吧!……

第三幕完

第四幕

〔布景同第一幕。窗子上没有窗帘,墙上没有画片,只留下不多的家具,堆在一个墙角,好像为了等待出售似的。屋子里给人一种空荡荡的感觉。在门边和舞台深处堆着手提箱、旅行包等。左边的房门开着,从那儿传来瓦莉雅和安尼雅的说话声。洛巴兴站着,等待。亚沙端着一个托盘,上面放着盛满香槟酒的玻璃杯。叶彼霍多夫在前厅里捆箱子。后台的深处传来嘈杂的说话声。这是农民们来告别。加耶夫的说话声:"谢谢,弟兄们,谢谢你们。"

亚　沙　农民们来告别了。我有这样的一种看法,叶尔莫拉依·阿历克塞伊奇:农民们是善良的,可是不大懂事。

〔嘈杂声沉寂。留包芙·安德烈耶芙娜和加耶夫穿过前厅走上场,她没哭,可是脸色苍白,面颊颤动,说不出话来。

加耶夫　你把你的钱包给了他们,留巴。这样是不行的! 这样是不行的!

留包芙·安德烈耶芙娜　我没法不给! 我没法不给啊!

〔两人下。

洛巴兴　(在门口,跟随着他们)请赏个脸吧,我真心诚意地要求你们! 临别喝上一杯。我没有想到从城里带点酒来,在火车站上只弄到一瓶。请赏个脸吧!

〔停顿。

怎么,诸位! 不想喝?(离开门口)早知道这样,我就不买了。好吧,我也不喝啦。

〔亚沙小心地把托盘放在一把椅子上。

那么,亚沙,你就喝一杯吧。

亚　沙　祝出门的人一路顺风！祝不走的人幸福安乐！（喝酒）这不是真正的香槟酒，我敢向您担保。

洛巴兴　八个卢布一瓶。

　　　　〔停顿。

　　　　这儿冷得要命。

亚　沙　今天没有生火，反正我们就要走了。（笑）

洛巴兴　你笑什么？

亚　沙　高兴呗。

洛巴兴　外边是十月的天气了，可是阳光普照，没有风，就像夏天一样。正是盖房子的好天气。（看怀表，对门外）诸位，注意，离开车一共只有四十六分钟了！那么，过二十分钟就得动身到火车站去了。快一点吧。

　　　　〔特罗菲莫夫穿着外套从院子里走进来。

特罗菲莫夫　我觉得已经到动身的时候了。马车已经备好了。鬼才知道我的套鞋在哪儿。不见了。（对门口）安尼雅，我的套鞋没有了！找不着了！

洛巴兴　我得上哈尔科夫去。我跟你们坐同一班火车。我要在哈尔科夫过冬。我一直跟你们在一块儿混日子，闲得难过了。我不能没活干，我都不知道该怎么摆布我这两只手了，这两只手晃晃荡荡，就像别人的手似的。

特罗菲莫夫　我们马上就要走了，您就又可以动手干您那种有益的工作了。

洛巴兴　你喝一杯吧。

特罗菲莫夫　我不想喝。

洛巴兴　那么你现在要到莫斯科去？

特罗菲莫夫　对，我把他们送到城里，明天我就到莫斯科去。

洛巴兴　是啊……嗯，教授们不开课，恐怕大家都在等你去呢！

特罗菲莫夫　这不关你的事。

洛巴兴　你在大学里念了多少年？

特罗菲莫夫　想出些新鲜点的玩意儿吧。这些都陈旧乏味了。（找套鞋)你知道,我们大概不会再见面了,那么现在,让我在临别的时候给你提一个忠告:不要挥动你的双手! 你要改掉这种挥动双手的习惯。还有,什么造别墅啦,指望那些住别墅的人日后会成为独立的农户啦,这样的指望也跟挥动双手差不多……然而,不管怎么样,我还是喜欢你的。你的手指头又灵敏又柔和,像艺术家的手,你的心灵也是灵敏而柔和的……

洛巴兴　(拥抱他)再见,好朋友。谢谢你的一切。如果需要的话,你就在我这儿拿路费吧。

特罗菲莫夫　这是干什么? 用不着。

洛巴兴　因为您没有这笔钱!

特罗菲莫夫　我有。谢谢您。我做翻译工作挣到一笔钱。喏,就在这儿,在口袋里。(焦急地)可是我的套鞋没有了!

瓦莉雅　(在另一个房间里)把您的脏东西拿去吧! (把一双胶鞋丢在舞台上)

特罗菲莫夫　您生什么气啊,瓦莉雅? ……可是这不是我的套鞋啊!

洛巴兴　春天我种了一千亩罂粟,现在净赚了四万。先前我的罂粟开花的时候,那是什么样的景象呀! 刚才我说过,我赚了四万,这样一来,我就可以借钱给你了,因为我有钱可借。可是你为什么瞧不起我,爱搭不理的? 我是个庄稼汉……说实在话。

特罗菲莫夫　你的父亲是庄稼汉,我的父亲是药剂师,从这一点是根本得不出什么结论来的。

　　　　〔洛巴兴拿出一个钱夹。

　　算了,算了……哪怕你给我二十万,我也不要。我是个自由的人。凡是你们大家,无论穷富,看得极高、极珍贵的一切,对我来说连一丁点威力也没有,好比在空中飘飞的一片绒毛。我没有你们也能过日子,我能从你们面前大模大样地走过去,我有力量,我自豪。人类正朝着最高的真理,朝着人世间所可能有的最高幸福前进,而我就站在前列!

洛巴兴　你走得到吗?

特罗菲莫夫　我走得到。

〔停顿。

我走得到,或者给别人指出一条怎样才能走到的路。

〔传来远处用斧子砍树的声音。

洛巴兴　好,再见,好朋友。到动身的时候了。我们彼此瞧不上眼,而生活不管这一套,只顾走它的路。每逢我工作得很久,一个劲儿地干,我的心里就觉得轻松一些,仿佛我也知道了我为什么活着似的。在俄国,老兄,有多少人不知道自己为什么活着呀。不过呢,那也无所谓,这跟大局无关。听说列奥尼德·安德烈伊奇找到了一个工作,似乎是在银行里,一年有六千收入……不过他干不长的,他懒得很……

安尼雅　(在门口)妈妈要求您:她没走的时候,先别砍花园里的树。

特罗菲莫夫　真的,难道就不能有点分寸……(穿过前厅下)

洛巴兴　我马上去,马上去……这些人啊,真是的。(跟着他下)

安尼雅　把菲尔斯送到医院里去了吗?

亚　沙　我早晨说过了。大概已经送去了。

安尼雅　(对叶彼霍多夫,他正穿过大厅走来)谢敏·潘捷列伊奇,劳驾去问一声,把菲尔斯送到医院去没有。

亚　沙　(不高兴)早晨我对叶果尔说过了。何必问个十来次呢!

叶彼霍多夫　按我确定的看法,长寿的菲尔斯再修理也不中用了,他应该去见老祖宗了。我只能羡慕他。(把一只手提箱放在一个帽盒上,把帽盒压坏了)喏,瞧,当然了。我早就知道嘛。(下)

亚　沙　(讥诮地)二十二个倒霉……

瓦莉雅　(在门后)把菲尔斯送到医院去了吗?

安尼雅　送去了。

瓦莉雅　那么写给大夫的信怎么没带去呢?

安尼雅　那得赶紧派人送去才行……(下)

瓦莉雅　(在隔壁房间里)亚沙在哪儿?告诉他说,他的母亲来了,想要跟他告别。

亚　沙　(挥手)这真叫人受不了。

〔杜尼雅霞一直在忙着打点行李;现在,她看到只剩下亚沙一个人在那儿,就向他走去。

杜尼雅霞　您哪怕看我一眼也好啊,亚沙。您要走了……丢下我了……(哭,搂住他的脖子)

亚　沙　有什么可哭的?(喝香槟酒)再过六天,我就又在巴黎了。明天我们坐特别快车走,一溜烟就不见了。简直叫人没法相信。**Vive la France!**① ……此地不合我的口味,我没法生活……这是没有办法的。此地的无知愚昧我见得多了,我看够了。(喝香槟)有什么可哭的? 您的举止得体面一点,那您就不会哭了。

杜尼雅霞　(往脸上扑粉,照镜子)您要从巴黎写信来。要知道我爱您,亚沙,非常爱您! 我是个娇弱的人。亚沙!

亚　沙　有人到这儿来了。(在手提箱旁边忙碌,轻声哼歌曲)

　　　〔留包芙·安德烈耶芙娜、加耶夫、安尼雅、沙尔洛达·伊凡诺芙娜上。

加耶夫　我们该动身了。时间不多了。(看着亚沙)谁身上有鲱鱼的味儿?

留包芙·安德烈耶芙娜　再过十分钟就该上马车了。……(环顾房间)再见吧,亲爱的房子,年老的爷爷。冬天过去,春天就要来临,可是到那时候你就不存在了,给人拆毁了。这几面墙看见过多少变化啊! (热烈地吻她的女儿)我的宝贝,你容光焕发,眼睛闪闪发光,好比两颗钻石。你满意? 很满意吗?

安尼雅　很满意! 新的生活开始了,妈妈!

加耶夫　(快活)真的,现在一切都好啦。在樱桃园变卖以前,我们大家激动,难过,后来事情最后确定,无可挽回了,大家倒安下心来,甚至高兴起来了……我成为一个银行职员,现在是金融家了……撞红球,进中袋;你呢,留巴,不管怎么说,气色好多了,这是毫无疑义的。

留包芙·安德烈耶芙娜　是的。我的神经好一点了,这是真的。

　　　〔仆人递给她帽子和大衣。

────────

① 法语;法兰西万岁!

我睡得挺好。把我的行李拿出去,亚沙。到时候了。(对安尼雅)我的女儿,我们不久会见面的……我动身到巴黎去,在那儿靠你的雅罗斯拉夫尔的外姑婆寄来买庄园的那笔钱生活——祝她老人家健康长寿。不过这笔钱是用不了多久的。

安尼雅 你很快就会回来的,妈妈,很快就会回来的……不是吗?我会做好准备,会通过中学里的考试,然后我会去工作,帮助你。妈妈,我们将一块儿读各式各样的书……不是吗?(吻母亲的手)我们会在秋日的黄昏读书,读很多的书,我们的面前就会展现一个新的、美妙的世界……(幻想)妈妈,你来吧……

留包芙·安德烈耶芙娜 我会回来的,我的宝贝。(拥抱她的女儿)

〔洛巴兴上,沙尔洛达轻声哼歌。

加耶夫 幸福的沙尔洛达,她在唱歌呢!

沙尔洛达 (抱起一个包裹,像是在抱褓襁中的婴儿)我的娃娃,睡吧,睡吧……

〔传来娃娃的哭声:"哇,哇!……"

别哭了,我的好孩子,我亲爱的男孩。

〔"哇!……哇!……"

我真舍不得你!(把那个包裹丢在原处)劳驾,您给我找个工作吧。我不能这样过下去呀。

洛巴兴 我们会给您找到工作的,沙尔洛达·伊凡诺芙娜,您放心好了。

加耶夫 大家都把我们丢开了,瓦莉雅要走了……我们忽然变得没人要了。

沙尔洛达 在城里我没有地方可住。我得走。……(哼歌)反正都一样……

〔彼希克上。

洛巴兴 这可是大自然的奇迹!……

彼希克 (气喘吁吁地)啊,让我歇口气……我累极了……我的最可敬的朋友们……给我点水喝……

加耶夫 恐怕是来借钱的吧?在下无法从命,我要走了,免得麻烦……(下)

彼希克　我很久没到您这儿来了……最美丽的夫人……（对洛巴兴）你在这儿……见到你很高兴……聪明绝顶的人……你拿着……你收下吧……（给洛巴兴钱）这是四百卢布……我还欠你八百四十个卢布。

洛巴兴　（困惑不解地耸肩膀）好像在做梦似的……你这钱是从哪儿来的？

彼希克　慢着……好热呀……出了一件最不平常的事。有些英国人来了,在我的地里发现一种白色的黏土……（对留包芙·安德烈耶芙娜）也给您四百……美丽的、出众的夫人……（给钱）余下的以后再还。（喝水）刚才在火车上有一个年轻人讲起,好像……有位大哲学家劝人从房顶上跳下来……他说:"跳吧!"这样一来,整个问题就解决了。（惊讶地）真了不得! 拿水来! ……

洛巴兴　这些英国人是干什么的?

彼希克　我把那块有黏土的地租给他们二十四年……不过现在,对不起,我没有工夫了……我还得坐车到别处去……我要到兹诺依科夫家去……到卡尔达莫诺夫家去……我到处欠下了债……（喝水)祝你们健康……星期四我再来……

留包芙·安德烈耶芙娜　我们马上就搬到城里去,明天我就出国了……

彼希克　怎么?（惊惶地）为什么搬到城里去? 怪不得我看见这些家具……手提箱……哦,没关系……（含泪）没关系……聪明绝顶的人……那些英国人……没关系……祝您幸福……上帝保佑您……没关系……世界上的事都有个结束……（吻留包芙·安德烈耶芙娜的手)往后您听说我的结局到了,那您就回想这……这匹马,说:"人世上原来有一个如此这般的人……姓西缪诺夫－彼希克……愿他升天堂。"……天气可真好……是啊……（极其窘迫,下,可是立刻回来,站在门口)达宪卡问候您!（下)

留包芙·安德烈耶芙娜　现在可以动身了。我这次走有两件事放心不下。第一,我为害病的菲尔斯担心。（看怀表）还可以待五分钟……

安尼雅　妈妈,菲尔斯已经送进医院了。亚沙早晨送去的。

留包芙·安德烈耶芙娜　其次,我为瓦莉雅担忧。她总是一早就起来,操劳惯了,如今她没事可做,就像鱼缺了水一样。这个可怜的人瘦了,脸色苍白,老是流泪……

〔停顿。

这您知道得很清楚,叶尔莫拉依·阿历克塞伊奇;我有心……把她嫁给您,再说,从一切迹象看来,您想结婚。(对安尼雅小声说话,安尼雅对沙尔洛达点头示意,两个人同下)她爱您,您对她也中意,我不知道为什么你们互相躲着,我不知道为什么这样。我不明白!

洛巴兴　老实说,我自己也不明白。这事是有点奇怪……如果还有时间的话,我现在就愿意……一下子把事情办成,从此定局;不过要是您不在,我觉得我不会求婚。

留包芙·安德烈耶芙娜　那好极了。要知道,只需要一分钟就够了。我马上去叫她来……

洛巴兴　正巧还有香槟。(看一看杯子)空了,不知是谁喝掉了。

〔亚沙咳嗽。

这叫作舔得干干净净……

留包芙·安德烈耶芙娜　(兴奋)好极了。我们出去……亚沙,allez!① 我去叫她……(在门口)瓦莉雅,把什么事都放下,到这儿来。走!(同亚沙下)

洛巴兴　(看怀表)是啊……

〔停顿。

〔门外传来极力抑制的笑声、耳语声,最后瓦莉雅上。

瓦莉雅　(查看行李很久)奇怪,怎么也找不着了……

洛巴兴　您找什么?

瓦莉雅　我自己收拾的,可是我又记不得了。

〔停顿。

---

① 法语:走!

洛巴兴　您现在上哪儿去呢,瓦尔瓦拉·米海洛芙娜?

瓦莉雅　我?到拉古林家去……谈妥了到他家里去照料家务……去做女管家什么的。

洛巴兴　那是在亚希涅沃村吧?离这儿有七十里路呢。

　　　〔停顿。

这所房子里的生活就此结束了……

瓦莉雅　(看那些行李)它在哪儿呢……或者,也许我把它放在箱子里了……是的,这所房子里的生活结束了……就此完了……

洛巴兴　我马上就要到哈尔科夫去……就乘这班火车。事情很多。我把叶彼霍多夫留在这儿……我雇用他了。

瓦莉雅　行啊!

洛巴兴　要是您记得的话,去年这个时候已经下雪了;可是现在没有风,阳光普照。不过天气倒是冷了……气温零下三度。

瓦莉雅　我没看寒暑表。

　　　〔停顿。

再说,我们的寒暑表也打碎了……

　　　〔停顿。

　　　〔从院子传到房门里的声音:"叶尔莫拉依·阿历克塞伊奇!……"

洛巴兴　(似乎早就在等这个呼唤声)我马上就来!(很快地下)

　　　〔瓦莉雅坐在地板上,把头枕在一个衣包上,轻声哭泣。房门打开了,留包芙·安德烈耶芙娜小心翼翼地走进来。

留包芙·安德烈耶芙娜　怎么样?

　　　〔停顿。

该动身了。

瓦莉雅　(已经不哭了,擦眼睛)是啊,到时候了,妈妈。我今天来得及到拉古林家,只要不误了这班火车就成……

留包芙·安德烈耶芙娜　(站在门口)安尼雅,穿好衣服!

　　　〔安尼雅上,然后加耶夫、沙尔洛达·伊凡诺芙娜上。

　　　〔加耶夫穿一件暖和的、带风帽的大衣。仆人们和车夫们聚到这儿来。叶彼霍多夫在行李旁边忙碌。

现在可以上路了。

安尼雅　（快活地）上路吧！

加耶夫　我的朋友们，我亲爱的、宝贵的朋友们！我要永远离开这所房子了，那我能沉默吗？我能克制自己在临别之际不表现此刻充满我全身心的种种感情吗？……

安尼雅　（恳求）舅舅！

瓦莉雅　好舅舅，别说了！

加耶夫　（泄气）红球碰边进中袋……我不说了……

〔特罗菲莫夫上，然后洛巴兴上。

特罗菲莫夫　好，诸位，到动身的时候了！

洛巴兴　叶彼霍多夫，我的大衣！

留包芙·安德烈耶芙娜　我再坐一分钟。好像我以前从来也没看见过这所房子的墙是什么样，天花板是什么样似的，现在我热切地瞧着它们，心中充满温柔的爱恋……

加耶夫　我记得我六岁那年，过圣灵降临节①的时候，我坐在这个窗口，看我的父亲怎样走进教堂……

留包芙·安德烈耶芙娜　所有的行李都打点好了吗？

洛巴兴　好像都打点好了。（穿大衣，对叶彼霍多夫）你，叶彼霍多夫，要留神，把事情都料理好。

叶彼霍多夫　（用嘶哑的声音说话）您放心吧，叶尔莫拉依·阿历克塞伊奇！

洛巴兴　你的嗓音怎么了？

叶彼霍多夫　刚才我喝水，不知吞下去一个什么东西。

亚　沙　（轻蔑地）愚昧无知……

留包芙·安德烈耶芙娜　我们就要走了，此地就一个人也没有了……

洛巴兴　一直要到开春才会有人来。

瓦莉雅　（从一个衣包里抽出一把阳伞，仿佛要挥起它来打人似的；洛

---

① 基督教节日，在复活节后第五十天。

巴兴露出害怕的样子)您怎么了,您怎么了……我连想也没有想到。

特罗菲莫夫　诸位,我们上马车去吧……已经到时候了!火车马上就要到了!

瓦莉雅　彼嘉,喏,您的套鞋就在手提箱旁边嘛。(含泪)您的这双鞋多么脏,多么旧啊……

特罗菲莫夫　(穿套鞋)走吧,诸位!……

加耶夫　(十分激动,生怕哭出来)火车……车站……打进中袋,白球碰边进角袋……

留包芙·安德烈耶芙娜　我们走吧!

洛巴兴　大家都聚齐了吗?再也没有什么人漏掉吧?(锁上左边的旁门)东西都堆在那儿,应当锁上才是。我们走吧!……

安尼雅　别了,房子!别了,旧的生活!

特罗菲莫夫　欢迎你,新生活!……(同安尼雅下)

〔瓦莉雅环顾房间,慢慢地下。亚沙和牵着一条小狗的沙尔洛达下。

洛巴兴　那么,要到开春才有人了。出去吧,诸位……再见!……(下)

〔这里只剩下留包芙·安德烈耶芙娜和加耶夫两个人了。他们仿佛在等待这个机会,他们互相拥抱,发出抑制的哭声,声音很轻,生怕被别人听见。

加耶夫　(绝望地)我的妹妹,我的妹妹呀……

留包芙·安德烈耶芙娜　啊,我可爱的、优雅的、美丽的花园!……我的生活,我的青春,我的幸福,永别了!……永别了!……

〔安尼雅的欢畅的、呼唤的声音:"妈妈!……"

〔特罗菲莫夫的欢畅的、兴奋的声音:"啊呜!"

留包芙·安德烈耶芙娜　让我最后看一眼这些墙、这些窗子吧……我们的去世的母亲喜欢在这个房间里走来走去……

加耶夫　我的妹妹,我的妹妹!……

〔安尼雅的声音:"妈妈!……"

〔特罗菲莫夫的声音:"啊呜!……"

留包芙·安德烈耶芙娜　我们来了!……

　　　〔两人下。

　　　〔舞台上空了。可以听见所有的门都上了锁,后来马车出发了。一片寂静。在寂静中传来斧子砍树的低沉的响声,那声音单调而郁闷。脚步声响起来。菲尔斯在右边的门口出现。他像往常一样穿着上衣和白背心,脚上穿一双便鞋。他病了。

菲尔斯　(走到门口,摸一下门把手)锁上了。他们走了……(在长沙发上坐下)他们把我忘了……没关系……我在这儿坐一忽儿……列奥尼德·安德烈伊奇恐怕没穿皮大衣,他穿着呢大衣就动身了……(忧虑地叹气)我没照料好……还是个毛孩子!(嘟嘟哝哝,听不清楚在说些什么)生活过去了,好像我没生活过似的。(躺下)我躺一忽儿……你没有力气了,一点也没有了,一点也没有了……唉,你呀……笨货!……(躺着不动了)

　　　〔传来一个遥远的声音,仿佛来自天边,那是琴弦绷断的响声,悲伤的余音渐渐消散。随后是肃静,只能听见花园里砍树的响声。

——幕落,剧终

I

"名著名译丛书"书目

（按著者生年排序）

第　一　辑

书　　名	著　　者	译　　者
荷马史诗·伊利亚特	［古希腊］荷马	罗念生　王焕生
荷马史诗·奥德赛	［古希腊］荷马	王焕生
伊索寓言	［古希腊］伊索	王焕生
一千零一夜		纳　训
源氏物语	［日］紫式部	丰子恺
十日谈	［意大利］薄伽丘	王永年
堂吉诃德	［西班牙］塞万提斯	杨　绛
培根随笔集	［英］培根	曹明伦
罗密欧与朱丽叶	［英］莎士比亚	朱生豪
鲁滨孙飘流记	［英］笛福	徐霞村
格列佛游记	［英］斯威夫特	张　健
浮士德	［德］歌德	绿　原
少年维特的烦恼	［德］歌德	杨武能
傲慢与偏见	［英］简·奥斯丁	张　玲　张　扬
红与黑	［法］司汤达	张冠尧
格林童话全集	［德］格林兄弟	魏以新
希腊神话和传说	［德］施瓦布	楚图南

高老头 欧也妮·葛朗台	[法]巴尔扎克	张冠尧
普希金诗选	[俄]普希金	高 莽 等
巴黎圣母院	[法]雨果	陈敬容
悲惨世界	[法]雨果	李 丹 方 于
基度山伯爵	[法]大仲马	蒋学模
三个火枪手	[法]大仲马	李玉民
安徒生童话故事集	[丹麦]安徒生	叶君健
爱伦·坡短篇小说集	[美]爱伦·坡	陈良廷 等
汤姆叔叔的小屋	[美]斯陀夫人	王家湘
大卫·科波菲尔	[英]查尔斯·狄更斯	庄绎传
双城记	[英]查尔斯·狄更斯	石永礼 赵文娟
雾都孤儿	[英]查尔斯·狄更斯	黄雨石
简·爱	[英]夏洛蒂·勃朗特	吴钧燮
瓦尔登湖	[美]亨利·戴维·梭罗	苏福忠
呼啸山庄	[英]爱米丽·勃朗特	张 玲 张 扬
猎人笔记	[俄]屠格涅夫	丰子恺
包法利夫人	[法]福楼拜	李健吾
昆虫记	[法]亨利·法布尔	陈筱卿
茶花女	[法]小仲马	王振孙
安娜·卡列宁娜	[俄]列夫·托尔斯泰	周 扬 谢素台
复活	[俄]列夫·托尔斯泰	汝 龙
战争与和平	[俄]列夫·托尔斯泰	刘辽逸
海底两万里	[法]儒勒·凡尔纳	赵克非
八十天环游地球	[法]儒勒·凡尔纳	赵克非
马克·吐温中短篇小说选	[美]马克·吐温	叶冬心
汤姆·索亚历险记	[美]马克·吐温	张友松
爱的教育	[意大利]埃·德·阿米琪斯	王干卿
莫泊桑短篇小说选	[法]莫泊桑	张英伦
契诃夫短篇小说选	[俄]契诃夫	汝 龙
泰戈尔诗选	[印度]泰戈尔	冰 心 等
欧·亨利短篇小说选	[美]欧·亨利	王永年